KINDERSPEL

Paul Cleave

Kinderspel

Vertaald door Sandra van de Ven

UITGEVERIJ LUITINGH-SIJTHOFF

Uitgeverij Luitingh-Sijthoff ontving voor de vertaling een projectsubsidie van Creative New Zealand

ARTS COUNCIL
NEW ZEALAND TOI AOTEAROA
creative nz

Oorspronkelijke titel *The Quiet People*
Vertaling Sandra van de Ven
Omslagontwerp en -beeld Studio Jan de Boer
Opmaak binnenwerk Crius Group, Hulshout

ISBN 978 90 210 3093 7
ISBN 978 90 210 3094 4 (e-book)
ISBN 978 90 210 3277 1 (luisterboek)
NUR 332

www.lsamsterdam.nl
www.boekenwereld.com

Uitgeverij Luitingh-Sijthoff vindt het belangrijk om op milieuvriendelijke en verantwoorde wijze met natuurlijke bronnen om te gaan. Bij de productie van dit boek is daarom gebruikgemaakt van papier waarvan het zeker is dat dit niet tot bosvernietiging heeft geleid.

Voor mijn buren, die mij, zoals ik pas heb vernomen,
al jaren horen zingen onder de douche.

Het spijt me ontzettend.

Proloog

Lucas Pittman moet zich haasten.

Ze zijn al langs geweest om hun vragen te stellen, de twee inspecteurs: de vrouw met de gespierde armen en de man in het mooie pak, dat Lucas zelfs als hij de komende tien jaar hard zou werken en sparen nooit zou kunnen betalen. Maar dat rekensommetje is natuurlijk gebaseerd op het loon in de gevangenis, waar hij vroeger een hele dag bloed en stront van de wc-vloer moest boenen om één hele dollar bij elkaar te schrapen.

Hij gaat niet terug naar de gevangenis.

Dat kan hij niet.

En dat hoeft ook niet als hij vlug is.

De ruimte onder het huis is maar net iets groter dan een gevangeniscel. Hij bestaat uit vier wanden van gasbetonblokken en een betonnen vloer, plus één goed verborgen deur. De politie heeft zijn huis doorzocht zonder hem te vinden, en is dat niet precies de bedoeling van een verborgen ruimte? Dat hij verborgen blijft? Zo dacht zijn vader er in elk geval wel over, nou en of, en als zijn vader hem niet soms daarbeneden aan het bed had vastgeketend, samen met anderen, zou zelfs Lucas nooit hebben geweten dat hij er was.

Maar toch: als de politie komt en erin slaagt de kamer te vinden, maakt het nogal uit of ze hem leeg aantreffen of met een paar verdoofde kinderen erin. Hij wil niet dat hier een eind aan komt, maar hij heeft toch geen keus? Iemand weet het, dat is glashelder, maar wie, dat is niet zo helder.

Hij maakt de deur van de gangkast open. Er hangen jassen aan de haakjes en de bodem ligt vol met schoenen. Hij veegt de schoenen eruit, tilt het tapijt op en verwijdert de plinten. Het kost altijd wat tijd, en voorheen bromde Lucas daar nooit over. Hij heeft immers écht gebromd, en hij weet het verschil tussen twee minuten om een kamer binnen te komen en tien jaar erin opgesloten zitten. Maar nu is het anders, want nu is Zach Murdoch er, en Zach Murdoch in zijn geheime kamer heeft alles veranderd.

Hij werkt gehaast. Als hij de plinten weghaalt, worden de gaten zichtbaar waar hij zijn vingers in kan steken om het vierkante stuk vloer omhoog te trekken. Hij tilt het op en zet het rechtop tegen de muur. Snel klimt hij de ladder af.

Er is geen tijd om te aarzelen.

De jongen is nog steeds verdoofd. Hij draagt een geel T-shirt met een afbeelding van een bus erop. Lucas had ook zo'n soort T-shirt toen hij zo oud was. Hij weet nog dat hij het een keer met Kerstmis van zijn moeder had gekregen en dat zijn vader het de volgende kerst van zijn lijf scheurde. Lucas zal die jongen missen. Hij zal het missen om hem in de kleren te zien die hem aan zijn eigen jeugd doen denken. Hij zal het missen om hem een beter leven te geven dan hij zelf als kind heeft gehad.

Slap als hij is, is de jongen zo licht dat het helemaal geen moeite kost om hem de ladder op te dragen. Hij legt de vloer weer terug, en de plinten, en het tapijt, en dan de schoenen. Het kost allemaal te veel tijd.

Snel draagt hij de jongen naar de auto in de garage. Hij propt hem in de kofferbak. Als er ruimte was voor beide jongens zou dit twee keer zo snel gaan, maar die ruimte is er niet, en hij heeft er nooit rekening mee gehouden dat hij twee kinderen tegelijk zou moeten vervoeren. Hij kan er moeilijk eentje rechtop op de passagiersstoel zetten, en als hij dat toch probeerde, dan weet hij zeker dat zijn buurman het onmiddellijk zou zien, de buurman die luistert terwijl hij beter niet kan luisteren, die zijn neus in andermans zaken steekt terwijl hij hem beter bij zich kan houden. Sinds wanneer gaat het anderen iets aan wat een man doet?

Hij legt de spade met de korte steel erbij. In zijn achterhoofd galmt de stem van zijn vader, die hem vertelt dat het niet nodig is om twee aparte gaten te graven, dat één groot graf ook afdoende is.

Hij doet de garagedeur open. Hij rijdt de auto achteruit de oprit af. Hij werpt een blik op het huis van de buurman, en de buurman staat hem door het raam aan te kijken. Hij is aan de telefoon. Waarschijnlijk met de politie.

Hij had hem maanden geleden al moeten vermoorden.

Hij moet hem maar alsnog vermoorden zodra dit achter de rug is.

Hij rijdt de straat op. Hij laat zijn huis achter. Hij slaat links en rechts af en beweegt zich in noordelijke richting, naar de rand van Christchurch en verder, naar de plek waar zijn vader hem jaren geleden, voor de diabetes hem eerst zijn been, toen zijn zicht en tot slot zijn leven kostte, heeft laten zien hoe hij een lijk moest begraven. Alles in zijn lijf wil harder rijden, de afstand tussen zichzelf en zijn huis zo groot mogelijk maken, ervoor zorgen dat dit allemaal achter de rug is, maar hij vecht tegen die aandrang en houdt de wijzer keurig rond de maximumsnelheid. Hij zit er helemaal niet op te wachten om langs de kant te worden gezet. Bij elk rood stoplicht vloekt hij en bij elk groen stoplicht dankt hij de Heer.

Zijn auto laat een raar getik horen. Dat doet hij al een paar weken en hij is al een hele poos van plan ernaar te laten kijken, en stel dat het ding het uitgerekend tijdens deze rit begeeft? Hij had ermee naar de garage moeten gaan zodra het getik begon. Hij ademt diep in en dan langzaam weer uit en probeert geen geluid te maken, voor het geval dat de auto het laatste zetje geeft.

Er zijn geen sirenes. Geen politiewagens. Maar dan opeens wel. In de achteruitkijkspiegel verschijnt een zwaailicht. Dat nadert snel. Ze hebben hem gevonden. Hij had op meer tijd gehoopt. Hij trapt het gaspedaal in. Hij overschrijdt de maximumsnelheid waaraan hij zich pasgeleden nog zo consciëntieus hield. Het getik wordt luider, sneller en hoger van toon, maar de auto voelt nog hetzelfde aan. Zijn hart gaat als een razende tekeer. Hij moet zijn handen aan zijn shirt afvegen, een voor een.

Een tweede auto rijdt om de rest van het verkeer heen en komt ook snel dichterbij. Een onopvallende politiewagen. Die rijdt vijftig meter achter hem, nu veertig, nu nog maar dertig. Hoeveel zijn het er?

Hij kan niet terug naar de gevangenis.

Alles kan, maar dat niet.

Hij trapt het gaspedaal in en vergroot zijn voorsprong. De politiewagen volgt hem. Hij gaat nog harder rijden, want als je in Nieuw-Zeeland hard genoeg rijdt, en gevaarlijk genoeg, dan is de politie wettelijk verplicht de achtervolging te staken. Dat beschouwt Lucas als een van de bonussen van het vak. Hij slalomt tussen de auto's door. De wagen volgt hem, maar neemt dan gas terug en laat zich terugzakken. Voor hem wordt het druk op de weg. Hij moet afslaan. Hij ziet een gat in het verkeer dat op hem afkomt. Hij kan achter een witte bestelbus en voor een grote vrachtwagen langs piepen. Het gat ligt dan op gelijke hoogte met een zijstraat, of in elk geval zo dichtbij dat het zal lukken. Het zal krap worden, maar hij kan het halen.

Hij laat het gaspedaal een klein stukje omhoogkomen, stuurt de auto achter de bestelbus, waarbij hij de bumper maar net weet te vermijden, en trapt het pedaal dan weer in. Heel even denkt hij dat de auto precies dat moment zal aangrijpen om stuk te gaan, dat het getik zal overgaan in een luid geraas waarmee riemen van katrollen lopen en raderen hun tanden kwijtraken, maar hij houdt het vol, en de motor loeit, en de auto springt naar voren, en ook al is het gat kleiner dan hij had gedacht, het gaat goed, de auto komt er veilig doorheen, hij gaat…

De vrachtwagen botst tegen zijn auto, drukt hem in elkaar en laat hem door de lucht tollen. Metaal raakt verwrongen, glas versplintert en de benzinetank scheurt. De eerste keer dat het dak de grond raakt, wordt het half zo laag en krijgt Lucas Pittman een klap op zijn hoofd. Bij de tweede keer wordt zijn wens om nooit meer naar de gevangenis te hoeven ingewilligd. De auto komt tot stilstand, het jongetje met het gele T-shirt en de rode korte broek stuitert nog wat na in de kofferbak. Een tel later breekt er brand uit.

Zondag

1

Het park is één en al platgetrapte graspaden en opgezette tenten. Er zijn kraampjes, rijen mensen, kermisattracties en overal felle lichten en muziek. Ballonnen glippen uit kinderhanden en gaan op weg naar de zon. Er zijn geschaafde knieën, ellebogen met grasvlekken en buikpijn van alle hotdogs. Er wordt gelachen, gehuild en geschreeuwd, er is hitte en stof, en kermislui roepen: komt dat zien, grijp je kans, laat zien wat je kunt. De zomer is officieel begonnen en ruikt naar popcorn en suikerspin.

Op de draaimolen staan kiwi's: tweepotige vogels die niet kunnen vliegen, in plaats van vierbenige paarden die niet kunnen vliegen. Allemaal hebben ze een lange snavel die achter de poten van de vogel ervoor in de grond verdwijnt. Zach lacht als de exploitant van de draaimolen hem op de laatste beschikbare kiwi hijst. We hebben tien minuten in de rij staan wachten. De draaimolen is kleurig; de roestplekjes langs de randen zijn bedekt met felgekleurde verf en hij baadt in het licht van honderden knipperende lampen. De kiwi's beginnen rond te draaien en Zach verdwijnt en verschijnt weer. Elke keer trekt hij een nieuwe gekke bek die ik op de foto kan zetten: de eerste keer hangt zijn donkere haar slap voor zijn bril, daarna heeft hij zijn vingers in zijn oren, of in zijn neus, of hij trekt zijn onderste oogleden naar beneden, met een glimlach, een frons, een uitgestoken tong, een brede grijns, een flauwe grijns, helemaal geen grijns. Dan vertraagt de muziek, dan vertragen de kiwi's, en de draaimolen staat nog niet stil of Zach springt er al af. Zodra hij de grond raakt, zet hij het op een hollen.

'Springkasteel,' roept hij, en hij rent naar het kasteel dat in de verte op en neer veert en heen en weer deint.

Het is de eerste dag van de kermis, die de rest van december en de eerste helft van januari zal duren. Er zijn hier duizenden mensen: kinderen in de attracties, kinderen in de rij, kinderen die hun best doen hun ijsje op te eten voor het smelt, ouders die erachteraan lopen. Er hangt een zoete smaak in de lucht, en een opgewonden sfeer. Daardoor verlang ik ernaar om weer kind te zijn, om zelf tussen de mensen door te rennen en op onderzoek uit te gaan, in plaats van achter mijn zevenjarige zoon aan te hollen, wiens bloed in raketbrandstof is veranderd zodra we uit de auto stapten. Er staat geen rij voor het springkasteel en er staan maar een stuk of vijf, zes kinderen op. De exploitant heeft meer gaten dan tanden in zijn gebit. Hij is gewapend met een leren buideltas voor wisselgeld, en met een emmer en dweil om de rommel op te ruimen die een springkasteel onvermijdelijk met zich meebrengt. Het kasteel is groot genoeg voor twintig kinderen. Aan de binnenkant zit een helling waar je op kunt klimmen en aan de buitenkant een glijbaan waar je af kunt glijden. Ik overhandig het ticket en de exploitant zegt tegen Zach dat hij zijn sandalen moet uittrekken, wat Zach ook doet: hij schopt ze allebei een andere kant uit nadat hij me zijn bril heeft gegeven. Even lijkt het of hij zó het kasteel in wil duiken, maar dan remt hij af en klimt hij er voorzichtig in. De andere kinderen houden even op met springen en kijken naar hem. Dit heb ik vaker gezien. Zach is zo'n kind dat andere kinderen in de gaten houden om te zien hoe hij in elkaar steekt, omdat ze aanvoelen dat hij een beetje anders is, en elke keer dat ik dat zie, doet het pijn. Ik raap zijn sandalen op en ga een eindje opzij van de exploitant staan. Die brengt zijn tijd voornamelijk door met door een autoblad bladeren, en af en toe kijkt hij op of het springkasteel nog wel veert.

Zach klautert naar binnen. Een van de kinderen praat even met hem, maar laat hem dan met rust. Zach staat daar in z'n eentje zachtjes op en neer te wippen, alsof hij niet goed weet wat hij moet doen. Ik maak nog meer foto's van hem en stuur ze samen met de eerdere foto's door naar Lisa. Zij zit thuis te werken aan de correcties op onze nieuwe thriller van volgend jaar. Ik kijk naar de foto's terwijl ze worden verzonden en dan naar de stipjes die verschijnen terwijl Lisa haar antwoord typt, waarna ik het resultaat lees: *Ziet er gezellig uit!* Ik sms terug dat ik zou willen dat ze erbij kon zijn, en dan zie ik weer stipjes, en dan: *Ik ook.*

Ik stop de telefoon in mijn zak. Zach is in het kasteel verdwenen. Het hele geval zwaait heen en weer terwijl de kinderen erdoorheen stuiteren. Het groepje heeft gezelschap gekregen van twee tweelingzusjes in identieke kledij; hun moeder maakt foto's van hen terwijl ze spelen.

Ik ga een beetje dichterbij staan zodat ik een betere hoek heb om in het kasteel te kijken en te zien waar Zach is. Ik wil zeker weten dat de andere kinderen hem niet het leven zuur maken. Alleen zie ik hem nog steeds niet. Kennelijk staat hij uit mijn zicht boven aan de helling te wachten tot hij aan de andere kant naar beneden kan glijden. Of hij heeft zich voor me verstopt. Zomaar in een opwelling verstoppertje gaan spelen zonder ons te waarschuwen is typisch iets voor hem. Alleen geloof ik niet dat hij zich hier zou verstoppen, want we hebben meer dan eens 'het gesprek' gevoerd waarin we de basisregels voor de kermis hebben uitgelegd. Niet weglopen. Niet verstoppen. Hij moet altijd in het zicht blijven.

Er komen geen kinderen de glijbaan af. Er is ook geen rij naar boven. Houdt iemand hem daarboven tegen? Dat zou niet de eerste keer zijn. Ik loop een rondje om het kasteel heen, kijk naar boven, kijk naar beneden. Geen Zach. Het stemmetje in mijn hoofd – het stemmetje dat iedere ouder kent en dat elke zin begint met 'stel dat' – helpt me eraan herinneren dat dit zo'n omgeving is die ik in talloze films heb gezien en waarin je kind er het ene moment nog is en het volgende achter in het busje van een vreemdeling zit. Ik blijf aan de voorkant staan en kijk naar binnen. De tweelingzusjes staan op de rand van het kasteel te springen. Een van hen blijft staan en kijkt naar me, en de ander botst tegen haar op, waardoor ze er samen af vallen. Ze komen aan mijn voeten neer. Ik steek mijn handen uit om ze overeind te helpen. Het ene meisje pakt mijn hand, het andere meisje staat zelf op en kijkt me ondertussen wantrouwig aan. Ze springen er weer in.

'Zach?'

Zach geeft geen antwoord, maar meneer Stel Dat wel. Meneer Stel Dat is het stemmetje van mijn verbeelding dat komt buitenspelen als ik aan het werk ben. Het is het stemmetje dat mijn personages ook voor mij onverwachte wegen doet inslaan, dat een alledaagse situatie helemaal op z'n kop kan zetten. Stel dat die man een mes heeft? Stel dat de deur op slot is? Stel dat ze niet de politie bellen? Alleen speelt meneer Stel Dat geen spelletjes als hij zegt: *Hij is weg. Iemand heeft hem meegenomen. Iemand smokkelt hem door de mensenmassa mee.*

'Zach?'

Je moet opschieten.

Ik klim het kasteel in. Het zakt door onder mijn gewicht en de kinderen hebben allemaal moeite om hun evenwicht te bewaren. Ik klauter tegen de helling op naar boven. Daar is niemand. Ik klauter weer naar beneden. Alle kinderen zijn gestopt met spelen. Ze staren me aan.

'Er was hier net een jongen van ongeveer zo groot,' zeg ik met mijn hand ter hoogte van mijn borst. 'Hij heeft een Superman-T-shirt aan. Heeft een van jullie hem gezien?'

Niemand geeft antwoord.

Het springkussen zakt door en wiebelt als ik eroverheen loop, en een klein jongetje verliest zijn evenwicht en botst tegen me aan. Ik probeer hem overeind te houden, maar hij valt toch, en dan struikel ik over hem, en daarbij stoot ik een van de tweelingzusjes weer het kasteel uit. Ze komt hard op de grond terecht en begint te huilen, waarna ze opstaat en hinkend naar haar moeder loopt, die nog steeds op haar telefoon staat te turen.

Zach is er niet.

Meneer Stel Dat had gelijk.

Mijn zoon is verdwenen.

2

Alleen kan mijn zoon niet verdwenen zijn. Niet echt. Dat is iets wat andere mensen overkomt, net als auto-ongelukken, kanker en huizen die afbranden.

Doe iets.

Ik heb Zachs sandalen nog steeds in mijn handen. Ik blijf nog steeds beheerst. Natuurlijk. Kinderen raken niet vermist. Niet echt. Behalve als dat toch gebeurt. En zo is het niet. Dat kan niet. Wat dit is een fatsoenlijke buurt. Dit is een fatsoenlijke stad en dit zijn fatsoenlijke mensen.

Ik help de jongen die onder mijn voeten is terechtgekomen overeind. Het is de jongen die ik met Zach zag praten. Ik kniel neer zodat ik op gelijke hoogte met hem ben. 'Weet jij waar...'

'Doe me geen pijn,' zegt hij.

'Ik doe je geen pijn,' zeg ik, en ik wil mijn telefoon uit mijn zak halen. Hij draait zich om en wil weggaan, en ik pak hem bij zijn arm. 'Toe, wacht even,' zeg ik. 'Ik wil je een foto laten zien.'

'Laat hem met rust!' schreeuwt een man die op me afrent. Hij is kaal, misschien een jaar of dertig en zichtbaar boos.

Hij is niet de enige die op me afkomt. De moeder van de tweeling komt er ook aan. Ook dertig, ook zichtbaar boos, met lang, donker haar in een paardenstaart. Het tweelingzusje dat op haar af is gerend huilt, en het tweelingzusje dat nog in het springkasteel staat staart me aan. Opeens zie ik het allemaal vanuit hun oogpunt. Ik ben op het springkussen gesprongen en heb hun kinderen omvergekegeld. Ik krabbel overeind en stap het kasteel uit.

'Sorry,' zeg ik met mijn handen opgestoken, samen met de sandalen die ik nog steeds vast heb. 'Het was niet mijn bedoeling om...'

Verder kom ik niet. De man die tegen me schreeuwde geeft me een harde duw tegen mijn borst. Ik val achterover tegen het kasteel aan.

'Wacht. Ik...'

'Wat heb je met mijn dochter gedaan?' vraagt de vrouw op hoge toon en met een priemende vinger in mijn richting. Ze staat naast de man die me een duw heeft gegeven. Ik zet me af tegen het kasteel, zodat ik weer rechtop sta.

'Ik...'

'Wat ben jij voor iemand? Een of andere pedofiel?' vraagt ze.

'Nee. Natuurlijk niet. Ik...'

'Hij raakte mijn zoon aan,' zegt de man.

'Dat zag ik,' zegt de vrouw. 'Waarschijnlijk heeft hij al die kinderen aangeraakt.'

'Ik wilde alleen...'

'Hij deed me pijn,' zegt de jongen.

Ik steek mijn handen weer op. 'Wacht, alstublieft, ik...'

De man draait om zijn as en stompt me hard in mijn buik. Ik val weer achterover tegen het kasteel aan, waardoor het grondkussen doorzakt en het andere tweelingmeisje eraf valt. In plaats van op te staan laat ik me opzij rollen en blijf ik happend naar adem op de grond zitten. De man tilt zijn zoontje op en loopt weg, maar pas nadat hij zijn vinger naar me heeft uitgestoken en me heeft toegebeten dat hij me vermoordt als ik zijn zoon nog één keer pijn doe.

De vrouw steekt haar handen uit naar haar andere dochter, die hard huilt, terwijl de eerste dochter een paar meter achter haar staat te huilen. 'Je zou je moeten schamen,' zegt ze, waarna ze met haar telefoon een foto van me maakt.

Ik reageer niet. Ik kijk weer in het kasteel in de hoop dat Zach op de een of andere mysterieuze wijze is teruggekeerd. Dat is niet zo.

Hij is weg, zegt meneer Stel Dat. Zijn stem klinkt luider nu hij wordt gevoed door mijn angst. *Weg, en je ziet hem nooit meer terug.*

'Ik ga de politie bellen,' voegt de vrouw eraan toe.

'Ik wilde ze geen pijn doen,' zeg ik.

'Bewaar dat maar voor je advocaat, griezel,' zegt ze, en ze loopt weg, gevolgd door haar kinderen.

De exploitant komt naar me toe en helpt me overeind. 'Gaat het?'

'Ik kan mijn zoon niet vinden.'

'Hij is er net af geklommen,' zegt hij, terwijl hij zich bukt om mijn telefoon op te rapen en ik me buk om Zachs sandalen op te rapen. Hij overhandigt me de telefoon. 'Toen je op dit ding stond te kijken.'

'Waarom heb je niks gezegd?'

'Waarom hield jij je kind niet in de gaten?'

Hij heeft gelijk en dat haat ik. De vrouw met de tweeling is aan de telefoon en staart me aan; ongetwijfeld geeft ze mijn signalement door aan de politie. Het meisje dat net uit het springkasteel is gevallen huilt nog, maar de eerste lijkt in orde.

'Is hij met iemand meegegaan?'

'Weet ik niet. Misschien.' Hij wijst naar de mensenmassa. 'Hij ging die kant op.'

'Wat is daar allemaal?'

'Alles wat niet achter me staat.'

Ik loop de massa in. Ik moet een gezagsdrager vinden. Een beveiliger of een agent. Er moet ergens een informatiebalie zijn, een plek waar kinderen en ouders naartoe kunnen als ze elkaar kwijtraken of gewond zijn. Het enige wat ik zie zijn duizenden mensen die te veel plezier hebben om zich druk te maken om iemand anders. Al die mensen zouden me kunnen helpen, en nu wordt Zach vermist en...

En daar is hij, vlak voor me, in de rij voor het Aztekenspiegelpaleis. Hij praat met een meisje van zijn leeftijd. Er kleeft suikerspin aan haar vingers en ze probeert ze schoon te vegen aan haar jurk. Ze staart naar Zach en luistert naar hem, maar zegt zelf niets. Ik houd me in, want eigenlijk wil ik naar hem toe gaan en hem omhelzen, en al even graag wil ik hem vragen of hij niet eens gewoon kan nadenken voor hij iets doet, maar dat is het hem nou juist: hij dacht er niet bij na. Hij is zeven. Hij gedraagt zich als een gewoon kind van zeven. De wereld, die daarnet nog vervaarlijk wankelde onder mijn voeten, herstelt zich. Hij wordt weer solide.

Ik loop naar hem toe, pak zijn hand vast en zeg dat het tijd is om te gaan. Hij vraagt of er iets is, maar ik zeg nee, alles is goed. Daar lijkt hij niet zo zeker van, en hij kijkt alsof hij elk moment kan gaan huilen, zijn gebruikelijke reactie als iets niet gaat zoals hij wil. Ik snijd hem de pas af door te zeggen dat we op weg naar huis een ijsje kunnen halen.

'Mag ik zelf weten welke smaak?'

'Je mag kiezen uit de smaken die er zijn,' zeg ik, want met Zach moet ik precies zijn. Als ik zeg dat hij zelf mag weten welke smaak hij neemt en die smaak blijkt er niet te zijn, is dat het einde van de wereld. 'Weet je nog wat we tegen je hadden gezegd over weglopen?'

'Dat ik dat nooit mag doen,' zegt hij.

'Waarom deed je het dan toch?'

'Wanneer?'

'Je bent zonder het tegen me te zeggen uit het springkasteel weggegaan.'

Daar denkt hij even over na. Hij neemt in gedachten de afgelopen paar minuten door en zegt dan: 'Een van de jongens op het springkasteel zei dat ik raar was. Toen wilde ik niet meer blijven. Ik ben niet raar, toch?'

'Natuurlijk niet.'

'Ik heb nog naar je gezwaaid, maar je keek niet.'

'Dan had je moeten wachten.'

'Waarom zei die jongen dat tegen me?'

'Mensen zeggen zo vaak dingen die ze niet menen.'

Daar denkt hij een paar tellen over na, en dan vraagt hij: 'Als jij en mammie tegen me zeggen dat ik mijn handen moet wassen voor het eten, bijvoorbeeld? Menen jullie dat dan niet?'

'Natuurlijk menen we dat wel.'

'Ik snap het niet,' zegt hij. 'Ik denk dat ik misschien wel twee ijsjes nodig heb in plaats van één.'

Daar moet ik om lachen, tot ik besef dat hij geen grapje maakt. We hebben de rand van het kermisterrein bereikt en ons bij de langzaam vertrekkende stroom mensen gevoegd. Op de wegen wemelt het van de geparkeerde auto's en bestuurders die op zoek zijn naar een plekje. Onze auto staat op een terrein op een paar minuten lopen, samen met een stuk of honderd andere wagens. Ik maak de achterdeur open en Zach klimt in zijn autostoeltje. Een paar rijen verderop zie ik de man die me heeft gestompt. Hij laat zijn zoontje in een donkerrode sedan stappen. De jongen huilt nog steeds. Ik overweeg naar hen toe te lopen en mijn verontschuldigingen aan te bieden, maar aan die overweging komt een eind zodra de kerel opkijkt en me ziet staan. Hij werpt me een blik toe die duidelijk maakt dat ik nog niet binnen vijf meter zou komen voordat hij me vloert. Ik bedenk wat de personages in mijn boeken zouden doen. Sommige zouden op hem af benen en hem tot moes slaan. Andere zouden hem in een gat in de grond stoppen waar niemand hem ooit zou terugvinden. Ik krijg zin om hem te vertellen dat ik mijn brood verdien met het vermoorden van mensen zoals hij. Dat als er hier íémand was die met moord zou kunnen wegkomen, ik dat zou zijn.

Maar in plaats van zoiets te doen, stap ik in de auto en rijden we weg.

3

Ongeveer halverwege tussen de kermis en ons huis staat een ijsboerderij, een oude verbouwde boerenschuur, met ervoor borden met glimlachende frambozen en aardbeien met gespreide handen, allemaal verbleekt door de zon. Doordat een van de lange wanden is verwijderd, is de winkel helemaal open. Als ik de kratten vol fruit zie, krijg ik trek. Het is hier in de zomer altijd razend druk en vandaag is geen uitzondering. Er is een balie waar ijs uit een vriezer met een glazen klep in hoorntjes of bakjes wordt geschept door een meisje met sproeten en een kerstmuts op haar hoofd. Er staat een lange rij mensen, allemaal in korte broek, shirt zonder mouwen en slippers die tegen voetzolen en de grond kletsen. We moeten tien minuten wachten, maar het is het waard en het ijs is een balsem voor mijn overspannen zenuwen. We zitten voorovergebogen aan een van de picknicktafels en bij ons allebei druipt het bosvruchtenijs over de handen terwijl we het in de hitte zo snel mogelijk proberen op te eten. De wereld mag dan weer zoals vanouds zijn, maar mijn lichaam is nog niet helemaal tot rust gekomen. Het Kwaad dat mijn boeken bevolkt heeft zojuist mijn naam gefluisterd en met één vinger over mijn nek gestreken. Een colonne mieren marcheert met lege handen tegen de poot van onze tafel op en beladen met lekkers weer naar beneden. Achter ons staan ijzerhoutbomen met pluizige, egelachtige bloemen die een beetje schaduw bieden.

'Ben je boos op me?' vraagt Zach. Hij heeft zijn ijsje zitten eten zoals kinderen van zeven dat doen: met veel geknoei, en gehaast, alsof hij bang is dat een ander kind het van hem zal afpakken. Zijn bril ligt nog in de auto. Toen ik hem daarstraks uit mijn zak haalde om hem aan Zach terug te geven, zag ik dat een van de pootjes was afgebroken toen ik tegen de grond werd geslagen.

'Ik ben niet boos op je,' zeg ik, 'maar we hebben het er nog wel over als we thuis zijn, goed? Is je ijsje lekker?'

'Dus je bent wel boos op me,' zegt hij. Hij is gestopt met eten. Het ijs druipt van zijn vingers op het bankje.

'Nee, natuurlijk niet. Kom, eet je ijsje op en dan gaan we naar huis, oké? We kunnen de kerstboom opzetten als je wilt.'

Hij gaat verder met zijn ijsje, denkt een paar tellen na en vraagt dan: 'Word je boos op me als we thuis zijn?'

'Nee.'

'Ik geloof er niks van.'

Ik wilde het eigenlijk niet hier bespreken, maar hij staat erop. 'Weet je wat het is, Zach, mama en ik houden allebei ontzettend veel van je. We willen altijd zeker weten dat je veilig bent. Als je zomaar opeens weg bent, worden we bang. Je weet toch dat je niet zomaar had moeten weglopen? Stel dat je was verdwaald?'

'Maar ik was helemaal niet verdwaald,' zegt hij met de logica van een zevenjarige. 'Ik wist waar ik was en ik wist waar jij was. Jij was bij het springkasteel.'

'Omdat ik dacht dat jij nog in het kasteel was, en toen ik besefte dat je daar niet meer was, ben ik je gaan zoeken. Stel dat ik de andere kant op was gelopen en jou niet had gezien?'

'Maar je zag me wel.'

'We hebben het er wel over als we thuis zijn.'

'Het is niet mijn schuld dat je me niet zag,' zegt hij.

Daar heeft hij gelijk in. 'Wat zou je hebben gedaan als je uit het spiegelpaleis was gekomen en ik al weg was geweest?'

Die vraag verbijstert hem. Hij staart naar zijn ijsje en laat het hoorntje tussen zijn handen heen en weer draaien. 'Waarom zou je al weg zijn?'

'Omdat ik jou was gaan zoeken. Omdat ik misschien had gedacht dat je al naar huis was gaan lopen. Wat dan?'

'Weet ik niet.'

'Nou... Zorg er voortaan gewoon voor dat we weten waar je bent. Anders kan er van alles gebeuren.'

'Wat dan bijvoorbeeld?'

Wat dan bijvoorbeeld? Die lijst is te lang om op te noemen, maar elk voorbeeld begint hetzelfde: met een vreemdeling. Het begint altijd met 'stel dat', en raast dan over een snelweg vol donkere kamers en ducttape.

'Je had bijvoorbeeld kunnen verdwalen.'

Hij staart zonder iets te zeggen naar zijn ijsje, draait het dan om en slaat het kapot op het bankje. Dat is precies wat ik had gehoopt te vermijden.

'Het is al goed, Zach, echt. Ik ben niet boos op je. Dat zweer ik.'

Hij raapt het hoorntje op en slaat er nog een keer mee op het bankje.

'Het komt wel goed.'

Hij begint te gillen. Heel hard. Een hoog gegil waardoor iedereen zich naar ons omdraait. Ik voel dat ik rood word.

'Toe, Zach, wil je daarmee ophouden?'

Hij pakt het geplette hoorntje en gooit het naar me toe. Het stuitert tegen mijn shirt en valt op mijn korte broek. Mensen die op hetzelfde bankje zaten als wij staan op en gaan weg. Een van hen zegt in het voorbijgaan: 'Je moet je kind eens beter opvoeden, kerel.'

Ik pak over de tafel heen Zachs handen vast. 'Het is al goed,' zeg ik. 'Het is al goed.'

Hij houdt op met gillen. Hij staart me aan. Zijn gezicht is rood aangelopen en er staan tranen in zijn ogen. Het is al maanden geleden dat hij in het openbaar zoiets heeft gedaan, maar in de loop der jaren hebben we ontdekt hoe we er het beste mee kunnen omgaan, en wel door uit de situatie te stappen.

Ik sta op. Hij begint weer te gillen als ik hem wil oppakken, en hij probeert me van zich af te slaan, maar ik til hem vlug op en houd hem onder mijn arm vast, zodat zijn voeten achter me in het rond schoppen en zijn armen voor me door de lucht zwiepen. Hij gilt en huilt terwijl iedereen ons hoofdschuddend nakijkt. Ik hoor iemand zeggen: 'En dat is nou de reden dat sommige mensen geen kinderen zouden moeten krijgen', en ik buig mijn hoofd en loop door terwijl ik de blikken van zeker twintig paar ogen in mijn rug voel priemen.

Ik loop naar de auto en wurm Zach in zijn autostoeltje. Hij blijft zwaaien met zijn armen terwijl ik zijn gordel omdoe. Ik stap achter het stuur en zet Zachs lievelings-cd op, maar hij krijst er de hele weg naar huis doorheen.

4

'Ik zou helemaal gek zijn geworden,' zegt Lisa als ik haar heb verteld hoe de middag is verlopen. Het is zeven uur 's avonds, en Zach kalmeerde zodra we thuis waren, al weigerde hij tijdens het eten iets tegen ons te zeggen en zit hij al een halfuur in zijn slaapkamer bij te komen voor hij naar bed gaat. Lisa en ik zitten op de veranda achter het huis, naast elkaar op de tuinbank. We hebben onze voeten op de lage tuintafel gelegd en hebben allebei een glas wijn in de hand. De zon staat nog boven het dak van de buren. Het zal nog een uur duren voor hij erachter verdwijnt.

Lisa wuift een bij weg die langs ons heen vliegt. Naast de veranda staat een lavendelstruik waar ze op afkomen en die ik al een hele tijd wil weghalen, alleen mag dat niet van Lisa. Lisa is iets kleiner dan ik maar een stuk fitter, wat te danken is aan het feit dat ze drie, soms vier keer per week naar de sportschool gaat voor een spinningles. Ze heeft net zulk donker haar als Zach, alleen langer, tot op de schouders, al zit het op het moment in een knotje. Ze heeft ook net zulke groene ogen als Zach.

Ik ben er niet zo zeker van of ze gek zou zijn geworden als zij bij Zach was geweest in plaats van ik. Lisa is de rustigste van ons tweeën. Als ons ooit iets zou overkomen, zou zij ons erdoorheen slepen terwijl ik als een emotioneel wrak op de grond zou liggen kronkelen. Misschien passen we daarom wel zo goed bij elkaar. Zij is een planner: ze bedenkt van tevoren wat ze precies wil schrijven, terwijl ik ga zitten met een wit vel papier voor mijn neus en gewoon begin, en me op de tast een weg zoek naarmate de personages en de situatie zich uitkristalliseren.

'Niet te geloven dat die kerel je heeft geslagen,' zegt ze.

'Vertel mij wat.'

'En dan die vrouw. Wauw. Zagen ze dan niet dat je op zoek was naar Zach?'

'Ik kreeg de kans niet om het uit te leggen.'

'Denk je dat ze de politie heeft gebeld?'

'Waarschijnlijk wel. Ze heeft ook een foto van me gemaakt.'

'Misschien zijn ze op dit moment wel naar je op zoek,' zegt ze. 'Misschien moeten we de tv maar aanzetten om te zien of je signalement op het journaal is.'

Als ik geen antwoord geef, begint ze te lachen. 'Ik maak maar een grapje,' zegt ze. 'Weet je, ik durf te wedden dat ze die kerel van het springkasteel net zolang aan zijn kop heeft gezeurd tot hij haar haar geld teruggaf, en dan heeft hij haar vast verteld wat er is gebeurd.'

'Ja. Klinkt logisch.'

Ze drinkt haar glas leeg. 'We moeten wel nog een keer met Zach praten en hem proberen duidelijk te maken dat het verkeerd is wat hij heeft gedaan.'

'Dus duizend keer is scheepsrecht, denk je?'

'Ja,' zegt ze, en ze glimlacht. 'Kom, we gaan naar hem toe.'

'Ik ga wel,' zeg ik.

'In je eentje? Denk je dat je in je eentje een ZBB onschadelijk kunt maken?'

ZBB is de afkorting van Zachs Boze Bui. We vinden het grappig dat het klinkt als een gevaarlijk element dat je in een vuile bom zou kunnen gebruiken.

'Weet ik niet, maar wat er vandaag is gebeurd was mijn schuld.'

'Het was niet jouw schuld,' zegt ze. 'Het was gewoon… weet ik veel… zo'n gevalletje.'

'Hoe dan ook, ik handel dit af.'

'Oké. Succes. Ik maak wel een gin-tonic voor je terwijl je weg bent.'

We gaan naar binnen. We wonen in een bungalow, met een open keuken en eetkamer die we vorig jaar zomer hebben geschilderd, al zijn de hoekjes en de plinten inmiddels alweer beschadigd door speelgoed, schoenen en ellebogen. Hetzelfde geldt voor de gang en de vier slaapkamers, waarvan er twee als kantoor worden gebruikt, één door Lisa, de andere door mij, de kamers waar we, zoals we tegen onze vrienden zeggen, graag nare dingen laten gebeuren. Zach heeft de slaapkamer aan het eind van de gang, met ramen op het noorden, aan de zonkant, met uitzicht op de straat. Zijn muren hangen vol met posters van verschillende tekenfilmfiguren die, zo stel ik me voor, in de loop van de tijd zullen plaatsmaken voor posters van popsterren en films. Er hangt een kaart aan de muur met kleurige pinnetjes die aangeven waar hij allemaal is geweest. Hij heeft een bed dat eruitziet als een stapelbed, maar het is een hoogslaper met eronder wat Zach zijn 'geheime schuilhol' noemt. Er staat een boekenkast waarin de boeken op kleur staan; vorige maand stonden ze nog op grootte. Er zijn sterren aan het plafond geplakt die overdag licht absorberen en 's nachts opgloeien.

Zach zit op de grond tegen een superheld te praten die hij heeft geprobeerd in een auto te proppen die niet op superhelden is gemaakt, in de hoop dat hij hem zo tegen een van de aanzienlijk grotere dinosaurussen kan laten botsen. Zijn gekozen protagonist heeft weinig zin om mee te werken, wat te zien is aan het feit dat drie van zijn vier ledematen uit de kom zijn geschoten. Hij kijkt me niet aan als ik naast hem neerhurk.

'Wie wint er?' vraag ik.

'Niemand.'

'We moeten...' zeg ik, maar ik maak mijn zin niet af. Praten over vandaag? Praten over zijn gedrag? Ik heb er de kracht niet voor, en zelfs al had ik die wel, dan nog zou het niets uithalen. 'We moeten jou maar eens in bed stoppen. Wil je nog een verhaaltje?'

'Nee.' Als de superheld nog steeds niet in de auto wil, pakt hij hem vast en trekt de overgebleven arm en vervolgens het hoofd eraf.

'Zeker weten? We kunnen verdergaan met Harry Potter.'

'Nee,' zegt hij. Hij gooit de auto en de onderdelen van zijn superheld in een speelgoedkist die Lisa heeft gekocht ter vervanging van de oude, die te klein was geworden. Hij klimt de korte ladder op naar zijn bed en graaft zich achterstevoren in onder de dekens, zodat ik alleen zijn voeten kan zien.

'Ik ga weglopen,' zegt hij, en zijn woorden klinken gedempt onder het dekbed. 'Ik ga weglopen en dan zul je me niet eens missen.'

'Dat is niet waar.'

'Dan kun je weer gelukkig zijn omdat je mij nooit meer op m'n kop hoeft te geven.'

'Zach…'

'Ik haat je.'

'Dat is niet waar.'

'Jawel.'

Opeens ben ik doodmoe. Ik wil dat er een eind komt aan deze dag. 'Oké. Oké, Zach, nou, als je wilt weglopen, dan moet je genoeg kleren en eten inpakken om het te redden tot aan je eerste salaris.'

'Hè?'

'Dan moet je ook een baan gaan zoeken, want dan zul je allerlei dingen zelf moeten betalen. Dan moet je een huis huren en belasting afdragen en zelf eten koken. Dat is een heleboel werk.'

Hij zegt niets.

'Of je kunt níét weglopen en gewoon bij ons blijven, dan hoef je je daar allemaal geen zorgen over te maken. We hebben de kerstboom nog niet eens opgezet. Ik weet het goed gemaakt: als je niet wegloopt, regelen we dat morgen. Vind je dat een goed idee?'

'Nee.'

'Wil je dan geen kerstboom dit jaar?'

'Nee.'

'Wil je dan eigenlijk wel Kerstmis vieren?'

'Nee.'

'Als je van gedachten verandert, hoor ik het wel. Ik hou van je, Zach.'

'Niet waar.'

Ik knip zijn nachtlampje aan en doe de slaapkamerdeur dicht.

Maandag

5

Ik word wakker, hunkerend naar koffie. Dat is meestal zo als ik 's ochtends wakker word, en vanochtend is het dubbel zo erg vanwege de lichte kater door de gin-tonics die Lisa gisteravond heeft gemaakt. Naarmate ik ouder word zijn er steeds minder voor nodig om me dit gevoel te geven.

Ik hoor dat Lisa in haar werkkamer bezig is. Zij is meer een ochtendmens dan ik en wil graag de mailtjes wegwerken die sinds de vorige avond zijn binnengekomen. Ik drink mijn koffie, ga online om het nieuws te lezen en ik zou willen dat ik dat niet had gedaan, want het ene artikel na het andere bevestigt hoever we allemaal van elkaar af staan, in alles. Klimaatverandering bestaat en nee, het bestaat niet. We moeten minder wapens hebben, of misschien juist meer. We betalen allemaal te veel belasting, behalve rijke mensen, want die betalen niks. Politici zijn engelen of duivels, al naar gelang op wie je stemt. Ik snap zelf niet waarom ik de moeite neem om het allemaal te lezen. Volgens het weerbericht kan het dertig graden worden. We zitten al op twintig. Wat ben ik blij dat er airco bestaat.

Als ik brood wil gaan roosteren, ontdek ik dat het brood op is. Ik maak een kom ontbijtgranen voor Zach klaar en loop naar zijn kamer. Hij ligt niet in zijn bed. Hij zit er ook niet onder. Ik loop Lisa's kantoor binnen. Ze zit op het toetsenbord te tikken. Zij heeft geen koffie nodig om wakker te worden. 'Heb je Zach gezien?'

Ze schudt haar hoofd en kijkt niet op terwijl ze typt. Haar haar staat allerlei verschillende kanten op en de naad van haar kussensloop heeft een groef in haar gezicht gekerfd. 'Heb je in zijn geheime schuilhol gekeken?'

Ik zeg dat ik dat al heb gedaan. Dan ga ik verder met zoeken. Ik kijk in de kledingkasten. Ik kijk in de woonkamer, achter banken en gordijnen. Ik kijk in de voorraadkast in de keuken en dan in de keukenkastjes. Ik probeer de badkamer, de wasruimte en de garage. Ik kijk in de auto. Ik ga naar buiten en loop een rondje door de achtertuin. Dan ga ik terug naar zijn kamer. Ik kijk nog eens in het geheime schuilhol onder zijn bed. In de kledingkast. Ik blijf in het midden van de kamer staan en draai een rondje om mijn as. Het raam staat open. Dat was me eerder niet opgevallen. We houden het 's nachts altijd dicht. Het raam zit zo hoog dat Zach het niet zomaar kan opendoen, maar zijn speelgoedkist staat er ondersteboven voor.

Dan schiet het me te binnen, wat Zach gisteravond heeft gezegd over weglopen.

Ik leun door het raam naar buiten. De planten eronder zijn platgetrapt.

In mijn achterhoofd komt iets in beweging. Meneer Stel Dat wordt wakker.

Ik kijk in Zachs kledingkast. Zijn schooltas is weg. Ik ren naar de keuken. Ik heb tegen hem gezegd dat hij genoeg eten moest meenemen om het te redden tot aan zijn eerste salaris. Er zijn koekjes weg, en frisdrank, en het brood dat ik eerder niet kon vinden, plus een pot pindakaas en jam.

Ik ren Lisa's kantoor binnen. 'Hij is weg.'

Ze gaat door met typen, en omdat ze 'hij is weg' hoorde en niet 'HIJ IS WEG!' vraagt ze: 'Hoe bedoel je?'

'Hij is weggelopen. Zijn slaapkamerraam staat open.'

'Maar hij kan helemaal niet bij...'

'Hij heeft zijn speelgoedkist ondersteboven gekeerd en toen kon hij er wel bij.'

Nu hoort ze het. Ze draait zich met stoel en al om, staat op en rent naar Zachs slaapkamer. Ze doet hetzelfde als ik. Ze roept hem, en ze kijkt onder het bed en daarna in de kledingkast, en dan kijkt ze uit het raam. 'De planten zijn hier platgetrapt,' zegt ze.

'Dat heb ik gezien.'

Ik vertel haar over ons gesprek van gisteravond, dat hij dreigde weg te lopen. Over zijn verdwenen schooltas en dat hij de voorraadkast heeft geplunderd.

Ze schudt haar hoofd, haar kaak verstrakt en ze vraagt: 'Hij zei tegen je dat hij wilde weglopen en jij hebt hem niet tegengehouden?'

'Het was een typisch geval van ZBB. Ik dacht dat hij het niet meende. Waarom zou ik ook? Hij heeft er al zo vaak mee gedreigd,' zeg ik, en dat is ook zo. Hij zegt het elke maand. Sterker nog, als hij ermee was opgehouden, zou ik me pas zorgen hebben gemaakt.

'Ben je nog bij hem wezen kijken voor we gisteravond naar bed gingen?' vraagt ze.

'Nee.'

'Verdomme, Cameron, waarom ga je dan niet even bij hem kijken als hij tegen je heeft gezegd dat hij wilde weglopen?'

'ZBB,' zeg ik.

'Wordt dat je antwoord op alles?'

'Ik dacht dat hij er niets mee bedoelde.'

'Dat heb je dan verkeerd gedacht. Voor hetzelfde geld is hij al twaalf uur weg. Bel de politie. Ik ga hem buiten zoeken.'

Lisa trekt een paar schoenen aan en gaat in haar pyjama naar buiten. Meneer Stel Dat stampt in het rond en staat erop dat ik naar hem luister. *Stel dat Zach voorgoed weg is? Stel dat hij ergens onder in een afvoerput ligt?*

Ik bel de politie. Een agent van de meldkamer neemt op. Ik vertel haar wie ik ben en waar ik woon en dat onze zoon Zach is weggelopen.

'Wanneer hebt u hem voor het laatst gezien?'

'Gisteravond, toen we hem naar bed brachten.'

Het blijft even stil aan haar kant als ze tot zich laat doordringen dat Zach al twaalf uur niet meer is gezien en dat twaalf uur een eeuwigheid is. 'Hebt u al contact opgenomen met buren, familie en vrienden?'

Stel dat hij ergens in een diep gat ligt?

'Daar zijn we nu mee bezig. Mijn vrouw is buiten op deuren aan het kloppen,' zeg ik, en hoe ver kan een kind van zeven komen in twaalf uur tijd? Dan besef ik dat het er geen twaalf zijn, maar dertien. Ik zie

Lisa door het raam over straat heen en weer lopen terwijl ze Zach roept.

'Er is een patrouillewagen op weg naar uw adres,' zegt ze.

Stel dat hij ergens in een graf ligt?

Stel dat…

'Hou je kop.'

'Pardon?'

'Sorry, ik had het niet tegen u.'

'Tegen wie had u het dan wel? Tegen uw vrouw?'

'Tegen niemand.'

De agent van de meldkamer vraagt naar Zachs gemoedstoestand. Hadden we ruzie gehad? Is hij al eerder weggelopen? Hoe goed kent hij zijn buren? 'Zijn er parkjes in uw buurt? Plekken waar Zach graag speelt?'

'Hè?'

'Parkjes. Plekken waar hij mogelijk...'

'Dat had ik zelf moeten bedenken. Er zijn er twee.' Natuurlijk loopt hij daar ergens rond. 'Ik ga meteen kijken.'

'De patrouillewagen is nog maar een paar minuten bij u vandaan. Ik stel voor dat u wacht tot...'

'Wachten? Echt niet.'

Ik hang op. Ik loop naar buiten en roep Lisa. Ze komt een paar huizen verderop de stoep op gelopen. Ze rent op me af.

'De politie is onderweg,' zeg ik. 'Ze zeiden dat hij misschien naar een park is gegaan.'

Ze knikt snel, alsof ze zichzelf ervan wil overtuigen dat dat voor de hand ligt. 'Natuurlijk. Natuurlijk is hij daar.'

'Ik ga er nu naartoe.'

'Het kan ook zijn dat hij naar school is gegaan. Of zelfs naar je moeder.'

Feit is dat hij overal naartoe kan zijn gegaan.

'Heb je haar al gebeld?' vraagt ze.

'Dat doe ik nu meteen, en dan ga ik in de parkjes kijken en bij school.'

'Ik blijf op de deuren kloppen tot de politie komt. Vergeet niet je telefoon mee te nemen.'

Ik ga naar binnen om de autosleutel te pakken. Ik neem niet de moeite om iets anders aan te trekken dan mijn pyjama, maar ik doe wel sportschoenen aan. Ik druk op de knop in de garage, zodat de deur ratelend opengaat. Ik rijd te snel achteruit de oprit af en schamp de brievenbus, die omvalt. Ik zet de wagen in de versnelling, en de banden slippen als ik slingerend de straat uit scheur.

6

Inspecteur Rebecca Kent van de recherche plaatst de kruissleutel op de wielmoer en zet haar voet op het uiteinde. Net als sterfgevallen onder beroemdheden komen lekke banden bij haar altijd in drieën, dus ze durft er wel wat om te verwedden dat ze er nog twee gaat krijgen voor het jaar om is, en hopelijk niet juist als ze op hoge snelheid achter een of andere psychopaat aan zit. Langzaam maar zeker zet ze meer lichaamsgewicht op de sleutel, tot de moer in beweging komt. Ze is de tel kwijtgeraakt van het aantal keren dat ze in een film mensen op hun knieën heeft zien worstelen met een kruissleutel om een wiel te verwisselen, en dat er dan opeens een seriemoordenaar opduikt. Waarom ze nooit bedenken dat ze ook met hun volle gewicht op het uiteinde kunnen gaan staan weet zij ook niet.

Ze probeert zich te herinneren wanneer ze voor het laatst een lekke band heeft gehad, en rolt dan kreunend met haar ogen als ze beseft dat ze de laatste keer vier lekke banden tegelijk had. Tenminste, als ze het puur technisch wil bekijken. Vier banden, die allemaal uit elkaar knalden, zoals de hele wagen uit elkaar knalde. Ze was er nog maar net uit gestapt of het hele geval spatte uiteen in een regen van metaal en glas. Ondanks de zomerhitte bezorgt die herinnering haar een koude rilling. Ook al kan degene die de explosieven had geplaatst haar niets meer aandoen, elke keer als Kent in een auto stapt en de sleutel omdraait verstrakt haar hele lichaam in de verwachting dat er een luide klik, een oorverdovende explosie en dan helemaal niets meer zal volgen. Ze heeft er nog steeds nachtmerries over; draagt zowel vanbinnen als vanbuiten de littekens nog altijd met zich mee. Er zijn dagen dat ze al nerveus wordt als ze langs geparkeerde auto's loopt, en in een wereld vol auto's betekent dat dat ze vaak gespannen is.

Ze schrikt als haar telefoon gaat en lacht kort. Het wordt weer zo'n dag.

Ze neemt op. Het is haar partner, inspecteur Ben Thompson. Ze werken nu drie weken samen en tot dusver is het een succes – in elk geval een groter succes dan haar vorige twee partnerschappen, als je nagaat dat de ene partner is omgekomen en de andere bij de politie is weggegaan. Ze vraagt zich af of dat ook zoiets is wat in drieën komt en binnen welk tijdsbestek het dan moet gebeuren voordat het niet meer telt.

'Hoi,' zegt ze.

'Waar ben je?'

'Op mijn oprit. Ik heb een lekke band,' zegt ze, terwijl ze de kruissleutel op de tweede wielmoer zet.

'Verdorie. De eerste van de drie, zeker?'

'Inderdaad.'

'Moet ik je een handje helpen?'

'Het lukt me wel.'

'Luister, we hebben een vermist jongetje van zeven, Zach Murdoch heet hij. Zijn ouders zijn Cameron en Lisa Murdoch.'

'Waarom klinken die namen me zo bekend in de oren?'

'Ze schrijven misdaadromans,' zegt hij, en nu weet ze het weer. Ze heeft hen vijf jaar geleden kort ontmoet op een schrijversfestival in Auckland. Een collega van haar zou die avond twee schrijvers van non-fictieboeken over misdaad interviewen, en terwijl ze samen met hem backstage was, waar hij zich voorbereidde, was ze de Murdochs tegengekomen, die net wilden weggaan. Ze waren halverwege de dertig, knap, hadden een enorme uitstraling. Ze weet nog dat Cameron grapjes maakte over zijn grijzende haar: hij beweerde dat de verkleuring was begonnen toen de eerste recensies waren verschenen. Hij had een stoppelbaardje, was slank en grappig. Lisa was nog slanker en haar kleding benadrukte dat alleen maar. Ze zag eruit alsof ze, als ze zou vallen, in een yogahouding terecht zou komen. Zij was ook grappig. Rebecca herinnert zich dat ze hand in hand liepen toen ze vertrokken.

Ze drukt de kruissleutel met haar voet naar beneden. 'Ik heb ze een paar jaar geleden ontmoet. Ze leken me aardig. Wanneer is de jongen voor het laatst gezien?'

'Gisteravond om een uur of zeven. Vanochtend wilden ze hem uit zijn bed halen en toen was hij weg. Mevrouw is de buren aan het vragen of zij de jongen hebben gezien en meneer is met de auto naar hem op zoek. Er zijn agenten op weg naar hun adres. Hopelijk zit die knul ergens verstopt in de achtertuin, of misschien in de garage van de buren. Maar...' zegt hij, maar hij maakt zijn zin niet af.

'Maar?'

'Maar de agent in de meldkamer zegt dat meneer zich vreemd gedroeg aan de telefoon. Hij zei tegen haar dat ze haar kop moest houden toen ze hem vertelde dat er een wagen naar hen onderweg was, en toen ze hem ernaar vroeg, beweerde hij dat hij het niet tegen haar had.'

'Had hij het tegen zijn vrouw?'

'Weet ik niet. Hij zei dat zijn vrouw buiten met de buren aan het praten was.'

'Tegen wie had hij het dan?'

'Weet ik niet. De agent van de meldkamer zei wel dat hij paniekerig klonk. Hoor eens, waarschijnlijk houdt die knul zich ergens vlakbij schuil, en dat hoop ik ook echt, maar...' zegt hij, en opnieuw maakt hij zijn zin niet af.

Kent gaat verder met de derde wielmoer. 'Maar?'

'Waarschijnlijk heeft het niets te betekenen. Maar die twee schrijven misdaadromans.'

'Dus?'

'Zeggen schrijvers niet altijd dat je moet schrijven over dingen waar je veel van weet?'

'Ik ken geen schrijvers, en ik denk dat mijn twee minuten met de Murdochs vijf jaar geleden niet meetellen.'

'Nou, dat zeggen ze wel vaak.'

'Wat wil je daarmee zeggen, Ben?'

'Ik zat te denken: stel dat dit de keerzijde van de medaille is? Stel dat ze dit keer niet schrijven over de dingen die ze weten, maar ze juist in de praktijk brengen?'

7

Het park dat het dichtst bij ons huis ligt is Haydon Park. Het bestaat uit ruim een hectare gras met eromheen bomen, dan een hek en dan huizen, met in het midden een stukje met een fort, een klimrek en een carrousel, maar geen Zach. Onderweg bel ik mijn moeder. Ze neemt niet op.

Ik rijd door naar het volgende park, dat vijf minuten rijden verderop in dezelfde richting ligt. Antberry is vier keer zo groot als Haydon, met dezelfde kenmerken, alleen op grotere schaal: een groter fort, een grotere speeltuin, hogere bomen, langere hekken, grotere huizen eromheen. De lege speelplaats ziet eruit als zo'n speeltuin die op het punt staat te worden weggeslingerd – samen met auto's, paspoppen en gebouwen – in van die oude filmpjes over atoomproeven. Een vrouw in strakke sportkleding die zo fel van kleur is dat de zon er bijna niet tegenop kan loopt in een pittig tempo rondjes langs de randen van het park. Ik draaf op haar af in de hoop haar te kunnen onderscheppen. Ze ziet me en ik zwaai naar haar. Ze versnelt haar pas en loopt op vijftig meter afstand met een boog om me heen, terug de straat op. Ik loop een rondje door het park. Geen Zach. Niets wat erop wijst dat hij hier is geweest en niets wat erop wijst dat hij hier niet is geweest.

Als ik weer bij mijn auto sta, stopt er een patrouillewagen achter me. Aan de bestuurderskant stapt een man uit en aan de bijrijderskant een vrouw. De vrouw is begin dertig. Lang. Lang donker haar in een paardenstaart en kille blauwe ogen. Ze lijkt wel een hoogspringer. 'Wat doet u hier, meneer?' vraagt ze.

'Ik zoek mijn zoon.'

'U voldoet aan het signalement dat een hardloopster een paar minuten geleden heeft doorgegeven, tot de pyjama aan toe, van een man die haar probeerde lastig te vallen. Wilt u ons vertellen wat u hier echt doet?'

'Precies wat ik al zei. Ik zoek mijn zoon Zach. Hij is weggelopen. Ik wilde die vrouw alleen vragen of ze hem soms had gezien. Meer niet.'

'Hm-mm,' zegt haar partner. Hij is kleiner, gedrongener en tien jaar ouder. Hij oogt als een worstelaar. Hij heeft een dikke nek en het soort oren dat sommige rugbyspelers krijgen: de binnenkant is groter dan de buitenkant. 'Waarom hebt u dan niet de politie gebeld?'

'Dat heb ik wel gedaan.'

Hun gezichtsuitdrukkingen veranderen, niet veel, maar genoeg om op te vallen.

Ik ga verder. 'Een kwartier geleden. Er is een politiewagen op weg naar mijn huis. Ze staan waarschijnlijk al met Elsie te praten. Ik wilde even bij de parken gaan kijken en nu ben ik op weg naar de school.'

'Hoe heet u?' vraagt Worstelaar, die nu een stuk minder sceptisch klinkt.

'Cameron Murdoch.'

'En Elsie is uw vrouw?'

'Ja. Ik bedoel, nee. Ik bedoel, mijn vrouw heet Lisa.'

'Wie is Elsie dan?' vraagt hij.

'Elsie is Lisa's bijnaam,' zeg ik.

'Haar bijnaam?' vraagt Worstelaar.

'Het zijn haar initialen. L-C, op z'n Engels uitgesproken, van Lisa Cross.'

'En waar woont u, meneer Murdoch?' vraagt hij.

Ik geef hun mijn adres. De worstelaar vraagt de hoogspringer om het te controleren, en ze duikt terug de auto in om dat te doen.

'Hoe oud is Zach?' vraagt Worstelaar.

'Zeven.'

'En wanneer hebt u hem voor het laatst gezien?'

'Gisteravond rond bedtijd. We zagen pas vanochtend dat hij weg was.'

'Dus uw zoon is nu mogelijk al... hoelang vermist?' Hij werpt een blik op zijn horloge, maar voordat hij het kan uitrekenen heb ik al antwoord gegeven.

'Dertien en een half uur.'

Hoogspringer stapt uit de auto en ik hoor een nieuwe verandering in haar stem, als ze zegt: 'Wij escorteren u terug naar huis, waar twee agenten op dit moment op u zitten te wachten.'

'Ik moet nog langs Greenbark. Dat is zijn basisschool. Misschien is hij daar.'

'Dat regelen wij wel,' zegt ze.

'Maar...'

Ze valt me in de rede. 'Meneer Murdoch, alstublieft. Hoe eerder u ons helpt, hoe eerder wij u kunnen helpen.'

Ik zou ertegenin kunnen gaan en nog meer tijd kunnen verspillen, maar de uitkomst zou hetzelfde zijn. Ik stap in mijn auto en zij rijden achter me aan naar huis.

8

Ik probeer mijn moeder nog eens en deze keer neemt ze wel op.

'Is Zach bij jou?'

'Waarom zou hij bij mij zijn?'

'Hij is weggelopen. We hebben hem sinds gisteravond niet meer gezien. Wil jij...'

'Wát heeft hij gedaan?'

'Hij is weggelopen. Wil jij even in je huis en in de tuin kijken? Misschien is hij naar jou toe gegaan.'

'Natuurlijk. Natuurlijk. Ik doe het meteen,' zegt ze, en ze klinkt paniekerig.

Er klinkt een bonk als ze de telefoon op het aanrecht neerlegt. Ze roept Zach en ik hoor haar deuren open- en dichtdoen. Haar stem wordt zachter en even later weer harder. Ze pakt de telefoon weer op. 'Hier is hij niet,' zegt ze, bijna buiten adem. 'Hebben jullie de politie gebeld?'

Ik kijk in mijn achteruitkijkspiegel naar de patrouillewagen, die pal achter me rijdt om te voorkomen dat ik opeens een andere kant op ga. 'Ze zijn naar hem op zoek.'

'Ik kleed me aan en dan kom ik meteen naar jullie toe.'

'Doe maar niet. Blijf liever thuis voor het geval hij langskomt.'

'Heb je al in de parken gekeken?'

'Ja.'

'En bij zijn school?'

'Daar is de politie nu naartoe.'

'Hoor eens, Cameron, het komt wel goed. Dat weet ik zeker. Laat je overactieve fantasie je niks anders wijsmaken,' zegt ze, ook al kan ik horen dat ze die van haar ook maar met moeite weet te beteugelen.

'Ik moet ophangen.'

'Bel me zodra je kunt.'

'Zal ik doen.'

'Ik meen het. Zodra je kunt. Ik bid voor jullie allemaal.'

Ik ben thuis. Er staat een patrouillewagen voor de deur. Ik rijd de oprit op, om de omgevallen brievenbus heen. De garagedeur staat nog open, maar ik zet de auto ervoor stil. De patrouillewagen die achter me aan reed keert en rijdt weg, waarschijnlijk naar de school. Ik ga naar binnen. Ik hoor stemmen in de woonkamer.

Lisa zit op de ene bank en op de bank tegenover haar zitten twee agenten. Twee mannen. De ene is groot en kaal, alweer een worstelaar, en de andere is mager en pezig, alweer een hoogspringer. Misschien is het vandaag de-lange-en-de-forse-dag op het politiebureau. De forse kerel maakt aantekeningen. Iedereen kijkt naar me als ik binnenkom, Lisa met hoop op haar gezicht, hoop die snel verdwijnt omdat Zach niet naast me staat. Ze staat op en komt naar me toe. Ze heeft gehuild. Haar ogen zijn dik. De twee agenten staan op. Ze stellen zich voor. De worstelaar heet Michael Woodley en de hoogspringer heet Matthew Waverley, namen die alleen een ouder uit elkaar zou kunnen houden.

We geven elkaar geen hand en ik ga zitten.

'Er zijn meerdere eenheden op zoek naar jullie zoon,' zegt Woodley. Hij heeft een zware stem en een vriendelijk gezicht, en hij kijkt steeds van Lisa naar mij en weer terug, als een toeschouwer bij een tenniswedstrijd. Hij vertelt me dat Zachs lievelingskleren – een Superman-T-shirt, een blauw jasje met capuchon en een bruine korte broek – weg zijn. Dat zijn de kleren die hij gisteren ook aanhad, en dat betekent dat hij de meeste uit de wasmand heeft gevist.

'Ik heb een foto van gisteren van hem in die kleren,' zeg ik, en ik haal mijn telefoon tevoorschijn, 'afgezien van het jasje.'

'Die heeft uw vrouw ons net al laten zien,' zegt Waverley, en hij heeft zo'n zelfde stem, en ook een vriendelijke uitdrukking op zijn gezicht, maar hij kijkt vooral naar mij. Deze mannen zijn de eersten ter plaatse; zij proberen ons rustig te houden. Als er een storm in aantocht is, zijn zij al weg voor die losbreekt.

'Ik heb hun de foto's laten zien die je me vanaf de kermis hebt gestuurd,' zegt Lisa. 'Ik heb hun ook de foto gegeven die we een paar weken geleden in de achtertuin van je moeder van hem hebben gemaakt. Die is beter.'

Ik herinner me die foto, waarop Zach poseert met zijn handen in zijn zij en zijn voet op een voetbal terwijl hij zijn tanden bloot grijnst voor de camera.

'Lisa vertelde ons net dat Zachs fiets hier nog staat,' zegt Worstelaar, en waarom heb ik er daarstraks niet aan gedacht om daarnaar te gaan kijken? 'Maar heeft hij misschien ook een skateboard, een step, skeelers… iets waarmee hij sneller vooruit zou komen en verder weg zou kunnen gaan?'

'Nee, dat heeft hij allemaal niet,' zegt Lisa.

'Krijgt hij zakgeld?' vraagt Woodley.

'Nee,' zeg ik.

'Hebben jullie zijn vriendjes gebeld?'

'Nog niet,' zegt Lisa.

'Oké. Als jullie hen nou eens gaan bellen, plus familie, plus iedereen die u verder nog kunt bedenken. Er zijn een paar inspecteurs onderweg om te helpen. Ik zou ook graag jullie toestemming willen om in huis rond te kijken. Het is misschien moeilijk te geloven, maar we hebben in het verleden vaak meegemaakt dat we werden opgeroepen vanwege een vermist kind, waarna bleek dat het zich ergens had verstopt omdat het boos was dat het van zijn ouders geen tv mocht kijken of niet op de Nintendo mocht.'

'U mag overal kijken waar u wilt,' zegt Lisa.

Het is nu negen uur. Het is een uur geleden dat ik heb ontdekt dat Zach weg was. Veertien uur geleden dat ik hem voor het laatst heb gezien. In Christchurch wonen vierhonderdduizend mensen. Het is zo'n kleine stad dat je overal waar je gaat bekenden tegenkomt. En dat betekent dat de kans bestaat dat ik, als ik in mijn auto stap en een willekeurige kant op rijd, Zach ergens op de stoep zie lopen.

'Ik ga weer naar buiten om rond te kijken. Al hebben jullie honderd man die op zoek zijn naar Zach, honderd en één is nog beter.'

'We willen liever dat u hier blijft,' zegt Waverley. 'Zoals ik al zei, er zijn twee inspecteurs onderweg. Voor uw zoontje is het het beste als u hier blijft om rond te bellen en ons ons werk laat doen.'

Hij heeft gelijk. Natuurlijk heeft hij gelijk.

Terwijl Waverley en Woodley het huis doorzoeken, gaan Lisa en ik aan de slag om iedereen te bellen. We voeren vergelijkbare gesprekken: 'Hoi, met Cameron / Hoi, met Lisa, Zach is weggelopen, heb je hem toevallig gezien? Wil je het ons laten weten als je hem alsnog ziet? Nee, er is vast niets aan de hand. Nee, het is vast gewoon een kinderstreek. Ja, we zullen het je laten weten als hij terugkomt.' Dat doen wij, en de politieagenten kijken in alle hoekjes en gaatjes van ons huis, op alle plekken waar een klein kind zich zou kunnen verstoppen, en naar ik vermoed ook op alle plekken waar een klein kind verstopt zou kunnen wórden. Ik ben niet blind voor het feit dat als er een kind vermist raakt, de ouders de eersten zijn op wie de verdenking van de politie valt. De patrouillewagen die me daarstraks heeft begeleid is terug en staat nu tegenover het huis geparkeerd. De oorspronkelijke Hoogspringer en de oorspronkelijke Worstelaar praten nu met de buren, die allemaal gemakkelijk te traceren zijn, aangezien ze allemaal buiten staan te kijken wat er aan de hand is. Er stopt nog een auto en er stapt een man in pak uit, waarschijnlijk een van de inspecteurs. Hij steekt de weg over en loopt de tuin in, naar de zijkant van het huis, buiten het zicht door de ramen.

We blijven bellen. Met familie. Met leraren. Met ouders. Met buren. Ik ijsbeer door de woonkamer. Ik tik telefoonnummers in en probeer kalm te klinken. Mijn lichaam is compleet van slag. Sommige organen verkrampen, sommige organen verslappen en mijn hersenen staan in brand. Lisa weigert me aan te kijken. Ík had gisteravond bij Zach moeten gaan kijken. Ík had moeten weten dat hij zou weglopen. Ík heb het niet serieus genomen toen hij zei dat hij dat ging doen.

Dat betekent dat ík verantwoordelijk ben voor dit alles.

En jíj bent verantwoordelijk als hij nooit wordt gevonden.

Ik zeg tegen meneer Stel Dat dat hij zijn kop moet houden, en dat doet hij.

Voorlopig tenminste.

Ik ga door met bellen.

9

Er zitten nog steeds vegen roet en straatvuil op Kents vingers van het wiel dat ze heeft verwisseld. Ze maakt het handschoenenkastje open en verbruikt een handvol tissues om ze af te vegen voor ze uit de auto stapt. Het is een straat vol bungalows van zo'n twintig jaar oud. Ze herinnert zich dat dit hele gebied vroeger, toen ze klein was, nog boerenland was. Haar vader had altijd al gezegd dat Christchurch op een bepaald moment meer huizen dan koeien nodig zou hebben, en toen was het opeens zover.

Het huis van de familie Murdoch is van rode baksteen. De stenen zijn allemaal even groot en hebben dezelfde vorm, maar de kleur varieert, alsof sommige te lang zijn gebakken. Drie slaapkamers, vier misschien, een dak van donkere betontegels dat aan de randen begroeid is met mos. Op het moment hangen er wat buren rond, en sommigen van hen zullen de Murdochs al hebben gesproken, waardoor het nieuws over de vermiste jongen zich langzaam door de buurt verspreidt.

Thompson is er al. Hij is eind dertig, lang, slank en knap: blauwe ogen en een vierkante kaak, en kort, donker haar in een keurige zijscheiding. Hij draagt een overhemd dat hem een halve maat te klein is, zodat zijn sportschoollijf goed uitkomt. Hij staat bij een kapotte brievenbus naast de oprit. Zo te zien is de schade recent; waarschijnlijk heeft Cameron hem omvergereden toen hij weg racete om zijn zoon te zoeken. Of om hem te verbergen? Die gedachte heeft ze aan Thompson te danken. Ze zegt niets, maar het irriteert haar dat hij heeft geopperd dat dit mogelijk een kwestie is van misdaadauteurs die hun schrijfsels in de praktijk hebben gebracht. Hij heeft een map in zijn hand.

'Ben je al binnen geweest?' vraagt ze.

'Ik stond op jou te wachten.'

'Is hier iets te zien?'

'Ja, iets,' zegt hij.

Hij gaat haar voor door de voortuin. Door het raam van de woonkamer ziet ze Cameron Murdoch al pratend in zijn telefoon heen en weer lopen. Thompson benoemt de verschillende kamers die ze passeren en blijft staan bij de laatste kamer van het huis, de slaapkamer van Zach Murdoch. Het raam staat open.

'Wat zou ik moeten zien?'

'De tuin,' zegt Thompson.

De tuin aan de voorkant van het huis staat vol rotslelies met telkens een meter tussenruimte, en ze zijn zo hoog dat ze over elkaar heen leunen. Voor het raam, naar ze aanneemt op de plek waar Zach is neergekomen, zijn ze platgetrapt. Thompson trekt een van de bladeren opzij. In de aarde staat een voetafdruk die naar het raam toe is gericht. Hij ziet er vers uit en is te groot om van een kind afkomstig te zijn.

'Shit.'

'Ja. Een van de agenten heeft hem daarstraks gevonden. Iemand is hier gaan staan, heeft de bladeren beschadigd, en toen hij of zij wegliep, hebben de bladeren de afdruk aan het zicht onttrokken. Diegene heeft het waarschijnlijk niet eens gezien. De ouders in elk geval niet.'

'Verder nog iets?'

'Dat is het voorlopig. Op dit moment zijn de Murdochs iedereen aan het bellen die ze kunnen bedenken. Wil jij deze keer het voortouw nemen?'

Thompsons aanbod betekent dat ze hem er niet aan hoeft te herinneren dat hij de vorige keer het voortouw heeft genomen: bij de zaak van een jongetje dat vermist werd maar twee uur later werd aangetroffen in de garage van een buur, waar hij zich had verstopt. 'Ja. Heeft Cameron Murdoch nog tegen iemand gezegd tegen wie hij het had toen hij "hou je kop" zei?'

'Nee, en niemand heeft ernaar gevraagd.'

'Oké. Oké,' zegt ze, terwijl ze nadenkt over hoe ze dit wil aanvliegen. 'Die voetafdruk. Die staat me niet aan.'

'Mij ook niet.' Hij geeft haar de map. Daarin zit een formulier dat ze door de ouders moet laten ondertekenen en een foto van Zach. Hij staat met zijn voet op een voetbal en kijkt met een brede, argeloze grijns in de camera. Hij draagt een bril waarvan het linkerglas is afgeplakt.

'Verder nog iets?'

'Ja. Aan honden zullen we niets hebben. Als die knul al sinds gisteravond weg is, pikken we zijn spoor nooit meer op, en zelfs als hij nog maar een paar uur weg is hebben we de plaats delict al zo verontreinigd dat de honden niet zullen weten wat voor of achter is.'

Hij heeft gelijk. Politiehonden zijn er goed in om een dader direct na een misdrijf op te sporen, maar je hebt er niks aan als je een kind wilt vinden dat een halve dag eerder is verdwenen.

'Wil je dat ik Burke bel?' vraagt hij.

John Burke is lid van de hondenbrigade, maar heeft bovendien een bloedhond als huisdier. Hij heeft haar ooit verteld dat zijn bloedhond Archie een soort Terminator was: als je hem op een geur zette, volgde hij hem tot hij het doelwit gevonden had, of tot het spoor doodliep. Het jongetje dat twee weken geleden vermist raakte en werd aangetroffen in een garage werd gevonden door Archie, en de hond had de klus binnen twee minuten geklaard. Bloedhonden kunnen een geurspoor van bijna twee weken oud nog volgen, en over grote afstanden: honderd kilometer als het moet, of zelfs nog meer. Archie heeft in het verleden ook geholpen om anderen te vinden. Ze heeft het altijd jammer gevonden dat ze bij de politie geen bloedhonden hebben, maar zoals Burke haar heeft uitgelegd zijn ze niet kostenefficiënt.

'Bel hem maar. Zeg het me als hij er is. Ik ga binnen met de ouders praten.'

'Ik zal hierbuiten alles in gang zetten.'

Ze loopt de voortuin door en gaat naar binnen.

10

We zitten weer in de woonkamer, Lisa, ikzelf en de twee agenten, als de tweede van de twee inspecteurs zich meldt. De eerste is nog steeds niet binnengekomen, maar ik heb door het raam een paar keer een glimp van hem opgevangen. De tweede herken ik van het journaal. Inspecteur Rebecca Kent van de recherche. Ze kijkt ernstig: haar gezicht en kaak staan strak, haar voorhoofd is gefronst. Ze kijkt als iemand die probeert met pure wilskracht een kamer in brand te steken. Ze ziet er afgetraind uit, en taai. Op haar overhemd en broek zitten vette vegen. Ze heeft donker haar in een paardenstaart die tot op haar schouders hangt en blauwe ogen die hard staan, die de indruk wekken een hoop narigheid te hebben gezien, iets wat wordt bevestigd door het litteken zo breed als een vinger dat van haar kaak naar haar rechteroor loopt. Het glanst en het licht valt er anders op.

Ze stelt zich voor. We geven elkaar geen hand. 'Mag ik?' vraagt ze, en ze wijst naar de bank waarvan Waverley en Woodley zojuist zijn opgestaan.

'Gaat uw gang,' zeg ik.

Ze gaat tegenover ons zitten. Woodley en Waverley lopen naar buiten om zich bij de zoekploeg te voegen.

'Het eerste wat ik jullie ga vragen is om dit te ondertekenen,' zegt ze, en ze slaat een map open die ze bij zich heeft. Daarin zitten twee aan elkaar geniete vellen. 'Het is een machtiging waarmee u ons toestemming geeft om foto's van Zach vrij te geven aan de media.'

Ik kijk naar het formulier. Ik lees het niet, want als ik het zou lezen, zou dat me een paar minuten kosten, en dat zijn weer een paar minuten die Zach in staat stellen om nog erger vermist te raken.

'Hebt u een pen?' vraag ik.

'Ik zou het in elk geval even doorlezen,' zegt Kent.

'Is het wat u zegt dat het is?' vraag ik.
'Niet meer en niet minder.'
Ze geeft me een pen. Ik onderteken het formulier. Lisa ondertekent het ook. Kent schuift het formulier terug in de map en legt het parallel aan de rand van de salontafel tussen ons in. Dan haalt ze een notitieblokje uit haar zak, slaat het open en maakt een snelle aantekening.
'Het nieuws dat Zach is weggelopen komt om elf uur op de radio,' zegt ze, en ik kijk op mijn horloge. Dat is over veertig minuten. 'We laten zijn foto zien op het televisiejournaal van twaalf uur. Zijn foto zal breed worden verspreid, ook bij busstations en ziekenhuizen. Is Zach ooit eerder weggelopen?'
We schudden allebei ons hoofd. Dan zegt Lisa: 'Hij heeft het erover gehad. Een paar keer. Nou ja, wel iets vaker dan een paar keer. Het punt is: Zach kan nogal... lastig zijn.'
Ze schrijft iets op. 'Lastig?'
Lisa gaat verder. 'Hij kan snel boos worden,' zegt ze. 'En ik zeg het niet graag, maar soms reageert hij ook anders op dingen. Zijn leraren hebben geopperd dat hij weleens autistisch zou kunnen zijn, dus hebben we hem twee jaar geleden laten testen. Volgens de artsen was het geen autisme, maar... Nou ja, zoals ik al zei, hij kan soms een beetje lastig zijn.'
'Zo lastig nou ook weer niet,' zeg ik, want nu lijken we opeens ouders die misschien wel het breekpunt hebben bereikt. 'Ik zou zeggen dat hij eerder pittig dan lastig is.'
'Eerder pittig dan lastig,' zegt Kent.
'Het is een lieve knul,' zeg ik. 'We willen hem gewoon terug.'
'Dat willen we allemaal,' zegt Kent. 'Slikt hij medicatie? Zijn er andere dingen die we moeten weten?'
'Nee, niets,' zeg ik.
'Heeft hij allergieën? Een voedselallergie, hooikoorts, heeft hij astma?'
'Nee, niets,' zeg ik weer.
'Ik zag dat een van Zachs brillenglazen was afgeplakt. Heeft hij amblyopie?'
Amblyopie, ofwel een lui oog, waarbij de ene oogzenuw zich niet optimaal ontwikkelt omdat hij door de andere wordt gedomineerd. Bij kinderen plak je dan het goede oog af in de hoop dat de zwakkere zenuw

sterker wordt. Als het op zevenjarige leeftijd nog niet is verbeterd, gaat dat ook niet meer gebeuren, zo is ons verteld. 'Inderdaad. We hebben volgende maand een afspraak met de oogarts om te bespreken of er sprake is van verbetering en hoelang we nog moeten doorgaan met afplakken.'

'Het is een constante strijd om hem zijn bril te laten ophouden,' voegt Lisa eraan toe.

Kent schrijft iets op. 'Was hij ergens boos over?'

'Ja,' zegt Lisa. 'Vanwege wat er gisteren op de kermis is gebeurd.'

'Vertel eens.'

Ik zet het voor haar uiteen: dat ik met Zach naar de kermis was gegaan en dat ik hem uit het oog was verloren toen hij het springkasteel had verlaten zonder dat ik het had gemerkt, omdat ik met mijn telefoon bezig was. Kent zegt niets. Ze heeft zoiets waarschijnlijk al duizend keer gehoord en verbindt er geen oordeel meer aan. Of misschien ook wel, maar dan houdt ze het verborgen. Zo verdwijnen kinderen of vallen ze van speeltoestellen of komen ze op de bodem van het zwembad terecht: omdat ouders druk zijn met de onlinewereld terwijl hun kinderen in de echte wereld een ongeluk krijgen. Ik vertel haar over de confrontatie met de man die me heeft geslagen en de vrouw met de tweeling. Ze schrijft het allemaal op.

'Naderhand ben ik een ijsje met hem gaan eten. We hadden het over wat er was gebeurd en toen kreeg hij een driftbui. Hij begon te krijsen, maar dat is niets nieuws. Als dat gebeurt, tillen we hem meestal gewoon op en gaan we weg. Toen hij naar bed moest, was hij nog steeds boos. Hij zei dat hij wilde weglopen, maar ik dacht niet dat hij het meende. Natuurlijk dacht ik niet dat hij het meende.'

'Heeft Zach een mobieltje?'

'Hij is pas zeven,' zegt Lisa.

'Geeft u alstublieft gewoon antwoord op de vraag,' zegt Kent.

'Nee, hij heeft geen mobieltje,' zegt Lisa.

'Heeft hij een ander device?'

'Hij heeft een tablet om tekenfilms op te kijken,' zegt Lisa. 'Die ligt hier nog.'

'Heeft Zach socialemedia-accounts?'

'Nee,' zeg ik.

'Dat zullen we hoe dan ook even moeten nagaan. We maken wel vaker mee dat kinderen van Zachs leeftijd en soms zelfs nog jonger een tablet hebben en die gebruiken om...'

'Zach kan niet eens fatsoenlijk lezen,' zegt Lisa, 'laat staan een bericht typen.'

'Oké,' zegt Kent, en ze maakt een aantekening. 'Heeft hij nog extra kleren meegenomen?'

'Daar heb ik niet naar gekeken,' zegt Lisa. 'Zodra ik zag dat zijn lievelingskleren weg waren, ben ik opgehouden met zoeken. Zal ik dat nu alsnog gaan doen?'

'Zo meteen,' zegt Kent. 'Vertelt u me nog eens wat meer over gisteravond.'

Ik zet ook dat uiteen. We hebben gegeten. Lisa heeft Zach in bad gestopt en daarna heeft hij in zijn kamer gespeeld. Ik vertel over het gesprek dat ik met Zach heb gevoerd over weglopen, dat hij dan eten en kleren nodig zou hebben en zichzelf zou moeten onderhouden. 'Als ik ook maar een seconde had gedacht dat hij echt zou weglopen, zou ik hem aan zijn bed hebben vastgebonden.'

'Bindt u hem wel vaker vast?' vraagt Kent.

'Nee. Natuurlijk niet. Ik bedoel alleen: als ik had gedacht dat hij echt zou weglopen, zou ik zulke dingen nooit hebben gezegd en zouden we hem goed in de gaten hebben gehouden. Maar hij zegt zo vaak dingen die hij niet meent. Elke keer als hij boos wordt, zegt hij dat hij ons haat en dat hij bij zijn opa en oma wil gaan wonen. Zach... Soms wisselen zijn emoties elkaar razendsnel af. Hij kan het ene moment helemaal overstuur zijn en het volgende moment de rust zelve.'

Kent schrijft het allemaal op. 'Hoe is hij met vreemden? Stel dat hij in zijn eentje over straat loopt en een vreemde spreekt hem aan. Zal hij dan met diegene praten? Zal hij zich verstoppen? Draait hij zich om en rent hij weg?'

'Denkt u dat het zo is gegaan?' vraagt Lisa. 'Denkt u dat hij door een vreemde is meegenomen?'

'In dit stadium denk ik nog helemaal niets,' zegt Kent. 'Maar ik wil wel graag dat u de vraag beantwoordt.'

'Hij zou beleefd zijn,' zegt Lisa. 'Spraakzaam. Hij vindt andere mensen leuk en hij is makkelijk van vertrouwen. Hij gaat er ook altijd van uit dat zij hem leuk zullen vinden.'

'Dus als iemand hem hulp aanbood, zou hij erop ingaan?'

'Ja,' zegt Lisa. 'Hij zou het niet beseffen als ze... nou ja... andere bedoelingen hadden. Hij heeft heus wel geleerd dat je nooit met vreemden moet meegaan, maar hij is goedgelovig. Als iemand hem zou vertellen dat wij diegene hebben gevraagd om hem op te halen, zou hij dat waarschijnlijk geloven.'

'Dus u denkt dat het zo is gegaan,' zeg ik.

'Zoals ik al zei: in dit stadium denk ik nog helemaal niets.'

Welles. Ze denkt van alles en het is allemaal niet best.

Kent gaat verder. 'Hebt u recent nog in de tuin gewerkt?'

'Hè?'

'In de tuin gewerkt. Bent u de laatste paar dagen nog in de tuin bezig geweest?'

'Nee. Hoezo?'

'Er staat een voetafdruk onder het slaapkamerraam van uw zoon.'

'Die zal dan wel van Zach zijn. De planten zijn vertrapt waar hij is neergekomen.'

'De afdruk zat onder het gebladerte en hij is niet van Zach,' zegt Kent. 'Het is een volwassen maat. Welke maat heeft...'

'Wacht eens even, even terug,' zeg ik. 'Wat bedoelt u daarmee?'

'Ik bedoel dat er bij het slaapkamerraam van uw zoon een voetafdruk in de tuin staat. Kan die van u zijn?'

Alles is anders. Zonet gingen we er nog van uit dat Zach was weggelopen. Hij was weggelopen en verdwaald, of hij hield zich ergens schuil. Nu zit Kent ons dingen te vertellen die meneer Stel Dat al de hele ochtend beweert. *Zie je nou wel? En jij wilde niet luisteren. Wat dacht je gisteren ook alweer? Dacht je niet dat vermiste kinderen iets waren wat anderen overkwam, net als auto-ongelukken en kanker en huizen die afbranden? Als je er heel even bij had stilgestaan, had je beseft dat jij net zo goed bij die anderen hoort.*

Ik kijk naar Lisa. Haar handen zijn zo stevig tot vuisten gebald dat haar nagels ongetwijfeld in haar handpalmen snijden. Ze staart me aan. Er wellen tranen op in haar ogen.

Ik schud mijn hoofd. 'Die afdruk is niet van mij,' zeg ik, en ik sta op. Een scherpe, verscheurende pijn, als van indigestie, verspreidt zich razendsnel door mijn zij. Er staat daarbinnen iets in brand. In mijn hoofd breiden barsten zich uit. Muren verbrokkelen en rukken de bedrading mee als ze instorten. Ik loop de kamer rond, want lopen is een daad, lopen betekent dat je de dingen kunt sturen, terwijl je, als je blijft zitten, de brokstukken maar laat vallen waar ze willen. 'Dus volgens u heeft iemand door het raam naar onze zoon staan kijken.'

'Nee. Wat ik zei is dat we in de tuin een voetafdruk hebben gevonden die we zullen moeten identificeren.'

Dit is geen ZBB meer. Zach is uit zijn kamer weggelokt.

'U denkt dat iemand hem heeft meegenomen,' zegt Lisa met een stem die nauwelijks boven een fluistertoon uit komt.

Kent tikt een paar keer met de bovenkant van haar pen tegen haar notitieblok, en dan zegt ze: 'Hoor eens, meneer en mevrouw Murdoch, dankzij uw werk hebt u een beter inzicht dan de meeste mensen in hoe dit soort dingen in zijn werk gaat. U weet dat we alle mogelijkheden open moeten houden en er zo snel mogelijk zo veel mogelijk moeten uitsluiten. Hoe sneller we dat kunnen doen, hoe sneller we kunnen deduceren wat er is gebeurd. Ik suggereer nog geen enkel scenario. Het enige wat ik doe is alle mogelijke informatie verzamelen. Goed, als u nu weer eens ging zitten, meneer Murdoch, dan kunnen we verder.'

'Hoe kan ik in vredesnaam verdergaan als u zegt dat iemand onze zoon heeft ontvoerd?'

'Uw zoon is precies de reden dat u moet gaan zitten en mijn vragen moet beantwoorden.'

Ik ga weer zitten. Ik vind het niet leuk, maar ik doe het toch. Aan de andere kant: ik vind tot nu toe niks aan vandaag leuk. Niet één ding. Het is nu wel duidelijk dat Kent, en de andere politieagenten, allemaal denken dat Zach helemaal niet is weggelopen, maar dat er iemand is gekomen die hem heeft meegenomen.

11

Allebei de ouders weten zich maar net te beheersen. Kent wist al toen ze binnenkwam dat alles snel zou veranderen zodra ze over de voetafdruk begon. Op dit moment kunnen ze nergens anders aan denken dan aan het feit dat er een vreemde aan hun raam heeft gestaan. De temperatuur in de kamer is gestegen. Ze voelt de hitte in golven van de beide Murdochs af slaan.

'Ik wil nog even terugkomen op het incident van gisteren op de kermis. Die man die u heeft geslagen, heeft die iets gezegd wat erop wijst dat hij u herkende?'

'Niets, en ik betwijfel het. Als schrijver ben je onzichtbaar. Ik wed dat er misschien twee of drie schrijvers ter wereld zijn die je op straat zou herkennen. Dat die man wist wie ik was lijkt me hoogst onwaarschijnlijk.'

'Ik herkende u wel,' zegt ze. 'We hebben elkaar vijf jaar geleden backstage ontmoet op een festival in Auckland.'

'Echt waar?'

'Het was maar een paar minuten. Ik heb u allebei gesproken.'

Hij schudt zijn hoofd en kijkt zijn vrouw aan, die eveneens langzaam haar hoofd schudt. 'Dat herinner ik me niet.'

'U bent een bekend man, meneer Murdoch. Als hij een van uw boeken heeft gelezen of u in een artikel heeft gezien, dan is het mogelijk dat hij u heeft herkend.'

'Denkt u dat die man hiernaartoe is gekomen?' vraagt Lisa.

'Denkt u dat hij me naar huis is gevolgd?' vraagt Cameron. 'Dat hij hiernaartoe is gekomen, op het raam heeft geklopt en Zach heeft overgehaald om met hem mee te gaan?'

'Ik moet met alle mogelijkheden rekening houden,' zegt Kent. 'U zei net dat Zach best door een vreemde kon worden overgehaald om mee te gaan.'

'Ja, op straat, maar hij zou nooit door zijn raam naar buiten klimmen om met een vreemde mee te gaan. Zach is weggelopen. Hij zei dat hij het zou doen, en hij heeft het gedaan, en die voetafdruk in de tuin komt ergens anders door. Misschien heeft iemand geprobeerd bij ons in te breken. Bent u nagegaan of er in de buurt inbraken zijn gemeld?'

'Dat wordt nu nagetrokken. Hebt u foto's gemaakt van Zach in het springkasteel?'

'Ja.'

'Is het mogelijk dat u er een hebt waar de man op staat die u heeft aangevallen?'

Cameron kijkt op zijn telefoon. Hij swipet door vijf, zes foto's en schudt dan zijn hoofd. 'Niks.'

'Oké. We gaan aan de slag om hem op te sporen. Ik wil graag ook een lijst van al Zachs vriendjes en vriendinnetjes. Mogelijk heeft hij plannen gemaakt voor hij vrijdag uit school kwam. Misschien dachten een paar van hen dat het leuk zou zijn om samen af te spreken en hebben al die anderen zich bedacht. Dat heb ik wel vaker meegemaakt. Misschien dacht Zach wel dat tien van zijn vriendjes en vriendinnetjes allemaal...'

'Niet een van zijn vriendjes heeft een volwassen schoenmaat,' zegt Cameron.

'Ik kan u wel een lijst geven,' zegt Lisa.

'Ik wil ook graag een lijst van plaatsen waar hij weleens met vriendjes is geweest, speeltuinen en andere plekken waar ze met andere ouders naartoe zijn gegaan. We controleren de parken nog een keer en er zijn nog altijd een paar agenten op zoek bij de school.'

'Oké,' zegt Cameron, en ondanks de stijgende temperatuur oogt hij bleek, alsof hij elk moment kan flauwvallen.

'Meneer Murdoch, toen u vanochtend belde om Zach als vermist op te geven, tegen wie zei u toen dat die zijn kop moest houden?'

'Sorry, wat?'

'U zei tegen iemand dat die zijn kop moest houden. Wie was dat?'

Cameron kijkt naar zijn vrouw, die terug staart. Haar mond verstrakt en ze fronst.

'Dat stelde niks voor,' zegt hij.

'Dan is er ook geen reden om het me niet te vertellen.'

'Ik zei tegen mezelf dat ik mijn kop moest houden.'

'Tegen uzelf?'

'Ik weet dat het gek klinkt, maar als ik zit te schrijven, heb ik een stem in mijn hoofd, zeg maar... Zeg maar de stem die ik op papier probeer te gebruiken.' Hij kijkt haar strak aan, en als ze niets zegt, gaat hij verder. 'Die stem... Zodra ik besefte dat Zach weg was, begon die me met allerlei mogelijkheden te bestoken.'

'Zoals?'

'Zoals de dingen waar we over schrijven.'

'Dus u zei tegen een stem dat hij zijn kop moest houden.'

'Zo zou ik het niet verwoorden, maar inderdaad.'

'Hoort u ook weleens andere stemmen?'

'Nogmaals, zo zou ik het niet verwoorden, maar nee. Ik hoor geen stemmen.'

'Behalve die ene tegen wie u zei dat hij zijn kop moest houden.'

Hij slaakt een zucht en zegt: 'Ik heb antwoord gegeven op uw vraag, of u het wil accepteren is aan u.'

Dat is een goeie, denkt ze. Een goed antwoord, en ze gelooft hem inderdaad. Zelf heeft ze immers net zo'n stem, nietwaar? De stem die elke keer als ze de auto start zegt: *Misschien deze keer.* En heeft ze niet meer dan eens tegen die stem gezegd dat die zijn kop moest houden?

Thompson komt de woonkamer binnen. Ze stelt hem voor aan de Murdochs en hij knikt in hun richting, waarna hij tegen haar zegt: 'Burke is er.'

Kent staat op. 'We hebben wat kleren van Zach nodig.'

'Er staat een wasmand in zijn slaapkamer,' zegt Lisa.

'Regel ik wel,' zegt Thompson.

'Oké,' zegt Kent. 'Kom, we gaan naar buiten.'

12

We lopen achter Kent aan naar buiten. Aan weerszijden van het huis is op twintig meter afstand een afzetting geplaatst, waar mensen zich verzamelen. Aan de overkant van de straat staat vanaf de andere kant van haar rozentuin onze tachtigjarige overbuurvrouw, mevrouw Mulvaney, naar ons te kijken. Elk jaar met Kerstmis komt ze versgebakken muffins brengen, en op Zachs verjaardag bakt ze steevast koekjes voor hem. Ze is altijd heel aardig. Altijd. Alleen kijkt ze ons nu aan alsof de politie een stuk of tien lijken in onze tuin heeft opgegraven.

Bij de afzettingen verzamelen zich journalisten. Camera's worden op ons scherpgesteld. Nog even en ze gaan de buren interviewen. Ze zullen ons 'rustige mensen' noemen. Dat is een omschrijving die we hebben gebaseerd op uitspraken van buren die met verslaggevers praten en dingen zeggen als: 'Niet te geloven dat hij zijn baas heeft vermoord. Hij was altijd zo'n rustige man, bemoeide zich nooit met anderen.' Of: 'Niet te geloven dat ze haar eigen kinderen heeft verdronken. Ze was een heel rustige vrouw, we zagen haar eigenlijk zelden.'

Thompson komt met een T-shirt in een plastic zak in zijn handen naar buiten. 'Kunt u bevestigen dat deze van Zach is?' vraagt hij terwijl hij het omhooghoudt, alsof we ook de shirts van andere jongetjes van zeven zouden wassen.

'Ja,' zegt Lisa.

Hij geeft de plastic zak aan een man in een politie-overall. Hij heeft een aangelijnde bloedhond bij zich. De bloedhond heeft een hangsnuit en slaphangende oren, en kijkt alsof hij elk moment kan gaan klagen over de hitte.

'Wanneer bent u voor het laatst te voet met Zach naar het huis van zijn oma gegaan?' vraagt Kent.

'Een poosje geleden al,' zeg ik. 'Een paar maanden. Misschien langer.'

'En naar school?'

'We brengen hem altijd met de auto.'

'De parken?'

'We gaan zelden te voet naar Antberry. De laatste keer dat we dat hebben gedaan was vorig jaar zomer. Wat Haydon betreft, daar zijn we afgelopen weekend nog naartoe gewandeld.'

'Is Zach de afgelopen paar dagen veel buiten geweest?'

'Niet echt,' zegt Lisa. 'Ik bedoel, hij speelt weleens in de achtertuin, maar nooit in de voortuin. Gisteren is hij naar de kermis geweest en afgelopen zaterdag hebben we hem meegenomen naar mijn ouders.'

'Wanneer heeft hij voor zover u weet voor het laatst hier buiten rondgelopen?' vraagt Kent.

'Ik...' zeg ik, maar eigenlijk kan ik die vraag niet beantwoorden. 'Dat weet ik niet zo goed. Meestal als we hierbuiten zijn, gaan we ergens naartoe, en meestal gaan we dan met de auto. Vorig weekend zijn we dus naar Haydon Park geweest, maar dat zou weleens de enige keer kunnen zijn geweest.'

Ze loopt naar de man met de hond toe en ik hoor dat ze hem alles vertelt wat wij haar hebben verteld. Dan mag de hond aan de kleren ruiken en loopt hij met zijn neus aan de grond weg, alsof hij een onzichtbaar pad naar de straat volgt. Kent en Thompson lopen naar de zijkant van de tuin, buiten gehoorsafstand, om elkaar bij te praten, en dan komt Kent terug.

'Hoelang wonen jullie hier al?' vraagt ze.

'Volgende maand negen jaar,' zegt Lisa.

'Dus Zach woont hier al zijn hele leven,' zegt Kent. 'Dan kent hij de omgeving zeker goed?'

'Grotendeels,' zegt Lisa. 'In elk geval de routes naar de parken en naar school, en naar het huis van zijn oma.'

'Kinderen die weglopen beperken zich meestal tot de straten die ze al kennen,' zegt Kent. 'Ik zal zorgen dat we een plattegrond krijgen en dan mag u me de straten aanwijzen die hij kent. Het zal zijn als rimpelingen in een vijver die zich vanaf dit huis verspreiden. Om te beginnen zullen we ons concentreren op de straten die het dichtstbij liggen, maar het is mogelijk dat er grotere wegen zijn die als een barrière zullen werken voor Zach, wegen waarvan hij weet: als ik die oversteek, bevind ik me op onbekend terrein. Kinderen van Zachs leeftijd die weglopen doen meestal geen poging om brede, drukke wegen over te steken, zeker als ze niet weten wat er aan de overkant is.'

We gaan terug naar binnen. We gaan op dezelfde plekken zitten als daarnet. Bijna. Het verschil is dat Lisa wat afstand tussen mij en zichzelf creëert. Eerst zaten we dicht tegen elkaar aan, nu zou er iemand tussen ons in kunnen gaan zitten.

'We hebben alle schoenen in huis verzameld,' zegt Kent, 'behalve het paar dat u aanhebt. Mag ik ze?'

Ik trek mijn schoenen uit, en Thompson komt op me af met een plastic zak die hij openhoudt. Ik laat ze erin vallen en hij loopt ermee naar buiten.

We praten over Zachs school. Kent wil weten of er nieuwe leerlingen of leraren zijn, en of de bestaande leerlingen of leraren ongewoon veel belangstelling voor Zach aan de dag hebben gelegd. Mijn rechterbeen wipt de hele tijd onrustig op en neer. De hoofdpijn wordt erger. De afstand op de bank tussen mij en mijn vrouw is groter geworden zonder dat ik het heb zien gebeuren. Het is nu één uur. Zach is nu misschien al wel achttien uur vermist. Kent vraagt naar de gegevens van Zachs huisarts. Lisa zoekt de gegevens op, en hoe sneller Kent hem belt en de indruk dat Zach met enige regelmaat tegen deuren op liep uit haar hoofd zet, hoe beter.

Er komt een agent binnen met een plattegrond. Kent spreidt hem uit over de salontafel en we wijzen de straten aan die Zach goed kent. Er komen nog meer mensen ons huis binnen. Bij elke nieuwkomer legt Kent uit wat die komt doen. Iemand haalt een kam uit de badkamer met haar van Zach eraan. Dat is voor DNA-analyse, vertellen ze ons, en dat heeft een onheilspellende bijklank. DNA gebruik je om iemand te identificeren die dat niet zelf kan. Zachs tablet wordt in een plastic zak gestopt en meegenomen zodat een forensisch computerexpert hem kan analyseren.

Onze vingerafdrukken worden genomen, volgens Kent om ons 'uit te sluiten'. Als ze afdrukken bij het raam vinden, zullen ze willen weten of die van ons zijn of van iemand anders. Thompson komt terug en gebaart tegen Kent dat hij iets heeft gevonden, en ze praten even met elkaar in de hal voordat ze samen naar buiten lopen. Ik sta op, loop naar het raam en kijk naar hen.

13

Kent loopt achter Thompson aan naar buiten, naar de vertrapte lelies. Er zijn nu nog meer agenten, nog meer verslaggevers, nog meer buren die zich verzamelen bij de afzettingen.

'Op het slaapkamerraam zit niets,' zegt Thompson. 'Het is niet open gewrikt, aan de buitenkant zitten geen vingerafdrukken, maar aan de binnenkant ook niet.'

'Ook geen op de vensterbank?'

'Niet één.'

'Dat kan niet.'

'Mee eens. Als een kind uit een raam klimt, laat het overal vingerafdrukken achter.'

'Dus jij denkt dat hij niet uit het raam is geklommen?'

'Ik weet het niet,' zegt hij. 'Maar ik weet wel dat hij het op weg naar buiten nooit zou hebben schoongeveegd. En er is nog iets. Ik heb even nagetrokken wat jij zei over hun uitstapje naar de kermis van Hagley. Een vrouw heeft de politie gebeld en zei dat een man haar twee dochtertjes had mishandeld. Ze heeft een foto van hem gemaakt.' Thompson geeft haar zijn telefoon. 'Hij is een beetje onscherp, maar het is Murdoch. De melding kwam om vijf voor drie 's middags binnen. Ze zei dat hij haar dochtertjes uit het springkasteel had gegooid en toen was weggerend. Een van hen heeft een gebroken sleutelbeen.'

'Arm meisje,' zegt ze, 'maar dat was vast een ongelukje, denk je niet? Ben je weleens als volwassene in een springkasteel geweest? Ik ben vorig jaar met mijn nichtje in zo'n ding geweest en het is alsof je over een waterbed loopt. Waarschijnlijk is Murdoch gewoon gevallen.'

'Volgens haar niet, maar ik ben het met je eens dat ik niet verwacht dat een bekend iemand als Cameron Murdoch zomaar een springkasteel in stormt en er kinderen uit gaat gooien. Hoe dan ook, ze heeft die beschuldiging geuit.'

'Ga met haar praten. Kijk of je de lont uit het kruitvat kunt halen voor het het onderzoek in de weg gaat zitten. Zorg ervoor dat ze die foto niet online zet. En ga na of ze ons iets kan vertellen over die kerel die Cameron heeft aangevallen.'

'Denk je dat die man Zach heeft meegenomen?'

'Ik weet het niet. Ik bedoel, er zijn mensen geweest die ergere dingen om minder hebben gedaan. Misschien is hij hiernaartoe gekomen, zag hij dat Zach het raam open had gemaakt, heeft hij hem naar buiten geholpen en vervolgens de boel schoongeveegd. En zijn er daarom geen vingerafdrukken. Als die vrouw van de kermis een foto heeft gemaakt van Murdoch, zou het kunnen dat ze er ook een heeft gemaakt van de man die hem heeft geslagen. En er moet ook iemand zijn geweest die toezicht hield bij het springkasteel, dus laten we kijken of we die ook kunnen opsporen.'

'Regel ik.'

'Heeft Burke zich al gemeld?'

'Ja. Hij zei dat de hond geen geurspoor kon vinden naar het huis van de oma. Dat moet al een poosje geleden zijn, zoals de ouders al zeiden. Hij heeft een rondje om het huizenblok heen gelopen, en de enige geur die de hond opving leidde in de richting van Haydon Park. Dat volgen ze nu. Hij zei dat hij ons op de hoogte zou houden.'

'Camerons schoenen?'

'Niets uit het huis komt overeen met wat we in de tuin hebben gevonden. Vind je dat we de ouders op tv moeten laten verschijnen?'

Een persconferentie met de ouders zou om twee redenen een optie zijn: als Zach ergens wordt vastgehouden, kan het geen kwaad om een smeekbede te richten tot degene die hem heeft meegenomen. Het zou de kijkers ook de kans geven de ouders eens goed te bekijken en na te denken of ze hen de laatste tijd iets verdachts hadden zien doen. 'Daar heb ik ook al aan gedacht. Wat vind jij?'

'Het kan nooit kwaad,' zegt hij.

'Nee. Dat denk ik ook.'

'Wat ga je doen? De Murdochs meenemen naar het bureau? Of ze hier verder ondervragen?'

'Dat we geen vingerafdrukken hebben aangetroffen op het raam en de vensterbank is reden tot zorg,' zegt ze. 'Ik stel voor dat we ze meenemen naar het bureau en apart zetten.'

Ze geeft hem zijn telefoon terug en loopt terug naar binnen.

14

Het wordt steeds warmer. Het zweet stroomt langs mijn lijf. Er zijn meer mensen in het huis. Sommige speuren gekleed in een pak van wit nylon naar de kleinste aanwijzing. Ik zie dat Kent over het gazon naar de voordeur loopt. Als ze binnenkomt, oogt ze op de een of andere manier anders, verstrakt, alsof elke spier in haar lichaam wordt aangespannen.

'Wat is er gebeurd?' vraag ik.

'Gaat u zitten,' zegt ze.

'Zeg het nou maar gewoon.'

'Dat doe ik ook, zodra u zit.'

Waar elke spier in Kents lichaam wordt aangespannen, lijkt elke spier in mijn lichaam juist te verslappen. Het kost me moeite om terug bij de bank te komen.

'Hoe laat was u gisteren bij het springkasteel?'

'Weet ik niet. Een uur of drie misschien?'

'U hebt foto's genomen met uw telefoon. Kunt u het even nakijken?'

Ik kijk het na. 'Zeven minuten voor drie.'

'De vrouw over wie u me vertelde heeft de politie gebeld.'

'Heeft ze gezegd wat er is gebeurd? Dat die kerel me uit het niets heeft geslagen?'

'Nee. Hebt u haar dochters aangeraakt?'

'Nee, natuurlijk... Wacht, jawel. Ze vielen. Dat was toen ik naar het springkasteel toe liep. Ze botsten tegen elkaar en vielen eraf, en ik heb een van hen overeind geholpen.'

'Zij beweert dat u hen hebt mishandeld. Dat u in het springkasteel bent geklommen en hen eruit hebt gegooid.'

'Nee. Dat klopt niet,' zeg ik. 'Ik bedoel, ik ben inderdaad in het springkasteel geklommen, en ik denk dat een van hen er toen misschien uit is gevallen. En trouwens, toen die man me sloeg, viel ik er weer tegenaan en volgens mij is het andere meisje toen ook gevallen. Maar dat ging per ongeluk.'

'Een van die meisjes heeft haar sleutelbeen gebroken.'

Ik strijk met mijn handen door mijn haar en leun achterover. 'Dat... Wat erg. Dat was niet de bedoeling. Het was allemaal niet de bedoeling. Ik was gewoon op zoek naar Zach. Zeg tegen haar dat het me spijt en dat ik uiteraard bereid ben om eventuele medische kosten te vergoeden.'

'Ze zegt dat u een ander jongetje probeerde aan te randen.'

Meteen komt de hoofdpijn opzetten. Vlak achter mijn ogen, een doffe, gloeiende pijn die een bliksemschicht lijkt te produceren. 'Dat is niet waar. Ik heb mijn hand op de arm van een jongetje gelegd. Ik had hem een paar minuten daarvoor met Zach zien praten. Ik wilde hem mijn telefoon laten zien. Ik wilde hem een foto van Zach laten zien. En toen kwam zijn vader op me af en liep het allemaal uit de hand.'

Lisa heeft haar knieën opgetrokken tot onder haar kin. Ik heb het gevoel dat ik buiten mijn lichaam ben getreden, dat mijn ziel is weggezweefd en uit de lucht is geplukt door de scenarioschrijver van *The Twilight Zone. Dit zijn Cameron en Lisa Murdoch, een echtpaar dat misdaadromans schrijft en wier verhaal handen en voeten krijgt en tot leven komt in...* The Twilight Zone.

'We moeten die beschuldiging wel natrekken.'

Ik voel iets knijpen in mijn hoofd, en daardoor lijkt het alsof de muren van de woonkamer wankelen en opbollen, terwijl de meubels krimpen en trillen. Misschien is het een embolie, misschien is het shock, misschien is het gewoon een vleugje algehele malaise. Ik sta weer op. Beweging is vooruitgang. Ik loop naar het raam. Mijn oren suizen.

'Meneer Murdoch?'

'Nee,' zeg ik.

'Nee?'

'Nee. Ik heb die jongen niet aangeraakt, niet op de manier die zij insinueren, maar als die man denkt dat ik dat wel heb gedaan en als hij hier kwam voor Zach, hoe had hij dan kunnen weten dat Zach zou weglopen? En we weten nog steeds niet zeker dat hij niet gewoon is weggelopen. Die schoenafdruk in onze tuin, komt die overeen met een schoen van mij?'

'Nee,' zegt ze.

Dat is niet het antwoord dat ik wilde horen. Ik had nog een beetje hoop dat ik daar een keer had gestaan en het gewoon was vergeten. 'Heeft de hond iets gevonden?'

'Nee, nog niet.'

Ik weet hoe goed bloedhonden zijn. We hebben ze weleens opgevoerd in een boek. Ze kunnen duizend keer beter ruiken dan een mens. Ze zijn zo goed dat hun vermogen om bewijs te vinden – of juist niet – in sommige andere landen in de rechtbank kan worden gebruikt. De enige plek waar Zach de afgelopen week vanaf onze voordeur naartoe is gelopen is Haydon Park. Er zouden twee sporen moeten zijn: één naar het park en één naar waar Zach gisteravond ook naartoe is gegaan. Het zou niet zo lang moeten duren. De enige reden dat een bloedhond Zach niet zou kunnen vinden is dat Zach nergens te vinden is. Dat zou betekenen dat Zach in een auto is gestapt, of gezet.

De storm die door de woonkamer raast wordt heviger. De hoofdpijn is niet langer gloeiend, maar gloeiendheet, en de blikseminslagen in mijn hoofd nemen in frequentie toe. De muren bollen nog steeds op en de meubels zijn allemaal vloeibaar, allemaal van gelei.

Ik loop naar de keuken, waarbij ik me vasthoud aan de muren, de meubels en zelfs een agent om overeind te blijven. Ik haal pijnstillers van de bovenste plank van de voorraadkast en neem ze met water in. Ik houd me vast aan het aanrechtblad, terwijl de vloer onder mijn voeten deint en golft.

Ik kijk naar Lisa, in de greep van haar eigen storm, die zo koud is dat ze op haar plaats vastgevroren zit. Dan kijkt ze me aan, en in die blik zie ik alles wat ik moet weten. Als we Zach terugkrijgen, zullen we dit misschien nooit te boven komen.

'Gezien de manier waarop de dingen vorm krijgen,' zegt Kent, 'denk ik dat het beter is als we op het bureau verdergaan met deze vragen.'

15

Ik trek mijn pyjama uit en een T-shirt en een korte broek aan. Al mijn schoenen zijn als bewijsmateriaal meegenomen, maar ik heb nog wel een paar slippers dat ik aantrek. Lisa trekt een spijkerbroek en een T-shirt aan. De pillen doen hun werk; de blikseminslagen dringen niet meer zo ver door en volgen elkaar minder snel op. We stappen achter in een donkerblauwe sedan, zonder dat iemand tegen ons hoeft te zeggen dat we moeten oppassen dat we ons hoofd niet stoten. Kent stapt aan de passagierskant in. Agent Waverley stapt achter het stuur.

Ik kan het gevoel niet van me afzetten dat we onder arrest staan als we de straat uit rijden, de afzetting aan het eind opzij wordt geschoven zodat we erdoor kunnen en de buren hun hoofd omdraaien om ons na te kijken. De busjes van de plaatselijke en de landelijke media hebben gezelschap gekregen van een paar van de internationale media. Niemand zegt iets. Waverley maakt een reeks bochten naar rechts en naar links en Lisa weigert me aan te kijken. Ik staar door het raampje naar een stad die net zo kwaadaardig blijkt te zijn als we haar in onze boeken afschilderen. We passeren huizen die ik duizenden keren voorbij ben gereden, maar die er vandaag allemaal anders uitzien dan anders, met grote schaduwen achter de ramen die allerlei krankzinnigs verbergen... en wellicht ook onze zoon. Wie kent zijn buren nu eigenlijk echt? Ik niet, want één van hen heeft ons gezin in de gaten gehouden en de rest beschouwt ons als entertainment.

We bereiken het centrum; de door bomen en mooie huizen geflankeerde straten met stopborden maken plaats voor door parkeermeters en kantoorgebouwen geflankeerde straten met verkeerslichten. We rijden parallel aan de Avon, een smalle rivier die aan de ene kant het centrum in kronkelt en aan de andere kant weer eruit; op de oevers zitten mensen naar het donkere water te staren terwijl ze een late lunch of een vroeg avondmaal eten, voordat ze hun fastfoodverpakkingen erin gooien. Overal staan en hangen kerstversieringen, kerstmannen voor de ruiten, fonkelende slingers aan de lantaarnpalen, sneeuw die om ramen heen is geschilderd. Nieuw-Zeeland is alleen in de geest een land met een witte kerst, want in werkelijkheid bevinden we ons aan de verkeerde kant van de wereld voor sneeuw in december. Wij bevinden ons aan de kant waar de barbecues worden opgestookt voor het ontbijt en waar men de dagen in de zon doorbrengt.

Het politiebureau lijkt wel het enige gebouw in de stad zonder kerstversieringen. Misschien zijn ze gestolen. Een groot, metalen hek schuift rammelend open en we rijden een helling af naar een parkeergarage. Mijn slippers kletsen tegen mijn voeten en onze voetstappen galmen over de vloer en weerkaatsen tegen de betonnen muren als we naar de lift lopen, waardoor het klinkt alsof we niet met z'n vieren, maar met z'n achten zijn. Kent drukt op de knop, de deuren gaan open en we stappen erin, eerst Waverley, dan Lisa, dan ik, dan Kent. De deuren gaan dicht en het klinkt weer alsof we met z'n vieren zijn.

We gaan naar de vierde verdieping. Er klinkt geen muzak. Geen gepraat. Alleen het gezoem van techniek in bedrijf. De deuren gaan open en we stappen er in omgekeerde volgorde uit. Pal voor ons is een kantoortuin met een stuk of twintig, vijfentwintig bureaus, waarvan er veel met de achterkanten tegen elkaar staan en waarvan er veel onbemand zijn, omdat de rechercheurs elders naar Zach op zoek zijn. Tegen de muren staan dossierkasten en tafels, en er hangen posters waarop de politie wordt aangeprezen, plus een paar kleinere posters met foto's van de meest gezochte misdadigers van Nieuw-Zeeland; op plaats één is een foto van Bilbo Baggins vastgepind.

Kent gaat ons voor langs een grote vergaderzaal met een wand vol ramen, waardoor we kunnen zien dat hij inmiddels in gebruik is als onderzoeksruimte. Aan de tegenoverliggende muur hangt een langwerpig prikbord met in het midden een foto van Zach. Eromheen hangen andere foto's en notities, en naast dat alles een grote plattegrond van onze buurt, die met punaises is vastgeprikt. We eindigen in een kamer die net zo groot is als mijn thuiskantoor. In het midden staat een vierkante tafel en je kijkt uit over de stad. Het ziet er niet uit als een verhoorkamer, maar dat is het wel. Ik ga naast Lisa aan de ene kant zitten en Kent vraagt ons of we iets willen drinken. Ik weet niet wat ik daarop moet antwoorden. Stel dat ik ja zeg en dat een vlinder met zijn vleugels klappert en Zach sterft? Of erger nog: stel dat ik nee zeg en dat Zach nog steeds sterft, maar eerst veel erger lijdt?

'Meneer Murdoch?'

'Ik... Ik weet het niet.'

'Ik haal voor jullie allebei wel iets,' zegt ze, en dat is fijn, want mijn keel is droog en mijn mond voelt aan alsof ik in een zak vol stof heb zitten puffen. Op weg naar buiten trekt Kent de deur achter zich dicht.

Dit is de eerste keer dat ik alleen ben met Lisa sinds we die ochtend aan het telefoneren waren.

'We krijgen hem wel terug,' zeg ik. 'Dat beloof ik.'

Mijn woorden zijn hol, en dat weet ze, en dat bewijst ze door te zeggen: 'Dat kun jij helemaal niet beloven. Je weet hoe dit gaat. Je weet waartoe dit zou kunnen leiden.'

Ze weigert me aan te kijken. Ik leg mijn hand op haar schouder en ze trekt zich terug. Ik krijg weer zin om te huilen. Ze staart naar de tafel, haar lichaam gekromd, haar armen over elkaar.

'Waarom, Cameron? Waarom zou je tegen Zach zeggen dat het een goed idee was om weg te lopen? Waarom zou je zoiets stoms zeggen?'

'Ik dacht...' begin ik, maar ik maak mijn zin niet af. Het doet er niet toe dat ik dacht dat het gewoon weer een ZBB was. Wat ertoe doet is dat de vlinder met zijn vleugels heeft geklapperd en dat Zach is verdwenen. 'Het spijt me,' zeg ik. 'Het spijt me echt heel, heel erg.'

Ze geeft me een klap. Het geluid galmt door de kamer. Het doet pijn. Haar gezicht is rood en vertrokken. Haar handen beven. Dit is Lisa niet. Ze ziet er misschien uit als Lisa, maar ze is het niet. Dit is iemand die ik nooit eerder heb gezien. 'Het is jóúw schuld!'

Ik weet niet wat ik moet zeggen, maar voordat ik iets kan bedenken, verzacht haar gezicht en slaat ze haar hand voor haar mond. 'Het... Dat had ik niet moeten zeggen en ik had je niet moeten slaan. O lieve help, ik kan zelf niet geloven dat ik dat heb gedaan.'

'Het geeft niet,' zeg ik.

'Ik neem het je niet kwalijk. Natuurlijk niet.'

De deur gaat open. Kent komt binnen met twee flesjes water. Ze houdt Lisa er een voor, maar die pakt het niet aan, dus zet ze het op de tafel. Tegen de deurpost staat een vrouw geleund. Ze draagt een donker shirt dat om haar lichaam spant. Ze ziet eruit alsof ze een auto zou kunnen bankdrukken. Achter haar staat een rechercheur in een net pak dat zo te zien boven mijn budget is. 'Lisa,' zegt Kent, 'zou je met rechercheur Vega en rechercheur Travers willen meegaan?'

Lisa zegt niets, maar ze knikt, haalt haar neus op, wrijft over haar gezicht, laat het water staan en loopt naar de deur. Kent doet hem dicht en gaat tegenover me zitten. Ik verwachtte al dat ze ons uit elkaar zouden halen zodat ze onze verklaringen zouden kunnen vergelijken, maar toch doet het pijn.

'Moet ik mijn advocaat bellen?'

'Wil je die dan?'

'Nu gaat u me zeker vertellen dat alleen schuldige mensen er een nodig hebben?'

'Ben je dat dan, Cameron? Schuldig?'

Ze tutoyeert me inmiddels. Dat betekent dat ze de rol van de aardige agent gaat spelen. Ze gaat proberen vrienden met me te worden. 'Natuurlijk niet,' zeg ik, 'en hoe langer jullie me hier vasthouden, hoe langer we hiermee doorgaan, hoe slechter dat is voor Zach. We zouden naar hem op zoek moeten zijn in plaats van hier spelletjes te zitten spelen.'

Haar mond verstrakt en ze steekt haar kin naar voren, waardoor haar litteken strakker en glanzender wordt. 'Ik verzeker je, Cameron, dat niemand hier spelletjes speelt.'

Ik leg mijn handen plat op de tafel. Ik adem langzaam uit. 'Hoor eens, het spijt me. Dat was een slechte woordkeus. Ik weet dat niemand spelletjes speelt. Ik ben gewoon gefrustreerd. En bang. Ik wil Zach terug. Ik wil naar hem gaan zoeken.'

'Natuurlijk ben je bang. Dat zou ik ook zijn,' zegt ze, en ze ontspant zich nu ze vrienden met me begint te worden. 'Ik weet dat jij weet dat ik vragen heb die ik moet stellen, vragen die uiteindelijk misschien zinloos zullen blijken, maar die ik toch zal moeten stellen.'

'Vraag dan.'

'Hoe gaat het tussen jou en Lisa?'

'Ze neemt het mij kwalijk dat ik Zach heb laten weglopen, en dat is ook logisch.'

'En voor vandaag? Hoe gaat het tussen jullie?'

'Prima. Het gaat prima tussen ons.'

'Hoe is het om samen te werken?'

'Wat heeft Zach hieraan?'

'Geef alsjeblieft gewoon antwoord op de vragen, Cameron.'

'Dat is geweldig. Het is allemaal geweldig.'

'Zie je, als het om mij ging en ik zou dag in, dag uit met dezelfde persoon moeten samenwonen en samenwerken, dan denk ik dat ik dat lastig zou vinden. Zeker gezien het werk dat jullie doen. Allebei met je eigen creatieve ideeën, strijdend om voorrang. Ik zou denken dat de stress van het werkende leven makkelijk zou kunnen overlopen in het privéleven als twee mensen samenwonen en -werken. Dat moet toch lastig zijn.'

'Het is helemaal niet lastig. We kunnen goed samenwerken en we kunnen goed samenwonen, en als u iets anders wilt suggereren, dan hebt u...'

'Ik wil helemaal niets suggereren.'

'Oké. Oké, mooi. Want het gaat geweldig.'

'Maken jullie veel ruzie?'

'Ik zeg toch net...'

'Alle stellen maken ruzie, Cameron. Wil je nou beweren dat jullie anders zijn?'

'Nou, nee, natuurlijk niet. Ik bedoel, we hebben weleens onenigheid, maar we maken nooit echt ruzie.'

'Waarover hebben jullie onenigheid?'

'Jezus, weet ik veel. Kleinigheden. Onbelangrijke dingen.'

'Waar Zach bij is?'

'Nooit.'

'Hoe loopt de verkoop?'

'Pardon?'

'De verkoop van jullie boeken. Loopt die goed? Slecht? Dreigt er een faillissement?'

'Ik snap nog steeds niet wat...'

'Doe me een plezier.'

'De verkoop loopt prima. We zitten er warmpjes bij. We hebben geen hypotheek en we hebben geld op de bank.'

'Hoeveel geld?'

'Hoezo?'

'Als iemand belt en losgeld eist,' zegt ze, 'dan kunnen we wellicht veel afleiden uit het bedrag dat diegene eist. Daarom.'

Daar had ik niet bij stilgestaan.

'Vandaar al deze vragen, Cameron. Je zou ons allemaal enorm helpen, en Zach nog het meest, als je je vooropgestelde ideeën over wat hier gaande is van je zou afzetten en gewoon antwoord zou geven op mijn vragen.'

'U hebt gelijk. Sorry. We hebben ongeveer een ton op de bank.'

'Weten jullie familie en vrienden hoeveel jullie verdienen? Praten jullie erover in interviews?'

'Nee,' zeg ik. 'Ik bedoel, sommige vrienden zullen misschien wel een indruk hebben. Dus als iemand belt en een ton aan losgeld eist, dan gaan jullie ervan uit dat het iemand is die we hebben gesproken?'

'Of iemand die jullie vrienden hebben gesproken,' zegt ze. 'Het zou iemand uit de uitgeverswereld kunnen zijn. Jullie uitgever zal wel enig idee hebben wat jullie verdienen. Literair agenten, redacteuren, dat zijn allemaal mogelijkheden. Misschien een accountant of iemand die bij de bank werkt. Wanneer komt jullie nieuwe boek uit?'

'Over een halfjaar.'

'Wie doet er het meeste schrijfwerk?'

'Dat varieert per boek, maar over het geheel genomen is het ongeveer fiftyfifty.'

'Wals jij weleens over Lisa heen? Of walst zij weleens over jou heen? Het moet toch lastig zijn om met twee verschillende ego's één verhaal te creëren.'

'Het is gewoon werk,' zeg ik. 'Zo zien wij het.'

'Jullie vormen samen één front,' zegt Kent.

'Precies.'

'Dus niemand wordt jaloers als fans of recensenten jouw stukken beter vinden, of juist die van haar.'

'Wat goed is voor de een, is goed voor ons allebei. Hoor eens, ik snap waar u hiermee naartoe wilt, en ik zou het begrijpen als Lisa degene was die vermist was geraakt, maar dat is niet zo, dus voor mijn gevoel is dit allemaal niet erg nuttig.'

Ze leunt achterover in haar stoel en legt haar hand in haar nek. Ze rolt met haar schouders en legt haar andere hand plat tegen de tafel. 'Hoor eens, Cameron, ik ga er even geen doekjes om winden, vind je dat goed?'

'Gaat uw gang.'

'Ik weet dat je de ergste dag uit je leven beleeft, maar ik wil je helpen. Je moet het idee van je afzetten dat we jou beschouwen als de slechterik en het eens vanuit ons standpunt bekijken. We moeten alles waar we op stuiten uitsluiten, en wel zo snel mogelijk. Hoe opener en eerlijker je tegen ons bent, hoe beter we Zach kunnen helpen. Vijf minuten geleden had je nog niet eens bedacht dat iemand uit jullie directe omgeving – iemand die op de hoogte is van jullie financiën – hierachter zou kunnen zitten. Je bent een slimme kerel. Maar op dit moment zit je er middenin, en als je er middenin zit, vertroebelt dat je blik. En daarom zit ik hier. Het is mijn taak om jou vragen te stellen die je zelf niet had bedacht. Ik weet dat je misdaadromans schrijft en dat je daarom denkt dat je slimmer bent dan wij, maar...'

'Dat denk ik helemaal niet.'

'Mooi. Want we staan allemaal aan dezelfde kant. We willen allemaal Zach terug.'

Nu ze me op mijn nummer heeft gezet, buigt ze voorover.

Ik voel me beschaamd. Mijn gezicht voelt verhit aan. Ik neem een slok water.

'U hebt gelijk,' zeg ik. 'U hebt helemaal gelijk. Over alles. Ik... Weet u, ik stel me aan de lopende band voor hoe het moet zijn om in deze situatie te verkeren. Ik breng personages in deze situatie. Ik verplaats me in hen en ik bedenk hoe ik ze... hoe ik ze reëel kan laten lijken, maar dit is anders. Ik weet niet wat ik moet doen. Mijn zoon is daar ergens en ik weet niet wat ik moet doen.'

'Je kunt uit twee dingen kiezen: je kunt ons helpen of je kunt ons tegenwerken. Slechts één van die twee zal ons helpen Zach terug te vinden.'

'Weet ik. Het spijt me... Ik kan gewoon... Ik kan niet helder denken. Jezus, ik voel me... Het ene moment voel ik me verdoofd, het volgende moment wil ik het liefst in tranen uitbarsten en weer even later wil ik het het liefst uitschreeuwen. Ik wil hem terug. Ik wil hem veilig en wel terug. Ik wil wakker worden en tot de ontdekking komen dat dit allemaal niet is gebeurd.'

'Ik kan niet met een toverstokje zwaaien en de klok terugdraaien, maar ik kan je wel beloven dat we er alles aan zullen doen om hem te vinden.'

'Vertel me wat u wilt weten. Ik zal u alles vertellen.'

'Goed, dan beginnen we met de basisdingen,' zegt ze, en dat doen we dan ook: we praten over mijn huwelijk, we praten over de kermis gisteren, en we praten en we praten, en het wordt drie uur en vier uur en vijf uur, telkens dezelfde vragen maar dan in andere bewoordingen, telkens dezelfde antwoorden maar dan in andere bewoordingen, terwijl Zach nog steeds net zo vermist is als in het begin, en met het uur groeit de diepe, duistere angst dat ik hem nooit meer zal terugzien.

16

Het is eind van de middag als Kent de verhoorkamer verlaat. Ze doet haar best om geen voorbarige conclusies te trekken over de Murdochs. Hun shock en angst lijken echt, maar iets anders is net zo echt: de statistieken, die aangeven dat bij vermiste kinderen in de meeste gevallen een van de ouders verantwoordelijk is, of allebei.

Wat ook echt is: Zachs bril.

Ze heeft tegen de Murdochs niets over de bril gezegd, maar het is een detail dat haar al dwarszit sinds ze te horen heeft gekregen dat die reservebril nergens te vinden is. De bril die hij gewoonlijk draagt is gisteren op de kermis kapotgegaan toen Cameron Murdoch tegen de grond werd geslagen, en die is gevonden op de keukentafel; een van de pootjes was afgebroken. De reservebril is echter niet in het huis aanwezig, en volgens Cameron ligt Zachs bril altijd op diens nachtkastje.

De afgelopen uren is het hele huis doorzocht, maar de bril is niet gevonden. Waarom zou Zach nu uitgerekend datgene wat hij echt niet wilde dragen meenemen? Dat zou hij dus niet doen. En als iemand de jongen heeft ontvoerd, dan is die bril toch ook zeker het laatste wat diegene zou meenemen?

Het zit haar echt ontiegelijk dwars.

Ze gaat naar de koffiekamer, waar Thompson koffie aan het zetten is. De kamer is groot genoeg voor een tafeltje, een aanrecht en een paar kleine apparaten, maar veel meer past er niet in.

'Wil jij ook?'

'Graag,' zegt ze, en ze kijkt geleund tegen de deurpost toe terwijl hij koffie inschenkt. 'Nog iets ontdekt?'

'Ik ben begonnen met die man van het springkasteel. Tony Palmer. Die heeft het allemaal zien gebeuren, en het is in grote lijnen gegaan zoals we al dachten. Murdoch is in het springkasteel geklommen en toen zijn er kinderen gevallen. Het meisje dat haar sleutelbeen heeft gebroken is eraf gevallen nadat Murdoch een stomp had gekregen en achterover was gekukeld. De vrouw van de kermis is Gwendolyn Munro. Ik heb haar als tweede gesproken. Ze bleef bij haar verhaal, maar ze krabbelde terug toen ik uitlegde dat ik al met de beheerder van het springkasteel had gepraat en vertelde welke omstandigheden ertoe hadden geleid dat Murdoch het springkasteel in was gegaan. Ze gaf toe dat het mogelijk was dat de meisjes er gewoon uit waren gevallen, maar dat Murdoch er evengoed niet in had moeten gaan. Ik vroeg haar of zij erin zou zijn gegaan als ze een van haar kinderen kwijt was geweest, en toen gaf ze toe dat ze dat inderdaad zou hebben gedaan, maar dat dat anders was omdat zij "een vrouw" was.' Hij tekent aanhalingstekens in de lucht als hij dat zegt.

'Heeft ze foto's van de man die hem heeft geslagen?'

'Nee. En er is geen cameratoezicht op de kermis. Ze heeft me verzekerd dat ze de foto nergens online heeft gezet en ik heb haar duidelijk gemaakt dat ze dat voor haar eigen bestwil ook beter niet kan doen. Ik heb Vega en Travers gesproken. Ze hebben Lisa ondervraagd. Ze zeggen dat haar verhaal niet afwijkt van wat we de hele dag al te horen hebben gekregen. Ik zou denken: als de ouders erbij betrokken zijn, is het er niet maar één. Als een van hen het heeft gedaan, hebben ze het allebei gedaan.' Thompson overhandigt haar de koffie. 'Wat de gesprekken met de leraren en buren betreft, die zeggen allemaal dat Zach een zware dobber is. En dan bedoel ik een heel zware dobber. Een van Zachs leraren zei: "Ik snap niet hoe ze hem overleven." Als ze inderdaad iets hebben gedaan, dan was het uitstapje naar de kermis gisteren misschien bedoeld als een laatste fijne dag voor Zach. Ze wilden hem iets leuks gunnen voor ze voorgoed afscheid van hem namen.'

'Grimmig,' zegt ze. 'Heb je al iets van Burke gehoord?'

'Hij is nog bezig, maar hij zegt dat het een doodlopend spoor is. Hij zegt dat als Zach zelf ergens naartoe was gelopen, zijn hond hem wel zou hebben gevonden. Hij zei dat hij zijn huis eronder durft te verwedden dat Zach Murdoch in een auto is gestapt.'

'Ik moet steeds denken aan wat je vanochtend aan de telefoon zei, over dat schrijvers schrijven over dingen waar ze veel van weten, en dat dit de keerzijde van de medaille was. Ik bedoel, dit zijn ze gewend, toch? Ze vertellen verhalen. Ze plannen dingen grondig. Is de voetafdruk in de tuin echt of hebben zij hem aangebracht om de verdenking van zichzelf af te wentelen? En hetzelfde geldt voor de bril,' zegt ze, waarna ze uitlegt wat haar daaraan dwarszit, en hij is het met haar eens, hij vindt ook dat het niet klopt.

'Geloof je dat verhaal, dat Zach zei dat hij wilde weglopen?' vraagt ze.

'Ik weet het niet. Dat soort dingen zeggen kinderen ongetwijfeld zo vaak. Ik in elk geval wel, vroeger.'

'Ik ook,' zegt ze.

Ze neemt een slokje van haar koffie. Die is heet en er zit weinig smaak aan, maar dat verwachtte ze al. Niemand komt hier voor de koffie.

'De echtgenoot lijkt zich nogal defensief te gedragen,' zegt Thompson.

'Dat is ook zo.'

'Té?'

'Ik weet het niet goed. Ik denk dat het schrijverschap ervoor zorgt dat hij dingen anders bekijkt. Ik denk dat hij op het moment dat hij de politie inschakelde al wist dat hij verdacht zou worden. Dat maakt hem lastig te peilen.'

'Hoe staat het met die persco? Gaan we die nog doen?'

Ze kijkt op haar horloge. Het is iets over vijven.

'Als we het nog willen,' zegt hij, 'moeten we het nu beslissen.'

Hij heeft gelijk. Eerst zullen ze de Murdochs moeten voorbereiden. Zoiets is niet gemakkelijk en het kost tijd, maar ze denkt dat ze het wel voor elkaar kunnen krijgen. Ze giet de rest van haar koffie in de gootsteen.

'We gaan ervoor.'

17

Kent komt weer de kamer in, en ze heeft Lisa bij zich. Het tl-licht heeft Lisa's huid wit gebleekt en om het helemaal af te maken een vleugje blauw toegevoegd. Ze gaat zitten zonder me aan te kijken. Kent gaat niet zitten. Ze blijft tegenover ons staan en zegt: 'Als jullie het goed vinden, willen we jullie op tv laten verschijnen.'

Ik weet niet waarom, maar dat zag ik niet aankomen. Dat had wel gemoeten. Ik heb het immers vaak genoeg gezien. Ouders die op tv smeken om de terugkeer van hun kind, smeken om informatie. Ze zijn al pijnlijk genoeg om naar te moeten kijken, en het is ongetwijfeld oneindig veel erger om zelf die ouders te zijn. Ze zien er altijd uit alsof ze net een lange vlucht achter de rug hebben. Zowel Lisa als ik is weleens eerder op tv geweest, maar dan bij ochtendtalkshows op een gerieflijke bank, waar presentatoren ons met een brede glimlach vertellen dat ze zo hebben genoten van ons meest recente boek, en kunnen we hun misschien vertellen waar we dat nieuwe idee vandaan hebben?

'Heeft dat ooit geholpen?'

'We moeten jullie verhaal verspreiden,' zegt Kent. 'We moeten een beroep doen op de kijkers. Iemand weet waar Zach is, en als diegene kijkt, heb je de kans hem of haar te vertellen hoe erg jullie je zoon missen en te vragen hem terug te brengen.'

'Maar helpt het?'

'Wil je het niet doen?'

'Natuurlijk doen we het,' zeg ik.

'Lisa? We moeten wel uitstralen dat jullie samen één front vormen,' zegt Kent, en dat is vrijwel letterlijk wat ze eerder ook al zei.

'Hè?'

'Ik vroeg of je het wil doen.'

'Heeft dat ooit geholpen?' vraagt Lisa, waarmee ze mijn vraag herhaalt, en ik besef dat Lisa dreigt weg te glijden.

'Dat kan,' zegt Kent, en dat is heel iets anders dan 'ja, het helpt'.

'Oké. Oké, dan doen we het,' zegt Lisa.

'Mooi,' zegt Kent. 'We halen er iemand bij die jullie zal vertellen wat er gaat gebeuren. Gezien het tijdstip zenden we de persconferentie live uit. Dat betekent dat het in één keer goed moet. Ik weet dat jullie allebei van de kaart zijn, en bang, en we zullen jullie zo goed mogelijk voorbereiden. Ik zou dit niet van jullie vragen als ik niet dacht dat het belangrijk was. We zullen een script voor jullie schrijven waar jullie je heel precies aan moeten houden.'

'Waarom kunnen we niet vanuit ons hart spreken?' vraagt Lisa.

'Als je daar staat en je slaat dicht, dan hebben we er niets aan, daarom. Als je een script hebt, heb je houvast.'

'Oké,' zegt Lisa.

'Oké,' zeg ik.

'Ik ga inspecteur Camilla Russell naar binnen sturen om jullie volledig voor te bereiden. Kan ik tot die tijd nog iets voor jullie doen?'

'Is de hond nog aan het zoeken?'

Ze aarzelt even, maar zegt dan: 'Ja, maar tot nu toe zonder succes.'

'Jullie denken dat Zach bij iemand in de auto is gestapt, hè?'

'Dat wordt steeds waarschijnlijker.'

Kent doet de deur achter zich dicht en laat ons achter in de wetenschap dat Zach niet een konijnenhol in is gelopen en verdwaald is geraakt, maar dat iemand, of iets, zich een weg naar buiten heeft geklauwd en hem mee naar binnen heeft gesleurd. Het einde van de wereld is nabij. De storm die ons huis is binnengedrongen, is ons naar het politiebureau gevolgd. Lisa legt haar armen op elkaar en begraaft haar hoofd erin. Het is bijna halfzes. Mijn hoofdpijn komt terug. Kent heeft zo goed als bevestigd dat Zach in het gezelschap van iemand anders ons huis heeft verlaten. Ik drink mijn flesje water leeg en begin aan het onaangeroerde flesje van Lisa.

'Ik maak me zorgen dat de politie tijd verspilt door te denken dat wij dit hebben gedaan,' zeg ik. 'We moeten eigenlijk een advocaat regelen. Zodra die persconferentie achter de rug is, zal ik er een bellen.'

Ze kijkt naar me op en schudt haar hoofd.

'Wil je geen advocaat?'

'Ik wil mijn eigen advocaat,' zegt ze.

Dat doet nog meer pijn dan de klap die ze me heeft gegeven. 'Jij denkt dat ik het heb gedaan. Je denkt dat ik Zach iets heb aangedaan.'

'Natuurlijk niet,' zegt ze, 'maar ik denk wel dat het in ons beider belang is om allebei iemand te hebben die onze afzonderlijke belangen verdedigt.'

Het front dreigt te verbrokkelen.

Ik weet niet wat ik moet zeggen. Ik weet niet eens waar ik moet beginnen.

De deur gaat open. Een vrouw van eind vijftig komt binnen. Haar haar is een mengeling van blond en grijs en haar bril is groot en rood; het montuur is zo dik als een vinger. Ze stelt zich voor als Camilla Russell. Ze heeft een warme glimlach en ze knikt langzaam, alsof ze erkent hoe afschuwelijk de situatie is.

Ze vertelt ons wat we kunnen verwachten en neemt met ons door wat we moeten zeggen. Dan zegt ze dat ze ons schone kleren kunnen geven om aan te trekken, en de kans om ons even op te frissen, en dat doen we dan ook: allebei brengen we tien minuten in een aparte wc door om onszelf op te kalefateren. Ik kom naar buiten in een donkere broek, een overhemd en een stropdas. Ik krijg een paar schoenen te leen. Lisa draagt een grijze blouse en een zwarte broek. Als we weer de verhoorkamer in lopen, vertelt Camilla ons dat de kijkers een oordeel over ons zullen vellen. Dat is onvermijdelijk. Ze benadrukt dat we ons aan het script moeten houden en kalm moeten blijven, en eerlijk, en openhartig. We lezen het script en het is niet ingewikkeld. Ik zeg tegen haar dat ik er klaar voor ben. Lisa ook.

Kent komt weer binnen. Ze ruikt naar koffie en er zitten kruimels in de plooien van haar overhemd. Ze veegt ze weg, maar dat helpt niet tegen de vette vegen die er al de hele dag op zitten. Camilla wijst haar erop, en Kent haalt haar schouders op en zegt dat het niet geeft, en dat staat me wel aan, want het geeft aan dat het haar niets kan schelen hoe ze op tv overkomt, dat er maar één ding is wat haar kan schelen, namelijk Zach terugvinden.

We lopen achter hen aan naar een andere lift dan die we eerder die dag hebben gebruikt. We gaan ermee naar de begane grond; niemand zegt iets. Als de deuren opengaan, staan we in een gang met afbeeldingen van planten aan de muren, maar zonder echte planten. Voor de deur aan het eind blijven we staan. Aan de andere kant lopen pratende mensen rond. Een heleboel mensen.

'Denk erom: kalm blijven,' zegt Kent.

'Oké,' zegt Lisa.

'Oké,' zeg ik.

Kent opent de deur en we lopen achter haar aan naar binnen.

18

Het geroezemoes in de zaal wordt luider. Het is een lange, rechthoekige ruimte met aan de voorkant over de volle breedte een laag podium en aan de achterkant een rij deuren. De zaal is afgeladen: er zitten wel honderd mensen op de stoelen en er staan er nog meer langs de kant. Iedereen kijkt naar ons. We lopen achter Kent aan de twee treden op naar het podium. We nemen plaats achter een lange tafel die is bezaaid met microfoons en memorecorders. Journalisten maken foto's, wel duizend klikjes van wel honderd camera's, allemaal op zoek naar de beste hoek om de wanhoop van de ouders vast te leggen.

Deze groep verslaggevers heeft alles al eens meegemaakt. Dit is niet hun eerste vermiste kind. Dit is niet hun eerste diepbedroefde ouderpaar. Het geflits van de fototoestellen is verblindend. De lichtvlek van een van de flitsers blijft hangen op mijn netvlies en zweeft door mijn blikveld, waar ik ook kijk. Kent tikt met haar vinger tegen een microfoon, en het geluid galmt scherp uit de boxen.

Het geroezemoes sterft weg. Ik stel me voor dat mensen achter journaaldesks zeggen dat ze zo meteen live gaan overschakelen naar Christchurch, waar nieuwe ontwikkelingen zijn in de zaak rond een jongen van zeven die onder verdachte omstandigheden is verdwenen.

Kent stelt zich voor. Verder klinkt er geen geluid. Geen stemmen. Geen klikkende camera's. Ze zegt dat Zach Murdoch niet meer is gezien sinds hij gisteravond om zeven uur naar bed is gegaan. Ze zegt dat de politie zich ernstig zorgen over hem maakt. Ze denken dat Zach van plan was om van huis weg te lopen en vervolgens door een voorbijganger is meegenomen, of mogelijk zelfs uit zijn slaapkamer is weggelokt. Ik kan me nu al voorstellen hoe mensen daarop zullen reageren. Wat zijn dat voor ouders, dat ze hun kind laten weglopen? Makkie. Het soort ouders dat niks om hun kind geeft. Wat zijn dat voor ouders, die laten gebeuren dat hun kind wordt ontvoerd? Makkie. Het soort ouders dat zelf voor de ontvoering verantwoordelijk is.

Kent ratelt een lijstje getallen af:

Zach is zeven jaar oud.

Pas om acht uur vanochtend werd ontdekt dat hij verdwenen was.

De persoon die hem heeft ontvoerd heeft een voorsprong van dertien uur.

Zach wordt inmiddels drieëntwintig uur vermist.

Ze beschrijft de kleren waarin hij is weggelopen. Ze vraagt iedereen die meer weet zich te melden bij de politie. Ze zegt dat het mogelijk is dat Zach met iemand in contact is geweest en wegglipte vanuit de veronderstelling dat hij met een vriendje had afgesproken. Ze vraagt de kijkers alert te zijn op vrienden of familieleden die afwijkend gedrag vertonen. Op de rand van de tafel staat een digitale klok. Ik had durven zweren dat we hier hooguit zestig seconden zitten, maar ik zie dat Kent al vijf minuten aan het woord is.

Iedereen in de zaal draait zich naar ons toe, en ik besef dat wij zijn voorgesteld. Ik kijk naar het script, maar als ik iets wil zeggen, ontdek ik dat ik mijn stem kwijt ben. Er komt alleen lucht uit. Ik kuch in mijn hand en het geluid galmt door de boxen, waardoor links en rechts mensen ineenkrimpen. Ik steek mijn hand uit naar het glas water en stoot het om, en ik zeg: 'Shit', en ook dat galmt uit de boxen, en als reactie zeg ik nog een keer: 'Shit.' Het water loopt in een van de memorecorders en het display wordt zwart. Ik probeer sorry te zeggen, maar het woord blijft steken in mijn keel.

Lisa neemt het snel over en leest mijn deel van het script voor. 'Zach is gisteravond weggelopen en...' zegt ze, en dan zwijgt ze even om op adem te komen. Haar hand beeft. 'Hij is weggelopen en we maken ons zorgen om hem. Hij is nog maar een jongetje,' zegt ze, en hoewel ze huilt en de woorden ook in haar keel blijven steken, haalt ze ergens de kracht vandaan om door te gaan. 'Een jongetje dat zijn ouders mist en graag naar huis wil.' Dan gaat ze verder met haar deel van het script. 'We weten dat er ergens iemand is die hem helpt, maar zich om de een of andere reden nog niet heeft gemeld. Meldt u zich alstublieft alsnog. Als u om de een of andere reden te bang bent om de politie te bellen, praat dan met iemand die u kunt vertrouwen, of breng Zach naar het ziekenhuis.'

Het is de bedoeling dat het script van Zach, van ons en zelfs van de persoon die hem heeft ontvoerd mensen van vlees en bloed maakt. Het biedt zijn ontvoerder een uitweg. Het vertelt diegene dat wij hem of haar beschouwen als een barmhartige Samaritaan die Zach heeft geholpen en er gewoon door omstandigheden nog niet aan toe is gekomen om het te melden. Maar zoals we eerder al aan Kent vroegen: heeft dat ooit geholpen?

Lisa schuift het script naar mij toe. Ik neem een slokje van haar water, kuch een beetje en drink nog wat omdat ik zo'n droge mond heb. Ik kijk naar de woorden, maar mijn zicht is troebel door de hoofdpijn. Ik leg het script neer.

'We willen gewoon onze zoon terug.'

Kent kan zien dat we niet meer kunnen en ze neemt het over. 'Nogmaals, als u meer weet, belt u dan alstublieft het nummer dat onder in beeld verschijnt.'

Dat blijkt voor iedereen in de zaal het teken te zijn om tegelijk te gaan praten. Handen worden opgestoken en vragen worden geroepen en fototoestellen klikken; het geflits krabt aan mijn hoofdpijn. Niets is verstaanbaar omdat alle woorden samensmelten, maar dan besluiten de journalisten op de een of andere manier wie die eerste vraag mag stellen. Ik kan niet zien wie het is.

'Meneer Murdoch, er doen verhalen de ronde dat u gisteren op de kermis een jong meisje pijn hebt gedaan, dat u haar arm hebt gebroken. Kunt u daar iets over zeggen?'

Voordat ik kan bedenken wat ik daarop moet antwoorden, buigt Kent zich naar de microfoon toe en zegt: 'Meneer Murdoch is gisteren op de kermis van Hagley betrokken geraakt bij een schermutseling waarbij een meisje is gevallen en haar sleutelbeen heeft gebroken. Dat is op geen enkele wijze gerelateerd aan de verdwijning van Zach en die kwestie is inmiddels afgehandeld.'

Overlappende stemmen, even een valse noot, en dan komt er, net als daarnet, één vraag bovendrijven, alleen kan ik deze keer wel zien waar de vraag vandaan komt: van een man met een vlinderdas op de eerste rij, en echt, wie draagt er nou een vlinderdas bij zo'n gelegenheid?

'Meneer Murdoch,' zegt hij, en ik herken hem. Dallas Lockwood. Ik zag hem zitten zodra we binnenkwamen en ik zou willen dat het anders was. Lockwood is zo iemand bij wie je, nadat je hem een hand hebt gegeven, meteen even controleert of je horloge niet weg is. Vroeger was hij op tv, maar hij is ontslagen. Vroeger had hij een column in de krant, maar ook daar is hij ontslagen. Ik weet niet of hij is ontslagen omdat hij zich één keer te vaak als een klootzak had gedragen of omdat hij het die laatste keer wel erg bont had gemaakt. Tien jaar geleden is hij naar ons toe gekomen met een idee voor een misdaadroman. We lezen nooit andermans ongepubliceerde boeken en we gebruiken nooit andermans ideeën, en dat hebben we ook tegen hem gezegd. Het probleem was alleen dat het idee waarmee hij kwam leek op de premisse van het boek dat we net hadden afgerond. Toen het uitkwam, beschuldigde hij ons er en plein public van dat we het van hem hadden gestolen. We hadden geluk dat onze roman was geredigeerd, waardoor we konden bewijzen dat we het al hadden geschreven lang voordat hij contact met ons opnam, maar toch was het een afschuwelijk incident. Soms krijgen we tijdens interviews nog steeds de vraag of er niet een kern van waarheid zat in Lockwoods beschuldigingen. Hij is nooit romanschrijver geworden, en tegenwoordig heeft hij een onlineprogramma waarin hij samenzweringstheorieën spuit. Wat hij ons ook wil vragen, het zal iets vervelends zijn.

'Dat meisje is niet de enige die u gisteren op de kermis pijn hebt gedaan. Een halfuur geleden kreeg ik een telefoontje van een man die u erop heeft betrapt dat u zijn kind filmde en aanrandde. Is die kwestie ook afgehandeld?'

Het wordt stil in de zaal. Niemand had deze vraag verwacht. Lockwood probeert me uit mijn tent te lokken, en ik weet dat ik mijn mond moet houden, maar het is een lange dag geweest. De ergste dag uit mijn leven. De angst en de bezorgdheid hebben zich opgestapeld en ik heb er nog geen uitlaatklep voor gevonden. Kent wil antwoord geven, maar ik ben haar voor. 'Dat is gelul,' zeg ik iets te ferm, iets te luid, en de uitlaatklep gaat net ver genoeg open om de druk een beetje te verlichten, maar er is nog veel over.

Lockwood gaat verder. 'Is dit de eerste keer dat u bent betrapt op het aanranden van een kind?'

Hij legt nadruk op het woord 'aanranden'. Zo klinkt het in elk geval. Het woord blijft hangen, omringd door toeters en bellen en neonlicht.

'Dat was het voor vandaag,' zegt Kent.

De zaal lijkt te ontploffen: overal klinken vragen.

'Natuurlijk niet!' schreeuw ik, want ik voel sterk de behoefte om mijn onschuld zo luid te verkondigen dat ik het a-woord kan overstemmen, want als de mensen dat slikken, zullen ze alles slikken. De uitlaatklap gaat weer open, maar de druk neemt nog steeds toe. Dan besef ik wat ik zojuist heb gezegd en voel ik me een sukkel omdat ik in de val ben getrapt.

Voor ik mezelf kan verbeteren zegt hij: 'Dus u bent al eens eerder betrapt?'

'Dat bedoelde ik helemaal niet!' schreeuw ik. 'Ik stond met zijn zoon te praten! Ik vroeg hem of hij Zach had gezien. Ik liet hem een foto van Zach zien op mijn telefoon. Hij was opeens verdwenen op de kermis. Nou en? Mogen we andere kinderen niet om hulp vragen als onze eigen kinderen zijn afgedwaald?'

'Is Zach gisteren vermist geraakt?' vraagt Lockwood, en waarom legt niemand die kerel het zwijgen op? Of mij, trouwens?

'Nee. Nou, jawel, maar niet zoals jij bedoelt.'

'Hoe dan wel?'

Kent pakt een microfoon. 'Zach is gisteren op de kermis van Hagley afgedwaald en meneer Murdoch vroeg gewoon aan omstanders of ze hem hadden gezien. Er deed zich een misverstand voor, wat ertoe leidde dat er een kind is gevallen en gewond is geraakt. Zach werd een minuut of twee later teruggevonden, hij stond in de rij bij een andere attractie te wachten. Op dit moment hebben we verder geen commentaar over wat er gisteren is gebeurd, behalve dat het geen verband houdt met Zachs verdwijning.'

Lockwood houdt het woord omdat verder iedereen achteroverleunt, wetend dat wat hij op het spoor is mogelijk interessanter is dan wat ze zelf hebben. Hij zegt: 'Dus uw zoon verdwijnt terwijl u ervan wordt beschuldigd een kind te hebben aangerand. Vertelt u eens, wat was u gisteravond aan het doen, toen hij opnieuw vermist raakte?'

Ik sla met mijn vlakke hand op de tafel. De uitlaatklep vliegt als een kurk uit een fles open. Twee memorecorders vallen over de rand. 'Zeg dat niet steeds!' zeg ik.

Hou op. Hou je kop. Draai je om en loop weg.

Het lukt me niet. De angst, de boosheid, de gedachte dat Zach lijdt omdat ik tegen hem heb gezegd dat het een goed idee zou zijn om weg te lopen. Het is het Rode Waas, en het Rode Waas is iets wat je niet de rug kunt toekeren. Hoeveel van mijn personages hebben er wel niet onder geleden? Het Rode Waas staat gelijk aan zelfsabotage. Het is het moment dat je het breekpunt bereikt. Het begon als een hoofdpijn die strakke lijnen krom maakte, de muren deed bonzen en de vloer deed golven, het was bliksem achter mijn ogen, en nu is het een bom die ontploft. Alle aanwezigen, wij allemaal, zullen worden geraakt door de rondvliegende scherven.

Ik sta op, zet mijn knokkels op de tafel en buig naar voren. 'Ik weet wat jullie allemaal denken. Ik ken de statistieken. Maar ik heb mijn zoon niets aangedaan. Ja, gisteren op de kermis is er een meisje gevallen. Ik viel tegen haar aan nadat ik een stomp had gekregen, en ik vind het heel erg dat ze gewond is geraakt, echt heel erg. De man die me sloeg was een eikel, een eikel die me sloeg terwijl hij me had moeten helpen. Ik werd niet agressief toen hij naar me toe kwam, hij was al agressief toen hij naar mij toe kwam, en ik heb die kerel met geen vinger aangeraakt, en ik heb zijn zoon niks aangedaan, en als je me nog één keer een kinderaanrander noemt, dan...' Ik hou op met praten.

Iedereen staart me aan.

Natuurlijk doen ze dat.

Ik heb je gewaarschuwd.

Lockwood kijkt me glimlachend aan. 'Dan... wat, meneer Murdoch? Maakt u me af? Is dat wat u doet als mensen u van streek maken? Heeft uw zoon u van streek gemaakt?'

Ik haal mijn handen van de tafel. Mijn armen hangen losjes langs mijn zij. Het Rode Waas vervliegt en laat me zwaargehavend achter.

Ik wil het allemaal terugnemen.

'Natuurlijk is meneer Murdoch van streek,' zegt Kent, en dat is een redelijke samenvatting van de dag. 'Het is een extreem emotionele tijd voor de familie Murdoch, en ik wil u allemaal vragen daar rekening mee te houden. Hun zoon wordt vermist. Cameron Murdoch is bang en bezorgd, en ik wil graag geloven dat iedereen hier die bereid is zich in zijn situatie te verplaatsen zich kan voorstellen dat die zich net zo zou gedragen.'

Ze wendt zich tot mij. 'Deze kant op,' zegt ze veel zachter, en ze legt haar hand op mijn schouder en duwt me zachtjes in de richting van de deur.

Mijn benen voelen zwaar aan, en op het trapje struikel ik en val ik bijna voorover; ik moet me aan de muur vasthouden om niet op mijn gezicht te gaan. We lopen de gang in en die golft om me heen. Ik laat me op de grond glijden en leg mijn onderarmen op mijn knieën. Ik weersta de aandrang om mijn hoofd in mijn handen te laten zakken. Kent sluit de deur en wendt zich tot mij, en nu is het haar beurt om mij af te snauwen. Ze zal me vragen waar ik verdorie mee bezig was, en ik blijf hier gewoon zitten en laat het over me heen komen.

Alleen gaat ze niet tekeer. In plaats daarvan zegt ze kalm: 'Hij wilde je uit je tent lokken.'

'Weet ik. Het spijt me.'

'Nu ging het over jou, terwijl het over Zach had moeten gaan,' zegt Lisa op kille toon.

'Het spijt me.'

'Jullie huis is een plaats delict,' zegt Kent. 'Jullie kunnen vanavond niet terug.'

'Wanneer dan wel?' vraagt Lisa.

'Morgenochtend. Kunnen jullie ergens anders terecht?'

'Ja,' zegt Lisa. 'Bij mijn ouders.'

Haar ouders. Mijn ouders. Onze vrienden. Ongetwijfeld stroomt mijn telefoon over van de gemiste gesprekken en appjes van mensen die hulp aanbieden, ons sterkte wensen, optimistische kwinkslagen maken over dat alles wel weer goed komt.

In de gang voegt Camilla zich bij ons. Ze schudt langzaam haar hoofd, teleurgesteld dat ik me niet aan het script heb gehouden, dat ik niet kalm ben gebleven, twee dingen die ze ons meerdere keren op het hart heeft gedrukt. 'Dat verliep niet volgens plan,' zegt ze, en net als wat Kent eerder zei is dat een redelijke samenvatting.

'Het zou beter zijn verlopen als we hadden geweten dat de media op de hoogte waren van wat er gisteren is gebeurd,' zeg ik, en er ligt een onmiskenbaar zeurderige klank in mijn stem. Ik vind het vreselijk om te horen.

In plaats van antwoord te geven, zegt Kent: 'Wij denken dat het het beste is als jullie naar jullie ouders gaan om uit te rusten. We laten jullie door iemand brengen. Blijf vanavond daar, ga niet de deur uit. We nemen contact met jullie op als we vragen hebben, en natuurlijk houden we jullie in de loop van de avond op de hoogte.'

We gaan terug naar de vierde verdieping. We gaan de wc in om onze eigen kleren weer aan te trekken. Dat ik voor het oog van de camera's zo gemakkelijk mijn zelfbeheersing verloor heeft me beschadigd. Het heeft de politie, en de rest van de wereld, getoond dat ik iemand ben die, als hij boos wordt, tot alles in staat is.

19

Ik tref Kent in de verhoorkamer. 'Gaat u nog met Dallas Lockwood praten over de man van de kermis? Om te achterhalen wie het is?'

'Ja. Dus je kent Lockwood?'

Ik vertel haar over zijn beschuldigingen dat wij zijn idee zouden hebben gestolen.

'Dus hij koestert een wrok,' zegt ze.

'Elke keer als er een nieuw boek van ons uitkomt, schrijft hij de slechtst mogelijke recensies. Luister, kunnen we nog een persconferentie houden?'

'Je kunt het niet overdoen.'

'Ik kan dingen rechtzetten.'

'Door op te staan en je zelfbeheersing te verliezen?'

'Dat was niet mijn bedoeling. Hoe erg was het?'

'Het was niet best,' zegt ze.

'Zet me weer voor de camera. Ik doe en zeg alles wat jullie willen.'

'Wat we wilden, was dat je dat tien minuten geleden zou doen. Het spijt me, Cameron, maar we kunnen je niet nog een keer op tv laten komen.'

'En Lisa? Kunnen jullie haar nog een keer op tv laten komen?'

'Vandaag niet meer.'

'Morgen dan?'

'Misschien.'

'Misschien,' zeg ik. 'Fantastisch. Zijn er nog meer "misschienen" waarvan ik op de hoogte zou moeten zijn?'

'Ga naar je ouders. Rust wat uit. We nemen wel contact met je op.'

'Waar is Lisa?'

'Weg.'

'Weg?'

'Ze heeft zich omgekleed en is vertrokken. Een agent brengt haar met de auto naar haar ouders.'

Ik probeer haar woorden in een volgorde te zetten die logisch klinkt, maar ze heeft me een stel vierkante blokken gegeven die ik in ronde gaten moet proppen. Ik beuk erop, maar ook dat werkt niet.

Kent gaat verder. 'Ze zei dat ze alleen wilde zijn. Twee andere agenten zullen jou een lift geven. Zoals ik daarnet al zei, kunnen jullie pas morgenochtend terug naar huis. Wil je liever naar een hotel of een vriend in plaats van naar je moeder?'

Wat ik het liefst wil is bij Lisa zijn. Alleen ben ik daar niet gewenst. Misschien ben ik daar wel nooit meer gewenst.

'Ik ga wel naar het huis van mijn ouders.' Ik ben inmiddels veertig, maar blijkbaar kan ik nog steeds niet zonder mijn moeder.

Kent loopt met me mee terug naar de lift. Ik heb mijn slippers weer aan. Ze draagt me over aan twee agenten: agent Veich, een man met forse biceps waar zijn mouwen omheen spannen, en agent Green, een vrouw die nog zo jong oogt dat ze eruitziet als de dochter tijdens een breng-je-dochter-mee-naar-je-werk-dag. Veich heeft een kaalgeschoren hoofd en een permanente frons op zijn voorhoofd, waardoor hij eruitziet als iemand die vastbesloten is zich aan alles en iedereen te ergeren. Green heeft kort haar met een zijscheiding en een paar lelijk uitziende puistjes op haar kin die ze heeft geprobeerd te camoufleren. Ze is mager en gebruind en ziet eruit alsof ze nog niet genoeg heeft meegemaakt om de hele wereld te haten, zoals haar partner. De lift arriveert. Veich en Green stappen naar binnen en ik volg hen. De deuren sluiten zich al als Kent haar hand ertussen steekt, zodat ze weer opengaan.

'Eén ding nog,' zegt ze. 'Je zei dat Zach zich verzette tegen het dragen van zijn bril.'

'Hè?'

'Eerder vandaag. Vanochtend. Toen we het hadden over zijn oogaandoening. Toen zei je dat hij zijn bril niet graag droeg.'

'Dat klopt.'

'Houden zijn leraren dat op school in de gaten?'

'De hele tijd. Als hij hem afzet, zorgen ze dat hij hem weer opzet.

Ze weten dat hij er een hekel aan heeft, maar dat het nodig is.'

'En 's ochtends, zet hij hem dan zelf op? Of moet je het tegen hem zeggen?'

'We moeten het tegen hem zeggen,' zeg ik. 'Waar stuur je op aan?'

'Jullie zeiden eerder dat hij twee brillen had, dat zijn gewone bril op de kermis kapot is gegaan en dat hij zijn reservebril op moest toen jullie thuiskwamen. Die kunnen we niet vinden.'

'Oké. Maar wat bedoelt u daar precies mee?'

'Als dat allemaal klopt, waarom zou Zach er dan voor kiezen om zijn bril mee te nemen?'

'Omdat,' zeg ik, maar daar kan ik niets aan toevoegen. Waarom zou hij dat doen? Hij zet hem echt niet op als hij naar buiten gaat. Sterker nog, elke keer dat Zach het huis verlaat, moeten we hem eraan herinneren dat hij hem moet gaan halen.

'Dat is een merkwaardig gegeven, vind je ook niet?' vraagt Kent, en ze laat de liftdeuren dichtgaan.

20

Kent gaat naar de teamkamer, waar Thompson achter zijn bureau op zijn computer foto's zit door te nemen.

'Was jij dat?' vraagt ze.

'Was ik wat?' vraagt Thompson zonder op te kijken.

'Degene die de informatie over dat meisje op de kermis aan de pers heeft gelekt?'

Thompson draait zich in zijn stoel om en kijkt haar aan. 'Waarom zou ik dat doen?'

'Om te kijken of Murdoch er publiekelijk op zou reageren.'

Hij fronst zijn voorhoofd, is een paar tellen stil en zegt dan: 'Heel eerlijk gezegd heb ik het overwogen, maar als de Murdochs onschuldig zijn, zou het een ontzettende klotestreek zijn geweest, dus nee, dat heb ik niet gedaan. En als ik al iets zou lekken, zou dat het niet zijn geweest. Maar *fuck you*, Rebecca, en dank je wel voor je motie van vertrouwen.'

Ze slaakt een diepe zucht en laat haar schouders hangen. 'Shit, sorry.'

'Wat die kerel betreft die hem heeft aangevallen: die moet Lockwood rechtstreeks hebben gebeld. Hij wil ons niet vertellen wie het is, maar we trekken het na. Of heb ik die informatie soms ook gelekt?'

'Zoals ik al zei: sorry.'

'Je kunt wel iets doen om het goed te maken.'

'O ja?'

'Ja,' zegt hij, en hij werpt een blik op de computer, waar een foto op het scherm staat van Zach op het strand. 'Je kunt het even van me overnemen terwijl ik iets te eten voor ons haal, en jij trakteert.'

'Zijn dit de foto's van de telefoons?' Eerder die dag hebben de Murdochs hun telefoons voor hen ontgrendeld, zodat ze erin konden kijken. Andere inspecteurs ploegen de e-mails, contactpersonen en socialemedia-accounts door.

'Inderdaad. Het zijn er drieduizend, verdeeld over beide telefoons.'

'Dat lijken me wel erg veel foto's voor mensen die geen kat hebben.'

'Ze hebben veel gereisd, dus er zijn veel foto's van verschillende steden en boekenbeurzen, maar vooral van Zach. Kennelijk zijn de Murdochs nooit een foto tegengekomen die ze het wissen waard vonden.'

'Hoe ver ben je?'

'Ik ben nog maar net begonnen,' zegt hij met zijn blik op het scherm gericht, terwijl hij er nog een paar bekijkt. 'Ik werk van achter naar voor. Misschien is er iets te vinden. Misschien ook niet. Ik verwacht heus geen foto tegen te komen van een touw, een rol ducttape en een schop.'

'Oké,' zegt ze, en ze haalt wat geld uit haar zak en overhandigt dat aan hem. 'Haal voor mij maar een kipsalade.'

Ze ruilen van plaats.

'Murdochs reactie tijdens de persconferentie, wat vond jij daarvan?' vraagt hij.

'Ik weet dat het me niet aanstond, maar ik weet niet of het iets te betekenen heeft. Als een of andere klootzak jou live op tv van het aanranden van kinderen beschuldigde, zou jij het dan rustig over je heen laten komen?'

'Waarschijnlijk niet. En gezien de dag die Murdoch achter de rug heeft, zou ik zeggen: zéker niet. Hoe nam hij het nieuws op dat zijn vrouw zonder hem was vertrokken?'

'Hij was teleurgesteld,' zegt ze. 'Zijn wereld dreigt in te storten.'

'Ja. Natuurlijk. Ik ben zo terug.'

Thompson verdwijnt in de richting van de liften en Kent tikt op de pijltjestoets op het toetsenbord om de foto's een voor een te bekijken. Alles zal nauwkeuriger moeten worden bestudeerd – vooral de meest recente foto's – maar niet door haar, want dan zit ze hier nog dagen. Ze vindt het echter geen punt om ze vluchtig te bekijken terwijl ze de dag de revue laat passeren en wacht tot haar avondeten er is.

Even later komt Thompson terug uit de lift. 'Ik heb net een e-mailtje gekregen over de schoenen.'

'Zijn ze gevonden?'

'Nee, maar we weten nu het merk en het model, en dat ze acht jaar geleden in productie waren,' zegt hij, en hij laat haar een foto zien.

'Weet je, als Murdoch die afdruk bij het slaapkamerraam inderdaad zelf heeft geplaatst, zou het logisch zijn als hij er een ouder paar voor heeft gebruikt dat hij toch al ergens had liggen in plaats van een nieuw paar te kopen, dus als dat zo is…'

'Dan draagt hij ze misschien op een oudere foto.'

'Precies.'

Hij stuurt het mailtje naar haar door zodat ze de foto van de schoenen heeft als vergelijkingsmateriaal, en dan gaat ze terug naar het begin, waar Thompson was begonnen.

21

Agent Green vertelt me hoe vreselijk ze het vindt dat Zach is verdwenen, en haar partner schenkt haar een blik die suggereert dat ze haar medeleven beter voor zich kan houden. Ik laat mijn hoofd achteroverzakken en luister naar het verkeer. De patrouillewagen ruikt naar bleekmiddel. Als degene die Zach heeft meegenomen de persconferentie heeft gezien, hoe zal die dan reageren?

We bereiken de buitenwijken, die net zo grimmig en vuil zijn als het centrum. Plastic flesjes en fastfoodverpakkingen zijn langs de kant van de weg gesmeten. Er zijn vuil ogende huizen, vuil ogende voortuinen, vuil ogende schuttingen. Het huis van mijn ouders is er niet veel beter aan toe. Rottende rabatdelen die moeten worden vervangen. Mos op het dak en op de regenpijpen. Kleine dingen die vandaag opeens groter lijken. Dingen die sinds de dood van pa erger zijn geworden. Er staan geen mediabusjes voor de deur.

Veich zet de patrouillewagen aan de kant en Green stapt uit om het portier voor me te openen. We zeggen elkaar geen gedag. Eerder heeft de politie ma's huis en tuin doorzocht om te controleren of Zach zich daar niet schuilhield, omdat haar huis een logische plek zou zijn voor Zach om naartoe te gaan. Het is een wandeling die we tijdens zomeravonden regelmatig hebben gemaakt, eerst met een wandelwagen die door Lisa of mij werd voortgeduwd, later met Zach op mijn schouders, en nog later liep hij zelf.

Ik bel aan. De patrouillewagen wacht met stationair draaiende motor aan de kant van de weg. Terwijl ik wacht, staar ik naar de goudsbloemen langs de voorgevel van het huis. Ze zien er uitgeput uit na een dag in de zon. Ma doet de deur open. Ze is zeventig, en ze oogt jonger noch ouder dan haar leeftijd. Ze heeft grijs haar tot op haar schouders. Zo draagt ze het om haar oren te bedekken, want bij een ervan ontbreekt het bovenste deel omdat haar oudere broer dat eraf heeft gebeten toen ze klein waren. Er hangt een leesbril om haar hals die tegen een zilveren hangertje in de vorm van een kruisje tikt als ze beweegt. Ze ziet eruit alsof ze in een museum kunstvoorwerpen zou moeten catalogiseren. Ze heeft gehuild. Ze doet een stap naar voren, slaat haar armen om me heen en drukt me stevig tegen zich aan. De patrouillewagen rijdt weg.

'Het gaat vast goed met hem,' zegt ze. 'Hij is gewoon afgedwaald en de weg kwijtgeraakt, maar iemand vindt hem wel. Je weet toch hoe hij is.'

'De politie denkt dat iemand hem heeft meegenomen.'

Ze laat me los. 'Hoezo? Waarom zou iemand zo'n ontzettend lief jochie meenemen?'

Daar zou ik wel tien antwoorden op kunnen geven. Wel twintig. Geen van alle positief.

Ze kijkt naar de veranda, het pad en de stoep. 'Waar is Lisa?'

'Bij haar ouders. Ze wilde bij hen zijn.'

'Dan moeten wij daar ook naartoe,' zegt ze. 'We moeten allemaal samen zijn.'

'Vanavond niet.'

'Ik snap niet… Wat hou je voor me achter?'

'Niks.'

'Er is wel degelijk iets.'

'We gaan er morgen wel heen.'

Ze dringt niet aan. Ik loop achter haar aan naar binnen. De hal hangt vol met foto's van onze familie. Pa en ma. Lisa en Zach. Ik. Grootouders die nog leefden toen ik klein was en grootouders die al voor mijn geboorte zijn gestorven. Er hangen ook foto's van alle katten die we in de loop der jaren hebben gehad, en die stuk voor stuk onvervangbaar waren tot er een nieuwe kwam. Ik ruik meubelpoets. Alles is brandschoon. Ma heeft haar bezorgdheid omgezet in schoonmaakwoede.

Als het huis van mijn ouders – ik beschouw het nog steeds als het huis van mijn ouders, al is pa al vier jaar dood – in een zinkgat verdween en over duizend jaar werd opgegraven, zouden geschiedkundigen meteen weten hoe 1979 eruitzag. We gaan naar de eetkamer. Haar versleten bijbel ligt op de tafel. Ze zet theewater op, want dat doen moeders bij tegenslag. Dat deed ze ook toen ze pa's lichaam kwamen ophalen. Hij is bij een bizar ongeluk om het leven gekomen. Hij was de voortuin aan het maaien, stapte even de weg op zodat hij zich kon omdraaien en weer de andere kant op kon lopen en werd toen aangereden door een auto die hij niet had horen aankomen. Die auto hoorde hij niet omdat ma hem een maand eerder voor zijn verjaardag een geluidsisolerende koptelefoon had gegeven. Als hij die koptelefoon ophad, hoorde hij helemaal niets, en dat vond hij schitterend. Hij grapte de hele tijd dat hij hem vooral nodig had om het gesnurk van ma 's nachts niet te hoeven horen.

Ze haalt twee kopjes uit de kast. 'Ik heb de hele dag voor jullie gebeden,' zegt ze.

'Dank je,' zeg ik, want ze zou alleen maar van streek raken als ik tegen haar zei dat gebeden hetzelfde succespercentage kennen bij het opsporen van vermiste kinderen als op tv aan de ontvoerders vragen of die ze alsjeblieft willen terugbrengen. Mijn ouders waren nooit erg religieus, maar hoe dichter het moment nadert dat mijn moeder oog in oog zal staan met haar God, hoe sterker ze in Hem gaat geloven. De schok toen ze ontdekte dat Lisa en ik niet van plan waren voor de kerk te trouwen bracht die ontmoeting met God tien jaar dichterbij.

'Kan ik verder nog iets doen?' vraagt ze.

Niemand kan iets doen, ik kan niets doen. Zelfs aan de eettafel zitten betekent verraad aan Zach. Hoe kan ik theedrinken terwijl Zach vermist wordt? Hoe kan ik eten, slapen, douchen of op enige wijze functioneren? Ik zou actief naar hem op zoek moeten zijn. 'Niet echt.'

'Zou je het fijn vinden om samen met me te bidden?'

Nee. 'Ja.'

Ze gaat naast me zitten, pakt met haar linkerhand mijn hand vast en met haar rechterhand de bijbel, en ze verstevigt haar greep en ze bidt, en ik kijk om me heen in de keuken en probeer te reconstrueren hoe mijn leven op dit punt is aanbeland, vraag me af of hier ergens een koord verstopt is waar ik aan kan trekken om mijn parachute te openen en aan deze nachtmerrie te ontsnappen. Ze vraagt God over Zach te waken en hem te beschermen, en hem veilig thuis te brengen, en ik denk: als God bereid was te helpen, zou Hij wel hebben ingegrepen op het moment dat Zach zijn hand uitstak naar het raam.

Als we klaar zijn, schenkt ma thee voor ons in. Ze neemt mijn kopje voor me mee. 'Wat weet de politie?'

De thee smaakt naar as. Ik laat hem op de tafel staan, waar hij koud wordt terwijl ik ernaar staar en ma alles vertel wat er is gebeurd. Ze vertelt me dat ze het journaal heeft gezien. Ze zegt dat ze nog nooit zoveel verdriet op iemands gezicht heeft gezien en dat het haar hart brak, en ze zegt nog eens dat ze de hele middag heeft gebeden. Ze zegt dat de journalist met die afschuwelijke vragen een naar stuk vreten was. Ze vraagt wat die recherchemevrouw voor iemand is, en ik zeg dat ze goed is, scherp, en dat we in vaardige handen zijn, maar ik vertel haar niet dat de inspecteur een groeiend vermoeden heeft dat ik iets met dit alles te maken heb. Ze vraagt hoe het met Lisa gaat en ik antwoord dat ze een wrak is. Dan vertel ik haar over gisteren, over wat ik gisteravond tegen Zach heb gezegd.

Ze drinkt haar thee op terwijl ze het allemaal laat bezinken. Ze knikt langzaam. Ze vraagt: 'Is dat de reden dat Lisa er niet is?'

'Ze geeft mij de schuld.'

'Ja zeg, dat slaat nergens op,' zegt ze, want ze is mijn moeder, en je moeder hoort partij voor je te kiezen, nietwaar? 'Je mag het jezelf niet kwalijk nemen. We weten allemaal hoe Zach is. Als we een dollar hadden gekregen voor elke keer dat hij met weglopen heeft gedreigd, zouden we als God in Frankrijk leven. Als je wilt weten wat ik denk: ik denk dat wat je gisteravond tegen hem hebt gezegd niets uitmaakt. Als hij echt wilde weglopen, had hij dat toch wel gedaan. Als hij terug is en we allemaal een beetje zijn gekalmeerd, zal Lisa dat ook inzien. En dan is alles zo weer bij het oude. Dat weet ik gewoon.'

'Ik hoop het, ma. Ik hoop het echt.'

'Wanneer heb je voor het laatst gegeten?'

Het duurt even voordat tot me doordringt dat dat gisteravond is geweest. 'Ik heb geen trek. Ik ga even douchen,' zeg ik, en ik schuif weg van de tafel.

'Ik zal je kamer voor je klaarmaken.'

Mijn slaapkamer is een tijdscapsule uit mijn tienerjaren. Een eenpersoonsbed tegen de muur, ertegenover een ladekast met een lavalamp erop, ernaast een wekkerradio met een barst aan de voorkant. Er hangen posters van Pink Floyd-albums waar ik altijd met mijn beste vriend naar luisterde. Dan zetten we het geluid hard en rookten we wiet als mijn ouders niet thuis waren. Daar heb ik met Lisa nog om gelachen toen ik haar mee naar huis nam om met mijn ouders kennis te maken. Ik had nog een beetje wiet, weggestopt onder een vloerplank in mijn kledingkast, en die hebben we in de achtertuin zitten roken terwijl mijn ouders in de woonkamer naar hun vaste tv-programma's zaten te kijken.

Ik heb mijn T-shirt half uit als de deurbel gaat. Ik zeg tegen ma dat ik wel zal opendoen. Op weg naar de voordeur trek ik mijn shirt weer fatsoenlijk aan. Ik doe open. Daar staat inspecteur Kent. Ik houd me aan de deur overeind en wacht af of ze hier is om de gebeden van mijn moeder te verhoren of om mijn grootste nachtmerrie werkelijkheid te maken.

22

Cameron Murdoch heeft dezelfde uitdrukking op zijn gezicht als veel anderen die na zonsondergang hun deur hebben opengedaan en haar op de stoep hebben zien staan. Wanneer je in het donker een politieagent aan de deur krijgt, ga je van het ergste uit.

'Mag ik binnenkomen?'

'Hebben jullie Zach gevonden?'

'Nog niet,' zegt ze.

De paniek trekt weg uit zijn gezicht. Hij gaat haar voor naar de woonkamer en stelt haar voor aan zijn moeder Evelyn.

'Is er nieuws over Zach?' vraagt Evelyn.

'Nog niet.'

'Hoe kan er nou geen nieuws zijn? Jullie zijn al de hele dag naar hem op zoek.'

'We werken zo hard als we kunnen, mevrouw Murdoch.'

'Dan moeten jullie nog harder werken, en sneller. Hij loopt daarbuiten ergens rond, en hij is bang, en...'

'Het is al goed, ma,' zegt Cameron.

'Het is helemaal niet goed. Er is niets goeds aan deze hele toestand.'

'Mag ik even met de inspecteur praten?'

'Natuurlijk,' zegt Evelyn. 'Kan ik iets voor u inschenken, mevrouw? Koffie? Thee?'

Kent hoeft niets, maar het is een mooie gelegenheid om Evelyn even de kamer uit te krijgen. 'Koffie graag, als u dat hebt. Geen suiker, wel een beetje melk.'

Cameron gaat op de bank zitten en Kent op een van de twee bijpassende fauteuils; de salontafel staat tussen hen in. De zitmeubels hebben op de zijden die niet naar het raam gekeerd zijn een bloemenpatroon, dat aan de raamzijde volledig is verbleekt. Aan de muur hangen familiefoto's. Cameron, Lisa en Zach hangen er ook tussen.

'Ik moet je hier iets over vragen,' zegt ze. Ze pakt de foto die ze eerder heeft afgedrukt uit de map die ze bij zich heeft. Het is er een van Cameron die achter zijn huis op de veranda zit, met zijn knieën opgetrokken zodat hij zijn ellebogen erop kan laten rusten terwijl hij een biertje drinkt. Hij kijkt recht in de camera. Hij ziet er uitgeput uit. Hij draagt kleren van het soort dat je tijdens het tuinieren zou kunnen dragen. De foto is twee maanden geleden gemaakt.

'Waar moet ik precies naar kijken?'

'Naar je schoenen,' zegt ze.

Ze houdt zijn ogen in de gaten als zijn blik naar de schoenen gaat. Ongetwijfeld weet hij waarom ze hem dit laat zien, maar toch vraagt hij: 'Wat is daarmee?'

'Waar zijn ze nu?'

Hij denkt er even over na en zegt dan: 'Bij jullie, neem ik aan. Jullie hebben toch al mijn schoenen meegenomen?'

'Deze niet. Dus nogmaals: waar zijn ze?'

Hij fronst zijn voorhoofd. Hij schudt langzaam zijn hoofd. Hij lijkt het oprecht niet te begrijpen. 'Ik kan je alleen vertellen waar ze normaal gesproken staan.'

'En dat is?'

'Het zijn tuinschoenen. Meestal zijn ze zo smerig dat ik ze bij de achterdeur uitschop en ze buiten laat liggen.'

'Daar liggen ze nu niet.'

'Waar zijn ze dan?'

'Dat zou ik ook graag willen weten, Cameron, want de schoenen op deze foto komen overeen met de afdruk die we in de tuin hebben gevonden. Wil je nog eens goed nadenken of je de afgelopen dagen misschien een reden hebt gehad om bij Zachs slaapkamerraam in de tuin te gaan staan?'

'Nee, niet,' zegt hij. 'Misschien heeft Lisa ze weggegooid. Daar dreigde ze altijd mee omdat ze zo oud zijn en uit elkaar vallen.'

'Mijn partner heeft het al aan Lisa gevraagd. Zij heeft ook geen idee waar ze gebleven zijn.'

'Als ze niet bij de achterdeur liggen, dan moet degene die Zach heeft ontvoerd ze hebben meegenomen. Dat is de enige logische verklaring.'

'En waarom zou diegene dat doen?'

'Om je precies het idee te geven dat je nu hebt.'

'En dat is?'

'Dat ik met die schoenen aan in de tuin ben gaan staan om de indruk te wekken dat er iemand was geweest en ze vervolgens heb weggegooid, maar dat heb ik niet gedaan. Ik heb die afdruk niet gemaakt. Dat zweer ik je.'

'Oké,' zegt ze. Ze laat de foto op de salontafel liggen, pakt de map en staat op.

'Was dat alles?'

'Dat was alles.'

Cameron staat ook op. 'Eerder vandaag zei je dat we aan dezelfde kant stonden, maar zo voelt het nu absoluut niet.'

'Ik sta aan Zachs kant,' zegt ze.

'De schoenen zijn toeval. Ik heb ze jaren geleden gekocht. Er moeten in Christchurch wel duizenden van zulke paren in omloop zijn.'

'Weten we,' zegt ze. 'Ik laat mezelf wel uit.'

Hij blijft staan waar hij staat en kijkt haar na.

23

Ik raap de foto weer op. Ik kijk naar mijn hardloopschoenen, die tuinschoenen werden op weg naar, uiteindelijk, de vuilnisbak. De foto is gemaakt op de eerste dag dat we na de winter in de tuin hebben gewerkt. Onze tuin raakt dan altijd behoorlijk verwaarloosd omdat het te koud en te nat is om er iets aan te doen. Ik herinner me die dag nog goed. Ik kreeg een doorn van een rozenstruik onder mijn vingernagel, en hij zat zo diep en vast dat het Lisa grote moeite kostte om hem eruit te trekken.

Er is nu geen twijfel meer mogelijk dat iemand Zach heeft meegenomen en dat diezelfde persoon het heeft laten lijken alsof ik er verantwoordelijk voor ben.

Doe iets.

Ma komt de woonkamer in. Ze heeft een dienblad in haar handen met daarop drie koppen koffie en een schaaltje havermoutkoekjes. Zelfs onder deze omstandigheden vindt ze dat ze beleefd moet blijven. Ze vraagt waar Kent is en ik vertel haar dat ze snel weg moest.

'Zonder koffie?'

'Zonder koffie. Ik ga douchen.'

Ik loop naar de badkamer.

Jij bent de misdaadauteur, dus doe iets. Bedenk wat een van jouw personages zou doen en doe het dan.

'Hou je kop.'

Dwing me dan.

Prima. Dan doe ik dat.

Ik maak een tussenstop in de keuken. Ik open het kastje waar pa de whisky bewaarde die we altijd voor hem meenamen wanneer we op reis waren. Hij had vliegangst en is nooit het land uit geweest, dus dit was zijn manier om de wereld te ervaren. Er staan nog meer dan genoeg ongeopende flessen en ook nog een paar grotendeels gevulde.

Ik pak de dichtstbijzijnde. In de slaapkamer verbreek ik het zegel en neem een flinke slok, en een tweede en een derde. Zach heeft er niets aan als ik dronken word, maar nuchter blijven betekent rauw blijven, en als ik rauw blijf ga ik denken dat de ideeën van meneer Stel Dat zo slecht nog niet zijn. Ik drink ook om de beelden te verdrijven van wat Zach allemaal wordt aangedaan, want daar dwalen mijn gedachten naar af, uiteraard, want de geest van een misdaadauteur gaat in elke situatie op zoek naar het ergste scenario, en vindt dat ook. Ik kleed me uit en loop met een handdoek om me heen en de whisky in mijn hand naar de badkamer. Ik neem nog een slok.

Ik zet de douche aan en laat de badkamer vollopen met damp. Ik ga met mijn rug tegen de muur op de vloer zitten terwijl het water over me heen stroomt. Ik sla mijn armen om mijn knieën. Ik krijg de dag niet op een rijtje. Ik kan niet bedenken wat ik nu moet doen. Ik voel me zo ontzettend verloren. Zo nutteloos. Wat ben ik eigenlijk voor een man? Wat ben ik voor een vader? Wat ben ik voor een echtgenoot? Het antwoord op alle drie de vragen is hetzelfde: een waar je geen bal aan hebt. Een die dit zijn gezin heeft laten overkomen. Een die zou moeten kunnen bedenken hoe hij zijn zoon kan terugvinden.

Dat zou je echt moeten kunnen. Die lui in je boeken gaan zich immers ook niet onder de douche zitten wentelen in zelfmedelijden. Ze dóén iets.

Meneer Stel Dat heeft gelijk. Ze doen iets.

Ik stap onder de douche vandaan en drink nog meer whisky. Ma heeft mijn kleren van de slaapkamervloer opgeraapt en ik hoor dat de wasmachine aan staat. Ik pak een oude broek en een flanellen hemd die van mijn vader zijn geweest. Mijn moeder heeft zijn kleren nooit weggedaan. Ze zegt dat ze het fijn vindt dat ze er nog zijn.

'Als je me nou eens een handje hielp, pa?' vraag ik, pratend tegen een kast vol met zijn oude kleren. 'Als je me nou eens vertelde waar Zach is?'

Pa geeft geen antwoord. Misschien kan hij dat niet omdat hij dood is en geesten niet bestaan. Of misschien bestaan ze toch en kan hij me niet horen omdat hij is aangereden terwijl hij een geluidsisolerende koptelefoon ophad en hij, net als de geesten in films, gedoemd is om voorgoed over de wereld te spoken zoals hij erbij liep op het moment van zijn overlijden.

Ik loop terug naar mijn kamer. Het vloeistofpeil in de whiskyfles is met een kwart gedaald. Ik bel Lisa, maar die neemt niet op, dus bel ik haar ouders, en die nemen ook niet op. Ik laat de fles staan en loop naar de woonkamer. Het hele huis deint en ik dein mee om mijn evenwicht te bewaren. Mijn moeder zit het journaal te kijken. Ze heeft haar koffie opgedronken en alle koekjes opgegeten. Misschien merkt ze dat ik iets te veel heb gedronken, maar ze zegt er niets over. Op de tv worden beelden vertoond van mij op het moment dat ik op de persconferentie door het lint ga.

Ik laat me aan de andere kant op de bank vallen en kijk mee. Ik probeer me te herinneren wat er op dat moment door me heen ging, maar ik weet er nog maar weinig van. Het Rode Waas had de touwtjes in handen. Als ik er nu naar kijk, is het alsof ik naar een vreemde kijk die op mij lijkt maar heel anders denkt. Ik kijk naar een Cameron Murdoch die als een marionet wordt bespeeld. Ik voel me beschaamd en boos, beide in gelijke mate. Lockwood heeft me voor gek gezet.

De nieuwslezer doet me denken aan inspecteur Thompson, met zijn perfecte kapsel en dure pak, het soort man dat er goed uitziet als hij slecht nieuws brengt. Hij zegt dat Zach sinds de uitzending eerder die avond is gesignaleerd in parken, in restaurants, op het strand en één keer in een speelgoedraket bij de deur van een supermarkt. Hij is gesignaleerd in Christchurch, Dunedin, Nelson, Wellington, Auckland en zelfs helemaal in Sydney. Elke melding is nagetrokken door de politie, wat kostbare tijd en mankracht heeft gevergd. Dan verandert de nieuwslezer van houding en zegt hij dat er net belangrijk nieuws binnenkomt, en ik voel mijn hele lichaam verkillen. Met hernieuwde energie zegt hij dat het Nieuw-Zeelandse rugbyteam wordt genoemd in verband met een oefenwedstrijd in en tegen Engeland. Ik zet de tv uit.

Ik ga terug naar mijn slaapkamer, ga op mijn bed zitten en staar door het raam. Ik kijk toe terwijl het laatste licht uit de hemel wegtrekt, wat ook gebeurt, en dan kijk ik naar de insecten die zich te pletter vliegen tegen de straatlantaarns, wat ook gebeurt. Tegenover het huis staat een busje geparkeerd. Ik zie een sigaret opgloeien achter de voorruit. Een cameraman of -vrouw, of een verslaggever, die wacht op de volgende fase van het verhaal. Het is slechts een kwestie van tijd voordat dat ene busje er twee wordt, en die twee vier, en die vier wel honderd. Ik trek de gordijnen dicht. De alcohol verdooft het rauwe gevoel, zoals ik had gehoopt, maar het dempt niet de gedachte dat ik de stad in zou kunnen gaan om Zach te zoeken.

Kom op, je moet iets doen.

Maar wat?

Ma klopt op de slaapkamerdeur. Het is halfelf. Ze zegt dat ze naar bed gaat, maar vraagt of ik nog iets nodig heb. Ze kijkt naar de inmiddels halflege fles whisky op mijn nachtkastje en zegt: 'Kon ik maar iets doen.'

Ze heeft gehuild. De hele avond heeft ma zich grootgehouden voor mij, en in mijn verdriet ben ik vergeten er voor haar te zijn. Ik wens haar met een knuffel welterusten, en nu ben ik het die zegt dat alles wel goed komt. Ze wordt zwaar in mijn armen, en ik moet me schrap zetten om het vol te houden.

Ma gaat naar haar kamer. Ik ijsbeer door de mijne. *De politie gaat je met de minuut meer verdenken. Als je nu niets doet om Zach te vinden, krijg je straks de kans niet meer.*

De whisky heeft de ideeën van meneer Stel Dat niet onderdrukt, maar misschien lukt het met de wiet wel. Ik maak de kast open en wrik de vloerplank omhoog. De pot die ik daar twintig jaar geleden heb verstopt herbergt nog één laatste joint. Ik maak de pot open en verwacht dat hij beschimmeld of uitgedroogd zal zijn, en het laatste is het geval. De wiet zal dus minder krachtig zijn, maar ik heb al niet meer geblowd sinds die avond dat ik Lisa aan mijn ouders heb voorgesteld, dus hopelijk compenseert dat het een beetje.

Ik pak mijn fles whisky, haal een doosje lucifers uit de keuken en loop door de achterdeur de tuin in. Ik neem een slok, steek mijn joint aan en ga op een tuinstoel zitten. Mijn handen beven en mijn ogen tranen. Ik zuig de rook diep mijn longen in en houd hem daar vast. Het brandt. Ik adem uit en herhaal het proces, keer op keer, vastberaden, en wissel het af met slokken whisky. Het is nog steeds warm buiten. In de struiken zingen cicaden in een poging andere cicaden het hof te maken, al klinkt het eerder alsof één snaar op een viool aan gort wordt gestreken dan als gezang.

Ik staar omhoog naar de sterren. Kan Zach ze zien? Heeft hij door een raam hetzelfde uitzicht? Ik snap dat kinderen kunnen verdwijnen zonder ook maar één tastbare aanwijzing achter te laten, zoals een gevallen schooltas of een verloren schoen, maar hoe kan er niets spiritueels zijn? Geen geest – natuurlijk niet, Zach mankeert niets – maar een *vibe*, of een gevoel, iets wat aangeeft of hun aanwezigheid deze kant of die kant op is gegaan? Er moet toch een scheur zitten in het weefsel van de realiteit? Geen neonbord, maar iets, misschien iets wat alleen een ouder kan zien?

Jij zou het zien.

Inderdaad. Een spoor van lichtjes, speldenknoppen misschien, als diamantjes, of lange kleurige vegen, als linten die door de lucht zweven zoals de geur van een biefstuk in een ouderwetse tekenfilm.

Jij kunt het vinden, en je kunt het volgen, en dan leidt het je naar Zach.

'Waar moet ik beginnen?'

Bij jullie huis, natuurlijk. Maar je kunt niet via de voordeur. Dan word je gezien.

'Dat begint ergens op te lijken.'

Ik hijs mezelf overeind uit de tuinstoel. Alles is... zwaar. Ik loop naar de schutting, en ik kom maar langzaam vooruit, iets wat ik pas begrijp als ik naar mijn voeten kijk en zie dat ik piepkleine stapjes neem. Zachs voetbal, die ene waar hij op de foto met zijn voet op staat, ligt midden in de achtertuin. Ik probeer hem de struiken in te schoppen, met als enige gevolg dat ik omval en de fles stevig moet vasthouden om de inhoud te redden. Ik sta op en weet de schutting achter in de tuin te bereiken. Ik leg mijn hand erop en duw ertegen om te zien hoe stevig hij nog is na al die jaren.

Dan klim ik over de schutting, het begin van mijn zoektocht naar Zach.

24

De avond is haar door de vingers geglipt. Ze is de laatste die nog op de vierde verdieping is; Thompson was de op een na laatste, en hij is een halfuur geleden vertrokken. Ze is al een paar uur bezig alle verslagen door te nemen die in de loop van de dag zijn binnengekomen, terwijl ze met lange tanden van een warm geworden kipsalade eet. De lijst met zedendelinquenten in de stad is lang en verschillende rechercheurs hebben zich erdoorheen geploegd. Gelukkig is de lijst met pedofielen en mensen die zijn betrapt met kinderporno op hun computers korter, en vandaag zijn er al ruim twintig verhoord en afgestreept.

Haar ogen zijn zwaar, haar rug doet pijn van het lange zitten achter haar bureau en haar geest voelt verdoofd. Het doornemen van verhoren met mannen die zijn veroordeeld voor de ergst denkbare misdaden bezorgt haar hoofdpijn. Sommige van die mannen kent ze. Sommige heeft ze eigenhandig gearresteerd. Geen van alle hebben ze de politie reden gegeven om ze van betrokkenheid te verdenken. Rechercheurs hebben huizen kunnen doorzoeken. Een paar mensen hadden kamers die waren ingericht als kinderslaapkamers, met posters aan de muren en speelgoed op de grond. Een paar hadden sekspoppen, zo groot als een kind, sommige met meisjeskleren, andere met jongenskleren, poppen die hetzelfde wegen als kinderen, van stevig materiaal, en die gedachte doet haar maag omkeren. Zoals altijd wanneer ze over zulke poppen hoort, of ze ziet, woedt er in haar binnenste een tweestrijd. Zijn pedofielen beter af met zulke poppen, zodat ze hun fantasieën kunnen naspelen? Vervult het een verlangen of wakkert het dat juist aan?

Er zijn verslagen van gesprekken met buren van de Murdochs, met vrienden, met collega's. De bankrekeningen van de Murdochs zijn onder de loep genomen, bonnetjes zijn nagetrokken; ze hebben gezocht naar een link met doe-het-zelfzaken waar gereedschap voor het vastbinden en verbergen van mensen vaak kunnen worden gevonden, maar dat heeft niets opgeleverd, en als ze zulke dingen al hebben gekocht, weet ze zeker dat ze ze contant zouden hebben afgerekend.

Zachs tablet is onderzocht. Er stonden geen socialemedia-accounts op en ook geen bewijs dat Zach met iemand contact heeft gehad. Kinderen van Zachs school zijn ondervraagd, en die hebben geen van alle gezegd dat ze zondagavond of maandagochtend met elkaar hadden afgesproken. Zachs huisarts is ondervraagd. Zach is een gezonde jongen van zeven die nooit tekenen van mishandeling heeft vertoond.

De hele dag zijn er onjuiste meldingen binnengekomen dat Zach zou zijn gezien. Er zijn losgeldeisen binnengekomen van mensen die beweerden hem te hebben. Er zijn doodsbedreigingen binnengekomen via Cameron en Lisa's website. Ze weet niet of de Murdochs nog online zijn geweest sinds dit allemaal is begonnen, maar zo niet, dan staat hun een onaangename verrassing te wachten. Nu al staan er op hun sociale media honderden reacties waarin ze voor kindermoordenaars worden uitgemaakt. De beledigingen beperken zich ook niet tot die sites, maar staan ook op andere sites, waarop boeken worden verkocht en gerecenseerd. Sinds de rampzalig verlopen persconferentie zijn er tientallen beoordelingen van één ster gepost.

Op haar bureau staat een kartonnen doos met daarin elk boek dat de Murdochs ooit hebben geschreven. Bij alle boekwinkels in de stad waren ze uitverkocht, dus moesten ze de uitgever om exemplaren vragen, en even geleden zijn er dozen vol per koerier gearriveerd. Ze kijkt haar exemplaren door, leest de flapteksten, op zoek naar verhalen over vermiste kinderen, en daar zijn er twee van. Die neemt ze straks mee naar huis.

Ze staat in de lift als haar telefoon piept. Een berichtje van Thompson.

Moet je zien.

Hij heeft een link toegevoegd.

Ze klikt erop. Het is een nieuwssite. Met een video. Ze tikt op afspelen.

Zach Murdoch zit, zichtbaar van streek, aan een picknicktafel. Tegenover hem zit Cameron. Camerons gezicht is vuurrood, en ze kan niet horen wat hij zegt, want Zach zit te krijsen. Zach gooit wat er van zijn ijsje over is weg. Het raakt Cameron op de borst en laat een afdruk achter. Hij pakt over de tafel heen de handen van zijn zoon vast, terwijl vlakbij een paar mensen opstaan en weglopen.

Zach houdt op met krijsen, maar begint weer als Cameron opstaat. Hij tilt de jongen op, met zijn schoppende benen naar achteren en zijn maaiende armen naar voren, en draagt hem als een koffer onder zijn arm geklemd weg.

25

Als jongen ben ik vaak over deze schutting heen geklommen, toentertijd om een cricketbal of een voetbal terug te halen die eroverheen was gevlogen. Ik kan met mijn ogen dicht over die schutting heen klimmen, puur op spiergeheugen. Tenminste, dat dacht ik, want dan begint de schutting te kraken, en beginnen mijn ledematen te kraken, en mijn benen zijn langer en vinden niet meer zo makkelijk de gekende steunpunten. Ik ben ook zwaarder geworden, dus wiebelt de schutting, die immers vijfentwintig jaar ouder is geworden sinds de laatste keer dat ik dit heb gedaan, en ik wiebel ook, om dezelfde reden. Pas als ik erbovenop zit besef ik wat het grootste probleem is: ik heb de whiskyfles nog bij me, en aangezien ik veel moeite heb gedaan om hem zo ver mee te krijgen, houd ik hem ook maar vast als ik aan de andere kant naar beneden klim.

Het huis behoort toe aan meneer en mevrouw Garratt, die het maar een paar maanden nadat mijn ouders hier waren komen wonen hebben gekocht. Ik ken hen al zo lang dat ze bijna een soort surrogaatvader en -moeder zijn geworden. Wij gingen vaak bij hen barbecueën en zij kwamen vaak bij ons barbecueën. Meneer Garratt was een enthousiast lezer van misdaadromans, en toen ik een tiener was leende hij ze vaak aan me uit. Ik denk vaak dat ik geen schrijver zou zijn geworden als ik in een andere straat was opgegroeid.

Het is een warme avond. En een stille avond. En een rustige avond. Het is bijna volle maan. De achtertuin baadt in een dof blauwachtig licht. Het gras is kort, bruin en bros. Ik weet niet of ik te veel heb gedronken of niet genoeg. Lopen gaat langzaam en denken moeizaam, en de joint is bijna op.

Ik bereik de poort aan de zijkant. De grendel waarmee hij dichtzit is roestig en zit strak. Ik giet er een scheut whisky overheen en wrik hem dan zachtjes op en neer tot hij naar links schuift. Ik loop de straat op.

Onder het lopen kijk ik naar elk huis. Bij sommige zijn de ramen donker, achter andere brandt licht, allemaal verbergen ze mogelijk Zach. Voor alle huizen staan containers die daarnaartoe zijn gereden om morgen te worden geleegd, containers met gele deksels voor herbruikbaar verpakkingsmateriaal en containers met groene deksels voor tuin- en keukenafval. Ook die zouden stuk voor stuk Zach kunnen verbergen.

Ik neem de fles whisky mee, maar ik drink er niet meer uit. Ik heb genoeg gehad.

Als dat zo was, had je hem wel bij je moeder thuis achtergelaten, of in de achtertuin, of bij de poort, of boven op de brievenbus van de Garratts, of bij het huis van de buren, of in de voortuin, of...

'Ik snap het al.'

Ik bekijk alle huizen en bedenk dat de politie, als die echt om mijn zoon had gegeven, ze stuk voor stuk zou hebben doorzocht. Dan zouden ze overal in de stad meubels in voortuinen hebben gegooid en elke centimeter hebben onderzocht en afgespeurd. Ik passeer het ene huis na het andere, allemaal op een bepaalde manier anders, allemaal op een bepaalde manier hetzelfde, en ik staar naar ramen en deuren, op zoek naar

iets

maakt niet uit wat

want het enige wat er niet kan zijn is

'Niets.'

Ik tik het restantje van mijn joint in de goot. Normaal gooi ik nooit iets op straat, maar jammer dan. Er zijn vandaag wel meer eerste keren geweest.

Als ik mijn hand voor mijn gezicht houd, lijkt die groter dan ik me herinner. Er dansen kleuren voor mijn ogen, maar het zijn niet de lichtende linten die ik zoek. Bij de volgende kruising ga ik rechts, en dan links, zodat ik de route kan volgen die Zach zou hebben genomen om hier te komen. Er zijn geen auto's, geen voetgangers, alleen ik en mijn halflege fles whisky die, als ik wist dat Zach veilig was, halfvól zou zijn. Nergens een teken van Zach. Geen verloren schoenen, geen gevallen schooltassen. Geen scheuren in de tijd of in de ruimte, geen lichtende linten.

Twee straten bij mijn huis vandaan komen de politieversperringen in zicht. Ze worden afgebroken en achter in een stationwagen opgestapeld terwijl andere agenten staan toe te kijken. Ik loop door. Aan deze kant van de verwijderde versperringen staan mediabusjes, maar iedereen is rustig, wat ongetwijfeld betekent dat er uit deze dag geen nieuw verhaal meer kan worden gepeurd. De andere mensen die de voorstelling kwamen bekijken zijn allemaal weg. De stationwagen met de versperringen in de kofferbak keert en rijdt op me af. Ik duik weg in een aangrenzende tuin en verberg me achter een rij lavendelstruiken. Mijn hart klopt in mijn keel. Ik blijf laag tot de stationwagen voorbij is en steek dan mijn hoofd boven de planten uit om te kijken of de kust veilig is. Niet dus. Aan de overkant stapt een man in donkere kleding achter een eik vandaan. Hij kijkt niet in mijn richting, want hij staart naar mijn huis verderop in de straat. Als hij een journalist was, zou hij wel tussen zijn collega's staan. Dus wie is het?

Misschien is het wel de man die Zach heeft ontvoerd. Je weet dat slechteriken vaak terugkeren naar de plaats delict.

Ik weet niet of meneer Stel Dat gelijk heeft over de man naar wie ik zit te kijken, maar ik weet wel dat hij gelijk heeft als hij zegt dat criminelen vaak terugkeren naar de plaats delict, dus als de man aan de overkant in beweging komt, beweeg ik met hem mee. Bij de volgende kruising slaat hij rechts af, en ik blijf twintig meter achter hem en duik zo veel mogelijk weg achter bomen en geparkeerde auto's. Hij loopt in een gelijkmatig tempo en kijkt niet één keer om. Als we bij de volgende kruising zijn aangekomen, gaat hij linksaf. Ik blijf op afstand.

Hij betreedt het erf van het huis dat aan onze achtertuin grenst. Ik blijf bij hem. Ik loop op tijd de achtertuin in om hem over de schutting te zien verdwijnen. Voorzichtig loop ik door de moestuin naar het rasterhek en ga op de onderste buis staan, zodat ik eroverheen kan kijken.

De man hijst zich door het badkamerraam naar binnen.

Hij is hier niet om iets uit mijn huis mee te nemen, want alles wat de moeite waard was heeft hij al meegenomen; hij is hier om iets achter te laten, iets wat de verdenking van de politie jegens mij in beton zal gieten. Hij laat zich voorover door het raam zakken, en als zijn voeten zijn verdwenen laat ik me over het hek zakken, als een indringer in mijn eigen achtertuin, en maak aanstalten om door het badkamerraam te klimmen, als een indringer in mijn eigen huis.

26

Ik kan het huis niet in klimmen. Ik moet de politie bellen, alleen gaat dat niet, want de politie heeft mijn telefoon nog. Ik zal naar voren moeten lopen om het hun te vertellen. Ik kan kiezen: of dezelfde weg teruglopen en hen vanaf de straat benaderen, of om het huis heen lopen en hopen dat de man die binnen is me niet ziet.

Dat kan niet. Als jij daarheen gaat, duwen die agenten je met je gezicht tegen een auto, slaan je in de boeien en praten door je heen en kafferen je uit voor je de kans krijgt om uit te leggen wat je komt doen. Tot nu toe heeft niemand ook maar een woord geloofd van wat je hebt gezegd, dus waarom zouden ze dat nu opeens wel doen? Als jij je mond opentrekt om uit te leggen wat er aan de hand is, zal de politie zeggen dat je je kop moet houden. De man in het zwart zal het kabaal horen en op de vlucht slaan.

Dat is een overtuigend argument van meneer Stel Dat.

Overtuigende argumenten zijn mijn specialiteit.

Het klimmen is lastig – nogmaals, niet in de laatste plaats omdat ik nog steeds die fles whisky vastheb – alleen is die fles niet langer een fles maar een hamer, want de inhoud van de hamer is uitgegoten in de tuin.

Ik zet de fles binnen op een plankje en klim er dan achteraan. Ik doe rustig aan en steun met mijn handen op de rand van het bad terwijl mijn voeten over de vensterbank glijden. Als ik binnen ben, pak ik de fles en loop naar de deur naar de gang. Ik luister met ingehouden adem. Het enige wat ik hoor is mijn luid bonzende hart, het bloed dat in mijn oren gonst, en het klinkt allemaal des te luider door alle whisky en wiet in mijn systeem… een systeem dat misschien wel hapert. Heb ik echt een man in het zwart gezien of wilde ik die zo graag zien dat de chemicaliën die ik tot me heb genomen hem uit het niets tevoorschijn hebben getoverd?

Ik concentreer me, en ik span me in, en dan hoef ik geen van beide meer te doen, want ik hoor voetstappen in Zachs kamer, links van me, en dan weet ik dat de man echt bestaat.

Langzaam loop ik de gang door. Ik stap de slaapkamer binnen, waar ik bij het raam een donkere gestalte zie. Hij hapt verschrikt naar adem, en ik ook, en dan stormen we op elkaar af. Ik zwaai met de fles en raak iets hards en metaalachtigs. Even later krijg ik een stomp in mijn gezicht, waardoor er lichtflitsen en kleuren door mijn blikveld schieten. Door de joint die ik heb gerookt lijkt alles zich in slow motion te voltrekken, wat op zich niet zo erg zou zijn, ware het niet dat ik ook in slow motion reageer. Hij stompt me nog een keer, nu in mijn buik. Ik heb de fles nog in mijn hand, dus haal ik er blindelings mee uit, en er klinkt een grom, vergezeld van een doffe bons als ik die kerel raak, misschien op de arm of op de schouder. Ik haal nog een keer uit, hoger deze keer, en er klinkt nog een bons, maar deze is steviger, harder, en er kraakt ook iets. Met een dreun valt hij op de grond.

En dan.

Niets.

Ik houd de fles vast, klaar om er bij het eerste teken van beweging nog een keer mee uit te halen.

Alleen komt er geen beweging.

Ik ga op mijn hurken naast hem zitten, en ik raak iets met mijn knie, dus raap ik het op. Het is een telefoon. Ik tik op de thuisknop en het scherm licht zacht op. Er zit een barst in. Ik richt hem op de man op de grond. Hij is bewusteloos, of dood, of iets ertussenin. Het is Dallas Lockwood. Van de 'Jij hebt mijn boek gestolen'-Lockwoods. Ik controleer of hij nog een hartslag heeft. Die heeft hij. De wereld zou misschien beter af zijn als dat niet zo was, maar ik niet. Lockwood heeft Zach niet ontvoerd. Hij is hier voor een verhaal, of om mijn verhaal nog een graadje erger te maken.

Ik ga zitten en leun tegen de muur. Mijn hoofd doet pijn van de klap en ik hijg als een molenpaard, en het is bepaald niet zo dat ik in twee klappen nuchter ben geworden. Het gevecht heeft hooguit tien tellen geduurd, maar ik voel me alsof ik de Mount Everest heb beklommen. Ik krijg mijn ademhaling onder controle en loop dan naar de voordeur om de politie erbij te halen. Ik heb mijn hand al op de deurklink als meneer Stel Dat begint te praten.

Stel dat de politie je niet gelooft?

Stel dat Dallas Lockwood liegt en hun vertelt dat hij achter jóú aan is gelopen?

Stel dat ze denken dat je, kort nadat je live op tv je zelfbeheersing hebt verloren, de verslaggever die daarvoor heeft gezorgd een pak slaag hebt gegeven?

En dan de nekslag. *Stel dat je het alleen maar erger maakt door hen erbij te halen?*

Ik laat de deurklink los. Ik voel me verslagen. En moe. En boos. Een paar tellen geleden stond ik nog op het punt de confrontatie aan te gaan met de man die Zach had ontvoerd. Maar in plaats van dat er een eind aan de nachtmerrie komt, gaat die gewoon verder. Ik loop terug naar de slaapkamer. Lockwood begint te kreunen. Hij zal helse koppijn hebben als hij bijkomt.

Ik loop via dezelfde route terug en neem de fles en zijn telefoon mee. Weer door het raam naar buiten, de achtertuin door, over het hek heen, door de achtertuin van de buren, de straat op. Lockwood zal me over een paar minuten volgen. Hij zal het niet riskeren om daar te blijven hangen.

Ik probeer mijn nieuwe telefoon uit. Die vraagt om een pincode, dus leg ik hem op de grond en stamp erop tot hij dat niet meer vraagt. Eén straat bij het huis van mijn moeder vandaan stop ik de lege fles in een container. Dan loop ik door de voortuin van de Garratts de achtertuin in, schuif de roestige grendel weer op zijn plaats en klim over de schutting, wat deze keer gemakkelijker gaat.

Ik loop naar binnen, fris me op in de badkamer en neem een paar pijnstillers in, terwijl mijn moeder dwars door alle geluiden die ik maak heen slaapt.

In bed staar ik naar het plafond, hoewel ik dat niet kan zien. Ik wacht tot de hoofdpijn zakt. Dat gebeurt niet.

Zach wordt nu anderhalve dag vermist.

Ik sluit mijn ogen, al acht ik de kans dat ik in slaap val nul.

Ik krijg gelijk.

Dinsdag

27

Om vijf uur 's ochtends verzet ik me tegen de aandrang om Kent te bellen, en om zes uur nog een keer, maar om zeven uur zwicht ik. Ze neemt niet op. Ik spreek een bericht in waarin ik haar vraag me terug te bellen op het vaste nummer van mijn moeder. Ik bel Lisa. Die neemt niet op. Ik bel haar ouders. Die nemen niet op. Mijn hoofd doet zeer en mijn mond smaakt naar tapijt, en ik neem me heilig voor nooit meer alcohol te drinken, maar het zou me niet verbazen als ik dat voornemen nog voor het eind van de dag zou verbreken. In elk geval is er geen wiet meer over.

Mijn kleren zitten in de droger, dus trek ik nog wat van pa aan: een korte broek die iets te strak zit en een T-shirt met op de voorkant een opdruk die zo verwassen is dat ik niet meer kan zien wat het ooit heeft voorgesteld. Zijn schoenen, die ik gisteravond ook heb gedragen, passen prima: sportschoenen met aan de bovenkant een klittenbandsluiting, die mensen in de jaren tachtig gingen dragen toen veters veel te ingewikkeld werden.

Ma staat altijd vroeg op en vandaag is geen uitzondering. Ze staat ontbijt voor ons te maken. De laatste keer dat ik heb gegeten was zondagavond, voor ik Zach in bed stopte. Ik val om van de honger, en misschien valt Zach ook wel om van de honger, maar toch moet ik eten, want ik moet op krachten blijven zodat we hem kunnen vinden.

'Is dat een blauwe plek op je wang?' vraagt ma.

Ik wrijf over de plek waar Lockwood me heeft geslagen. 'Ik ben gisteravond op weg naar de wc tegen de deur op gelopen.'

'Je moet wel voorzichtig zijn,' zegt ze, en dan vraagt ze of ik lekker heb geslapen.

Ik zeg dat ik prima heb geslapen.

'Zo zie je er anders niet uit,' zegt ze. 'Zullen we nog een keer bidden?'

'Straks misschien?'

Ze richt haar aandacht weer op de pan. Ik kan zien dat ze boos op me is, maar ik heb geen zin om daar iets aan te doen. Ma schotelt me eieren met spek voor. We gaan aan tafel zitten, zoals we in de loop van de jaren duizenden keren aan deze tafel hebben gezeten, soms met pa, daarna soms zonder hem. Ik schuif het eten met mijn vork heen en weer voor ik een hap neem, en daarna verslind ik alles, maar elke hap is een hap vol schuldgevoel. We voeren geen gesprek. Ik wou dat ik ja had gezegd tegen de kracht van het gebed. Er rijdt een vuilniswagen voor het raam langs die de containers aan de straat leegt.

Kent belt me om halfacht. Ik vraag haar of er nog nieuwe ontwikkelingen zijn, en ze zegt dat er niets belangrijks is gebeurd, maar dat ze wel graag wil dat ik die ochtend naar het politiebureau kom. Ik vraag haar of ik nu al kan komen en ze zegt nee, want ze is er nog niet, dus spreken we om halftien af. Ik vraag me af of dat onbelangrijke iets de gebeurtenissen van gisteravond bij mijn huis betreft. Ze vertelt me dat mijn huis is vrijgegeven en dat ik er weer in mag.

Ik praat ma bij. Ze heeft het me vergeven dat ik niet wilde bidden. Ik spoel de borden af en ruim de vaatwasser in voor ik haar vraag of ik haar auto en haar mobieltje mag lenen. Haar telefoon is groot en zwaar en haar auto is klein en oud. De bestuurdersstoel is doorgezakt en de motor start maar moeizaam. Er kruipt een spin uit het ventilatierooster, maar die kruipt weer terug als de auto eindelijk aanslaat. Ik druk op de afstandsbediening en de garagedeur gaat met veel gepiep en gekraak open; ik rijd achteruit de garage uit, druk nog een keer op de afstandsbediening en de deur gaat piepend en krakend weer dicht. Op de voorkant staat, in dikke klodders rode verf, het woord KINDERMOORDENAAR.

Mijn handen verstrakken om het stuur terwijl ik naar het woord staar. De verf is gaan druipen en daardoor lijkt het wel bloed. KINDERMOORDENAAR. Eén woord. Er staat niet 'kinderontvoerder'. Of 'ouder die kind heeft laten afdwalen'. Er staat KINDERMOORDENAAR. Omdat ze denken dat ik Zach heb vermoord. Omdat ze geloven dat dit de eerste dag in zeven jaar is waarop we allemaal zijn ontwaakt en Zach er niet meer is. Wat zou betekenen dat morgen de tweede dag is. En overmorgen de derde. Enzovoorts, de ene dag na de andere, een eindeloze hoeveelheid dagen waarop Zach nooit zal thuiskomen uit school, nooit zal lachen aan de eettafel of zal huilen omdat hij van ons geen tv mag kijken, waarop hij niet zijn knieën zal schaven of een losse tand zal krijgen of ijs over zijn handen zal laten druipen. Niet alleen die versie van Zach wanen ze dood, maar ook alle toekomstige versies. De versie die naar de middelbare school gaat, de versie die leert autorijden, de versie die een vriendinnetje krijgt, de versie die pas om twee uur 's nachts thuiskomt. Er zal geen Zach komen die een baan vindt, het huis uit gaat, gaat trouwen en kleine Zachjes op de wereld zet. Geen Zach die zijn ogen ten hemel zal slaan om zijn hopeloze ouders. Geen Zach die ons in een verpleegtehuis zal stoppen.

Het Rode Waas keert terug. Ik wil op deuren bonzen tot ik de dader heb gevonden en diegene vervolgens als een vaatdoek over dat woord heen en weer sleuren tot het uitgeveegd is. Het is een irrationele gedachte, maar op dit moment zijn irrationele gedachten alles wat ik heb. De persoon die gisteravond in een busje voor het huis zat, heeft die dit gedaan? Als ik niet was weggeglipt, had ik het misschien horen gebeuren, had ik het misschien kunnen voorkomen.

Ik bel Kent en vertel haar wat er is gebeurd. Ze zegt dat ze iemand langs zal sturen om ernaar te kijken.

Ik zet de garagedeur open, zodat het woord naar het plafond gekeerd is. Ik ga naar binnen om het aan ma te vertellen, en die begint te huilen en zegt tegen me dat alles wel goed komt.

'Omdat je hebt gebeden, ma? Daarom?' Zodra ik het heb gezegd, heb ik er spijt van. 'Sorry. Dat had ik niet moeten zeggen.'

'Het geeft niet,' zegt ze, maar ik zie dat het wél geeft.

'Ik moet gaan,' zeg ik. 'Ik hou van je, ma. Ik weet dat ik het nooit zeg, maar het is wel zo.'

Daar gaat ze nog harder van huilen. Ik laat haar in de woonkamer achter met haar tranen en haar tissues en ga weer naar buiten.

28

Kent hangt op na haar gesprek met Cameron Murdoch. Ze was al op de hoogte van het vandalisme op de garagedeur. Verderop in de straat stond een onopvallende politiewagen om het huis in de gaten te houden. Er stond er ook een bij de boerderij van Lisa's ouders. Ze wilde weten of een van de Murdochs die avond het huis zou verlaten, en zo ja, waar ze dan naartoe zouden gaan. Toen de agenten meldden dat ze hadden gezien dat een paar mensen die vlakbij in een busje hadden gezeten de garage met verf aan het bekladden waren, kregen ze de instructie om niets te doen. Ze wilde geen confrontatie. Ze wilde niet dat de Murdochs zouden weten dat ze werden geobserveerd. Hoe dan ook hadden de Murdochs pas vanochtend de respectieve huizen weer verlaten.

'Sorry voor de onderbreking,' zegt ze, terwijl ze haar telefoon weer in haar zak laat glijden. Ze is moe, want gisteravond heeft ze voor het slapengaan de eerste vijftig bladzijden gelezen van een van de boeken die ze mee naar huis had genomen. Het gaat over een gezin dat gaat picknicken; de twee kinderen rennen het bos in om te spelen en er komt er maar één terug. Het lijkt in niets op wat er nu bij de Murdochs speelt, maar aan de andere kant had ze dat ook niet verwacht. Als dit zich op precies dezelfde manier ontvouwde als in een van hun boeken, zou dat hen alleen maar schuldig doen lijken. Aan de andere kant: waarschijnlijk zouden ze dan zeggen dat ze wel gek moesten zijn om een misdaad te plannen volgens de beschrijving in een van hun boeken. 'Wat wilde u zeggen?'

De vrouw gaat verder. Ze heet Deborah Hubbard, en sinds Kent hier is, is de gedachte al eens bij haar opgekomen dat Hubbard, zelfs als de wereld erin slaagde de klimaatverandering een halt toe te roepen, helemaal in haar eentje de lucht vervuild kon houden met alle sigaretten die ze rookt. Ze staan voor Deborah Hubbards huis, waar haar rolcontainer op zijn kant ligt, zodat de inhoud in de goot ligt. En die van haar is niet de enige. Elke container in de straat ligt op zijn kant, en de weg en stoep zijn bezaaid met plastic flessen, karton en tuinafval. Andere buren zijn hun rommel al aan het opruimen, maar de meeste hebben het nog niet gemerkt of zijn er nog niet aan toegekomen. Ze bevinden zich op slechts een minuut rijden van Antberry Park, waar Cameron Murdoch gisterochtend naartoe is gereden om zijn zoon te zoeken.

'Ik wilde zeggen dat het zo'n beetje elke maand gebeurt. Maakt niet uit welke containers er staan, kan ze niks schelen. Jongeren uit de buurt, ongetwijfeld. Ik weet dat we niet de enigen zijn die de afgelopen tijd de politie hebben gebeld, maar jullie kunnen er waarschijnlijk weinig aan doen, of wel? Anders hadden jullie het wel gedaan. Omvergegooide vuilnisbakken hebben niet bepaald prioriteit, toch? Hopelijk groeien die kinderen eroverheen, of verhuizen ze, of worden ze overreden door een vrachtwagen,' zegt ze. Dan grimast ze en voegt eraan toe: 'Dat laatste meen ik niet echt.'

'Het moet wel frustrerend zijn,' zegt Kent.

'We wonen hier al veertig jaar en de eerste achtendertig jaar was het allemaal prima. Alleen nu niet meer. We betalen netjes belasting, en de regering en de gemeente pakken ons van alles af, maar als wij er iets voor terug willen, geven ze niet thuis.'

Kent wil niet van het onderwerp afdwalen. 'Legt u me eens exact uit waar u de kleren hebt gevonden.'

'Nou ja, ze vielen nogal op, want verder is het allemaal herbruikbaar verpakkingsmateriaal, nietwaar? Of tuinafval. Ik weet niet uit welke container ze zijn gekomen, want alles is door elkaar komen te liggen toen ze omver werden gegooid, maar zo zijn mensen nou eenmaal, ze gooien altijd troep in containers die niet van hen zijn, en de mensen die dat niks kan schelen geven waarschijnlijk ook niet veel om het milieu, maar ik wel, en kleren horen niet in die containers thuis, dus heb ik ze eruit gevist en bij het restafval gegooid.'

Deze week worden in deze buurt de gele en groene containers geleegd. Volgende week zijn de rode en de groene containers aan de beurt; de rode zijn voor restafval. De groene containers worden elke week geleegd en de rode en gele om de week. In dit deel van de stad worden ze op dinsdagochtend geleegd, wat betekent dat de meeste mensen ze de avond tevoren aan de straat zetten.

'Sammy, mijn man, zou ze gewoon in een van die twee containers hebben gegooid en klaar is Kees. Hij denkt dat het herbruikbare materiaal op dezelfde plek terechtkomt als al het andere afval. Ik heb liever dat hij herbruikbare materialen bij het restafval gooit dan restafval bij de herbruikbare materialen, als u begrijpt wat ik bedoel.'

'Ik begrijp wat u bedoelt. Dus u zegt dat u de kleren hebt opgeraapt en hebt weggegooid?'

'Ja, daarin,' zegt ze, en ze wijst naar de hoek van het huis, waar de schutting aansluit op de garage. Naast de achterdeur is een nis waar de containers in staan. Daar staat de rode container met het deksel open. 'Ik heb een stok gebruikt omdat er bloed op zat, want dat wilde ik niet aanraken. Daarna ben ik naar binnen gegaan, en toen zat ik het nieuws te lezen en las ik dat artikel over het vermiste jongetje, en er stond een foto bij van de kleren die hij aanhad toen hij vermist raakte, en ik dacht: ho eens even, dat zijn de kleren die ik net heb opgeruimd. Dus toen ben ik nog eens even gaan kijken, en dat klopte inderdaad, dus heb ik ze mee naar binnen genomen en toen heb ik jullie gebeld.'

'We zijn erg blij dat u dat hebt gedaan,' zegt Kent.

'Van de schoenen wist ik het niet zo zeker. Op de foto bij het artikel staan nieuwe, maar de schoenen die ik heb gevonden zien eruit alsof ze door een leeuw zijn aangevallen.'

'En staan jullie containers altijd buiten?'

'Dat hebt u aan Sammy te danken. Ik denk zelf dat het gemakkelijker zou zijn om ze in de garage te zetten, zodat we er makkelijk bij kunnen, maar hij beweert dat ze dan gaan stinken en in de weg staan. Dus laten we ze bij de achterdeur staan.'

'En daar staan ze altijd?' vraagt Kent.

'Meestal wel.'

'Dus iedereen kan erbij.'

'Eigenlijk wel. Ik heb weleens tegen Sammy gezegd dat we ze eigenlijk aan de andere kant van het huis zouden moeten zetten, maar dan vraagt hij altijd wat dat voor nut heeft. Hij zegt dat er toch niemand is die ze wil stelen.'

Zachs kleren, en Camerons tuinschoenen, zijn op weg naar het lab voor onderzoek. De rolcontainer ook. Het bloed op het T-shirt is reden tot zorg, maar het is niet zoveel dat er meteen bepaalde conclusies kunnen worden getrokken; ze heeft zich laten vertellen dat het misschien een eetlepel vol is, en ze weet dat een eetlepel bloed op kleren eruit kan zien als vijftig à zestig milliliter. Als het Zachs bloed is, is het waarschijnlijk afkomstig van een kleine verwonding.

'Ik vind het alleen niet logisch,' zegt Deborah Hubbard.

Kent probeert te bedenken hoe ze deze ontdekking in haar voordeel kan gebruiken. De pers is er niet van op de hoogte. Als een van de Murdochs inderdaad de kleren in deze container heeft gestopt, dan is er misschien een manier om diegene erin te luizen en hier terug te laten komen. 'Hoe bedoelt u?'

'Als die kleren van dat jochie zijn, waarom zou je ze hem dan uittrekken? Ik kijk altijd herhalingen van *CSI*, dus ik weet hoe die dingen gaan. Ik vind het gewoon niet logisch: als ze hun zoontje hebben vermoord en begraven, waarom hebben ze zijn kleren dan niet mee begraven?'

Dat is een goede vraag, een die Kent zichzelf ook al stelt vanaf het moment dat ze hier is aangekomen.

'Zijn die mensen geen misdaadauteurs of zo?'

'Wat bedoelt u daarmee?'

'Daarmee bedoel ik dat ze waarschijnlijk de perfecte misdaad kunnen voorbereiden, maar er is één ding waar ze zich niet op kunnen voorbereiden, en dat is pech. En dat is precies wat dit is, toch? Pech voor degene die die kleren hier heeft gedumpt, wie dat ook was. Die Murdochs, ik heb al hun boeken gelezen. Ik ben een groot fan. In een van hun oudere boeken is een van de hoofdpersonen een misdaadauteur. Dat was mijn lievelingsboek van hen. Ik moest denken aan iets wat dat personage zei. Ik heb het opgezocht toen ik op jullie komst zat te wachten, zodat ik zeker wist dat ik het goed had. Die gozer, die zegt: "Misschien is dat het probleem met misdaadauteurs: je kunt ze gewoon niet vertrouwen."'

29

De kater heeft zijn weerslag op de manier waarop ik de wereld ervaar. Hij maakt de ochtend feller en trager. Hij maakt de auto luidruchtiger en de wegen drukker, al vermoed ik dat dat laatste niets met de kater te maken heeft. Het kost me vijfentwintig minuten om naar de boerderij van Lisa's ouders te rijden, met een motor die het prima doet maar een chassis dat elke bout en klinknagel op de proef stelt. De spin van daarnet klautert uit het ventilatierooster het dashboard op en geniet van het uitzicht, dat begint met mensen die in de auto op weg zijn naar hun werk en eindigt met mensen op tractoren. Dennenbomen vormen de afscheidingen tussen de boerderijen en greppels creëren grenzen tussen de boerderijen en de weg. Het landschap is bezaaid met traag roterende irrigatiesystemen die eruitzien als klimrekken waar de fabrikanten geen verf voor hadden. Vanaf dit punt worden de boerderijen groter en strekken ze zich uit over de Canterbury Plains, vlakten die deel uitmaken van de provincie Canterbury, die zo plat is als een schaakbord en er vanuit de lucht ook zo zou uitzien, als een schaakbord tenminste duizend groene vlakken had, waarvan er niet één volmaakt vierkant was. Op een gegeven moment moet ik in mijn auto blijven wachten terwijl schapen die door boeren op quads van de ene wei naar de andere worden verplaatst de weg op lopen. Zach vindt het prachtig als dat gebeurt, en hij zit dan altijd met zijn gezicht tegen het raampje geplakt naar de herdershonden te zwaaien die al keffend heen en weer zigzaggen.

Andre en Rita Cross hebben een kleine boerderij aan de rand van de stad, die een brug slaat tussen de buitenwijken en de echt grote boerenbedrijven. Het is iets meer dan tachtig hectare, grotendeels bestaand uit grasland, en elk jaar in december of januari helpen we ten koste van onze spieren met het tot balen persen en opstapelen van het hooi. Er lopen een paar schapen, zes koeien en wat kippen rond, en geen pers. Over de hele breedte van de met grind bedekte oprit staat een hek tot borsthoogte, dat ik eerst open moet maken voordat ik erdoorheen kan rijden en dan weer achter me dicht moet doen, zodat de hond niet ontsnapt. Niet dat ik de hond ergens zie. De woonboerderij is tien jaar oud, met muren van wit steen en een dak van donker staal dat zo is ontworpen dat het bedekt lijkt te zijn met elkaar overlappende tegels. Het hele gebouw wordt omringd door een goed geoliede, bruine veranda die Zach 'de slotgracht' noemt.

Ik stap uit de auto en achter me slaat het stof van de oprit langzaam neer op het grind. Het is hier heet. De hemel is wijds en op het moment is daar niets te zien behalve de zon. Het uitzicht is er een dat ik graag zou willen hebben tijdens het schrijven: bergen aan de horizon, glooiende weilanden die zich tot in de verte uitstrekken, lange afrasteringen met bomen erlangs die de buren, die zich geen van allen binnen roepafstand bevinden, aan het zicht onttrekken.

Ik stap de veranda op, maar ik haal de deur niet voordat die opengaat. Andre komt naar buiten. Hij is eind zestig, een meter tachtig lang en pezig, met aderen die boven op zijn zongebruinde armen liggen, armen en aderen waar bodybuilders en heroïnegebruikers jaloers op zouden zijn. Hij heeft witte kringen om zijn ogen omdat hij buiten altijd een zonnebril opheeft. Hij heeft gemillimeterd grijs haar, een kapsel dat hij heeft overgehouden aan zijn legertijd, en een bijpassende korte snor. De enige keer dat hij het over zijn legertijd heeft gehad was toen ik net verkering had met Lisa. Toen vertelde hij me dat hij een hoop narigheid had aanschouwd toen hij in het buitenland zat en dat hij, als ik zijn dochter kwetste, gedwongen zou zijn om nog meer narigheid te aanschouwen. Nu schenkt hij me een blik die suggereert dat dat moment nu is aangebroken. Hij slaat zijn armen over elkaar, zodat zijn spieren opbollen en de aderen nog prominenter worden. Achter hem komt Kahn, hun tien jaar oude golden retriever, naar buiten en gaat op de veranda zitten, met zijn blik op mij gericht.

'Elsie is er niet,' zegt hij. Hij heeft Lisa altijd Elsie genoemd, zo consequent dat hij, als ik hem nu zou vragen waar Lisa was, op zijn beurt misschien zou vragen over wie ik het had. Zijn stem klinkt bars.

Zijn woorden zijn afgemeten. 'En al was ze wel thuis, dan nog zou ik je niet binnenlaten.'

Ik zeg niets.

'Je bent hier niet welkom,' zegt hij.

'Kom op, Andre. Je weet best dat ik Zach of Elsie nooit iets zou aandoen.'

'De man die ik gisteren op tv zag leek me daar anders prima toe in staat.'

'Tja, we kunnen nu eenmaal niet allemaal terugvallen op militaire training om rustig te blijven als we live op tv worden beschuldigd van pedofilie.'

Zijn kaak verstrakt. Zijn ogen versmallen zich. Hij ziet eruit alsof hij me een dreun wil geven.

'Ik wil Elsie spreken.'

'Ik wil dat je weggaat.'

'Dit slaat helemaal nergens op.'

'Je hebt me wel gehoord. Ik wil dat je weggaat.'

'Doe dit nou niet. Sorry als ik boos klink of iemand van streek heb gemaakt, maar ik ben gewoon bang. Meer niet.'

Hij blijft me aanstaren.

'Je denkt altijd dat je weet wat je in zo'n situatie zou doen, maar dat is niet zo. Je kunt niet eens helder denken. Het enige wat je kunt doen is reageren, en ik heb slecht gereageerd. Dat spijt me.'

Zijn kaak verstrakt en ontspant, waardoor de zijkant van zijn gezicht lijkt te golven.

'Jezus christus,' zeg ik. 'Wat wil je nou dat ik zeg?'

'Elsie heeft me verteld wat je tegen Zach hebt gezegd. Als je het mij vraagt zijn er twee mogelijkheden. Zach is een lastig kind om op te voeden. Ik weet dat jullie moeite met hem hebben. Ik heb dat filmpje gezien waarop hij doordraaide toen jullie een ijsje zaten te eten. Ik...'

'Welk filmpje?'

'Ik snap best dat er momenten zijn dat het je allemaal te veel wordt en dat eergisteren een van die momenten was. Persoonlijk denk ik dat je hebt gezegd dat het een goed idee zou zijn als hij zou weglopen omdat je graag wílde dat hij zou weglopen. Of je nu een paar uur, een paar dagen of voorgoed van hem af wilde weet ik niet, maar toen hij tegen je zei dat hij weg wilde, heb je hem aangemoedigd.'

'Zak in de stront, Andre.'

Hij port met zijn vinger in mijn borst. Ik deins niet terug. Kahn staat op en gromt naar me. Ooit was Kahn dol op mij, maar daar kwam een eind aan toen Lisa, zijn favoriete persoon in de hele wereld, zwanger raakte. Lisa heeft het altijd schattig gevonden dat Kahn zo jaloers was. Ik weet niet of dat het was – ik weet niet eens of dat wel kán – maar ik weet wel dat Kahn sindsdien een pesthekel aan me heeft.

Andre gaat door. 'Elsie... Toen ze hier gisteravond kwam, was ze Elsie niet meer. Ze was een geest. Een schim van de persoon die ze vroeger was. Ik heb haar nog nooit zo meegemaakt. Ik wist niet eens dat ze zoiets in zich had. En dat heb jíj gedaan.' Hij port me nog een keer. 'Dat doet dit soort situaties met je, Cameron: dan wordt duidelijk wie we werkelijk zijn. In het leger heb ik dat zo vaak gezien. Mannen en vrouwen die hun best deden om zich op een bepaalde manier te gedragen, maar vervolgens heel ander gedrag vertoonden als er stront aan de knikker was, en dan wist je pas echt wat je aan ze had. Nu weet ik wat ik aan jou heb, en jij bent gewoon een boze man die zijn best doet om zijn masker op zijn plaats te houden, maar ik heb je door. Ik heb door hoe je echt bent.' Voor de zekerheid port hij me nog maar een keer. 'Als Zach niet terugkomt, overleeft ze dat niet. We zullen voor haar doen wat we kunnen, maar ik weet dat ze dat niet zal overleven. En als jij ook maar iets met zijn verdwijning te maken hebt, overleef jij het ook niet. Als jij dat jochie wat hebt aangedaan, maak ik je af. Ik maak geen grapjes, Cameron. Dit is geen overdrijving. Als jij dat jochie iets hebt aangedaan, maak ik een eind aan je leven.'

'Zoals ik al zei: zak in de stront, Andre.'

Hij port me nog een keer, harder deze keer, en ik moet van de slotgracht af stappen, het gras op. Hij blijft naar me wijzen. 'Je bent hier niet meer welkom. Hoe dit ook afloopt, en ik bid met heel mijn hart dat we Zach terugkrijgen, ik wil jou niet meer zien, heb je dat begrepen?'

'Andre.'

Hij draait zich om. Rita staat in de hal. Rita is een oudere versie van Lisa. Hetzelfde donkere haar, alleen grijzer; dezelfde ogen, alleen hebben deze meer gezien; hetzelfde gezicht, dat normaal gesproken slechts een beetje verweerder is dan dat van Lisa, maar dat er vandaag uitziet alsof ze in een droogtrommel heeft gezeten. Dit is Lisa over honderd jaar, niet over dertig jaar.

'Zo is het wel genoeg,' zegt ze tegen Andre.

'Hij moet het snappen,' zegt Andre.

'En hij snapt het. Je hoeft het geen honderd keer te zeggen.'

Hij draait zich naar me om alsof hij nog iets tegen me wil zeggen, maar inmiddels is Rita naar buiten gekomen. Ze legt haar hand op zijn schouder en hij draait zich naar haar om.

'Je hebt je zegje gedaan. En nu ga je naar binnen zodat ik mijn zegje kan doen.'

Hij wijst weer naar me. 'Denk aan wat ik heb gezegd.'

Hij gaat naar binnen, maar ik stel me zo voor dat hij bij de deur, binnen gehoorsafstand, is blijven staan. Kahn blijft waakzaam op de veranda zitten.

'Ik vind het vreselijk wat er met jullie allemaal gebeurt,' zegt Rita, en ze legt haar hand op mijn arm, maar laat daar geen omhelzing op volgen. 'Voor wat het waard is: Andre kan door zijn verdriet niet helder meer denken. Ik geloof niet dat jij iets te maken had met wat er is gebeurd, wat iedereen ook denkt.'

'Denkt iedereen dat dan?'

'Je hebt zeker het nieuws nog niet gezien?'

Ik schud mijn hoofd. 'Andre zegt dat er een filmpje is van toen Zach boos werd bij de ijsboerderij?'

'Ja,' zegt ze. 'En er is nog meer.'

'Wil ik het weten?'

'Nee. Dat kan ik me niet voorstellen. Luister goed, Cameron. Ik heb je altijd als een goed mens beschouwd. Wat we gisteren hebben gezien, ik weet dat jij dat niet bent, niet echt. Maar we zagen wel iets wat in jou zit, en wat mij bang maakt is dat dat misschien iets is wat Zach of Elsie ook te zien krijgt als dingen anders lopen dan jij wil.'

'Ik zou hun nooit iets aandoen.'

'Dat weet ik,' zegt ze. 'Natuurlijk weet ik dat. Dat zou je nooit doen. Tenzij er iets gebeurde wat dat veranderde. Ik ben bang om Zach, om

Elsie, ik ben bang om jou. Als Zach terugkomt, hebben we wat tijd nodig. Wij allemaal,' zegt ze. 'Andre had niet moeten zeggen dat je hier nooit meer welkom bent. Maar het wordt nooit meer zoals het was. Ik weet niet hoe het precies zal zijn, maar ik weet wel dat het anders zal zijn.'

'Dat begrijp ik,' zeg ik, maar ik begrijp het niet. We zouden één front moeten vormen, zoals Kent zei. We zouden elkaar moeten steunen in plaats van lijnrecht tegenover elkaar te staan, zoals nu.

'Waar is Elsie?'

'Ze is een halfuur geleden vertrokken. Andre heeft aangeboden om haar te brengen, maar daar wilde ze niets van horen. Ze heeft mijn auto meegenomen. Ze heeft overwogen je te bellen, echt waar, maar als je wilt weten waarom ze dat niet heeft gedaan, zul je haar dat zelf moeten vragen.'

'Was ze op weg naar huis?'

'Dat zei ze. Ze zei dat ze later vanochtend met inspecteur Kent heeft afgesproken. Wat is er met je gezicht gebeurd? Heb je gevochten?'

'Ik ben gevallen,' zeg ik. 'We vinden Zach wel terug.'

Ik wacht tot ze zegt: weet ik wel, of: natuurlijk, en als ze niets zegt, draai ik me om en loop weg. Jarenlang zijn we hier gekomen, en als we dan weggingen stonden Rita en Andre te zwaaien tot we bij het hek waren. Nu zijn ze alweer binnen met de deur dicht voor ik bij de auto ben.

Ik laat de poort open als ik wegrijd. Als de hond wegloopt, jammer dan.

30

Ik heb nog een uur voor mijn afspraak met Kent, dus ga ik naar huis, een rit die langer duurt dan eigenlijk zou moeten omdat ik vast kom te zitten achter een man met een speedboot op een aanhanger, die waarschijnlijk op weg is naar de rivier de Waimakariri, die ontspringt in het hart van het Zuidereiland en vervolgens honderdvijftig kilometer lang door het landschap slingert, om uiteindelijk iets ten noorden van Christchurch uit te monden in de Stille Oceaan. Op rustige dagen kunnen we vanuit ons huis de motoren van de speedboten horen, zeven of acht kilometer verderop, en dan doet Zach alsof het draken zijn en rent hij naar buiten om te kijken of hij ze kan zien overvliegen.

Op de weg voor mijn huis is het zo druk door alle journalisten en omstanders dat ik twee straten verderop moet parkeren, waar Lisa ook Rita's auto heeft neergezet. Verslaggevers overspoelen me met vragen en de omstanders overspoelen me met verzoeken om selfies. Mensen houden protestborden omhoog; op sommige staat GERECHTIGHEID VOOR ZACH en op andere GERECHTIGHEID VOOR IVY. Ik heb geen idee wie Ivy is.

Ik houd mijn hoofd gebogen en dring me naar voren. Vlak voor mijn huis staan twee patrouillewagens, maar er zouden er eigenlijk twintig moeten staan. Vier agenten houden het publiek tegen als het achter me aan de tuin in wil lopen. Als ik bij de voordeur sta, besef ik dat ik geen sleutel bij me heb, maar dat blijkt geen probleem te zijn, want de voordeur is niet op slot. Ik stap naar binnen en doe de deur dicht om het kabaal buiten te sluiten van alle vragen die me nog steeds worden toegeschreeuwd.

Het huis is anders dan anders. Het duurt even voor het tot me doordringt, maar de sfeer is anders, het verlies van Zach is tastbaar, alsof de tragiek van het gebeurde een monster heeft gebaard dat zich in de schaduw schuilhoudt, maar ook in zichtbare zin is het huis anders dan anders: de gebruikelijke laagjes van netheid zijn veranderd. De bovenste laag, waar Zach niet bij kan, wordt gekenmerkt door parallelle lijnen en gelijke afstanden. Reproducties aan de muren, foto's die gelijkmatig zijn verdeeld over horizontale oppervlakken, souvenirs uit allerlei landen die heel precies zijn gerangschikt. Dan is er de middelste laag, waarin banken, stoelen en tafels allemaal recht tegenover elkaar of in een hoek van negentig graden staan, in mooie lijnen die een lust zijn voor het oog, een overblijfsel van de feng shui-fase die Lisa jaren geleden heeft doorgemaakt. Vaak ligt er een verzameling spullen van Zach op: boeken die hij heeft doorgebladerd, autootjes waarmee hij aan het spelen is, actiepoppetjes op weg naar het slagveld, het resultaat van Zachs huidige rommelige fase. Die fase wordt in de onderste laag nog rommeliger, want daar ligt Zachs speelgoed weggeschoven tegen de muren of onder de banken: de kenmerkende rommel die kinderen van zeven maken als ze zich thuis voelen. Dat is er allemaal nog, maar dan anders, alsof elke laag een paar graden is verschoven: meubels staan een beetje scheef, alles is opgeraapt en teruggelegd, maar niet op exact dezelfde plek.

Ik roep Lisa. Ze geeft geen antwoord.

Ik kom langs onze werkkamers, waar de verschuiving minder subtiel is: lades zijn ondersteboven gekeerd en mappen en documenten zijn in kartonnen dozen gekieperd. Mijn computer is weg. Mijn laptop en mijn tablet zijn weg. Lisa's werkkamer is er niet veel beter aan toe. In onze slaapkamer is het bed verplaatst en het matras omgekeerd, en alle kleren uit onze ladekasten zijn er op een hoop bovenop gelegd. We hebben een reservemobieltje in de bovenste la, waar ook onze reservecreditcard, wat buitenlandse valuta, twee internationale simkaarten en onze paspoorten liggen, maar dat is allemaal weg.

Lisa is in Zachs slaapkamer en ligt op zijn bed met een van zijn shirts tegen zich aan gedrukt. Ze heeft oude kleren aan die ze jaren geleden bij haar ouders heeft achtergelaten. Haar knieën zijn opgetrokken tot aan haar borst en haar hoofd ligt op een jack van Zach, dat ze tot een soort kussentje heeft gevouwen. Deze kamer is met respect behandeld. De spullen die niet zijn meegenomen, zijn netjes teruggelegd.

Het enige wat beweegt als ik de kamer in stap zijn Lisa's ogen. Ik leg mijn hand op de hare en ze geeft geen krimp. Ze staart me uitdrukkingsloos aan. Haar blik gaat naar de blauwe plek op mijn wang, maar ze zegt niets.

'Hoe voel je je?' vraag ik, al weet ik heus wel hoe ze zich voelt, en ik vind het een vreselijke vraag, maar ik weet niet wat ik anders moet zeggen.

Ze geeft geen antwoord. Ze ziet eruit zoals ik me voel, alsof ze geen oog heeft dichtgedaan en vanbinnen wordt verscheurd. Ik ga op de grond tegen de muur zitten, waar ik gisteravond ook heb gezeten. Ik staar naar de plek waar ik Lockwood heb achtergelaten. Niets wijst erop dat hij hier is geweest. Als Zach terugkomt, verkopen we het huis en gaan we op zoek naar een of andere uithoek van de wereld waar dit soort dingen niet gebeurt.

Veel succes.

We zeggen niets. Na een poosje sta ik op. Lisa kijkt niet meer naar me. 'We moeten gaan. Inspecteur Kent verwacht ons.'

Ze geeft geen antwoord.

'Kan ik iets doen? Iets zeggen?'

'Je kunt het terugdraaien,' zegt ze. 'De afgelopen twee dagen. Je kunt alles terugdraaien en ervoor zorgen dat het nooit is gebeurd.'

'Kon ik dat maar.'

'Maar dat kun je niet.'

'Dat weet je best.'

'Vraag dan niet of je iets kunt doen.'

'Ga je met me mee naar het politiebureau?'

'Nee.'

Verder zegt ze niets.

'Ik hou van je, Elsie.'

'Noem me niet zo. Ik heet Lisa.'

'Oké. Sorry.'

Ik loop de kamer uit, maar draai me weer om als ze vraagt: 'Heb je het nieuws al gezien vandaag?'

'Nog niet.'

'Mams tablet ligt in de woonkamer. Als je nou eens ging kijken? Als je nou eens alles ging bekijken?'

Ik ga naar de woonkamer. De tablet – een cadeautje dat we een jaar geleden voor Rita hebben gekocht – ligt op de salontafel. Ik ben sinds dit allemaal is begonnen niet meer online geweest. Er is een moment van aarzeling: tenzij de menselijke aard opeens fundamenteel is veranderd, wordt dit niet fraai. En ik weet dat het niet fraai zal zijn omdat Rita me daar al voor heeft gewaarschuwd.

Toch ga ik online.

Ik had het mis toen ik dacht dat het niet fraai zou worden.

Het is nog veel erger.

31

Wij zijn het eerste nieuwsitem dat komt bovendrijven. Uiteraard. De kop luidt EEN TYPISCH MURDOCH-MYSTERIE. Er staat een foto bij van de persconferentie van gisteravond. Ik sta voorovergebogen achter de tafel, steunend op mijn vuisten; mijn gezicht is rood en de aderen in mijn hals lijken wel kabels. Mijn mond staat open alsof ik net iets zeg. De foto is het bewijs dat Andre gelijk had toen hij zei dat ik een man was van wie het masker was afgegleden.

Het artikel stipt de belangrijkste punten aan. Zach is verdwenen. De politie gaat ervan uit dat iemand hem in de gaten heeft gehouden en dat zijn poging om weg te lopen tot zijn ontvoering heeft geleid. De politie is zeer bezorgd om zijn veiligheid. De rest van het artikel concentreert zich op ons. Een koppel misdaadauteurs dat de afgelopen elf jaar elf bestsellers heeft geproduceerd, waaronder een paar waarin de verdwijning van een kind centraal staat. In het artikel staat niet dat we oogsten wat we zelf hebben gezaaid, maar er staat wel iets in over hoe ironisch het is dat wij een carrière hebben opgebouwd met banaliteiten die alledaagse mensen treffen, en dat we nu opeens zelf zijn getroffen door zo'n banaliteit. Er staat ook in het artikel dat de politie op zoek is naar een paar schoenen, waarna ze in detail worden beschreven, en er staat ook een foto bij, maar er wordt niet vermeld dat ik in het bezit ben van zulke schoenen. Verder staat er dat het meisje dat van het springkasteel is gevallen Ivy Munro heet en dat haar moeder weigert commentaar te geven op de gebeurtenissen. Er staat een link bij naar een filmpje dat iemand eergisteren heeft gemaakt van Zach die begint te schreeuwen en zijn ijsje naar me gooit. Ik til hem op en klem hem onder mijn arm, zoals we dat altijd doen. Ik heb het mezelf nooit zien doen, maar het ziet eruit als kindermishandeling. Was het dat ook? Nee, want Lisa tilt hem ook zo op, dat moet soms gewoon.

Het artikel sluit af met de opmerking dat in dergelijke gevallen de verdenking vaak als eerste op de ouders valt.

Andere artikelen hebben dezelfde strekking, en ik lees ze vluchtig door in de hoop iets nieuws te ontdekken, wat ook gebeurt: ik ontdek dat onze Facebookpagina is bedolven onder de reacties, dus ga ik ernaartoe om ze te bekijken, met de gedachte dat iemand misschien iets nuttigs heeft gezien en daar iets nuttigs over zal zeggen. Het Messenger-icoontje geeft aan dat er twee rechtstreekse berichten zijn. Ik klik erop. Het zijn er geen twee, maar tweehonderd, en allemaal zijn ze gelezen, waarschijnlijk door de politie; de laatste twee zijn pas een minuut geleden binnengekomen. Ik lees het nieuwste bericht.

Ik hoop dat je wegrot in de hel vuile kinderverkrachter.

Ik lees het tweede bericht.

Jij verdient de kogel. #GerechtigheidVoorZach. #GerechtigheidVoorIvy.

De oudere berichten zijn vergelijkbaar, net als de openbare reacties, en daar zijn er zo te zien minstens duizend van, en de meeste bevatten de hashtags #GerechtigheidVoorZach of #BiddenVoorZach. Mensen vertellen me wat ze me gaan aandoen als ze me ooit in mijn eentje tegenkomen, en dat varieert van me in mijn achterhoofd schieten tot me levend villen en tentoonstellen. Een klein deel van de fans zegt dat ze voor ons zullen bidden, dat ze weten dat wij niet in staat zijn tot waar die andere gekken ons van beschuldigen. Als ze iets voor ons kunnen doen, hoeven we het maar te vragen. Met Zach komt vast alles goed, en hoe kunnen ze aan een gesigneerd exemplaar van ons nieuwste boek komen?

Er zijn memes. Er zijn foto's van de persconferentie gepost. De ergste is die vanuit een standpunt waardoor het lijkt alsof ik naar mezelf wijs. In vette letters staat er een bijschrift bij: 'Deze man begrijpt hoe het is om je zoon te vermoorden.'

Ik weet niet aan wie ik een grotere hekel heb. Aan de idioten die ons willen vermoorden of aan de idioten die humor zien in al deze ellende.

Ik log in op mijn mailaccount, al weet ik dat ik aan de late kant ben voor mijn afspraak met Kent. Er zijn twee accounts. De ene is onze gezamenlijke account als schrijvers, die lezers kunnen gebruiken om via onze website contact met ons op te nemen, en de andere is van mij persoonlijk. Ik begin met mijn eigen account, omdat ik weet dat onze fanmailaccount er net zo uit zal zien als onze Facebookpagina. Alle nieuwe mails die de afgelopen dagen zijn binnengekomen zijn door de politie gelezen. De meeste zijn van familie en vrienden, die allemaal bezorgd zijn en vragen hoe ze ons kunnen helpen. Er zijn werkmailtjes van uitgevers en redacteuren die met het nieuwe boek bezig zijn. Er zijn facturen van verzekeringen, nieuwsbrieven en alle andere algemene dingen die zich in je inbox ophopen, of je kind nu is ontvoerd of niet. Er zit een mailtje bij van Jonas Jones, een zelfverklaarde helderziende – al zijn in feite natuurlijk alle helderzienden zelfverklaard – die boeken heeft geschreven over communicatie met de doden en nu zijn eigen tv-programma heeft over het oplossen van cold cases. We hebben Jonas jaren geleden al eens ontmoet, want we zitten bij dezelfde Nieuw-Zeelandse uitgeverij. Indertijd is Lisa een keer koffie met hem gaan drinken omdat we een personage op hem wilden baseren. Niet dat hij dat wist. Maar nu ik erover nadenk, had hij dat natuurlijk wél moeten weten. Ze zei dat hij oprecht aardig leek. Ik lees zijn mailtje. Hij zegt dat hij ons kan helpen en dat we hem eens moeten bellen. Mijn vinger zweeft boven de delete-knop, maar dan vraag ik me voor de allereerste keer in mijn leven af: stel dat het niet allemaal klinkklare onzin is? Ik mail hem terug met de vraag wat hij nodig heeft.

Ik wissel van mailaccount. Ook alle fanmail die vanaf gisteren is binnengekomen is door de politie gelezen. Ik had gelijk toen ik dacht dat het hier net zo zou gaan als op onze Facebookpagina. Sterf zus, sterf zo, lijd zus, lijd zo. Mensen bidden voor ons. Anderen bidden dat ze ons iets kunnen aandoen.

Ik kijk door het raam naar de wachtende journalisten en omstanders. Het is als een scène uit *Dawn of the Dead*, waarin de zombies allemaal doelloos in het rond lopen, kalm en tevreden, tot iets hun eetlust opwekt.

Dat opwekken gebeurt korte tijd later, als ik naar buiten kom. De politie begeleidt me naar mijn auto; tot de eerste kruising staat het vol mensen, tot de tweede kruising is het leeg. Ik keer de auto en rijd weg.

Niemand komt achter me aan. Het kost me een kwartier om op het politiebureau te komen, en nog eens vijf minuten om een parkeerplek te vinden. Ik ben drie kwartier te laat. Ik ga door de voordeur naar binnen en praat met de agent achter de balie, die me opdraagt even te gaan zitten. Aan de muren hangen wervingsposters voor nieuwe agenten, met slogans als 'Maak het verschil' en 'Word iemand'.

De lift pingt en de deuren gaan open. Kent stapt naar buiten en wenkt me.

32

Cameron Murdoch ziet er moe en verfomfaaid uit, en hij heeft een kneuzing op zijn wang. Ze bereiken de vierde verdieping. Ze neemt hem mee naar dezelfde kamer als gisteren en ze gaan op dezelfde stoelen zitten.

'We hebben tot op heden meer dan driehonderd mensen gesproken,' zegt ze, 'tot nu toe voornamelijk buren. We zijn nu bezig al die verklaringen naast elkaar te leggen en te vergelijken zodat we een beeld krijgen van waar iedereen op zondag was.'

Zijn haar staat alle kanten op en hij strijkt erdoorheen, maar dat helpt niet. 'Hebben jullie ook gekeken naar andere incidenten in de wijk? Andere inbraken?' vraagt hij.

'Jazeker,' zegt ze, 'en dat heeft niets opgeleverd.'

'En die man van de kermis die me heeft geslagen? Weten jullie al wie hij is?'

'Nog niet.'

'Nog niet? Iemand moet het toch weten, als Lockwood het ook weet.'

'Lockwood weigert zijn bron te onthullen, maar we zijn ermee bezig.'

'Ik zat te denken, hè, het kan zijn dat hij me is gevolgd, toch? Hij was kwaad genoeg om me een stomp te geven, dus misschien was hij ook wel kwaad genoeg om me te straffen door Zach mee te nemen.'

'Het is een aanwijzing waar we mee bezig zijn,' zegt ze. 'Gisteren zei je dat Dallas Lockwood jullie ervan beschuldigt zijn idee te hebben gepikt. Zijn er vaker van dat soort beschuldigingen geuit?'

'Nooit. Is dat alles wat jullie hebben?'

'We zijn nog aan het praten met mensen die in de buurt wonen van de plekken waar Zach vaak kwam. We praten met leraren, leerlingen en ouders. We praten met iedereen.'

'Het is niet genoeg.'

'We hebben ook mensen die rolcontainers aan het doorzoeken zijn.'

'Hè?'

'Het is mogelijk dat andere bewijsstukken die zijn gebruikt om Zach uit het huis mee te nemen zijn gedumpt.'

'In een rolcontainer?'

'Ja,' zegt ze, terwijl ze hem scherp in de gaten houdt. 'Vandaag is het vuilnisophaaldag, maar er stonden er zondagavond al veel aan de straat. We houden de vuilniswagens tegen tot we ze hebben doorzocht.'

'Allemaal?'

'Als dat lukt wel, ja. Dat zal dagen kosten,' zegt ze, want ze wil hem laten geloven dat hij tijd heeft om de kleren op te halen, als hij degene is die ze daar heeft achtergelaten. De betreffende container wordt terug op zijn plek gezet en onder surveillance gehouden. 'Misdadigers dumpen zo vaak dingen in die containers omdat ze denken dat die toch niet worden doorzocht, maar als er iets te vinden valt, zullen we het vinden.'

'Waar denkt u dan aan?'

'Zachs schooltas misschien. Of zijn bril.'

'Of Zach zelf. U denkt dat hij dood is, of niet soms?'

'Nee.'

'Mooi, want dat is hij niet. Als hij dood was, zou ik dat weten. Ik zou het voelen, op de een of andere manier, en als ik dacht dat hij dood was, als ik ook maar één seconde zou geloven dat hij dood was, dan zou ik hier nu niet zitten. Dan zou ik thuis een kogel opvreten.'

'Heb je een pistool, Cameron?'

'Nee, maar dat zou ik ook niet nodig hebben. Het enige wat ik hoef te doen is mezelf aanbieden aan die mensen die online al die shit over ons schrijven. Hebt u de groeiende menigte voor mijn huis gezien?'

'Jullie verhaal heeft het publiek gegrepen in een mate die ik al lang niet meer heb meegemaakt,' zegt ze. 'Er zijn veel nare dingen gebeurd in deze stad en veel nare mensen zijn ermee weggekomen. De druk bouwt zich op, en zo nu en dan komt er een zaak voorbij en dan ontploft de boel. Zachs verdwijning is nu zo'n zaak. Ik heb de mails en de online-haat gezien, en ik weet dat je daarnet naar je auto moest worden begeleid. We hebben meer politie naar jullie huis gestuurd om jullie te beschermen.'

'Misdadigers keren vaak terug naar de plek van de misdaad. Misschien staat degene die Zach heeft ontvoerd op dit moment wel voor mijn huis. Houden jullie hen in de gaten? Ondervragen jullie hen?'

'Jazeker. We filmen iedereen die komt opdagen. Als iemand zich verdacht gedraagt, wordt diegene onmiddellijk aangesproken. We monitoren al jullie berichten, zowel de openbare reacties als de privéberichten. Iedereen die jullie bedreigt krijgt een waarschuwing en wordt mogelijk vervolgd. Er is nog iets wat je moet weten. Sommige mensen proberen een slaatje te slaan uit wat er is gebeurd en vragen om losgeld.'

'Dat begrijp ik niet.'

'Soms trekt dit soort zaken een bepaald type mensen aan. Jullie hebben gisteren drie mails gekregen van mensen die beweerden dat ze Zach hadden en om geld vroegen. We hebben ze allemaal nagetrokken en ze waren allemaal nep.'

'Die heb ik niet gezien.'

'We hebben ze gewist zodat jullie niet in paniek zouden raken. Maar ik wil je je telefoon teruggeven voor je weggaat, en dat betekent dat je weer direct toegang hebt tot alle mailtjes die binnenkomen. We zullen je account blijven monitoren, en als we weer zo'n mail tegenkomen, handelen wij het af. Als je er zo een ziet, is het heel belangrijk dat je hem niet beantwoordt of wist.'

'En als een ervan echt blijkt te zijn?'

'Dan bespreken we het met jullie en handelen we het af.'

'Doen mensen dat echt? Doen alsof ze een vermist kind hebben ontvoerd zodat ze om geld kunnen vragen?'

'Het is niet ongebruikelijk.'

'En arresteren jullie ze dan?'

'Jazeker.'

'Het is gestoord. Dat je zoiets doet, met ouders die doodsbang zijn en tot alles bereid, dat is...'

'Dat ben ik met je eens,' zegt ze, en ze zou ze stuk voor stuk onmiddellijk achter de tralies zetten als ze kon. 'Nu wil ik graag terugkomen op iets wat we gisteren hebben besproken, met betrekking tot jullie carrière.' De plotselinge verandering van onderwerp brengt hem van zijn stuk. Ze gaat verder. 'Ik vroeg je hoe het met de verkoop ging, en je zei prima. Dat is niet helemaal waar, toch?'

Hij haalt zijn schouders op. 'Hoor eens, ik heb niet bewust geprobeerd iets te verhullen of zo, maar als iemand er lucht van krijgt dat het minder gaat, kan dat het einde van je carrière betekenen. Als het in het ene land minder gaat, is het misschien slechts een kwestie van tijd voor het in een ander land ook minder gaat. Het duurt niet lang voor de rotting leidt tot erosie. Als iemand vraagt hoe het gaat, zeggen we dat het prima gaat. Het is een overlevingstactiek. Het is de laatste tijd voor iedereen moeilijk geweest.'

'Voor andere schrijvers, bedoel je?'

'Ja. Er zijn genoeg schrijvers die hun contract zijn kwijtgeraakt. Tegenwoordig besteden mensen meer tijd aan het bingewatchen van tv-series dan aan lezen, en er zijn meer dan genoeg mensen die een manier bedenken om illegaal aan gratis boeken te komen. Dus ja, het klopt dat we het niet meer zo goed doen als vroeger, maar het feit dat we de hypotheek hebben afbetaald geeft ons lucht.'

'Jullie geven meer uit dan er binnenkomt, vooral met reizen.'

'We hebben geen keus. Niets is zo belangrijk als handjes schudden en mensen ontmoeten. Als we geen promotietours doen en geen ontmoetingen hebben met onze uitgevers, dan droogt onze carrière op.'

'Onze forensisch accountants zeggen dat jullie, als het in dit tempo doorgaat, over een jaar of drie, vier een nieuwe hypotheek zullen moeten afsluiten.'

'Zo'n vaart loopt het niet. Over een halfjaar komt ons nieuwe boek uit.'

'Is dat het boek dat eigenlijk deze maand zou uitkomen? Vóór Kerstmis?'

'Het heeft vertraging opgelopen.'

'We hebben jullie literair agent gesproken. Hij zegt dat jullie nogal hebben geworsteld met de laatste paar boeken, dat er aan dit boek meer moest gebeuren dan aan eerdere boeken en dat de vertragingen aan jullie te wijten zijn. Hij zegt dat jullie uitgever zich daar steeds meer aan gaat ergeren.'

'Soms loopt het leven je voor de voeten, begrijpt u? En elke keer dat we op pad zijn om een boek te promoten, betekent dat minder tijd om thuis aan een nieuw boek te werken.'

'Jullie voorschotten worden steeds lager, en jullie royalty's ook.'

'Het is momenteel lastig in de boekenwereld.'

'Kun je me uitleggen wat een midlist-auteur is?'

'Pardon?'

'Jullie literair agent zei dat Lisa en jij zuchten onder de vloek van de midlist-auteur.'

'Dan heeft hij vast ook uitgelegd wat het is.'

'Inderdaad. Hij zegt dat uitgevers vooral geld uitgeven aan de promotie van schrijvers die ongelooflijk succesvol zijn en aan debutanten, maar veel minder aan iedereen die daartussenin valt: de midlist-auteurs. De middenmoters, zogezegd. Hij zegt dat het vrijwel onbegonnen werk kan zijn om je daaraan te ontworstelen,' zegt ze.

'Dat is een goede samenvatting.'

'Dat moet toch frustrerend zijn, als je bij andere auteurs ziet gebeuren wat je zelf ook graag zou willen. Dan denk je vast dat je nooit het succes zult bereiken waarnaar je streeft, wat je ook probeert. Die middenmoters verdwijnen soms gewoon, zonder dat iemand zich er druk om maakt.'

'Wat heeft dat met Zach te maken?'

'Jullie nemen Zach mee als jullie op reis gaan, nietwaar?'

'Niet altijd. Dat hangt van school af, maar inderdaad, we nemen hem vaak mee, waarschijnlijk vaker wel dan niet.'

'Dat zal wel een dure grap zijn.'

Het duurt een paar tellen voor hij antwoord geeft. Ongetwijfeld beseft hij waar ze op aanstuurt. 'We redden ons wel.'

'En dan zijn gedrag en stemmingswisselingen… Ik stel me zo voor dat het lastig thuiswerken is als hij erbij is, zeker tijdens schoolvakanties. Ik heb het filmpje van eergisteren bij de ijsboerderij gezien. Ik kan me voorstellen dat het lastig kan zijn als zoiets gebeurt tijdens een lange vlucht, of in een trein of op een beurs.'

'Zoals ik al zei: we redden ons wel.'

'Nemen jullie hem ook mee naar bijeenkomsten? Als je met Lisa op het podium staat, hebben jullie dan iemand die op hem past?'

'Ik weet waar u op aanstuurt. U probeert een motief vast te stellen dat helemaal niet bestaat. Dat filmpje dat u hebt gezien... Natuurlijk doet Zach weleens zo, maar dat is zeldzaam.'

'Hoe zeldzaam?'

'Ongeveer eens in de twee maanden. Dan stapelt zich van alles op bij hem en dan moet hij even stoom afblazen.'

Ze bijt op haar tong en vraagt niet: net als jij? In plaats daarvan vraagt ze: 'Moest hij zondagavond ook stoom afblazen?'

'Nee. Ik bedoel, een beetje wel, want hij zei dat hij ging weglopen, maar het was niet zo erg als in dat filmpje. We hebben Zach graag bij ons als we op reis zijn, en zoals ik al zei, binnenkort komt er een nieuw boek uit en dan wordt alles anders.'

'Jullie agent heeft ons verteld hoe frustrerend de markt is geworden en dat het voor jullie gestaag bergafwaarts gaat. Maar je hebt gelijk, dat geldt niet alleen voor jullie, maar ook voor veel andere schrijvers. Jullie hebben een baan waar jullie dol op zijn, maar ook een waarvan jullie niet weten of die bestendig is.'

'U wedt op het verkeerde paard,' zegt hij.

'Welk paard is dat dan volgens jou?'

'U denkt dat we Zach beschouwden als iets wat ons leven verstoorde, maar dat is niet zo. Ons leven is juist mooier geworden nu hij er deel van uitmaakt. We zouden alles voor hem opgeven, alles.'

'Oké,' zegt ze. Ze leunt achterover. 'Dat was het voorlopig.'

'Dat was het?'

'Ik zal je telefoon voor je gaan pakken.'

Ze laat hem in de verhoorkamer achter en gaat naar de onderzoeksruimte. Camerons telefoon zit in een bewijszakje. Eerder die ochtend, na de vondst van Zachs kleren en Camerons schoenen, en toen het bloed op het T-shirt overeen bleek te komen met Zachs bloedgroep, hebben ze een gerechtelijk bevel weten te verkrijgen om trackingsoftware op de telefoon te installeren. Ze pakt ook een tweede zakje, waar zijn portefeuille in zit. Dan loopt ze terug naar de kamer en laat hem een formulier ondertekenen, zodat ze ze kan teruggeven.

'En mijn auto?'

'De forensische dienst zal hem later vandaag vrijgeven. Die kneuzing op je wang,' zegt ze terwijl ze met hem meeloopt naar de lift. 'Wil je me vertellen wat er is gebeurd?'

Hij raakt de blauwe plek even aan. 'Ik ben vannacht tegen de wc-deur op gelopen.'

Misschien is dat waar. Hoe kan het anders zijn gekomen? Heeft zijn moeder hem soms een dreun verkocht?

'Wat gaat er nu gebeuren?'

'Achter de schermen gebeurt er van alles. We steken hier heel veel mensuren in. We doen wat we kunnen.'

'Kunt u me iets anders vertellen dan de gebruikelijke clichés?'

'Ga naar huis, naar je vrouw. Wacht daar tot we nieuws hebben.'

'Is dat alles?'

'Dat is alles,' zegt ze, en ze vergezelt hem in de lift naar beneden, en ze blijft staan om hem na te kijken als hij de straat op loopt.

33

Een paar meter bij het politiebureau vandaan blijf ik staan en staar ik naar niets in het bijzonder op straat, gewoon naar auto's, de stoep, vuilnisbakken en mensen en, godzijdank, geen pers. Ik voel me net zo iemand die is teruggereisd in de tijd en een omstander moet vragen welke datum het vandaag is. Er scheurt een auto voorbij. Iemand leunt door het raampje aan de passagierskant naar buiten en gilt 'homo' tegen me. Ik weet niet of hij dat doet omdat hij denkt dat ik homoseksueel ben of omdat hij zich zo aan vreemden voorstelt. Dat is typisch Christchurch. Dat is de tol die je betaalt als je hier wilt wonen. Zo is Nieuw-Zeeland. Schoon en groen. Schitterende stranden en bergen waar je mond van openvalt, rivieren en meren zo mooi dat je bijna in een hogere macht zou gaan geloven. Vriendelijke, innovatieve, opgewekte mensen die tot alles bereid zijn om je te helpen. Maar dit is ook het land waarin per hoofd van de bevolking meer baby's en kinderen worden doodgeslagen dan waar ook ter wereld. Dit is het land waar echtgenotes worden mishandeld door hun man en vriendinnen door hun vriend omdat ze het eten niet op tijd klaar hebben, omdat ze naar een ander kijken op een manier die hen niet zint, of omdat het nationale team een sportwedstrijd verliest. Dit is het land van de tv-reclames die ons eraan herinneren dat we niet met drank op achter het stuur moeten kruipen, dat we ons kindje niet dood moeten schudden alleen omdat het huilt, dat we om hulp moeten vragen in plaats van zelfmoord te plegen als het ons allemaal te veel wordt.

De man die uit het raampje hangt noemt de eerstvolgende die hij tegenkomt een debiel voor hij om de hoek verdwijnt.

Ik loop naar de auto. Ik houd mijn hoofd gebogen en er is verder niemand die me aanspreekt of uitscheldt. Ik controleer mijn telefoon. De accu is nog niet helemaal leeg. Er zijn gemiste oproepen en berichten van mensen die ik niet ken, waarschijnlijk journalisten, waar ik straks wel naar zal luisteren. Jonas Jones heeft teruggemaild en zegt dat hij vanmiddag bij ons kan langskomen. Ik laat hem weten dat dat fijn zou zijn.

Er is meer politie aanwezig als ik thuiskom, maar er zijn ook meer burgers. Er zijn duidelijk verschillende groepen. Zo heb je de pers, herkenbaar aan hun camera's en microfoons. Dan zijn er de nieuwsgierigen, mensen die graag willen weten of een show in werkelijkheid heel anders is dan op de televisie. Dan is er nog de derde en grootste groep, bestaande uit mensen die zelf een show komen opvoeren. Ze hebben protestborden bij zich met een foto van Zach erop, met het bekende wijsje KINDERMOORDENAAR, of met een foto van mij met een schietschijf op mijn gezicht, en heel vaak GERECHTIGHEID VOOR IVY of GERECHTIGHEID VOOR ZACH.

Nu staan er aan het begin van de straat patrouillewagens en wordt er een versperring gebruikt om verkeer al dan niet door te laten, maar mensen die te voet komen worden niet tegengehouden. Ik stop voor de wegversperring. 'Niemand van de sokken rijden,' zegt de agent tegen me voor hij hem opzijschuift.

Ik rijd voorzichtig verder en rijd niemand van de sokken, zoals de agent vroeg. Ik hoor dat de menigte iets scandeert, maar ik kan niet verstaan wat. Ik rijd de oprit op, maar ik heb geen afstandsbediening voor de garage omdat ik in de auto van mijn moeder zit. Als ik uitstap, kan ik wél horen wat er wordt gescandeerd: 'Af-schie-ten! Af-schie-ten!' Sommige van die mensen ken ik. Het zijn buren, het zijn ouders van school, het zijn mensen van restaurants en cafés waar we vaak komen. Leden van de pers weten zich langs de politie te wurmen en duwen microfoons en camera's in mijn gezicht. Ik probeer achteruit weg te komen, waarbij ik de zijspiegel raak. Als ik mijn hand uitsteek om niet uit evenwicht te raken, mep ik iemands microfoon op de grond. De politie beveelt hun om achteruit te gaan en mij om naar binnen te gaan, en ik doe wat ze zeggen. Ik doe de deur achter me op slot en leun ertegenaan. Ik luister naar het geschreeuw, en dan loop ik naar de woonkamer en luister er van daaruit naar. Ik tuur door het raam naar al die mensen op straat. Achter al die chaos is Zach ergens.

34

Lisa is niet thuis. Ik bel Kent, en die weet me te vertellen dat Lisa een halfuur geleden met de auto naar het bureau is gebracht. We moeten daar tegelijkertijd hebben gezeten.

'Weet u of ze van plan was naar huis te komen?'

'Ik weet niet wat haar plannen zijn, maar ik zal tegen haar zeggen dat je hebt gebeld.'

Ik ga weer online. Ik zoek de pagina met vermiste personen op die door de politie wordt onderhouden. Zach staat helemaal bovenaan. Lengte, gewicht, bloedgroep, alle gegevens staan erbij. Ik scrol naar beneden. Er worden zoveel mensen vermist dat het zou moeten worden toegevoegd aan de lijst met dingen waar Nieuw-Zeelanders goed in zijn. Het zijn vooral volwassenen die zelf hebben besloten van de radar te verdwijnen, maar niet allemaal. Er zijn gevallen waarbij een vermoeden bestaat van een misdrijf, omdat portemonnees, telefoons en auto's waren achtergelaten. Er zijn nog meer vermiste kinderen. Een vader die met zijn zoon het land heeft verlaten tijdens zijn weekend met hem en nu nergens meer op reageert. Een andere vader die twee jaar geleden in de zomer met zijn zoon is gaan kamperen aan de westkust, waarna ze geen van beiden nog zijn gesignaleerd. In het zuiden is een jongen van acht een jaar geleden verdwenen na een ruzie met zijn ouders in een park. Hij wilde niet weg en zijn ouders zijn weggereden om hem een lesje te leren, maar toen ze twee minuten later terugkwamen, was hun zoontje verdwenen. Er is een meisje van Zachs leeftijd dat twee weken geleden vermist is geraakt nadat ze aan de achterkant van een boot was gevallen en in het water was verdwenen.

Ik zet de tablet uit en de tv aan. Zoals ik al had verwacht, opent het journaal van twaalf uur met de verdwijning van Zach. Ze schakelen over naar hun verslaggever ter plaatse voor een live-update. Ons huis, andere media, de mensenmenigte, alles verschijnt op het scherm. Het is een surrealistische ervaring, zoals de wereld buiten mijn huis via mijn tv mijn huiskamer binnenkomt. De verslaggever heeft zijn mouwen opgestroopt en het bovenste knoopje van zijn overhemd losgemaakt, alsof hij een echt werkpaard is dat de zomerhitte trotseert om ons allemaal bij te praten over de belangrijkste ontwikkelingen. Hij is halverwege de twintig, zijn haar is glad opzijgekamd en hij heeft een bril met een vierkant montuur. Ik heb hem weleens eerder op het journaal gezien en tot nu toe leek hij me altijd een tamelijk fatsoenlijke kerel, maar vandaag niet.

Opgestroopte Mouwen bevestigt dat zich geen belangrijke nieuwe ontwikkelingen hebben voorgedaan, al volgt de politie een aantal onderzoekslijnen. Hij zegt dat een zeer vermoeide Cameron Murdoch bij thuiskomst werd geconfronteerd met een groep boos scanderende demonstranten, waarna een van die demonstranten zijn tien tellen in de spotlights krijgt als hij zegt: 'Als Murdoch het al geen probleem vindt om meisjes in elkaar te slaan die hem op een springkasteel voor de voeten lopen, dan kun je je wel voorstellen wat hij zijn eigen zoon zou kunnen aandoen.'

'Cameron Murdoch,' zegt Opgestroopte Mouwen, 'reageerde eerder vandaag opnieuw emotioneel door, in plaats van een van de vele vragen te beantwoorden die de media hem stelden, een verslaggever zijn microfoon af te pakken en die op de grond te smijten.'

Er zijn beelden van het moment waarop ik mijn hand uitsteek om mijn evenwicht te bewaren en de microfoon raak. Het wekt geen beste indruk, maar ik wek toch al geen beste indruk, want ik zie er bleek en verfomfaaid uit en ik draag kleren die me niet passen.

Het beeld schakelt terug naar Opgestroopte Mouwen. Hij zegt dat ik me op het moment binnen verschans, bewoordingen die het doen lijken alsof ik hier mensen gegijzeld houd. Hij zegt dat Lisa eerder vandaag is opgehaald en naar het politiebureau is gebracht voor verdere ondervraging en dat het gebruikelijk is om de ouders tijdens het onderzoek apart te bevragen.

Dan richt Opgestroopte Mouwen zich op de activiteiten op sociale media. Hij zegt dat de politie praat met mensen die bedreigingen uiten en tot vervolging zal overgaan. Hij zegt dat onze boeken in de afgelopen vierentwintig uur op verschillende websites honderden keren zijn gerecenseerd en dat de meeste – maar niet alle – recensies vergezeld gaan van één ster. Er verschijnt een screenshot in beeld van twee voorbeelden.

> 'Eén ster! Als ik kon, zou ik nog minder voor dat boek geven. Ik hoef het niet te lezen om te weten dat het rotzooi is. Die lui zijn moordenaars! Koop hun boek niet!'
>
> 'Vijf sterren! Ik vond vooral het stuk leuk waarin ze in het echt hun zoon vermoordden!'

Hij zegt dat we nog nooit zoveel publiciteit hebben gekregen, waardoor ik zin krijg om het aloude adagium 'alle publiciteit is goede publiciteit' uit te proberen door naar buiten te lopen en hem te wurgen.

De menigte buiten wordt opeens luidruchtiger en de mensen op tv draaien allemaal dezelfde kant op om te kijken naar iemand die in de richting van ons huis loopt. De camera draait weg van Opgestroopte Mouwen en richt zich op Jonas Jones, die net onze oprit op stapt.

35

Jonas Jones lijkt in zijn nette pak met stropdas meer op een verzekeringsarts die het leuk vindt om tegen zieke mensen te zeggen dat ze geen recht hebben op een uitkering dan op een helderziende. Zijn haar is glad achterovergekamd, hij is extreem bruin en zijn tanden zijn zo stralend wit dat ik bang ben dat de ruiten ervan zullen smelten. Hij heeft een leren schoudertas om. Ik was vergeten dat hij langs zou komen.

Een van de politieagenten komt naar de voordeur. Hij vraagt of ik meneer Jones verwacht en hij slaagt erin dat met een uitgestreken gezicht te doen, en ik slaag er, eveneens met een uitgestreken gezicht, in hem te vertellen dat dat inderdaad het geval is. Hij gebaart naar Jonas dat hij mag doorlopen. De camera's volgen hem als hij nonchalant naar de voordeur slentert, zich onderweg koesterend in hun belangstelling. Op dat moment besef ik dat hij hier niet is om ons te helpen, maar om zichzelf te helpen. Iets wat overduidelijk had moeten zijn, maar wat ik, verblind door mijn hoop en mijn verdriet, niet heb beseft. Als de vragen komen – en natuurlijk komen er vragen, dat is onvermijdelijk – neemt hij even de tijd om een verklaring af te leggen en zegt hij dat hij hier is op verzoek van de familie Murdoch. Hij zegt dat we ons maar op één ding moeten concentreren, namelijk de veilige terugkeer van Zach, op welke manier dan ook. Hij zegt dankjewel, alsof de media hem een dienst hebben bewezen door naar hem te luisteren, en eigenlijk klopt dat ook wel.

Hij stapt naar binnen en ik doe de deur achter hem dicht.

'Wat een drukte daarbuiten,' zegt hij. Hij steekt zijn hand uit. 'Goed om je weer te zien, Cam, al zou ik willen dat de omstandigheden beter waren.'

Ik schud zijn hand. Die is koud en klam, misschien omdat Pasen en Pinksteren opeens op één dag vallen, en wel op een vroege, kille Paasdag. Dat moet haast wel, anders had ik hem nooit binnengelaten.

'Is Lisa er ook?'

'Die is op het politiebureau.'

'Zijn er nog nieuwe ontwikkelingen?'

'Nee, nog niets.'

'Oké. Dan stel ik voor dat we beginnen.'

'Heb je nog iets van mij nodig?'

'Koffie, als je dat hebt.'

Ik ga hem voor naar de keuken. Hij vertelt me hoe erg hij het vindt wat er allemaal is gebeurd. Hij zegt dat Zach hem een geweldig joch lijkt, waarna hij eraan toevoegt dat het hem opvalt hoeveel moeite de politie en de media doen om mij in een kwaad daglicht te stellen. 'Ik wil dat je weet dat ik geen woord geloof van die onzin die ze over je verkondigen. Daar hoef ik geen helderziende voor te zijn.'

Dat is het aardigste wat iemand, behalve mijn moeder, sinds de verdwijning van Zach tegen me heeft gezegd. Ik onderdruk de neiging om hem te omhelzen. Heb ik die kerel dan al die jaren verkeerd ingeschat?

'Ik weet waarom ik hier eigenlijk ben,' zegt hij. 'Ik weet dat jij niet in helderzienden gelooft, maar ik weet ook dat jij weet dat een goede helderziende een kamer kan lezen. De enige reden dat je me hebt laten langskomen is dat je denkt dat ik misschien iets zal opmerken wat de politie over het hoofd heeft gezien. Heb ik gelijk?'

Hij heeft gelijk. Praten met de doden maakt een goede helderziende geen helderziende; details onderscheiden die anderen over het hoofd zouden zien wel. 'Ik ben bereid om alles te doen, alles te proberen om Zach terug te krijgen,' zeg ik.

Hij hangt zijn schoudertas over de rugleuning van een keukenstoel en leunt tegen de tafel. Hij stelt me vragen over Zach: wat voor jongen het is, waar hij van houdt qua films, speelgoed, strips. Als de koffie klaar is gaan we aan tafel zitten. Hij kijkt me strak aan terwijl ik tegen hem praat. Er ligt iets innemends in die blik, alsof hij recht in mijn ziel kijkt en die grondig bestudeert, en voor het eerst begrijp ik waarom mensen in hem geloven. Aan de andere kant: mensen geloofden ook in Charles Manson. Jonas Jones kan niet met de doden praten, dat kan geen enkele helderziende, wat mij betreft is dat een vaststaand feit, maar vandaag ben ik bereid het mis te hebben.

'Laten we in Zachs kamer beginnen,' zegt hij als hij zijn koffie op heeft.

We beginnen in Zachs kamer. Ik blijf in de deuropening staan terwijl hij kleren, speelgoed en boeken aanraakt.

'Heeft hij een lievelingsknuffel?'

'Een pluchen spookje.' Dat spookje hebben we Zach voor zijn derde verjaardag gegeven. Hij sliep er altijd mee, hij keek er tv mee, hij speelde er samen mee, tot vorig jaar zomer, toen hij naar de speelgoedkist werd verwezen. Ik zoek tussen het speelgoed dat eruit is gekiept, maar daar ligt hij niet. Ik kijk de kamer rond. 'Hij is ongeveer zo groot,' zeg ik, en ik houd mijn handen dertig centimeter uit elkaar, waardoor ik eruitzie als een visser die die ene beschrijft die is ontkomen, als de ontkomen vis een pluchen spook was geweest, want hij ligt er niet. Hij ligt niet onder het bed, niet in de kast, niet in een van de lades. Kennelijk heeft Zach hem meegenomen.

'Hij heeft deze nog,' zeg ik, terwijl ik een eekhoornknuffel opraap die Zach Meneer Eekhoorn heeft gedoopt toen hij hem jaren geleden van ons kreeg. 'Hij is bijna net zo gek op die eekhoorn als op het spook,' zeg ik, en dat is niet waar, maar zoveel scheelt het niet.

Hij houdt de eekhoorn even vast en stopt hem dan onder zijn arm, zodat hij zijn handpalmen naar boven kan keren en alle vibraties, gevoelens en gedachten kan opvangen die doorlopend uit de hemel neerdalen en die een gewone sterveling niet kan zien. Hij sluit zijn ogen en houdt zijn hoofd scheef alsof hij naar een stem in de verte luistert. Hij knikt, en dan glimlacht hij en zegt: 'Ik voel Zachs aanwezigheid. Die is heel sterk. Heel levendig. Zach... Zach is een bijzonder kind. Anders dan anderen. Klopt dat?'

'Hij heeft een sterke eigen wil.'

'Dat klopt. Dat voel ik. Ik voel ook een andere aanwezigheid.'

'Wat voor aanwezigheid?'

'Een positieve. Het is iemand die jullie na staat, iemand die een oogje op Zach houdt. Het is... Het is moeilijk precies te duiden. Een ouder iemand. Iemand die niet heel kort, maar ook niet heel lang geleden is gestorven, iemand die... Wacht,' zegt hij, en hij wacht, en hij perst zijn ogen dicht en houdt zijn hoofd scheef. 'Hij heet... David, David heet hij. Nee, niet David. Damien,' zegt hij, maar dan schudt hij zijn hoofd en houdt het nog iets schever, alsof hij zich richt op die stem van gene zijde in een poging die beter te verstaan. 'Dat klopt niet helemaal. Maar het lijkt erop. Dennis misschien?'

'Mijn vader heet Dennis,' zeg ik, en ik weet donders goed dat de stem die hem dat heeft verteld niet afkomstig is van gene zijde, maar van Google.

'Ja, ja, natuurlijk. Dennis is je vader,' zegt hij, terwijl hij langzaam zijn hoofd heen en weer beweegt. 'Nu zie ik het. Hij wil je vertellen dat het goed gaat met Zach.'

Ik ben boos op Jonas. Hij is een oplichter, een charlatan, en als pa er echt was zou hij dat ook tegen hem zeggen, maar in plaats van hem te vragen of hij wil weggaan, vraag ik: 'Weet hij waar Zach is?'

Weer dat scheefhouden van het hoofd. 'Dat weet je vader niet, alleen dat het goed met hem gaat, en dat... en dat... Wacht, ik begrijp het niet,' zegt hij.

'Wat begrijp je niet?'

Hij vertrekt zijn gezicht. 'Je vader zegt dat er iemand bij Zach is, alleen... is het geen iemand... Het is... Ik kan het niet helemaal goed horen. Ken je iemand die... William heet?'

'William?'

'Nee, niet William. Will. Will... Willy? Ken je een Willy? Je vader zegt dat het met Willy ook goed gaat.'

Ik voel een rilling over mijn rug lopen. 'Willy is het spook.'

'Nee, hij is geen spook... Hij is... Ik weet het niet goed.'

'Nee, ik bedoel dat Willy Zachs speelgoedspook is. Die knuffel die ik niet kan vinden.'

'O,' zegt Jonas. 'Oké, dat klinkt logisch. Zach is veilig en hij vindt troost bij Willy, dat probeert je vader me duidelijk te maken.'

Even online zoeken en hij had de naam van mijn vader kunnen vinden, maar niet die van Willy. We hebben het op het podium of in interviews nooit over hem gehad.

'Mag ik de rest van het huis bekijken?'

'Natuurlijk.'

Ik leid Jonas rond, en al die tijd houdt hij Meneer Eekhoorn bij zich. Het doet me denken aan de dag dat de makelaar ons dit huis liet zien. Ons eerste boek deed het goed, de royalty's stroomden binnen en we wilden een groter huis, een mooier huis, een plek waar we kinderen konden krijgen. Toen kwam Zach, en Jonas Jones heeft gelijk: Zach is anders, hij is een bijzonder kind, en dat bijzondere is de reden dat we lang hebben gewacht met het krijgen van een tweede kind. Sinds een paar jaar is het geen onderwerp van gesprek meer.

'Nou?' vraag ik als we weer in de eetkamer zijn. 'Weet je waar Zach is?'

'Zo simpel is het niet.'

Nee. Daar was ik al bang voor.

'Hij leeft nog, dat weet ik wel. Hij is niet heel dichtbij. Niet heel ver weg. Water. Ik denk dat hij wordt vastgehouden in een huis aan het water.'

'Het strand?'

'Of een rivier.'

Dat helpt niet echt, want alles in Nieuw-Zeeland is in de buurt van het strand of een rivier. Het land bestaat immers uit twee grote eilanden en een heleboel kleintjes, en er zijn honderden rivieren die in honderden richtingen stromen. Zeggen dat Zach zich in de buurt van water bevindt, is als zeggen dat de zon zich in de buurt van het heelal bevindt.

'Sorry dat ik je niet meer kan vertellen. Ik heb nu een betere indruk van Zach, en van je vader, dus ik zal het blijven proberen. Dat beloof ik.'

Ik voel me een dwaas dat ik die man ooit in mijn huis heb binnengelaten. 'Hoe wist je dat van Willy?'

'Dat heeft je vader me verteld.'

'Je wist het al toen je hier kwam,' zeg ik.

Hij knikt langzaam. 'Ik ben hier gekomen om je te helpen, niet om de discussie met je aan te gaan. Het is aan jou of je erin wilt geloven. Dat ik helderziend ben, betekent niet dat ik je kan vertellen wat je moet denken.' Hij pakt zijn tas. 'Mag ik de eekhoorn meenemen?'

'Ja hoor, maar Zach zal hem wel terug willen als we hem vinden.'

'Uiteraard.'

Bij de voordeur geven we elkaar een hand, en dan klinkt er een explosie van geschreeuw en vragen wanneer hij naar buiten loopt. Een politieagent begeleidt hem als hij het strijdgewoel van camera's betreedt. Hij blijft staan om vragen te beantwoorden en maakt zichzelf zo onderdeel van het verhaal dat op dit moment het nieuws domineert.

Daarvoor is hij immers gekomen, nietwaar?

Ik loop de keuken in en schenk een flinke gin-tonic voor mezelf in. Met mijn drankje in mijn hand en mijn rug naar het raam leun ik tegen het aanrecht. En dan zie ik het. Op de koelkast. Zachs tekening van ons gezin. Mama. Papa. Zach. We staan voor een scheef huis met een scheef dak en een scheve deur. In het midden zit één raam, en de tuin heeft zoveel rare hoeken dat hij in het echt onmogelijk te maaien zou zijn. Maar het jongetje – Zach – staat hand in hand met zijn vriendje. Zijn vriendje is half zo groot als hij en heeft een laken over zich heen, met ogen en een mond erin. Bij iedereen staat in een slordig handschrift vermeld wie het is. Mama. Papa. Zach. Willy het spok – met één o. Ongetwijfeld heeft Jonas die tekening zien hangen toen hij het huis bekeek. Hij zal begrepen hebben wie Willy was toen ik begon over de knuffel. Toen we Willy niet konden vinden, heeft hij erop gegokt dat Zach hem had meegenomen. Zo doen helderzienden dat. Zo zijn ze. Geen mensen die met de doden praten, maar mensen die uitblinken in het observeren van de levenden.

Als hij heeft gelogen over het spook, dan heeft hij ook gelogen toen hij zei te weten dat Zach nog leefde.

Ik giet mijn drankje in de gootsteen en bel inspecteur Kent.

36

Ze zitten in de onderzoeksruimte, met z'n vieren: Kent, Thompson, Vega en Travers. Ze bespreken wat ze te weten zijn gekomen aan de hand van de boeken en wat ze te weten zijn gekomen door te kijken naar de interviews die de Murdochs in de loop van de jaren hebben gegeven. Op de tafel in de onderzoeksruimte liggen Zachs kleren en Cameron Murdochs schoenen, met ernaast een stuk of tien lege koffiebekers en borden vol kruimels, aangezien Travers en Vega net zoete kerstpasteitjes hebben zitten verslinden. Tot nu toe heeft nog geen van hen een geloofwaardige theorie kunnen bedenken die zou kunnen verklaren waarom Zachs kleren op een andere plek zijn achtergelaten dan waar Zach zelf wordt vastgehouden.

De interviews die de Murdochs gedurende hun carrière hebben gegeven en de paneldiscussies waaraan ze hebben deelgenomen zijn, met het oog op eventuele vervolging althans, goud waard. Kent houdt echter iets in gedachten wat haar collega, degene die jaren geleden het discussiepanel voorzat waarbij ze de Murdochs had leren kennen, toen heeft gezegd. Haar collega had die dag een kant van zichzelf getoond waarvan ze het bestaan niet had vermoed, en toen Kent daar later iets over zei, zei hij dat het een soort masker was dat hij opzette en waarvan hij dacht dat het publiek het graag wilde zien. Net als haar collega zijn de Lisa en Cameron Murdoch in die interviews niet de echte Lisa en Cameron, maar een versie van zichzelf die ze aan het publiek tonen. Toch zijn bepaalde dingen die ze zeggen belastend, teksten als: 'Wij vermoorden mensen, dat is ons vak', en: 'Als íémand met moord kan wegkomen, is het wel een misdaadauteur.'

Er is een paneldiscussie met de naam 'Wegkomen met moord' waarin Cameron zegt: 'Ik hoop maar dat Lisa nooit van de trap valt. Hoe meer het bewijs op een ongeluk zou wijzen, hoe meer de politie ervan overtuigd zou zijn dat ik precies zou weten hoe ik zo'n ongeluk in scène moest zetten.' Lisa zegt: 'Cameron moet altijd lief tegen me zijn, want ik weet hoe ik hem kan laten verdwijnen.' En later, tijdens dezelfde paneldiscussie, zegt ze: 'Ik twijfel er niet aan dat we de volmaakte misdaad zouden kunnen bedenken als dat nodig was. Dat doen misdaadauteurs immers elke dag. Het draait allemaal om geloofwaardige misleiding.'

De interviews zijn afgenomen in het bijzijn van publiek, en het is overduidelijk dat ze dat soort dingen voor de grap zeggen. Maar als Lisa inderdaad van de trap zou vallen, vermoedt Kent dat Cameron Murdochs inschatting zou kloppen: hoe meer ontlastend bewijs er zou worden gevonden, hoe groter de verdenking jegens hem waarschijnlijk zou worden. Is dat immers niet precies wat er nu gebeurt?

Haar telefoon gaat. Ze herkent het nummer. 'Dat is Cameron Murdoch,' zegt ze, en iedereen zet de filmpjes die ze zitten te kijken op pauze, houdt op met typen en draait zich naar haar om. Een paar minuten geleden hebben ze op tv gezien dat Jonas Jones het huis van de Murdochs verliet. Ze heeft al eerder met Jones te maken gehad. Hij is een helderziende die vroeger autodealer was, en ze zou er geen slag naar durven slaan in welke functie hij vaker moet hebben gelogen. Ze zou er ook geen slag naar durven slaan waarom de Murdochs hem hebben laten komen; een van de thema's die ze in de boeken hebben ontdekt is een consequent gebrek aan respect voor alles wat met het paranormale te maken heeft.

Ze neemt op.

'Zach heeft een lievelingsknuffel,' zegt Murdoch. 'Het is een pluchen spook van om en nabij de dertig centimeter groot. Hier ligt hij niet. Hebben jullie hem meegenomen?'

Ze kan zich niet herinneren dat ze zoiets is tegengekomen. Als hij is meegenomen, ligt hij waarschijnlijk bij de rest van het bewijsmateriaal uit het huis. Ze heeft een lijst voor zich op tafel en heeft via haar laptop bovendien toegang tot foto's van elk afzonderlijk item. 'Als je me een foto appt, bel ik je terug.'

'Is er nog nieuws?' vraagt hij.

'Nog niet.'

'Is Lisa nog bij jullie?'

'Ze is hier wel geweest, maar volgens mij is ze nu op weg terug naar jullie huis.'

'Jonas Jones is hier geweest,' zegt hij.

'Weet ik.'

'Hij denkt dat Zach nog leeft. Hij denkt dat hij zich ergens bij water bevindt en dat het goed met hem gaat.'

Ze slaat haar ogen ten hemel. Het is zo'n reflexmatige reactie dat ze blij is dat ze Cameron aan de telefoon heeft in plaats van tegenover hem te staan. 'Dat zullen we in gedachten houden.'

'Ik snap het wel,' zegt hij. 'Hij kletst uit zijn nek. Maar hij heeft het niet mis als hij zegt dat het goed gaat met Zach.'

'App me die foto.'

'Dat zal ik gelijk doen.'

Ze hangen op. De verdwijning van de knuffel kan een paar dingen betekenen. In het beste geval helpt hij Zach rustig te houden. In het slechtste geval is hij ermee begraven. Als ouders hun kinderen vermoorden en de misdaad proberen te verdoezelen, begraven ze hen vaak in een lievelingsdekentje en met een lievelingsknuffel in de handen. Dat weet Murdoch ongetwijfeld, en ook dat dit hem in een kwaad daglicht stelt, maar toch heeft hij gebeld. Nog meer misleiding?

Er komt een foto van een pluchen spook binnen op haar telefoon, met een bericht erbij dat luidt: *De knuffel heet Willy.* Op de foto is Willy op het strand en staat hij rechtop tegen een emmer zand, naast Zach, die druk bezig is geweest met het bouwen van een zandkasteel.

Ze stuurt een berichtje terug om de ontvangst van de foto te bevestigen en laat hem dan aan de anderen zien. 'Herkent iemand deze?'

Niemand herkent hem. Ze kan ook geen reden bedenken waarom het spook als bewijs zou worden meegenomen, en dat wordt bevestigd als ze de lijst doorneemt.

Thompsons telefoon gaat over. Hij knikt en luistert, en dan zegt hij: 'Dat meen je niet. Hm-mm. En we kunnen hem niet tegenhouden? Hm-mm. Oké. Dank je.' Hij hangt op en draait zich naar haar om. 'Weet je nog, die journalist die Murdoch gisteren zo op de huid zat?'

'Dallas Lockwood.'

'Die, ja. Hij gaat vanavond een tv-interview geven. Klaarblijkelijk heeft hij al deze puzzelstukjes ook in elkaar gepast,' zegt hij met een gebaar naar de boeken, de interviews, de artikelen.

'We wisten dat het hooguit een kwestie van tijd zou zijn voor de media dat pad zouden inslaan,' zegt ze.

'Ja, maar in de handen van Lockwood leidt dat pad naar bloedvergieten. We zullen nog meer agenten voor het huis van de Murdochs moeten neerzetten, want na vanavond wordt de menigte daar alleen maar groter.'

37

De menigte buiten wordt luidruchtig, en even later komt Lisa door de voordeur naar binnen. Ze heeft gehuild. Haar handen beven. Ze ziet eruit alsof ze vijf kilo is afgevallen. Ik doe een stap naar voren en zij doet een stap naar voren en we slaan onze armen om elkaar heen, en dat voelt fijn, dat voelt geweldig. Eindelijk vormen we samen één front.

'Sorry van vanochtend,' zegt ze, 'en sorry voor wat mijn vader heeft gezegd.'

'Het geeft niet.'

'Het spijt me allemaal zo. Ik neem het je niet kwalijk, echt niet, maar het is moeilijk, en ik weet niet wat ik moet doen, ik weet niet wat ik moet denken of wat ik moet zeggen. Ik kan me geen leven zonder hem voorstellen. Echt niet.'

'We vinden hem wel.'

'Denk je dat?' vraagt ze, bijna smekend. 'Denk je dat echt?'

'Ik weet het zeker.'

Ze glimlacht. De droefste glimlach die ik ooit heb gezien. 'Dat denk ik ook. Ik heb gehoord dat je Jonas Jones hebt laten komen. Een helderziende, Cam? Echt?'

'Hij dacht dat hij kon helpen. Ik vond dat het geen kwaad kon.'

'Ik...' zegt ze, en dan staart ze naar onze verstrengelde vingers. 'Ik denk dat ik hetzelfde zou hebben gedaan. Ik zou hebben gedacht: dit is klinkklare onzin, maar stel dat dat het niet is?'

We lopen naar de woonkamer. Ik vertel haar wat Jonas heeft gezegd. Over dat Zach veilig is. En in de buurt van water. Dat hij Willy bij zich heeft. 'Ik heb Kent gebeld. Ze zei dat zij Willy niet hebben, en dat betekent dat Zach hem heeft meegenomen.'

'Hoe wist Jonas dat Willy bij hem was en niet bij de politie?'

Daar heb ik over zitten nadenken. 'Dat heeft hij geraden. Hij zag dat alle andere knuffels er nog lagen en dacht: als de politie die niet heeft meegenomen, hebben ze Willy waarschijnlijk ook niet meegenomen. En als ze hem toch hadden meegenomen, dan zou Willy alleen in gedachten bij Zach zijn geweest.'

Ik sla mijn armen om haar heen. Ik vertel haar over de foto die ik naar Kent heb gestuurd. Zach was op het strand een zandkasteel aan het maken en Willy keek toe. Een paar minuten nadat de foto was gemaakt, kwam er een golf die Willy meesleurde. Zach gilde en huilde, en ik moest achter het spook aan de zee in. Aanvankelijk leek dat een makkie te worden omdat Willy bleef drijven, maar het werd een stuk lastiger toen hij doorweekt raakte en zonk.

'Ik dacht dat het einde oefening was, maar toen kwam even later die nieuwe golf en die bracht Willy terug naar de kant.'

Ze glimlacht. 'Weet je nog, toen we thuiskwamen? Toen hebben we Willy op een wolwasprogramma in de wasmachine gestopt en gebeden dat hij niet uit elkaar zou vallen.'

Het is een mooie foto. Een mooie herinnering.

Die avond slaagden we er op het nippertje in om een ZBB te voorkomen, toen Willy ook de droger heelhuids uit was gekomen en Zach hem mee naar bed kon nemen.

'Uiteindelijk kwam het met Willy allemaal goed, en met Zach komt het uiteindelijk ook allemaal goed.'

Dan begint ze harder te huilen en schokt haar hele lichaam als ik haar dicht tegen me aan druk.

38

Een paar minuten voor zes belt Kent me. 'We hebben een waarschuwing ontvangen dat er op het journaal iets komt wat jullie zullen willen zien.'

'Wat voor iets?'

'Iets met Dallas Lockwood, maar wat precies, dat weet ik niet. Ik wilde je vragen of we ons ergens zorgen over moeten maken.'

'Zoals?'

'Misschien heeft het iets te maken met zijn bewering dat jullie zijn idee hadden gestolen? Of misschien iets met Zach?'

'Ik weet niet wat hij weet. Kunt u het hem niet vragen? Of de omroep zover krijgen dat die het hem vraagt?'

'Nee.'

'Dus hij zou op tv allerlei nonsens kunnen gaan verkondigen. Probeert u me dat duidelijk te maken?'

'Ik probeer je duidelijk te maken dat we niet weten wat hij gaat zeggen, maar gezien het beeld dat het publiek heeft van deze zaak en het soort journalistiek dat Lockwood over het algemeen bedrijft, gaan we extra politieagenten bij jullie huis neerzetten.'

'Zijn we hier veilig?'

'Ja.'

'Weet u dat zeker?'

'Onze mensen weten wat ze doen,' zegt ze. 'Ik bel jullie als ik meer weet.'

Ze hangt op.

Ik tref Lisa midden in Zachs kamer aan, waar ze staat te kijken naar een poster van een stel superhelden dat de wereld redt. Er staan geen telefoonnummers bij waarop we ze kunnen bereiken. Ik vertel haar wat Kent heeft gezegd.

'Misschien is het juist positief,' zegt ze. 'Misschien heeft die kerel iets bedacht wat ons kan helpen.'

'Als hij ons wilde helpen, zou hij de politie wel hebben verteld wat hij weet.'

Ik overweeg Lisa te vertellen wat hier gisteravond is gebeurd, maar ik besluit het niet te doen. Ze zal erop staan dat we het de politie vertellen, maar dat kan niet. Als we Kent vertellen dat ik hier ben geweest terwijl dat niet mocht, wekt dat alleen maar de indruk dat ik iets te verbergen heb. Bovendien weet ik niet of Lockwood beseft dat ik degene ben met wie hij heeft gevochten.

We gaan naar de woonkamer om het journaal te kijken. Ik gluur door het raam naar de menigte. Er zijn nog meer mensen. Nog meer borden. GERECHTIGHEID VOOR ZACH. GERECHTIGHEID VOOR IVY.

Ik zet de tv aan op het moment dat ze overschakelen naar Opgestroopte Mouwen. Hij staat voor ons huis. Hij zegt dezelfde dingen als eerder vandaag en voegt er dan aan toe dat het verhaal inmiddels ook het buitenland heeft bereikt, met name de landen waarin onze boeken worden verkocht. Hij praat over de menigte voor ons huis, de online-haat, de vele boekrecensies die de afgelopen vierentwintig uur zijn geplaatst. Hij praat over twee radio-dj's die zijn geschorst omdat ze vanochtend een liedje hebben uitgezonden dat ze die nacht hadden geschreven. Het is een folkliedje, geschreven vanuit ons perspectief, begeleid door een viool en gezongen door de twee dj's. Ze laten een stukje van het refrein horen.

Onze zoon doden was dikke pret
Lang duurde het klootviolen niet.
Mogen wij klootviolen met jouw kids?
Dan noemen we ze in ons violenlied.

Lisa zit te trillen als ze het hoort. De vioolsolo begint en dan schakelen ze weer over naar Opgestroopte Mouwen. Dat de dj's zijn geschorst betekent in mijn beleving dat er nog hoop is, maar die hoop wordt al snel de grond in geboord, want Opgestroopte Mouwen meldt dat het lied viraal is gegaan en dat anderen hun eigen versies hebben opgenomen en gedeeld. Nu al is een onlinepetitie om de schorsing van de dj's op te heffen meer dan tienduizend keer ondertekend.

Opgestroopte Mouwen rondt af met de opmerking dat er vanavond in *Seven Now*, een actualiteitenprogramma dat zich concentreert op een of twee verhalen uit het nieuws van die dag, dieper op het onderwerp zal worden ingegaan. Hij zegt dat er een interview zal worden gehouden met Dallas Lockwood, die meer informatie kan verschaffen.

Er wordt teruggeschakeld naar de studio. Tijd voor een ander onderwerp. Ze gaan verder met de crisis rond racende jongeren in Christchurch. Tieners en jonge twintigers proberen na te doen wat ze chauffeurs in films hebben zien doen, waardoor er meer verkeersslachtoffers te betreuren zijn. Maar aangezien we niets anders te doen hebben, blijven we kijken, naar verhalen over politici die elk idee afbranden tenzij ze het zelf hebben bedacht en stug volhouden dat een plus een geen twee is als de tegenpartij dat zegt. Er is een reportage over walvissen die in het noorden zijn aangespoeld, over boeren in het zuiden die klagen over te weinig regen, terwijl ze een maand lang hebben geklaagd dat het juist te veel was, en daarna volgen sport en het weer, alsof dat er iets toe doet.

Buiten heffen mensen het vioollied aan.

Fade-out voor de mensen van het journaal, en fade-in voor een nieuw stel mensen. De ene is een man in een kek pak met een nog kekker kapsel. Marcus Shaw. Hij is een knappe kerel, maar zijn ze dat niet allemaal? Hij oogt ernstig, maar doen ze dat niet allemaal? Ernstige ogen en een ernstige glimlach in een vierkant gezicht met een vierkante kaak. Hij wenst ons goedenavond. Dan zegt hij dat ze vanavond dieper zullen ingaan op het verhaal van Cameron en Lisa Murdoch en de verdwijning van hun zoon, en bij hem in de studio is Dallas Lockwood, een journalist met een onlineblog dat alleen al in Nieuw-Zeeland dagelijks tienduizenden bezoekers trekt.

Lockwood heeft genoeg make-up op om eventuele schade die ik hem gisteravond heb toegebracht te verhullen. Hij glimlacht naar Shaw en glimlacht dan in de camera, en hij zegt dat hij blij is daar te zijn, en daar twijfel ik geen moment aan.

Ik knars met mijn tanden en bal mijn vuisten.

Dit kan nooit goed zijn.

Natuurlijk niet.

39

Lockwood heeft grondig research gedaan. Hij heeft onze interviews bestudeerd. Hij heeft kranten, tijdschriften en tv-optredens doorgenomen. Hij heeft fragmenten bekeken van Lisa en mij op podia van boekenbeurzen, soms hier in Nieuw-Zeeland, soms in het buitenland, en daar zijn er veel van. In interviews beantwoorden we vaak dezelfde vragen: waar halen jullie je ideeën vandaan? Waarom wilden jullie schrijver worden? Hoe is het om als duo te schrijven, hoe is dat zo gekomen, hoe gaat dat in zijn werk? Het ene jaar zeg ik dit en het jaar erop zeg ik dat. Mijn denkbeelden veranderen. Niet wat de grote dingen betreft, maar wel over kleine dingen. Wij ontwikkelen ons. Onze boeken ontwikkelen zich. Onze stijl ontwikkelt zich. Soms gaan we op het podium voor de lach, andere keren houden we het bescheiden, dat hangt allemaal van het publiek af. Dallas Lockwood heeft selectief gewinkeld in die interviews en bijvoorbeeld gekozen voor fragmenten uit een paneldiscussie waarin ik zeg dat als íémand met moord zou kunnen wegkomen, ik het zou zijn, en dat ik hoop dat Lisa nooit van de trap valt omdat ik dan onmiddellijk schuldig zal lijken. Lisa zegt dat ze weet hoe ze me kan laten verdwijnen. Het was bedoeld als grapje, en het publiek moest erom lachen, alleen is dat gelach uit het fragment geknipt. We zeggen dat we de perfecte misdaad zouden kunnen bedenken.

Lockwood praat over tijdschriftartikelen waarin we vergelijkbare dingen hebben gezegd, en die artikelen worden ook getoond, met de betreffende fragmenten gemarkeerd. Het ene na het andere na het andere, hij blijft er maar op hameren.

Inmiddels heb ik me naar voren gebogen en trillen mijn benen. Lockwood heeft niet alleen interviews en mediaoptredens bestudeerd, maar ook onze boeken. Hij vertelt over een ouder boek waarin de hoofdpersoon, een misdaadauteur, tegen de politie zegt dat hij slimmer is dan zij. Hij vertelt over een ander boek, waarin een meisje van zeven vermist raakt tijdens een gezinspicknick, en vervolgens leest hij een passage voor uit het openingshoofdstuk, geschreven vanuit het perspectief van de ontvoerder.

'"Bij een ontvoering moet je hetzelfde doen als een goochelaar. Je moet zorgen dat de politie de verkeerde kant op kijkt. Het is gewoon misleiding, en zo moeilijk is het niet eens, want de politie zoekt altijd naar de meest voor de hand liggende verklaring. Als je iemand van de aardbodem wilt laten verdwijnen, is het de kunst om de politie een alternatieve voor de hand liggende verklaring voor te schotelen."'

Lockwood legt het boek neer en kijkt in de camera. 'Hier hebben we niet te maken met een alternatieve voor de hand liggende verklaring, maar met ouders die geloven dat ze met moord kunnen wegkomen. Maar u hoeft mij niet op mijn woord te geloven. Geloof hén maar.'

Weer een paneldiscussie. Ik zit met Lisa op het podium. Ik zeg: 'Je moet een misdaadauteur nooit vertrouwen. We proberen altijd te bedenken hoe we jou voor alles kunnen laten opdraaien.'

Shaw vraagt: 'Maar iemand die al dat soort dingen in het openbaar heeft gezegd moet toch wel gek zijn om ze in de praktijk te brengen? Dan laad je toch de verdenking op je?'

'Toen konden ze nog niet voorzien dat ze op een dag misschien hun zoon zouden willen laten verdwijnen. En of ze het nou wel of niet wisten maakt niet uit, want het is allemaal bluf van de hoogste plank. Ze kunnen gewoon zeggen: "Zouden we nou echt precies doen wat we zeiden dat we zouden doen? Hoe stom denk je dat we zijn?" Kijk bijvoorbeeld naar wat er vanmiddag is gebeurd.'

'Vanmiddag?'

'Met Jonas Jones.'

'Ik volg je niet,' zegt Shaw.

Lockwood glimlacht. 'De Murdochs situeren al hun romans in Christchurch. Er zijn heel veel personages die telkens terugkomen, meestal onbelangrijke. In vier boeken komt een helderziende voor, gewoon een onbelangrijk achtergrondpersonage, maar ze schilderen hem bepaald niet positief af. Sterker nog, in hun boeken worden helderzienden vaak op de hak genomen.'

'Oké,' zegt Shaw, maar het is overduidelijk dat hij het nog steeds niet volgt. Ik ook niet trouwens.

'De Murdochs hebben in interviews meermaals gezegd dat ze niet in helderzienden geloven, en toch zien we vandaag opeens een helderziende voor hun deur staan. Waarom?'

Shaw snapt het zo te zien nog steeds niet. Ik snap het niet. Lisa duidelijk ook niet.

Lockwood gaat verder. 'Ze voeren gewoon een show op. Ze willen ons wijsmaken dat ze er alles aan doen. Cameron Murdoch weet dat hij continu in de gaten wordt gehouden. Hij heeft geen helderziende om hulp gevraagd omdat hij opeens in het paranormale gelooft, maar omdat hij weet dat het er goed uitziet. Hij wil mensen wijsmaken dat hij er alles aan doet. Cameron en Lisa Murdoch weten hoe ze een plaatje moeten schetsen. Maar wat er vandaag is ontdekt zal ons de ogen openen voor de waarheid.'

'Wat is er vandaag dan ontdekt?'

'We weten dat de politie op zoek was naar een paar schoenen dat is gebruikt om een voetafdruk te maken in de tuin, voor het slaapkamerraam van Zach Murdoch. Vandaag zijn die schoenen gevonden, en ik kan bevestigen dat ze van Cameron Murdoch zijn. Wat suggereert dat? Het suggereert dat Cameron die afdruk heeft gemaakt om de indruk te wekken dat iemand zijn zoon heeft meegenomen. Ik kan ook bevestigen dat Zachs met bloed doordrenkte kleren op dezelfde plek zijn aangetroffen als Cameron Murdochs schoenen.'

Mijn hart stokt.

'Cameron Murdoch, en misschien ook zijn vrouw, is zo schuldig als wat.'

'Dat weten we niet.'

'Misschien niet, maar wat we wél absoluut zeker weten is dat we te maken hebben met mensen die al jaren beweren dat ze met precies zo'n misdaad zouden kunnen wegkomen.'

40

Kent hangt op na een gesprek met Cameron Murdoch, waarin ze hem heeft verteld dat Zachs kleren inderdaad zijn gevonden, maar dat ze niet doordrenkt waren van het bloed, zoals Dallas Lockwood beweerde, maar dat er ongeveer zoveel bloed op zat als je zou verwachten bij een snee in een vinger. Hij klonk oprecht van streek, en boos omdat ze het hem niet eerder had verteld. Was dat gespeeld? Lockwood en een groeiend percentage van het publiek denken in elk geval van wel.

Ze bedenkt hoe het zondag kan zijn gegaan. Cameron, toch al gespannen na de klap die hij op de kermis had gekregen. Zach, die hysterisch werd toen ze een ijsje zaten te eten. Cameron die hem naar de auto sleurde. Heeft Cameron geprobeerd zijn zoon te laten ophouden met huilen en hem te hard door elkaar geschud, waardoor hij misschien met zijn hoofd tegen iets hards is geklapt? Of is er een ongeluk gebeurd? Het joch is thuis aan het rondrennen, struikelt en valt, of misschien rolt hij uit zijn hoogslaper en breekt hij zijn nek. Ongelukken worden niet altijd als ongelukken bestempeld, en misschien zijn de Murdochs bang een rechercheur te treffen die een slechte dag heeft en zich wil bewijzen. Dus wagen ze de gok en zetten ze een ontvoering in scène. Met een oud paar schoenen maken ze een voetafdruk in de tuin, ze zetten het raam open, stoppen Zachs tas vol eten en begraven hem ergens, met zijn knuffel erbij.

Klinkt logisch.

En Zachs bril?

Simpel. Ze rapen alles bijeen, zoals ze dat 's ochtends ook zouden doen voor hij naar school gaat, en ze nemen vanuit een soort spierherinnering ook die reservebril mee.

En dat de kleren zijn gedumpt, samen met de schoenen?

Minder simpel.

Waarom zou je Zachs tas volstoppen met eten zodat het lijkt alsof hij is weggelopen en vervolgens een voetafdruk in de tuin maken om te suggereren dat hij is ontvoerd? En als ze het wilden laten lijken op een ontvoering, waarom hebben ze dan niet een schroevendraaier in het raam gestoken zodat het zou lijken of het was opengewrikt? Waarom hebben ze dan de kleren en de schoenen op de ene plek gedumpt en de schooltas ergens anders? Waarom hebben ze dan niet alles – inclusief Zach – bij elkaar op dezelfde plaats gehouden?

Ze duwt zichzelf weg bij haar computer. Overal op de vierde verdieping hebben andere rechercheurs naar dezelfde uitzending zitten kijken, en ze vraagt zich af wie van hen de informatie over de vondst van de kleren en de schoenen heeft gelekt. Het is natuurlijk mogelijk dat Deborah Hubbard, de vrouw die ze heeft gevonden, haar mond niet kon houden toen ze er even geen sigaret in had, maar ze vermoedt dat dat niet het geval is, dat degene die de informatie heeft gelekt over wat er op de kermis met Gwendolyn Munro is gebeurd ook degene is die de informatie over de schoenen heeft gelekt aan Lockwood.

Hoe dan ook is Lockwoods interview beschadigend geweest voor de Murdochs. Ze zal meer agenten moeten regelen om het huis te bewaken, want ze denkt dat de menigte in hun straat alleen maar groter zal worden.

Woensdag

41

Kent zit op weg naar haar werk vast in het verkeer als haar telefoon gaat. Voor haar is een vrachtwagen die brood moest bezorgen bij een supermarkt de stoep op gereden en heeft een lantaarnpaal omvergekegeld. Die lantaarnpaal is op de weg terechtgekomen en houdt nu het verkeer op. Ze neemt op. Het is Mason Clark. Clark is een van de forensisch analisten die bezig zijn met het bewijsmateriaal uit het huis.

'Ik heb gisteravond het journaal gezien,' zegt hij. 'Het lijkt erop dat Lockwood je surveillance van de rolcontainers de nek heeft omgedraaid. Daar zul je wel pissig om zijn.'

'Zeker weten,' zegt ze. Als Cameron inderdaad die kleren heeft gedumpt, heeft hij nu geen reden meer om terug te gaan. Reken maar dat ze daar pissig om is.

'Nou, misschien heb ik iets voor je. We zijn de hele nacht ergens mee bezig geweest. Het feit dat er rondom het raam en de vensterbank in de slaapkamer van die knul geen vingerafdrukken zitten is niet logisch, toch? Nou, ik kan je nu vertellen dat hij helemaal niet het raam uit is geklommen. Dat was hem nooit gelukt.'

'Leg uit waarom niet.'

Hij legt haar uit waarom niet. Als hij klaar is, legt hij het nog een keer uit.

'Weet je het zeker?'

'Honderd procent.'

'Ik kom er zo aan.'

Ze hangen op en ze belt Thompson. Voor haar is het een drukte van belang met auto's die proberen te keren. Dat zal zij ook moeten doen. Thompson neemt op. Ze vertelt hem in detail wat er is ontdekt. Ze werken nog niet lang genoeg samen om elkaar echt goed te kennen, maar ze kan duidelijk aan hem merken dat hij opgewonden is.

'Weet hij het zeker?' vraagt hij.

'Daar lijkt het wel op. Denk je echt dat we op het juiste spoor zitten?'

'Jij niet dan?'

'Ik weet het niet.'

'Hoezo weet je het niet? Je hebt zelf in dat filmpje gezien hoe hij zijn kind behandelde en we weten dat hij een kort lontje heeft. Als iemand de verdenking op hem had willen laden, had diegene de schoenen wel in het huis laten liggen, of op een gemakkelijk te vinden plek een straat verderop, samen met Zachs kleren. We weten dat Zachs raam niet open is gewrikt en we weten dat hij vingerafdrukken en vuile vegen zou hebben achtergelaten als hij eruit was geklommen, en wat Clark heeft gezegd geeft wat mij betreft de doorslag. We weten ook dat Zach een lastig kind was dat hun veel geld kostte en hen remde in hun carrière.'

'Ze zeiden dat Zach dreigde met weglopen. Waarom hebben ze niet aan dat verhaal vastgehouden? Waarom hebben ze het laten lijken alsof hij was ontvoerd?'

'Daar komen we wel achter als we ze hier op het bureau hebben. Een van de twee zal heus wel doorslaan.'

'Oké,' zegt ze. Iemand toetert naar haar als ze de auto keert, maar ze besteedt er geen aandacht aan. 'Ik ben op weg naar het bureau. We gaan een arrestatiebevel regelen en dan pakken we ze op.'

42

Het verlies voelt zo verpletterend, zo verlammend, dat ik geen vin kan verroeren als ik uit bed wil stappen. De hoofdpijn is terug. Toen ik gisteravond naar bed ging, dacht ik dat ik niet zou kunnen slapen, maar dat is me de afgelopen acht uur met tussenpozen toch gelukt. Lisa ligt niet naast me in bed. Haar kant is onbeslapen. Ik vind haar in Zachs kamer, op zijn bed, en ze slaapt nog, of ze doet alsof. Er zit een melodietje in mijn hoofd, en het duurt even voor tot me doordringt wat het is: de solo uit het vioolliedje.

Het is Dag Drie, en de media en de mensen online wijzen elkaar er maar al te graag op dat Dag Drie de dag is dat het onderzoek een andere wending neemt. Vanaf vandaag zoekt de politie officieel niet meer naar een vermist kind, maar naar een dood kind, en misschien is dat al het geval sinds ze bloed op Zachs T-shirt hebben aangetroffen. Ik ga naar de woonkamer en gluur naar buiten. Ik weet niet of het komt door het feit dat het Dag Drie is, of door het interview met Lockwood van gisteravond, maar iets heeft ervoor gezorgd dat de mensen in veel groteren getale naar ons huis zijn getrokken. Er zijn grotere protestborden met nog bozere boodschappen, maar op het moment is iedereen kalm; ze eten iets, drinken koffie en kletsen onderling. De meeste borden worden niet eens omhooggehouden. Een jongeman die schuin tegenover ons woont heeft een bord in zijn voortuin gezet waarop staat dat je voor twee dollar per bezoek van zijn wc gebruik kunt maken. Er staat al een rij voor zijn deur. Ook heeft hij de barbecue neergezet om hotdogs te verkopen, en ook daar staat een rij. Het aantal mediabusjes is verdubbeld en de nieuwste zijn twee keer zo groot. Er staat een groep jongemannen, verkleed als priesters en nonnen. Ze staan allemaal te drinken. Ik bel Kent. Ze neemt niet op. Ik laat een bericht achter.

Lisa komt Zachs slaapkamer uit. Ze heeft haar kleren van gisteren nog aan, want daar heeft ze in geslapen. Ik heb de mijne ook nog aan, want voor mij geldt hetzelfde. Ik zet koffie en we zeggen geen van beiden iets. De ochtend bestaat uit trage bewegingen. De borrelende waterkoker, roeren in de koffie, met de kopjes naar de tafel lopen, alles gaat jichtig. Zelfs door de keuken lopen gaat traag, alsof de lucht stroperig om ons heen stroomt en de vloer drassig is. We gaan aan tafel zitten en nippen van onze koffie, misschien wel de smerigste die ik ooit heb geproefd, al heb ik hem op exact dezelfde manier gezet als anders. Om acht uur wordt de menigte voor het huis luidruchtig en een paar tellen later klinkt de deurbel.

Ik laat Kent binnen. Ze wordt gevolgd door Thompson. We gaan in de woonkamer zitten, net als op Dag Eén, alleen zit Lisa deze keer naast me en houden we elkaars hand vast. Kent legt een mapje op tafel. Dat is dicht. Ze heeft iets met mapjes.

'We hebben nog een paar vragen voor jullie,' zegt ze. Haar stem klinkt vlak en onvriendelijk.

'Wat Lockwood op tv zei is allemaal onzin,' zeg ik.

'We kunnen niet ontkennen dat hij een paar serieuze toevalligheden heeft aangestipt,' zegt ze.

'Dat heeft hij helemaal niet gedaan,' zeg ik. 'Je kunt schrijvers niet beoordelen op basis van wat ze schrijven. Die boeken... dat is voor ons een andere werkelijkheid. Dat we over seriemoordenaars kunnen schrijven, betekent nog niet dat wij zelf seriemoordenaars zijn. Anders zou elke misdaadauteur ter wereld achter de tralies zitten.'

Thompson buigt naar voren. Hij zet zijn ellebogen op zijn knieën. 'Dat gezegd hebbende: je moet wel een behoorlijk zieke geest hebben om de dingen te kunnen verzinnen waar jullie over schrijven.'

'Dat zou ik van u ook kunnen zeggen,' zeg ik. 'Van jullie allebei. Je moet vast een bepaald soort persoonlijkheid hebben om jezelf te omringen met het verdriet, de ellende en de dood van anderen. Ik bedoel, dat van ons is tenminste nog fictie, maar jullie hebben een baan waarin jullie elke dag de vreselijkste dingen zien. Wat zegt dat over jullie karakter? Dat jullie erop geilen?'

Dat is geen spontaan antwoord, maar iets wat ons personage de misdaadauteur jaren geleden in een van onze boeken tegen de politie heeft gezegd. Thompson kijkt alsof hij wil opstaan, maar dan legt Kent haar hand op zijn knie. 'We snappen wat je bedoelt,' zegt ze.

'Is dat zo?'

'Ja,' zegt ze. 'Maar vertel eens, geloof je zelf wat je al die tijd op beurzen hebt gezegd? Denk je echt dat je met moord kunt wegkomen?'

'Nee,' zeg ik, maar eerlijk gezegd weet ik het niet. Ik denk van wel. Of ik denk in elk geval dat ik een betere kans zou maken dan de meeste mensen.

'Zo klinkt het anders niet,' zegt Thompson. 'Ik bedoel, hoe moeilijk kan het nou helemaal zijn? De politie is immers dom en bekrompen, en niet in staat verder te kijken dan haar neus lang is.'

'Kom op nou,' zeg ik, 'dat is gewoon iets wat een van mijn personages heeft gezegd.'

'Maar jij hebt het bedacht.'

'Ik heb het bedacht omdat er altijd verhalen zijn over mensen die uit de gevangenis worden vrijgelaten omdat het DNA-bewijs hun onschuld heeft aangetoond. In elk ander beroep ter wereld word je ter verantwoording geroepen als je een fout maakt. Als een arts het verkeerde been afzet, zal hij nooit meer als arts mogen werken. Als je als piloot een vliegtuig laat neerstorten, ben je je brevet kwijt. Als je voor een accountantskantoor werkt en een cliënt door jouw schuld duizenden dollars misloopt, word je ontslagen. Maar wat gebeurt er met agenten die de verkeerde persoon arresteren? Niets. En toch worden we geacht vertrouwen te stellen in mensen die aantoonbaar verkeerde beslissingen hebben genomen, terwijl we die arts, die piloot of die accountant nooit meer zouden vertrouwen.'

'Je hebt een extreem lage dunk van politieagenten,' zegt Thompson.

'Alleen van politieagenten die fouten maken.'

Kent valt hen in de rede. 'Vertel ons eens over Jonas Jones. Waarom zouden mensen die neerkijken op helderzienden een helderziende in huis halen om hen te helpen?'

'Ook wat dat betreft had Lockwood het mis. Dat was niet voor de show. Jonas is zo erg nog niet. We hebben elkaar al een paar keer eerder ontmoet, maar nee, ik geloof niet dat hij met de doden spreekt. In dat soort dingen geloof ik sowieso niet.'

'En toch liet je hem hiernaartoe komen,' zegt Thompson.
'Ik had hoop.'
'Hoop vanwege iets waarin je niet gelooft,' zegt Kent.
'Waarom niet? Waarom zou ik er niet alles aan doen om Zach terug te krijgen, of ik er nu in geloof of niet?'
'Oké,' zegt Kent.
'Mooi,' zeg ik.
'Maar Jonas Jones is niet de reden dat we hier zijn,' zegt Kent.
'En Dallas Lockwood ook niet,' zegt Thompson.
Kent pakt het mapje. 'Ik wil jullie iets laten zien.'

43

In Zachs slaapkamer gaan ze in een halve cirkel staan, met hun rug naar de deur en met hun gezicht naar het raam. Buiten wordt een strandbal in het rond getikt door de menigte. Dallas Lockwoods tv-optreden en de blogs die hij sindsdien heeft geplaatst hebben nog meer mensen de straat op doen gaan. Kent heeft er goed aan gedaan om meer agenten op te trommelen om het huis te bewaken, maar nu is ze bang dat het er nog steeds niet genoeg zijn.

'Jullie zeiden dat Zachs raam zondagavond dicht was,' zegt ze.

'Het is altijd dicht,' zegt Cameron.

'Zetten jullie het niet open als het 's nachts warm blijft?'

'Nee. Als het te warm wordt, zetten we een ventilator in zijn kamer en laten we zijn slaapkamerdeur open, maar we houden het raam altijd dicht.'

'Laten we jullie schrijversfantasie eens op de proef stellen,' zegt Kent.

'Dit is geen spelletje,' zegt Cameron.

'En ik maak geen grapje. Dit is belangrijk, Cameron. Ik wil dat je me vertelt hoe Zach volgens jou het raam uit is geklommen.'

'Oké. Oké, goed dan,' zegt hij, en hij kijkt om zich heen. 'Nou, er stond een speelgoedkist,' zegt hij, en hij wijst naar de hoek, waar een stapel speelgoed ligt. 'Hij heeft alles eruit gekiept, is ermee naar het raam gelopen, heeft hem ondersteboven neergezet en is erop geklommen. Gaat u me nu vertellen dat er geen kist was? Want twee dagen geleden stond die er wel degelijk.'

Kent opent de map. 'Deze kist,' zegt ze, en de foto van de kist is gemaakt terwijl hij nog bij het raam stond. Het is een overzichtsbeeld van de kamer. Ze houdt hem zo dat het perspectief overeenkomt. 'Het klinkt logisch, wat je zegt,' zegt ze. 'Zo hadden wij het ook gereconstrueerd. Zach is niet lang genoeg om omhoog te springen en zichzelf over de vensterbank heen te hijsen zonder ergens op te gaan staan, en als hij dat toch had geprobeerd, zouden we aan de voorkant allemaal schoenvegen hebben gezien. Dus Zach kiept de kist om, zet hem ondersteboven neer en klimt erop. Kinderen zijn dol op klimmen. Klimt Zach graag?'

'Ja,' zegt Cameron.

'De eerste keer dat hij in de achtertuin in een boom klom, kreeg ik bijna een hartaanval,' zegt Lisa. 'Hij klimt overal op. We zijn continu bang dat hij een arm of een been breekt.'

'Heeft hij het al eens eerder gedaan? Uit het raam klimmen?'

De twee ouders kijken elkaar aan, en dan zegt Cameron: 'Niet dat ik weet.'

Lisa schudt haar hoofd. 'Ik heb het nooit meegemaakt.'

Op het raam zitten twee grendels, een aan de bovenkant, een aan de onderkant. Je draait ze naar buiten en dan zwaait het raam op twee scharnieren opzij. Gemakkelijk voor een volwassene. Niet zo gemakkelijk voor een kind. 'Hoe krijgt hij het raam open?' vraagt Kent.

'Makkelijk,' zegt Cameron.

'Hoe komt hij bij de bovenste grendel?'

'Hij...' zegt Cameron, en dan zwijgt hij. Hij ziet het probleem. Zelfs als hij op de plastic kist was gaan staan, zou Zach er nooit bij hebben gekund. 'Misschien heeft hij met een ander stuk speelgoed tegen de grendel geslagen tot die opengING. En heeft hij dat stuk speelgoed vervolgens weer op de hoop gegooid.'

'Dus hij heeft zijn rommel achter zich opgeruimd,' zegt Kent.

'Precies.'

Kent knikt. Dat klinkt logisch. En dat dachten ze zelf aanvankelijk ook. Alleen is het zo niet gegaan. 'Die kist,' zegt ze, en ze tikt op de kist op de foto, 'die kist hebben we meegenomen. En toen zijn we nog een stuk of twaalf van diezelfde kisten gaan kopen,' zegt ze, maar er was geen sprake van 'wij'; Mason Clark heeft het allemaal bedacht. 'Zie je, onze forensische jongens staan naar die speelgoedkist te kijken en bedenken dat die er helemaal niet zo stevig uitziet. Het plastic is dun, maar het is er dan ook op ontworpen om spulletjes in te bewaren, niet om het gewicht van een jongen van zeven te torsen.'

Lisa laat Camerons hand los en laat haar armen langs haar zij vallen.

Kent gaat verder. 'Dus onze jongens gaan kijken en ze zien dat Zach bij zijn meest recente bezoek aan de jeugdarts, drie maanden geleden, vijfentwintig kilo woog. Ze leggen een gewicht van vijfentwintig kilo midden op de kist, waar een jongen waarschijnlijk zou gaan staan, en het gaat er dwars doorheen en laat scherpe plastic randen achter. Dan bedenken ze dat zelfs een jongen van zeven waarschijnlijk wel weet dat de kist aan de randen steviger is, dus pakken ze nog een kist en verplaatsen het gewicht, en deze keer ontstaat er weliswaar geen gat in het plastic, maar komt er wel een barst in. Ze hebben nog tien kisten, dus proberen ze het nog tien keer, maar waar ze het gewicht ook neerleggen, elke keer breekt of barst de kist.'

Cameron schudt zijn hoofd. 'Twaalf kisten is niet zoveel.'

'Je hebt gelijk. Dat zei ik ook. En ik zal je vertellen wat ze toen tegen me zeiden. Ze zeiden dat ze nóg twaalf van die kisten zijn gaan halen, en dat die ook alle twaalf kapotgingen. Zie je, zo sterk is dat plastic niet. Dat hoeft ook helemaal niet. En dat betekent dat Zach hem niet ondersteboven heeft gezet zodat hij hem kon gebruiken om uit het raam te klimmen. We weten dat hij er niet uit is geklommen, want dan zouden we zijn vingerafdrukken wel op de vensterbank hebben aangetroffen.'

Lisa huilt. Cameron steekt zijn hand naar haar uit, maar ze deinst terug.

'Die spullen zijn bewust zo neergezet dat het leek alsof Zach uit het raam was geklommen en toevallig op het verkeerde moment op de verkeerde plaats was, net toen er iemand langsliep. Nu geloof ik heus wel in toeval en ik zal het nooit uitsluiten, maar in dit geval... in dit geval zat het me niet lekker.'

'Wij hebben het niet gedaan.'

'Zach had onmogelijk zelf het raam uit kunnen klimmen.'

'Wat hebben jullie gedaan?' vraagt Thompson. 'Hem via de voordeur naar buiten gedragen of via de garage met de auto weggebracht?'

Cameron doet een stap naar achteren. Hij ziet eruit als een dier dat in een hoek is gedreven. Ze hoort zijn ademhaling versnellen. Zo te zien kost het hem moeite zijn evenwicht te bewaren. 'Wij hebben het niet gedaan,' zegt hij, zo zwakjes dat ze zich moet inspannen om hem te verstaan, zeker boven het kabaal van de mensen buiten uit. 'Ik snap hoe dit overkomt, maar wij hebben... wij hebben het niet gedaan. Iemand doet ons dit aan.'

Thompson doet een stap naar voren. Opeens heeft hij wegwerphandboeien in zijn handen, die eruitzien als een dubbelgevouwen tiewrap.

'Nee,' zegt Cameron. 'Doe dit niet. Doe dit nou niet.'

Maar ze doen het toch.

Ze arresteren Cameron en Lisa Murdoch.

44

Thompson draagt me op me om te draaien en mijn handen op mijn rug te leggen. In plaats daarvan draai ik me om naar Kent en zeg: 'U hebt gelogen. U zei dat u niet bekrompen was. U zei dat we één front vormden.'

'Ga je ons nu vertellen hoe nutteloos de politie is?' vraagt Thompson.

'Jullie hebben het helemaal bij het verkeerde eind.' Ik houd mijn handen voor me uit alsof ik zo dat wat komen gaat kan afweren. Kents gezicht is emotieloos. Voor haar ben ik niet de eerste kindermoordenaar die ze achter de tralies zet, en ik zal ook niet de laatste zijn. Thompson kijkt alsof hij het proces wil versnellen door me neer te schieten. Ik kan niet toestaan dat hij me die handboeien omdoet. Als hij dat doet, is het allemaal voorbij. Als hij dat doet, dan kunnen ze nooit meer van hun ongelijk overtuigd worden.

Lisa schudt haar hoofd. Ze heeft haar hand voor haar mond geslagen om een gil binnen te houden. Ze is teruggedeinsd tot aan de muur.

Thompson draait me om. Hij wrikt mijn handen op mijn rug en bindt ze vast; de tandjes van de wegwerpboeien klikken luid. Dan draait hij me terug en mag ik toekijken terwijl Kent bij Lisa hetzelfde doet.

We worden de kamer uit geëscorteerd. Kent heeft haar hand om Lisa's elleboog en Thompson heeft zijn hand op mijn schouder. Lisa oogt wankel, en ik voel me net zo. We bereiken de voordeur. Kent opent hem. Er staan buiten meer agenten dan gisteren, maar de menigte is ook gegroeid sinds de komst van Kent en Thompson. Er staan vier-, misschien wel vijfhonderd mensen. Op de oprit staat een patrouillewagen naast de auto van mijn moeder. Ik acht de kans klein dat we die heelhuids kunnen bereiken.

Kent komt tot dezelfde conclusie, want ze sluit de deur, draait zich naar ons om en zegt tegen Thompson: 'Ik rijd de patrouillewagen wel even de garage in. Dan laten we ze daar instappen en wachten we op een escorte.'

'Nee,' zegt Thompson. 'Laten we gewoon met ze naar buiten lopen.'

'Die menigte wil ons dood hebben,' zeg ik.

'Word je nu opeens verlegen van de media?' vraagt Thompson.

'U hebt de doodsbedreigingen zelf gezien.'

'We hebben het onder controle,' zegt hij.

'Laten we...' zegt Kent.

'Het komt wel goed,' zegt Thompson.

'Echt niet,' zeg ik. 'Kom op zeg, ze...'

'Hou je kop,' zegt hij. Hij doet de deur open en duwt me naar buiten. De menigte roept 'BOE'. Er worden protestborden geheven. Een gescandeerde tekst verspreidt zich snel.

'ZE ZULLEN, ZE ZULLEN JE AANRANDEN.
ZE ZULLEN, ZE ZULLEN JE AANRANDEN.'

Er is een afstapje van de veranda naar het tuinpad. Ik struikel er bijna over. Het laatste wat ik zie voor ik eraf stap is de groep priesters en nonnen. Ze hebben een menselijke piramide gevormd, vier onderop, daarop drie, dan twee, dan één. Ze scanderen luid. Misschien is het daar begonnen.

Thompson zegt iets tegen me, maar ik kan niet verstaan wat. Verslaggevers schreeuwen vragen naar ons, maar ook die versta ik niet. 'Ze zullen, ze zullen je aanranden' overstemt al het andere. We moeten terug, maar Thompson blijft me vooruitduwen.

De media proberen ons te onderscheppen. De agenten proberen hen tegen te houden, maar ze zijn ver in de minderheid. Er worden camera's en microfoons in ons gezicht geduwd. Veel van de journalisten waren maandagavond ook bij de persconferentie, maar ze zien er anders uit, hun gezichten stralen een manisch, wanhopig verlangen naar een verhaal uit. Ik zie Opgestroopte Mouwen. Zijn voeten raken verstrikt en hij valt, zodat hij met één knie hard op de grond terechtkomt, en hij krijgt een elleboog van een andere verslaggever in zijn gezicht voordat hij weer kan opstaan. Zijn bril hangt aan één oor. We zijn inmiddels bij de auto van mijn moeder, en we moeten eromheen.

Als ze zien dat de pers zich naar voren dringt, volgt de menigte hun voorbeeld. Het gescandeer sterft weg en maakt plaats voor geschreeuw. Er spat een ei uiteen op mijn schouder. Ik zie niet waar het vandaan komt, tot er nog een wordt gegooid. Het is mevrouw Hathaway, Zachs basisschoollerares, alleen is zij het niet, maar een kopie van haar, zelfde gezicht, zelfde kleren, maar ogen vol haat die ik niet eerder heb gezien. Haar stem, als ze tegen me krijst: 'Sterf, vuile klootzak, sterf!' klinkt ook als de hare. Om de een of andere reden moet ik denken aan de opmerking die ze op een rapport heeft geschreven: 'Zach is een geliefde leerling en een genot om in de klas te hebben, ook al heeft hij nogal eens de neiging de orde te verstoren.' Meneer Knowles, het schoolhoofd, die altijd vlinderdasjes en bretels draagt, staat naast haar te schreeuwen: 'Gerechtigheid voor Zach, gerechtigheid voor Zach!' Er vliegt nog een ei uit de hand van Zachs lerares, en deze treft Thompson. Ze vuurt er nog twee af, die ons voorbijzeilen. Overal op straat gaan alarmen af omdat mensen op auto's klimmen om beter te kunnen kijken. Opgestroopte Mouwen is weer gevallen, en deze keer wordt hij door de menigte opgeslokt voor hij overeind kan krabbelen. Iemand gilt vanuit de richting van de piramide van priesters en nonnen, en er schreeuwt iemand om hulp.

'We moeten terug!' roept Kent.

'Doorlopen,' zegt Thompson. We bevinden ons halverwege het huis en de auto. Een agent maakt het achterportier open terwijl andere de menigte opdragen ruimte te maken. Een bord met GERECHTIGHEID VOOR IVY erop zeilt door de lucht en ketst af op de achterkant van mijn moeders auto. Een agent richt een taser op de menigte en schreeuwt tegen de mensen: 'Achteruit, achteruit, ga verdomme achteruit!'

Dat doen ze niet.

Als iemand aanstalten maakt om nog een bord weg te smijten, vuurt hij zijn taser af, alleen botst iemand precies op dat moment tegen hem op, en de twee dunne snoertjes vliegen door de lucht, zó in het kruis van een cameraman, die zo snel dubbelklapt dat zijn camera op de stoep valt en plastic en glas alle kanten op spatten. De agent richt de nu afgevuurde taser weer op de menigte en beveelt de mensen opnieuw om achteruit te gaan, alleen doen ze dat niet, want zij weten net zo goed als hij dat hij niet nog een keer kan schieten.

We zijn op twee derde.

'We moeten terug!' schreeuwt Kent weer.

Ze heeft gelijk. We halen de auto nooit. Er vliegt een baksteen door de lucht. Thompson bukt, en ik buk, en Lisa en Kent bukken, en hij zeilt over ons heen door het raam van de woonkamer. Een van de agenten – de worstelaar met de binnenstebuiten gekeerde oren – werkt de stenengooier tegen de grond. Iemand met een protestbord haalt ermee uit naar de worstelaar, die zich omdraait en het vastpakt als het voor de tweede keer op hem afkomt, waarna hij de persoon aan de andere kant omvertrekt; tussen hen in beweegt het bord als een wipwap heen en weer. Een man met armen en een nek vol tatoeages bukt en raapt onze kapotte brievenbus op. Thompson draait me om in de richting van het huis.

Het is te laat. Verscheidene verslaggevers zijn al om ons heen gelopen en blokkeren de weg terug. In het midden van de groep staat Dallas Lockwood. Hij heeft een spottende grijns op zijn gezicht en hij houdt zijn camera voor zich uit om een close-up te nemen. Achter ons klinkt glasgerinkel. Warme lichamen duwen van alle kanten tegen me aan. We draaien ons weer om naar de auto. Ik zie hem niet meer. Ik zie een beeld voor me waarin de menigte verdwijnt en alleen de carrosserie nog over blijkt te zijn, omdat de wielen, de ruiten, de stoelen en de elektra allemaal eruit en eraf zijn gerukt. Een deel van de menigte probeert de gescandeerde leus weer aan te zwengelen, maar het slaat niet aan. Er komt een man met een honkbalknuppel op ons af. Hij schreeuwt dat het geen deel uitmaakte van Gods plannen voor Zach dat ik hem zou vermoorden, en hij haalt uit, maar op hetzelfde moment gaat vlak voor hem iemand tegen de grond, waardoor hij uit evenwicht wordt gebracht en de honkbalknuppel iemand anders raakt. Een gestalte dringt zich naar voren, en ik herken hem: het is de man die me zondag op de kermis heeft geslagen.

'Je hebt mijn zoon aangerand!' krijst hij.

'Achteruit,' zegt Thompson, en hij geeft de man een duw tegen zijn borst. De man doet een stap naar achteren, struikelt over het gevallen protestbord en belandt op zijn achterwerk. 'En blijf verdomme...' zegt Thompson, maar hij kan zijn zin niet afmaken omdat hij een ei in zijn gezicht krijgt; mevrouw Hathaway heeft weer toegeslagen.

De man van de kermis krabbelt overeind. Hij komt op me af. Thompson houdt hem niet tegen, want Thompson heeft me losgelaten zodat hij struif uit zijn ogen kan vegen.

'Niet doen,' zeg ik, maar de man doet het toch. Hij haalt uit. Ik wend me af, want me afwenden is het enige wat ik kan doen met mijn handen op mijn rug gebonden. Zijn vuist raakt me in het gezicht en schampt langs de plek waar Lockwood me eergisteravond heeft geraakt.

De menigte gaat uit z'n dak.

Mensen steken juichend hun armen omhoog. De man haalt voor de tweede keer uit. Hij mikt op dezelfde plek, en het is raak. Deze keer is het geen schampschot. Zijn vuist lijkt dwars door me heen te gaan. Er gaat een vuurpijl af in mijn hoofd en ik wankel naar achteren. Ik kan mijn handen niet uitsteken om iets vast te grijpen en zo in evenwicht te blijven. Ik kets af tegen Thompsons schouder en bots dan tegen Lisa op, wier handen ook op haar rug gebonden zijn, wat betekent dat zij evenmin haar evenwicht kan bewaren, en Kent kan haar niet helpen, want die is in een gevecht verwikkeld met een man in een T-shirt met een afbeelding van een elektrische stoel erop.

Lisa valt.

Hard.

Er klinkt een misselijkmakend gekraak als haar hoofd op het verharde pad klapt.

Het gescandeer stopt.

De menigte wordt stil.

45

Alles op straat komt tot stilstand. Iedereen hier is opeens ergens bij betrokken geraakt, bij een moment dat zij hebben gecreëerd. De bons waarmee Lisa's hoofd tegen het beton klapt heeft een gedecideerde klank, iets definitiefs; het is het geluid van iets wat voor altijd is veranderd en nooit meer kan worden teruggedraaid. Armen vallen slap langs lichamen en gezichten worden bleek op het moment dat de meerderheid zich begint af te vragen wat ze hier eigenlijk doen. Ze hebben ons doodsbedreigingen gestuurd en borden omhooggehouden over gerechtigheid. Zij hebben dit gewild en nu moeten ze ermee leren leven. Protestborden zakken omlaag. Sommige vallen op de grond.

In de verte, sirenes.

Mensen deinzen terug. De man die me heeft geslagen struikelt. Hij zet zijn handen achter zich op de grond en krabbelt naar achteren. Ik wil hem en alle anderen toeschreeuwen of ze nu tevreden zijn, vragen: dit was toch precies wat jullie wilden? Alleen doe ik dat niet. Ik heb geen tijd voor hen. Later absoluut wel, maar nu niet.

'Help haar,' zeg ik, tegen Thompson, tegen Kent, tegen wie het maar horen wil. Lisa ligt er roerloos bij. De woede, de angst is uit haar gezicht verdwenen en er is niets voor in de plaats gekomen. 'Toe, help haar dan.'

Het grootste deel van de menigte, dat zich op de vloedgolf heeft laten meevoeren, trekt zich terug. Agenten lopen naar voren en gaan in een cirkel om Lisa heen staan. We kunnen de auto weer zien. Thompson legt zijn hand op mijn schouder en duwt me ernaartoe. De menigte is inmiddels dusdanig van de schrik bekomen dat sommige mensen hun telefoon op ons richten.

'Ik moet Lisa helpen,' zeg ik.

'Het is onder controle,' antwoordt hij.

'Laat me los,' zeg ik.

'Stap in de auto.'

'Laat me los!'

'Ik zei...'

Ik geef hem een knietje. Het is een goedkope, vuile truc en het werkt. Hij legt zijn beide handen om zijn ballen en buigt voorover. Ik loop om hem heen. Ik bereik de groep agenten. Kent drukt haar vingers tegen Lisa's keel, op zoek naar een hartslag. Onder haar hoofd vormt zich een steeds groter wordende plas bloed. Ik zie geen enkele beweging. Een agent verzoekt via de radio om een ambulance.

Kent kijkt naar me op. 'Haal hem hier weg,' zegt ze, tegen wie maar kan luisteren, en dat is toevallig Thompson, want die heeft zich hersteld. Hij pakt me bij mijn schouder en ik zeg tegen hem dat hij me met rust moet laten, dat hij mijn boeien moet afdoen, dat ik moet helpen.

Kent is rood aangelopen. Haar litteken rimpelt als de spieren in haar gezicht en hals verstrakken. Ze staat in de paniekstand. Dat geldt voor iedereen. 'Ik zei: haal hem hier weg.'

'Ik ga nergens naartoe.'

Dat heb ik mis. Thompson sleept me mee naar de auto. Hij duwt me op de achterbank en drukt de deur dicht. Het raampje aan de bestuurderskant is verbrijzeld en de brievenbus steekt er half uit. Hij loopt om de auto heen en trekt het ding weg. Ik draai me op mijn rug en bonk met mijn voeten tegen het raampje, eerst in de hoop dat het zal breken, en zodra duidelijk wordt dat dat niet gaat gebeuren, bij wijze van protest. Het portier aan de passagierskant gaat open en er stapt een agent in. Het is de worstelaar met de binnenstebuiten gekeerde oren. Hij heeft een bloedneus en een dikke lip.

'Ga rechtop zitten,' zegt hij.

Ik hou op met bonken. 'Laat me eruit.'

'Dat kan ik niet doen.'

'Ik moet bij Lisa zijn.'

'U weet dat ik u er niet uit kan laten.'

'Gaat het goed met haar? Komt het goed met haar?'

'Dat weet ik niet.'

'Kun je op z'n minst doen alsof het je iets kan schelen?'

Voor hij antwoord kan geven, gaat het portier aan de bestuurderskant open. Met zijn jasje veegt Thompson glasscherven van de stoel, waarna hij achter het stuur gaat zitten. 'Verdomme, wat een teringbende,' zegt hij terwijl hij de auto start, en hij heeft gelijk, het is een teringbende, maar het is een teringbende die hij zelf heeft veroorzaakt.

'Gaat het goed met Lisa?'

Hij geeft geen antwoord. Hij rijdt nét snel en pissig genoeg achteruit de oprit af dat iedereen onmiddellijk zal begrijpen dat het eigen schuld, dikke bult is als je niet rap genoeg uit de weg gaat. Hij zet de auto in de versnelling en we rijden vooruit, over weggegooide protestborden heen.

'Gaat het goed met Lisa?'

'Er is een ambulance onderweg.'

'Je hoeft mijn boeien niet af te doen, maar laat me op z'n minst blijven. Ik moet bij haar zijn. Ze heeft me nodig.'

Hij geeft geen antwoord. Rijdt gewoon door.

'Wat zou jij doen als dat jouw vrouw was, hm? Dan zou je ook doen wat je kon om haar te helpen.'

Nog altijd niets.

'Verdomme, wat mankeert jullie toch?'

Niemand geeft antwoord.

Ik lig nog steeds op mijn rug. Ik schuif heen en weer tot ik rechtop zit. Ik heb geen veiligheidsriem om. 'Het spijt me,' zeg ik. 'Het spijt me dat ik doordraaide en het spijt me dat ik je een knietje heb gegeven, en het spijt me dat ik probeerde het raampje kapot te trappen, maar alsjeblieft, alsjeblieft, we moeten terug. Ik moet bij haar zijn.'

Niets.

'Kom op, je bent me wat verschuldigd. Lisa zou nu niet gewond zijn als jij er niet was geweest. Ik heb je gewaarschuwd, en Kent ook, maar jij wilde niet luisteren omdat je ons te kijk wilde zetten.'

'Dat heb je mis,' zegt Thompson, die afremt voor een bocht en dan snel even naar mij omkijkt. 'Dit heb ik niet gewild, en het is ook niet mijn schuld. Jij hebt dit in gang gezet op het moment dat je je zoon vermoordde.'

Ik ga weer liggen en trap tegen het raam. Worstelaar zegt dat ik moet ophouden, maar dat doe ik niet, en dan zegt Thompson dat ik moet ophouden, maar dat doe ik niet. Thompson zet de auto langs de kant van de weg. Ze stappen uit, stappen achterin en binden een paar tiewraps om mijn benen. Ze zetten me rechtovereind en doen me de gordel om. De hele tijd kaffer ik ze uit. Thompson zegt dat hij een prop in mijn mond stopt als ik nog één kik geef, en dan gaat hij weer voorin zitten, maar Worstelaar blijft naast me op de achterbank.

We gaan niet terug. Dat is wel duidelijk. Dus houd ik op met hen uitkafferen en doe er het zwijgen toe. Als we bij het bureau zijn, stribbel ik niet tegen. Ze snijden de tiewraps om mijn benen door en brengen me naar boven, naar een verhoorkamer.

'Moet ik die handboeien om laten?' vraagt Thompson.

'Nee.'

Hij maakt ze los en ik haal naar hem uit, maar hij is erop voorbereid. Hij weert me af, draait me een halve slag om en drukt me tegen de muur.

'Is het nou gedaan?' vraagt hij.

'Als Lisa doodgaat, maak ik je af.'

'Is het nou gedaan?'

'Nee. Maar met jou wel.'

Hij bonkt met mijn hoofd tegen de muur. 'Dat zullen we nog weleens zien,' zegt hij, en hij laat me los, loopt de kamer uit en doet de deur achter zich op slot.

46

Het grootste deel van de menigte is vertrokken, net als aan het eind van een sportwedstrijd; alleen de harde kern van de fans is nog achtergebleven voor de afterparty. Kent kijkt de tweede ambulance na als die wegrijdt; in de eerste lag iemand uit het publiek die eerder gewond was geraakt.

Ze is kwaad op zichzelf. Ze had op versterking moeten wachten op het moment dat ze zag hoe groot de menigte was geworden. Wat dacht ze nou? Dat een mensenmassa uit Christchurch zich beschaafd zou gedragen? En Thompson… Die verrekte Thompson, die zo nodig door de voordeur naar buiten moest en maar bleef volhouden dat het wel goed zou komen, en zij ging erin mee, ging erin mee terwijl elke vezel in haar lijf haar toeschreeuwde dat het een vergissing was. Ze weet niet wie ze het erger kwalijk neemt, Thompson, of zichzelf omdat ze hem toestond die beslissing voor haar te nemen.

Als ze naar haar handen kijkt, ziet ze dat die beven. Ze zitten onder het bloed. Ze voelt ook wat opdrogend bloed op haar gezicht, maar ze kan niet bedenken hoe het daar is gekomen.

Haar telefoon gaat. Ze veegt haar handen af aan haar overhemd en neemt op. Het is Thompson.

'Ik heb Murdoch naar het bureau gebracht,' zegt hij. 'Hoe gaat het met zijn vrouw?'

'Niet best.'

'Oké. Oké. Nou, de gozer die het heeft gedaan is gearresteerd toen hij probeerde te vluchten. Hij heet Spenser Barkley. Hij zit ook op het bureau. Hij blijkt degene te zijn met wie Cameron zondag op de kermis die schermutseling heeft gehad.'

Ze zegt niets, en een paar tellen later gaat hij verder. 'Hoor eens, Rebecca… Jezus… Ik… Ik weet niet wat ik moet zeggen.'

'Hm-mm.'

'Het spijt me. Ik had het niet kunnen weten. Echt niet.'

Zij denkt van wel. 'Hm-mm.'

'Hoor eens, dit is mijn schuld en dat ga ik ook zeggen. Ik zal zeggen dat ik erop stond. Er is geen enkele reden dat we hier allebei voor zouden moeten opdraaien. Ik wil mijn baan niet kwijt,' zegt hij. 'Ik wist het niet. Ik wist niet dat het zo erg zou zijn. Die menigte... Jezus, Rebecca, ze leken wel hondsdol.'

'Heb je nog last gehad met Murdoch?'

'Nee. Ik bedoel, ja, hij probeerde de autoruiten eruit te schoppen, maar we konden hem wel aan.'

Ze staart naar het bloed op de oprit. Ernaast staat de auto van Evelyn Murdoch, waarvan de voor- en achterruit aan diggelen zijn en allebei de zijspiegels zijn afgerukt. 'Je snapt dat alles nu anders is, hè? Het onderzoek gaat nu een heel andere kant op. Hij gaat er een advocaat bij halen en het enige waar die advocaat over zal willen praten is dat wij het hebben verkloot.'

'Weet ik, maar hij is de dader. Je weet dat hij de dader is. Hij of hij en zijn vrouw samen. Wil je dat ik je kom ophalen?'

'Ik regel wel iemand om me af te zetten.'

Ze hangt op. Er staan nog verschillende patrouillewagens op straat en ze vraagt een agent of die naar haar huis wil rijden. Onderweg staart ze door het raam; de agent neemt de route langs microfarms die grenzen aan een McDonald's, die op zijn beurt weer grenst aan een slijterij. Ze slaan af bij een groot terrein waar een verzorgingstehuis wordt gebouwd. De agent probeert een praatje te maken, maar geeft het op als hij geen reactie van haar krijgt, al komt ze in de verleiding hem te vragen terug te rijden naar de slijterij. Sterker nog, hij kan haar net zo goed bij het verzorgingstehuis afzetten, want ze weet niet of haar carrière dit ooit nog te boven zal komen. Ze wil niet weten hoe dit verhaal nu in het nieuws vorm krijgt.

Als ze bij haar huis zijn, blijft de agent in de auto zitten wachten terwijl zij naar binnen gaat. Ze had gelijk: er zit inderdaad bloed op haar gezicht. Ze wast zich, trekt schone kleren aan en loopt weer naar buiten.

Op het bureau krijgt ze te horen dat Lisa wordt geopereerd. Ze krijgt te horen dat de andere persoon, die in de menigte gewond is geraakt, is overleden. Ze krijgt te horen dat Cameron Murdoch de afgelopen veertig minuten zonder enig contact in een verhoorkamer is vastgehouden.

Ze besluit dat er geen reden is om hem nog langer te laten wachten.

47

De kamer is vierkant met vier crèmekleurig geschilderde muren en zonder natuurlijk daglicht. Er hangen geen spiegels. Aan het plafond hangen, in tegenover elkaar liggende hoeken, twee camera's. De onderste rand van de muur zit onder de vuile vegen en aan een van de randen steken er allemaal lussen uit het tapijt omhoog, alsof er 's nachts een kat rondloopt die eraan krabt. In het midden staat een metalen tafel met een bekrast oppervlak; er staan wat initialen in en enkele pogingen om een voornaam te spellen voordat de tijd op was: een Jac, en een Chri en een Raymo. Het is niet zo'n mooie kamer als die ene waar ze ons naartoe brachten toen we nog deden alsof alle neuzen dezelfde kant op stonden. Ik loop heen en weer. Beweging is vooruitgang, maar misschien wel het enige wat die vooruitgang de afgelopen twee dagen heeft opgeleverd is verdriet voor mijn familie. Ik ga zitten.

Ik ben mijn tijdsbesef kwijt, dus als Kent binnenkomt, weet ik niet of er tien minuten zijn verstreken of een uur. Ze komt in haar eentje binnen. Ze heeft zich omgekleed. Kennelijk vond ze het niet fijn om onder het bloed van mijn vrouw te zitten. Voor ze kan gaan zitten zeg ik tegen haar dat ik een advocaat wil.

'Goed,' zegt ze, en ze draait zich om, maar voor ze bij de deur is zeg ik dat ze even moet wachten. 'Nou, wat wordt het?'

'Ik wil Lisa zien.'

'De artsen zijn met haar bezig, en zelfs als ze met haar klaar zijn kun je niet naar haar toe. Of ben je vergeten dat je onder arrest staat?'

'Komt het wel goed met haar?'

Ze zucht. Ze laat haar schouders hangen. 'De artsen doen wat ze kunnen.'

'Ik vroeg of het goed kwam met haar.'

'Ik... Ik denk dat je je erop moet voorbereiden dat het misschien geen goed nieuws zal zijn.'

En daar hebben we weer zo'n situatie met vierkante blokken en ronde gaten.

'Dit is jullie schuld,' zeg ik.

'Nee,' zegt ze, 'dit is jouw schuld. Wat jij je zoon hebt aangedaan heeft hiertoe geleid.'

'Je partner zei hetzelfde, en ik denk dat hij het oprecht gelooft, maar jij volgens mij niet. Ik denk dat jij beter bent dan hij. Ik denk dat jij beseft dat wat er met Lisa is gebeurd niets te maken heeft met Zach, en alles met Thompson, die ons te kijk wilde zetten. Deed hij het om ons te beschamen? Of deed hij het om met zijn hoofd op tv te komen? En jij hebt hem niet tegengehouden. Je had er meer agenten bij kunnen halen. Je had de media en de betogers kunnen terugdringen naar het eind van de straat. Je had erop kunnen staan dat de auto de garage in zou worden gereden. Maar je partner wilde lekker veel spektakel, en jij bent erin meegegaan, want jullie wilden dat we schuldig zouden lijken omdat jullie willen dat we daadwerkelijk schuldig *zíjn*.'

'Is het nou gedaan?'

'Dat vroeg je partner me ook al, en zal ik je eens wat vertellen? Nee. Het is nog niet gedaan. In de verste verte niet. Wat dacht je nou dat er zou gebeuren?'

Ze geeft geen antwoord.

Ik buig naar voren. Ik demp mijn stem. 'Alsjeblieft. Ik moet haar zien.'

'Ik heb al nee gezegd.'

'Je mag me vastketenen aan een rolstoel en me onder gewapende begeleiding voor de deur van haar kamer parkeren als het moet.'

'Ik word het een beetje zat om mezelf te herhalen,' zegt Kent.

'Nou, sorry hoor, als je poging om mijn vrouw te vermoorden je dag verpest.'

'Je moet echt kalmeren.'

'Ik ben verdomme ook kalm!' zeg ik, terwijl het Rode Waas me in zijn greep krijgt. 'Kun je me in elk geval vertellen dat jullie hem hebben gepakt?'

'Dat we wie hebben gepakt?'

'Die kerel die me heeft geslagen. Dat was de man van de kermis. Hij is de reden dat Lisa is gevallen, of wou je me soms vertellen dat dat ook mijn schuld is?'

'We hebben hem in hechtenis.'

'Wordt hij aangeklaagd?'

'Daar beslis ik niet over.'

'Nee, de enige beslissingen die jij kunt nemen zijn slechte beslissingen. Daarom is Zach nog steeds zoek en zit ik hier en vecht Lisa in het ziekenhuis voor haar leven. Ik kan je één ding beloven: als zij doodgaat, gaat die klootzak ook dood.'

Ze slaakt weer een diepe zucht, en dan zegt ze: 'Ik snap dat je emotioneel bent, Cameron, maar laat ik je een goede raad geven. Dreig nooit met zulke dingen in het bijzijn van een politieagent. Dat wekt geen beste indruk.'

Ik sta op het punt er nog een schepje bovenop te doen, maar dan bedenk ik me. Ze heeft gelijk.

'Ik wil graag dat je kalmeert zodat ik iets met je kan bespreken,' zegt ze.

'Ik wil een advocaat.'

'En dat is je goed recht, maar voor die hier is, wil ik...'

'Als ik mijn zoon had willen ontvoeren, had ik het heus wel beter aangepakt, en dat jullie dat niet snappen maakt me duidelijk dat mijn personages al die tijd gelijk hebben gehad wat jullie betreft. Jullie zijn achterlijk, en jullie zijn veel te achterlijk om dat zelfs maar in te zien.'

'Wil je weten wat ik inzie, Cameron?'

'Nee. Dat wil ik niet weten,' zeg ik. 'Wat ik wil, is dat je opduvelt. Ik zeg geen woord meer tot mijn advocaat hier is.'

48

Kent loopt naar buiten en het Rode Waas zwakt af tot een sudderende gloed. Even later komt ze terug, en ze geeft me een telefoon en een telefoonboek, waarna ze weer verdwijnt. Ik zoek het nummer van mijn advocaat op. Het probleem is dat de firma die ik gebruik zich vooral bezighoudt met eigendomsrecht, personen- en familierecht, ruziënde buren, scheidingen en belastingen. Ze doen niets met mensen die onterecht worden beschuldigd van het ontvoeren van hun kind, en zelfs niet met mensen die daar terecht van worden beschuldigd. Maar ik moet ergens beginnen, dus bel ik Robert Johnson, een man die Big Bob wordt genoemd omdat hij rond de twee meter tien lang is.

'Ik weet al waar je voor belt,' zegt hij als zijn receptionist me heeft doorverbonden, 'maar dit is niet mijn vakgebied. Laat het maar aan mij over, dan zal ik wat rondbellen. Ik regel wel iemand voor je.'

Ik laat het aan hem over. Kent komt terug om de telefoon en het telefoonboek op te halen. Een poosje later komt de advocaat wier vakgebied dit wel is de verhoorkamer binnen. Ze doet de deur achter zich dicht. Ze stelt zich voor. Naomi Vaughn. Ze is geen Big Bob, maar het scheelt niet veel. Ze is ruim één meter tachtig lang, en slank, en ze maakt een serieuze indruk in haar dure maatpak. Ze heeft schouderlang, sluik zwart haar, met een middenscheiding, en groene ogen met bruine vlekjes, waar ze nauwelijks mee knippert als ze me aankijkt. Aan de zijkant van haar neus zit een plekje waar ze ooit een piercing heeft gedragen, of misschien buiten kantooruren nog wel draagt. We geven elkaar een hand. Haar hand is stevig en droog. We gaan tegenover elkaar zitten.

Ik wijs naar de camera's aan het plafond. 'Kijkt de politie mee?'

'Nee. Mag ik u tutoyeren?'

'Graag.'

'Ik vind het vreselijk wat er met je zoontje is gebeurd, Cameron, en wat er met Lisa is gebeurd. En wat de politie je aandoet is een gotspe. Maar ik ben er nu, en het wordt moeilijk, maar ik sta aan jouw kant. We gaan ze voor dit alles laten boeten. We hebben nu met twee afzonderlijke kwesties te maken. Ten eerste: de verdwijning van Zach en dat de politie op jou heeft ingezoomd zonder overtuigend bewijs, en ik hoop dat je me niet wreed vindt, maar ook zonder een lichaam.'

'Hij is niet dood.'

Ze gaat verder alsof ik niets heb gezegd. 'Naar mijn overtuiging verwarren ze wat je personages zeggen en doen met wat jij zegt en doet. De tweede kwestie waar we mee te maken hebben is hun moedwillige onbekwaamheid bij jullie thuis. Ze hebben met opzet met jullie beiden voor de neus van de media en een vijandig publiek lopen paraderen om hun eigen doel te dienen, wat dat ook geweest moge zijn. Of ze beseften dat er een risico was en ze hebben het genegeerd, of ze zagen geen risico terwijl dat er overduidelijk wel was. Hoe dan ook hebben ze het verbruid.'

'Ik weet niet hoe het met Lisa gaat,' zeg ik. 'Ze weigeren het me te vertellen.'

'Dat ga ik voor je navragen.' Ze staat op, klopt op de deur en wordt eruit gelaten. Ze blijft een paar minuten weg en dan komt ze weer binnen. Ze gaat zitten en zegt: 'Lisa heeft een lelijke klap op haar hoofd gemaakt. Ze heeft een hematoom. Ze wordt op dit moment geopereerd in een poging het bloeden te stoppen, en het plan is om haar in een kunstmatig coma te houden om de zwelling te verminderen. Op dit moment weten ze nog niets over de gevolgen op korte of lange termijn.'

Ronde gaten en vierkante blokken.

'Heb je gehoord wat ik zei?'

'Jawel. Betekent dat dat ze het haalt?'

'Het is nog te vroeg om daar iets over te kunnen zeggen.'

'Ik wil haar zien.'

'Dat ga ik voor je regelen. Maar eerst moeten we ons concentreren op de vraag waarom je bent gearresteerd. Ik weet dat het moeilijk is, maar het is echt even nodig. Je gezin heeft niets aan je als we je hier niet weg krijgen.'

'Oké.'

'Mooi. De politie wil je ondervragen. We hebben twee mogelijkheden. Ik kan hen dwingen ons nu naar het ziekenhuis te laten gaan. Gezien wat er is gebeurd, hebben we een pressiemiddel. Dat gezegd hebbende: Lisa ligt nog op de operatietafel, dus zelfs als je ernaartoe ging, zou je niets kunnen doen, behalve in de wachtkamer zitten wachten. Maar op dit moment is de politie niet meer naar iemand anders op zoek, wat inhoudt dat ze geen stap verder komen in de zoektocht naar Zach. Ik weet dat alles wat er gisteren op het nieuws werd gezegd onzin is. Ik ken Dallas Lockwood. Niet erg goed, maar onze wegen hebben elkaar weleens gekruist, en hij is een uiterst onaangename man. Als Lockwood me zou toeschreeuwen te springen, zou ik wegduiken. Het feit dat hij denkt dat je schuldig bent, betekent voor mij dat je onschuldig bent. Wat hij gisteravond heeft gedaan is verachtelijk, maar het is gebeurd, en nu denken de media en het publiek dat je, om als misdaadauteur over duistere, verknipte dingen te kunnen schrijven, zelf ook duister en verknipt moet zijn. En ik zeg het niet graag, maar je hebt het jezelf niet gemakkelijker gemaakt. In elke andere situatie zou ik mijn cliënt aanbevelen om zijn mond te houden, maar dit is geen normale situatie, dus ik stel het volgende voor. Om ervoor te zorgen dat je je vrouw in het ziekenhuis mag bezoeken, halen we Kent en Thompson erbij om...'

'Thompson niet,' zeg ik. 'Hij heeft dit veroorzaakt. Met Kent wil ik wel praten, maar niet met Thompson.'

'Dat is prima,' zegt ze, 'en volkomen begrijpelijk. Dus we halen Kent erbij en we praten dit uit. Op z'n allerminst krijgen we te horen wat ze hebben. Er zit wel een "maar" aan. Als we dit doen, moet je kalm blijven. Elke keer als je een vraag beantwoordt, kijk je eerst naar mij, en je geeft me een kans om tussenbeide te komen als het me niet aanstaat waar het naartoe gaat. Begrijp je wat ik zeg?'

'Ik begrijp het.'

'Ik zal het nog een keer uitleggen, en deze keer wil ik dat je er echt over nadenkt. Kent gaat proberen je in de val te lokken, dus je blijft rustig, je denkt goed na over je antwoorden en je laat mij ingrijpen.'

'Ik begrijp het.'

'Ik zal tegen Kent zeggen dat je instemt met een gesprek van een halfuur, maar dat we daarna naar het ziekenhuis gaan. Daar zal ze mee instemmen. Ze moeten ons gunstig stemmen, want op dit moment zijn ze vooral bang dat ik ze voor de rechter zal slepen vanwege wat er met Lisa is gebeurd. En dat ga ik ook doen, maar dat is weer een ander gesprek. Ben je er klaar voor?'

'Ja.'

Ze staat op, recht haar schouders en loopt met lange passen naar de deur. Ze klopt, de deur gaat open, ze verdwijnt en de deur gaat weer dicht, precies zoals daarnet. Als ze even later terugkomt, heeft ze Kent bij zich. Kent heeft een digitale videocamera op een driepoot meegenomen, en die zet ze aan de zijkant, met de lens op mij gericht. Ze heeft ook weer van die stomme mapjes bij zich. Naomi gaat naast me zitten en Kent tegenover me.

'Laten we beginnen,' zegt Kent, en ze drukt op de opnameknop van de camera.

49

Alleen beginnen ze helemaal niet. Kent is net foto's van Zachs slaapkamer en de speelgoedkist aan het uitspreiden als er zachtjes op de deur wordt geklopt. Een tel later gaat die open en buigt Thompson zich naar binnen. Het moet wel belangrijk zijn, anders had hij hen niet gestoord. Misschien heeft Lisa Murdoch het niet gehaald. Ze zet de camera uit en loopt de gang in.

'We hebben een probleem,' zegt Thompson.

'Lisa?'

Hij schudt zijn hoofd. 'Een paar minuten geleden zijn er twee meldingen binnengekomen op de tiplijn, allebei over Lucas Pittman.'

Lucas Pittman. Die naam herkent ze. Hij is een van de veroordeelde pedofielen die de afgelopen dagen zijn verhoord, maar hij is uitgesloten als verdachte. Hij is veroordeeld wegens diefstal, inbraak en mishandeling. Vanwege zijn veroordeling wegens het verdoven en seksueel misbruiken van een minderjarige heeft hij tien jaar achter de tralies gezeten. 'Ik heb zo'n idee dat ik dit niet leuk ga vinden,' zegt ze.

'Nee, je gaat het zeker niet leuk vinden,' zegt hij, en terwijl hij dat zegt, lopen ze de onderzoeksruimte binnen, waar steeds meer rechercheurs binnendruppelen; sommige zijn aan de telefoon, andere zitten verwoed op een laptop te typen. 'Twee bellers, een die zegt dat hij een kind heeft horen huilen, en Pittmans buurman, die zegt dat hij Pittman zich vreemd heeft zien gedragen.'

'Waarom hoor ik dat nu pas?'

'Omdat ik het zelf pas een minuutje geleden te horen heb gekregen, en er twee minuten geleden nog niets te horen viel, alleen zijn er nu agenten bij Pittmans huis. Er is niemand, dus zijn ze naar binnen gegaan.'

Iets wat ze zonder huiszoekingsbevel mogen doen omdat Pittman geregistreerd staat als zedendelinquent en er twee getuigen hebben gebeld die beweren aanwijzingen voor een misdrijf te hebben gehoord of gezien. 'Ga maar meteen naar het deel dat ik niet leuk ga vinden,' zegt ze, al heeft ze nog niets leuk gevonden van wat ze heeft vernomen.

'Ze hebben net Zach Murdochs verdwenen tas onder een bed aangetroffen. Het is honderd procent zeker zijn tas. Zijn naam staat erin, die spookknuffel waar Murdoch over heeft gebeld zit erin en zijn bril ook.'

Haar maag keert zich om. Ze hadden het helemaal bij het verkeerde eind. Er is nooit sprake geweest van misleiding, behalve dan dat ze zichzelf hebben misleid, omdat ze de verantwoordelijkheid ergens wilden neerleggen waar die niet hoorde, en nu zit er één persoon onterecht in hechtenis en vecht iemand anders voor haar leven.

'De buren zeggen dat Pittman er met grote haast is weggescheurd. We hebben er patrouillewagens op uit gestuurd om hem te zoeken.'

Ze is misselijk. 'We moeten erachteraan,' zegt ze, en dan grijpt ze een stoel en gaat zitten om te voorkomen dat ze valt. Ze moet even tot zichzelf komen.

'En waar moeten we dan naartoe? Hij kan overal zijn.'

'We hebben het verbruid,' zegt ze.

'Dat weten we niet. We weten niet of Pittman met de Murdochs samenwerkte.'

'Dat geloof je toch niet echt, hè?'

'We weten nog niets zeker.'

'Hij heeft hun zoon ontvoerd, Ben. Hij heeft hem ontvoerd en hij heeft alles op alles gezet om het te laten lijken alsof de Murdochs het hadden gedaan, en wij hebben het geslikt. Van begin tot eind.'

Voordat Thompson daarop kan antwoorden, komt rechercheur Vega binnen. 'De buurman die het heeft gemeld zegt dat hij over de schutting heeft gegluurd omdat hij Pittman door zijn tuin hoorde stampen alsof hij ergens naar op zoek was. Hij zegt dat hij door het raam van de garage een glimp van hem opving en dat hij hem iets in de kofferbak van zijn auto zag leggen.'

'Denkt hij dat het de jongen was?'

'Hij weet het niet zeker, maar hij zegt dat de afmetingen wel klopten.'

'We moeten die auto vinden,' zegt Kent, en ze komt overeind.

Thompson gaat achter haar aan. 'Waar ga je heen?'

'Weet ik niet. Maar ik ben veel liever daarbuiten dan hierbinnen,' zegt ze. 'We kunnen op z'n minst beginnen bij het huis.'

Ze bereiken de lift.

'Wat doen we met Murdoch?' vraagt Thompson.

'We laten hem zitten waar hij zit.'

'En wat vertellen we hem?'

'We vertellen hem helemaal niks, tot we weten wat we hem moeten vertellen.'

De lift arriveert. Zodra ze erin staan, drukt ze wel zes keer op de knop om de deuren te sluiten. Ze komen aan in de parkeergarage en stappen in de auto, zij achter het stuur, Thompson naast haar. Ze zitten allebei te hijgen. Haar handen beven. Voor ze de parkeergarage uit kan rijden, begint de radio te kraken. Een agent in een onopvallende sedan heeft zicht op Pittmans tweedeurs sportwagen en geeft de locatie door. Hij rijdt in noordelijke richting naar de rand van de stad.

Thompson pakt de handset. 'Mijd een confrontatie,' zegt hij. 'Blijf hem volgen tot we meer eenheden in positie hebben,' beveelt hij, en hij klinkt gespannen. Ze weet dat hij hetzelfde denkt als zij: dat hun carrière dit niet zal overleven. En misschien is dat maar beter ook. Op dit moment wil ze daar niet over nadenken. Op dit moment wil ze alleen maar dat de jongen nog leeft en dat zij hem terugvinden.

Thompson praat nog steeds in de handset. 'Mogelijk is de verdachte gewapend en gevaarlijk, en bevindt Zach Murdoch zich in de kofferbak. Ik herhaal: mijd een confrontatie.'

Er worden meer eenheden opgeroepen om zich naar de locatie te begeven. Kent rijdt de straat op. Ze gaat naar het noorden. Er zullen barricades worden opgeworpen en het kordon zal worden aangetrokken. Pittman komt nooit ver. Ze zet de sirenes aan. Het verkeer gaat voor haar uit de weg. Ze zijn nog maar twee straten verder als de radio weer kraakt.

'Verdachte rijdt weg. Ik herhaal: verdachte rijdt weg. Ik heb een ambulance achter me die op een andere melding reageert. Ik denk dat de verdachte is geschrokken.'

'Volg hem,' zegt Thompson.

Ze zijn weer twee straten verder als de radio opnieuw kraakt. 'Let op: achtervolging wordt afgebroken,' zegt de agent. 'De verdachte rijdt te hard en te... O, shit,' zegt hij. 'Verdachte is tegen een vrachtwagen gebotst,' zegt hij, en zijn stem klinkt hoger dan eerst. 'Ik herhaal: verdachte is tegen een vrachtwagen gebotst. Stuur ambulances,' zegt hij. Een paar tellen later voegt hij eraan toe: 'De auto staat in brand. We kunnen er niet bij komen. Als die jongen in de kofferbak zit, God sta hem bij, want niemand anders kan dat nu.'

50

'Is dit een of andere tactiek?'

'Als dat zo is,' zegt Naomi, 'dan is hij nieuw voor mij.'

Kent komt niet terug, niet na vijf minuten, niet na tien minuten en niet na twintig minuten. Naomi staat op en klopt op de deur, zodat ze naar buiten wordt gelaten en kan navragen wat er aan de hand is, en dan komt ook zij niet terug, niet na vijf minuten, niet na tien minuten.

Dan komt Kent in haar eentje terug.

Ze doet de deur achter zich dicht.

Ze gaat tegenover me zitten.

De strakke, professionele uitdrukking die op haar gezicht heeft gelegen sinds ik haar maandagochtend heb leren kennen is verdwenen. Ze wil iets zeggen, maar er komt niets uit. Dan trillen haar lippen, vertrekt haar gezicht en lijken haar ogen opeens groter. 'Er zijn,' zegt ze, en ze kucht in haar hand om haar keel te schrapen, waarna ze het nog eens probeert. 'Er zijn nieuwe ontwikkelingen.'

'Nee,' zeg ik.

'Ik vrees dat ik moeilijk nieuws heb,' zegt ze.

Ik schud mijn hoofd, kleine, snelle bewegingen van links naar rechts. 'Jullie hebben haar vermoord. Jij en die klootzak van een partner van je hebben haar vermoord.'

'Het... Het gaat niet over Lisa.'

Dat houdt in dat het over Zach gaat. De grond zakt onder mijn voeten weg en ik zak mee. Ik staar naar Kent en bid dat ze me een reddingsboei zal toewerpen, maar dat doet ze niet. In plaats daarvan werpt ze me een anker toe, want ze zegt: 'Een halfuur geleden hebben we de man gevonden die Zach heeft ontvoerd, en... en het spijt me, Cameron, maar ik moet je helaas vertellen dat we ook het lichaam van een jongetje hebben aangetroffen, en we gaan ervan uit dat het je zoon is. Het spijt me zo, Cameron. Ik vind het echt heel, heel erg.'

'Eruit.'

'We moeten...'

'Eruit. Rot. Verdomme. Op.'

Kent loopt naar buiten en doet de deur achter zich dicht.

51

Ik til de stoel op en klem die onder de deurklink. Dan til ik een tweede stoel op en smijt die tegen de muur. Twee van de poten slaan gaten in het gipsplaat en de stoel valt op de grond. Ik til de videocamera op, sluit de poten van de standaard en zwaai ermee alsof het een bijl is. Hij spat op de tafel uit elkaar.

Er wordt op de deur gebonsd.

Ik gooi de tafel omver. Ik til de stoel weer op en gooi die naar de camera aan het plafond. Die valt, maar blijft aan de bedrading hangen. Met de tweede camera doe ik hetzelfde.

Ik sta te hijgen. Ik schop naar de half afgeschreven namen op de tafel, maak deukjes in de Raymo en de Chri en de Jac, en dan loop ik naar de muur zodat ik daar gaten in kan slaan, vuistafdrukken verspreid door de hele kamer, wetend dat ik mijn vingers zal breken als ik een balk raak, en dat wil ik ook, ik verlang naar de kapotte huid en het bloed en de breuken en de pijn.

Bij elke stoot en stomp en schop en zwiep met een stoel schreeuw ik het uit. Bloed spat van mijn kapotte knokkels, trekt strepen op de muren en spat druppelsgewijs tegen het plafond. Het stroomt over mijn polsen en onderarmen. Deze kamer, deze spullen, het is nog maar het begin. Ik heb meer nodig. Ik moet dingen vernietigen, en ik moet de chaos verspreiden, anderen pijn en leed berokkenen zodat ik mijn pijn kan delen. Ik moet elk computerscherm in het gebouw kapot gooien, elk bureau omver smijten, nietmachines door de ruiten kegelen en koffiebekers tegen het plafond laten ketsen en… en…

En alles.

En niets.

In een hoek van de kamer zak ik in elkaar. Ik was er niet toen Zach me nodig had. Ik was een slechte vader, de slechtste vader, een verschrikkelijke vader, een die monsters op papier creëerde maar geen oog had voor de monsters om ons heen. Ik leg mijn armen op mijn knieën. Ik vraag me af of Lisa de geluksvogel is. In haar coma leeft Zach nog.

Ik sla met mijn achterhoofd tegen de muur. Dat doet pijn. Dat vind ik fijn. Dus doe ik het nog een keer. Het maakt niet hetzelfde geluid als Lisa's hoofd op het beton, en dat wil ik wel. Opeens is dat het belangrijkste geluid ter wereld, een geluid dat ik wil nabootsen

ik wil het

ik moet het

dus sla ik harder, maar het klinkt nog steeds niet zoals het hoort, en misschien komt dat doordat het maar gipsplaat is en geen beton, maar misschien lukt het met de metalen tafel wel, dus zet ik hem weer op zijn poten, maar voordat ik er met mijn hoofd op kan gaan beuken, vliegt de deur open.

Er zijn drie agenten voor nodig om me tegen de grond te werken.

52

De tijd verloopt nu anders.

Er verstrijkt een uur.

Ik heb nog nooit zo'n uur meegemaakt. Vroeger was het zo dat de dagen voorbijgleden. Het leven spoedde zich voort. Zach werd ouder, en ik schreef samen met Lisa een nieuw boek, en we betaalden rekeningen, en Zach ging naar de peuterspeelzaal, toen naar school, en we gingen naar het park of naar de bioscoop of winkelen, en we werkten in de tuin en we kletsten met de buren, en zo was het leven: het ene moment vloeide over in het andere.

Toen verdween Zach en veranderde de tijd. Elk uur dat verstreek was een uur dat hij niet meer thuis was, dat hij bang was, dat hem misschien dingen overkwamen. Maar met elk uur dat verstreek kwamen we ook een uur dichter bij het moment dat we hem zouden terugvinden.

Nog even en Zach is twee uur dood, en dan twaalf uur, dan een dag, dan een week. Er zal een nieuw jaar aanbreken en Zach zal het niet meemaken. Februari en maart zullen overgaan in april en mei. Het hele volgende jaar zal hij dood zijn, en het jaar daarna ook. Over zevenenhalf jaar zal hij net zo lang dood zijn als hij heeft geleefd. Over acht jaar zal hij al langer dood zijn.

Vierkant blok.

Rond gat.

De politie heeft me in een andere kamer rechtop op een stoel gezet. Ik heb een injectie met een licht kalmeringsmiddel in mijn arm gekregen. Ik heb het gevoel dat ik droom. Een ambulanceverpleegkundige heeft mijn knokkels schoongemaakt en mijn rechterhand verbonden. Kent zit tegenover me en mijn advocaat zit naast me. Kent vertelt me hoe het allemaal is verlopen. Soms staar ik naar haar, soms naar de muur achter haar, soms naar mijn handen. We kunnen uitkijken over de stad. In onze boeken verbeeldden we Christchurch als Dantes zevende cirkel van de hel, maar nu blijkt dat het helemaal geen verbeelding was. Als ik opstond en naar dat raam rende, zouden ze me dan weten te bereiken voor ik erin slaagde het te openen en eruit te springen?

Kent vertelt me dat er via de tiplijn twee telefoontjes zijn binnengekomen, en dat ze allebei betrekking hadden op ene Lucas Pittman. Pittman is al eerder veroordeeld, onder meer wegens seksueel misbruik. Er zijn meteen agenten naar zijn huis gestuurd. Er was niemand thuis, dus gingen ze naar binnen, en daar troffen ze Zachs schooltas aan, met Willy erin. Even later kreeg elke politiewagen in de stad opdracht om op zoek te gaan naar Pittman, en een van hen vond hem en kreeg de opdracht op afstand te blijven.

Op hetzelfde moment werd het noodnummer gebeld vanuit een boerderij ten noorden van de stad. Een tiener was met zijn quad over de kop geslagen en had allebei zijn benen gebroken. De ouders belden een ambulance en de ambulance spoedde zich naar de boerderij. De agent die Pittmans locatie had doorgegeven had zijn melding nog niet gedaan of in de verte klonk de loeiende sirene van de ambulance, en die kwam steeds dichterbij.

Pittman, zo vermoeden ze, dacht dat de sirenes en zwaailichten voor hem bedoeld waren. Hij trapte het gaspedaal in. De agent staakte de achtervolging. Dat is nog iets wat Nieuw-Zeelanders graag doen: proberen de politie voor te blijven. Er is een prikkel om dat te doen, want de vluchtende bestuurder weet dat de achtervolging te riskant zal worden bevonden om door te zetten. En voor Pittman was die prikkel sterker dan voor anderen. Dus werd de achtervolging gestaakt, maar Pittman bleef te hard rijden en maakte een scherpe bocht in een poging voor een vrachtwagen langs te schieten.

Dat mislukte.

De vrachtwagen botste op de auto. De auto sloeg over de kop, rolde een paar keer om en vloog in brand. Ze hebben Pittman eruit gesleurd. Hij was bebloed en zwaargehavend. Een vrachtwagen heeft Pittman alles aangedaan wat ik hem had willen aandoen, maar ik had de kans niet omdat ik hier was in plaats van daar. Pittman was waarschijnlijk op slag dood, en Zach… Zach lag in de kofferbak, Zach die, zo vertellen ze me, ongetwijfeld ook op slag dood was. Ze konden niet bij hem komen. Door alles wat ze me hebben verteld, ben ik veranderd in een vader die bidt dat zijn zoon al dood was voor de vlammen hem opslokten.

Dus zit ik stil en luister ik naar het constante gehamer op die vierkante blokken.

53

Cameron Murdoch tikt met zijn nagel tegen de randen van het verband om zijn hand. Kents hart gaat naar hem uit. Zijn hele wereld is ingestort en zij heeft daar een belangrijke rol in gespeeld. Lisa Murdoch ligt nog steeds op de operatietafel, en als zij het niet haalt, vermoedt ze dat Cameron naar huis zal gaan en die spreekwoordelijke kogel zal opvreten waar hij het gisteren over had.

'En Pittman? Wat weten we over hem?' vraagt de advocaat.

De advocaat heeft dollartekens in haar ogen, dat is wel duidelijk. Deze zaak – en de manier waarop de politie ermee is omgegaan – zal de komende paar dagen over de hele wereld breed worden uitgemeten in de pers, en daarbij zal de foto worden getoond van de advocaat die gaat pleiten voor gerechtigheid.

Ze vertelt hun wat ze weten. Pittman was stockfotograaf; hij maakte foto's van zaken als meubels, auto's, gereedschappen en voedsel, beelden die kunnen worden gebruikt als boekomslag of filmposter. Maar vroeger was hij trouwfotograaf. Veertien jaar geleden raakte hij geobsedeerd door een achtjarige jongen die hij had gezien op een bruiloft waarbij hij als fotograaf optrad. De jongen woonde bij zijn alleenstaande moeder. Pittman brak bij hen in toen er niemand thuis was en verstopte zich in de ruimte onder het dak. Nadat hij hen twee dagen lang had geobserveerd, sloop hij 's nachts naar beneden en verdoofde hen allebei, waarna hij het jongetje aanrandde. Met dat in het achterhoofd vermoeden ze dat Pittman iets vergelijkbaars heeft uitgehaald met Zach Murdoch. Wat ze hun niet vertelt is dat dertig jaar geleden, toen Pittman nog maar een tiener was, zijn vader als verdachte werd aangemerkt in verband met de verdwijning van een tienerjongen uit dezelfde straat, en dat het ernaar uitziet dat de appel niet ver van de boom is gevallen.

'We achten het mogelijk dat Pittman zich toegang tot jullie huis heeft verschaft toen jij met Zach op de kermis was,' zegt ze tegen Cameron. 'We weten dat Lisa is thuisgebleven om te werken, maar dat ze veertig minuten pauze heeft genomen om een rondje hard te lopen door de buurt. Mogelijk is Pittman toen het huis binnengedrongen, misschien door een raam dat per ongeluk was opengelaten, of misschien is hij gewoon naar binnen gelopen toen Lisa nog thuis was en heeft hij zich ergens verborgen gehouden tot hij zich toegang kon verschaffen tot de ruimte onder het dak. We zijn nu boven het plafond aan het kijken of we daar bewijs van kunnen vinden,' zegt ze.

'Hadden jullie die ruimte nog niet gecontroleerd dan?' vraagt de advocaat.

'Jawel.'

'En jullie hebben niets gezien wat erop wees dat er iemand was geweest?'

Dat is een lastig te beantwoorden vraag. Op maandag is de politie wel in de ruimte tussen het dak en het plafond geweest, maar toen waren ze op zoek naar een in plastic gewikkeld lichaam, niet naar beschadigingen of ander bewijs dat iemand zich daar recent had schuilgehouden. Dat kan ze niet zeggen. In plaats daarvan zegt ze: 'Daar weet ik nog niet alle details over.'

'U weet de details nog niet.'

'Inderdaad.'

'En nu? Hebben ze daarboven iets gevonden?'

'Ze zijn nog met het onderzoek bezig. Maar als Pittman daar heeft gezeten, verklaart dat een boel. Dan zou hij jouw gesprek met Zach hebben gehoord. Zo wist hij dat hij Zachs tas moest meenemen, om het te laten lijken alsof hij was weggelopen. We vermoeden dat hij jullie als gezin al een poosje in de gaten hield. We denken dat hij jouw schoenen heeft gezien en die heeft gebruikt om zogenaamd "bewijsmateriaal" achter te laten dat zou worden ontdekt. We achten het ook mogelijk dat de vondst van Zachs kleren en jouw schoenen gepland was. Twee maanden geleden heeft er een artikel in de krant gestaan over het feit dat in Westshire Street vaak containers werden omgegooid. We denken dat hij het bewijsmateriaal daar heeft achtergelaten en vervolgens alle containers omver heeft geduwd omdat hij wilde dat het zou worden gevonden, in de wetenschap dat de plaatselijke jeugd er de schuld van zou krijgen. We denken dat hij alles in de slaapkamer zo heeft ingericht dat het zou lijken alsof jullie het in scène hadden gezet. Misschien besefte hij dat de kist Zachs gewicht niet zou houden, en misschien ook niet, maar hij heeft in elk geval het raam en de vensterbank schoongeveegd omdat hij wist dat de afwezigheid van vingerafdrukken verdacht zou overkomen.'

'En jullie zijn erin getrapt,' zegt de advocaat.

Kent geeft geen antwoord. Ze zou willen dat de grond zou opensplijten en haar zou opslokken. Vlak voor ze hier naar binnen ging, werd haar de kans geboden om naar huis te gaan. Vega en Travers zouden voor haar invallen. Thompson stond op het punt te worden geschorst, en dat zou voor haar ook hebben gegolden, ware het niet dat Thompson woord had gehouden en de volledige verantwoordelijkheid op zich had genomen voor het feit dat ze met de Murdochs door de voordeur naar buiten waren gelopen. Toch besloot ze te blijven. Dit is haar schuld. Ze verdient alle toorn die ze over zich heen krijgt. Als Cameron over de tafel zou springen en zijn handen om haar keel zou leggen, weet ze niet of ze zich zou verzetten.

'Hoe is Pittman de vorige keer gepakt?' vraagt de advocaat.

'Pittman had de dosis ketamine die hij aan de moeder had gegeven verkeerd ingeschat. Ze kwam bij. Ze sloeg op Pittman in met het laatje uit haar nachtkastje. Ze brak zijn neus en kaak en hij raakte bewusteloos.'

'Ik wil Zach zien.'

Dat is het eerste wat Cameron heeft gezegd sinds hij tegen de grond is gewerkt. 'Dat kan niet,' zegt Kent.

'Zo-even zei je dat jullie dénken dat het om Zach gaat, maar jullie weten het niet zeker, toch? Moet ik hem dan niet identificeren?'

'Je mag hem niet zien, Cameron. Alsjeblieft, wat dit betreft moet je me vertrouwen.'

'Jou vertrouwen? Na alles wat je hebt aangericht? Dat is een goeie.'

'Ik weet dat we het hebben laten afweten wat jou, Lisa en Zach betreft, maar alsjeblieft, Cameron, je mag hem niet zien. Echt niet.

Je wilt niet dat wat het vuur heeft aangericht je laatste herinnering aan hem is.'

'Hoe weten jullie dan dat het Zach is?'

'Er wordt een lijkschouwing verricht en hij zal formeel worden geïdentificeerd aan de hand van zijn gebit, maar we hebben geen reden om aan te nemen dat het niet Zach is, en op basis van bewijs dat in het huis is aangetroffen weten we dat je zoon er is geweest.'

'Als hij zijn zoon wil zien,' zegt de advocaat, 'dan stel ik voor dat je dat toestaat.'

Kent zucht. Ze voelt zich zo verrekte moe. 'Ik zal het regelen.'

54

Kent brengt me met de auto naar het ziekenhuis. Mijn advocaat gaat niet mee. Ze heeft beloofd dat ze contact zal opnemen om een eventuele aanklacht tegen de politie te bespreken. Daar wil ze graag mee aan de slag. Het zou goede publiciteit voor haar betekenen. Een zaak waarmee ze haar naam zou vestigen, zelfs. Maar ze heeft er geen enkel belang bij om met me mee te gaan naar het mortuarium. Ze hoeft mijn dode zoon niet te zien voor die duizend dollar per uur, of misschien is het wel tweeduizend dollar, maar geld is eigenlijk niet van belang, of wel soms?

Je laatste jas heeft immers geen zakken.

Kent vraagt nog drie keer of ik echt niet van gedachten wil veranderen, en drie keer antwoord ik van niet, dat ik Zach wil zien. Ik zeg ook dat ik Willy terug wil. Ze antwoordt dat ze ervoor zal zorgen dat ik hem snel krijg. Ik staar naar het verband om mijn hand. Op een paar plekken is er een beetje bloed doorheen gesijpeld.

Alles is nu anders. Iedereen doet beleefd. Respectvol. Er is een fout gemaakt, en het enige wat dat heeft gekost is Zachs leven, misschien dat van Lisa, en onze reputatie en carrière. We zijn onschuldig, dat is bewezen, en een deel van het publiek zal dat accepteren en een deel ook niet. Sommigen zullen liedjes blijven schrijven en memes blijven maken. Dallas Lockwood zal met een samenzweringstheorie komen en er zullen mensen zijn die hem geloven, omdat mensen het nu eenmaal heerlijk vinden om nare dingen te geloven. Op weg naar het ziekenhuis hebben we te horen gekregen dat Lisa's operatie voorbij is en dat ze met succes in coma is gebracht.

We bereiken het ziekenhuis. Het is een mengelmoes van verschillende stijlen omdat er in de loop der jaren vleugels zijn aangebouwd of gerenoveerd; sommige delen zijn drie verdiepingen hoog, andere het dubbele daarvan, maar allemaal hebben ze een plat dak en zijn ze bezaaid met antennes en airco-installaties. Voor de deur zitten mensen in rolstoelen met een infuus in de ene hand en een sigaret in de andere. Patiënten die eruitzien alsof ze dertig jaar geleden al zijn overleden worden de deur in en uit geholpen. Er zijn al leden van de pers, maar niet veel. Ze stellen vragen als we voorbijlopen. Ze gedragen zich kalm en respectvol, wat ze van het begin af aan hadden kunnen doen als ze dat hadden gewild. Ze komen niet achter ons aan naar binnen. Er staan agenten bij de liften en de trappen voor het geval ze dat toch proberen.

Kent steekt een sleutel in het bedieningspaneel van de lift om toegang te krijgen tot het mortuarium in de kelder. Als we uit de lift stappen, bevinden we ons in een wereld van gasbetonblokken, een lange, grijze gang met zoveel tl-lampen dat de muren een wit licht lijken uit te stralen. We lopen door een dubbele deur, waarachter twee gestaltes onder lakens liggen. Een van die gestaltes is kleiner dan de andere. Een vrouw van halverwege de dertig met donker haar loopt op ons af. De schouwarts. Ze stelt zich voor, maar haar naam dringt niet tot me door. Ze is mager, met ingevallen wangen, en ze oogt moe. We praten niet over koetjes en kalfjes. We lopen achter haar aan naar de brancard met de kleine gestalte erop, en ik probeer niet te kijken naar de brancard met de grote gestalte.

'Toe,' zegt de schouwarts. 'U hoeft dit niet te zien.'

'Jawel. Het moet.'

Kent zegt niets.

De schouwarts zegt niets.

We staren naar de gestalte en zetten onze gedachten op een rijtje, tot de schouwarts zegt: 'Zegt u het maar als u er klaar voor bent.'

Dat vind ik een vreemde opmerking. Want ik ben hiernaartoe gekomen, klaar om iets te zien waar ik nooit klaar voor zou kunnen zijn. Nogal een paradox. Voordat ze me vroeg of ik er klaar voor was, was ik dat, maar nu de vraag is gesteld, begin ik te twijfelen.

'Geef me nog heel even.'

'Kan ik iets voor je doen?' vraagt Kent. 'Een glaasje water voor je pakken?'

Ik kijk haar aan. Het enige wat ik wil kan ze me niet meer geven.

Dat zeg ik niet, maar ze wendt haar blik af alsof ik dat wel heb gedaan.

'Ik ben er klaar voor.'

De schouwarts legt haar hand op het laken, en aan mijn kant schuift het omhoog, zodat Zachs hand zichtbaar wordt.

'Wacht.'

Ze wacht. Ik staar naar de hand. Ik blijk er toch niet klaar voor te zijn, want zelfs nu, zelfs na de razernij en de boosheid en de pijn, nadat ik meubels tegen de muur heb gesmeten en heb geprobeerd het geluid van een openbarstende schedel na te bootsen, had ik nog steeds hoop dat dit Zach niet zou zijn. Dat de schooltas die is aangetroffen van een andere Zach Murdoch was, die toevallig zo'n zelfde pluchen spook had, want het is immers niet zo dat er van die tas en van dat spook maar één exemplaar is geproduceerd. De jongen in het mortuarium zou die andere Zach Murdoch blijken te zijn. En als het door een wrede speling van het lot inderdaad mijn Zach was, als hij het echt was, dan zou zijn huid niet zo zwart zijn, dan zou die er niet uitzien als een dunne korst boven op een lavastroom, die is afgekoeld en uitgehard en daarna weer is opengebarsten. Als dit mijn Zach was, dan zou hij bedekt zijn met een laagje roet dat je zó kon wegvegen. Zijn ogen zouden knipperend opengaan, en hij zou verward om zich heen kijken, en de schouwarts zou zeggen: 'Het is een wonder, Jezus zij geprezen', en dan zouden ze hem halsoverkop naar boven brengen, terug naar het land der levenden.

'Ik...'

De schouwarts dekt Zachs hand weer af. Ik krijg de woorden niet over mijn lippen, maar ze weet wat ik probeer te zeggen. *Ik kan het niet.* Ik leg mijn hand op de zijne, met het laken tussen ons in. Hij voelt nog warm aan.

Kent en de schouwarts doen een paar stappen naar achteren, zodat ik tegen Zach kan praten. Ik zeg hem dat het me spijt. Dat we van hem houden. Dat hij beter had verdiend. Dat alles nu weer goed komt. Ik zeg hem dat hij een lieve jongen is. Een topper. Dat we trots op hem zijn, dat hij ons leven mooier heeft gemaakt, dat hij het beter heeft gemaakt, en dat we hem enorm zullen missen. Ik zeg hem dat we op een dag weer een gezin zullen zijn. Ik zeg hem niet dat hij niet lang zal hoeven wachten. Ik wil hem vertellen over alle dingen die ik hem nooit zal kunnen leren: fietsen, autorijden, zich scheren, een stropdas strikken, een leven vol adviezen die niets betekenen als dat leven er niet meer zal zijn.

Ik zeg hem dat het me spijt dat ik hem niet heb beschermd.

'Wanneer mogen we hem terug?'

'Morgen,' zegt de schouwarts.

Ik loop terug naar de deur. Kent komt achter me aan. Halverwege struikel ik. Ik kom op één knie terecht en ik schud Kent van me af als ze me overeind wil helpen. Ik krabbel overeind en zak in de gang weer in elkaar. Ik ga zitten, met mijn rug tegen de muur, en snik in mijn handen. Kent weet niet wat ze moet zeggen of doen, en ik vraag haar of ik nu dat glaasje water mag.

'Natuurlijk.'

Ze gaat de dubbele deur weer door, en even later volg ik haar. Ik loop naar de andere met een laken bedekte gestalte. Ik trek het laken weg, en het is een man, een kerel die dertig, veertig of vijftig zou kunnen zijn; zijn leeftijd wordt verhuld door wat de dood met hem heeft gedaan. Lucas Pittman. Ik weet dat hij het is, niet omdat zijn hoofd misvormd is door de klap, of omdat er gaten in zijn lichaam zitten waardoor zijn botten naar buiten steken, maar omdat er een kaartje aan zijn voet hangt. LUCAS PITTMAN, staat er met zwarte viltstift op.

Ik kieper Lucas Pittman op de vloer.

Ik slaag erin hem twee ferme trappen te verkopen voor Kent en de schouwarts me wegtrekken.

55

Ze nemen me mee naar de lift. Er wordt niet gesproken. Geen gesprek over koetjes en kalfjes. De deuren gaan open. Kent duwt me zachtjes naar binnen en loopt met me mee, en de schouwarts blijft aan de andere kant staan en kijkt naar binnen. Kent ergert zich zo te zien aan me, maar de schouwarts lijkt mee te leven. De deuren gaan dicht. Het bloed op mijn verbonden hand heeft zich verspreid; ter hoogte van mijn knokkels zitten vier losse vlekken die elkaar bijna raken. Ik staar ernaar terwijl Kent niet tegen me zegt dat het dom is wat ik heb gedaan. Ze zegt niet tegen me dat ik bewijsmateriaal heb verstoord. Pittman zal toch niet de kans krijgen om zichzelf voor een rechtbank te verdedigen.

Wat ze wel zegt is: 'Ik hoop dat je je nu iets beter voelt.'

'Zal ik je eens wat zeggen? Ik voel me inderdaad iets beter,' zeg ik. 'Niet veel, maar alles in aanmerking genomen is het beter dan niks.'

'Misschien kunnen we beter even wachten voor we bij je vrouw langsgaan,' zegt ze.

'Het gaat heus wel.'

'Houd je je boosheid in bedwang?'

'Ja.'

Ze drukt op de knop voor de vierde verdieping. Net als op het politiebureau is de vierde verdieping kennelijk de plek waar het allemaal gebeurt.

'Is hier al iemand van de pers geweest?' vraag ik.

'Nee,' zegt ze. 'En niemand heeft het geprobeerd.'

'Staan ze nog bij mijn huis?'

'Een paar.'

'En de betogers?'

'Het publiek is op de hoogte gesteld van de situatie,' zegt ze.

'En daarmee bedoel je de situatie waarin jullie dachten dat ik mijn zoon had vermoord, hij nog bleek te leven en iemand anders hem vervolgens alsnog heeft vermoord?'

Het is overduidelijk dat ze geen antwoord wil geven, maar ze doet het toch. 'Ze zijn ervan op de hoogte.'

Dan besef ik hoe moe Kent is. Hoe moeilijk dit ook voor haar moet zijn. Hoe sterk ze moet zijn dat ze nog steeds bij me is. Ieder ander zou de verantwoordelijkheid voor mij op iemand anders hebben afgeschoven. Kent is er nog omdat ze het heeft verbruid en er boete voor doet. Ze heeft gefaald, en dat moet wel aan haar vreten. Tijdens haar dienst is er een kind omgekomen. Ik kan het haar nooit vergeven, maar ik moet wel erkennen dat zij dit ook niet heeft gewild.

'Dus de eikels met de protestborden die doodsbedreigingen stonden te schreeuwen zijn weg?'

'Ja,' zegt ze. 'We proberen ze allemaal op te sporen. We gaan met al die mensen praten, en indien mogelijk zullen ze ook allemaal worden vervolgd.'

'Dank je,' zeg ik.

Ze knikt. Het valt me op dat haar ogen dik zijn. Deze dag heeft haar geknakt.

We bereiken de vierde verdieping. Een arts stelt zich aan ons voor. Dokter Lee. Ze is halverwege de veertig, klein, meelevend, met een zachte stem. Ze glimlacht droef en condoleert me met mijn zoon, en vervolgens vertelt ze me, zonder me de kans te geven te reageren, dat zij de chirurg is die Lisa heeft geopereerd. Kent zegt dat ze zo terug is en stapt de lift weer in. Dokter Lee praat me bij terwijl ik met haar meeloop, net als in ziekenhuisseries op tv. We passeren kamers waar mensen zitten te babbelen, waar mensen klagen, waar mensen bewusteloos zijn, waar zich mensen bevinden met uiteenlopende hoeveelheden ledematen. De kamers hebben allemaal pastelkleuren, veel plastic drinkbekertjes en plastic plasflessen, er zijn kamers met nepbloemen, met echte bloemen en zonder bloemen. Dan zijn we bij de laatste kamer, waar zes mensen in coma aan draden en slangen liggen, alsof ze geassimileerd zijn door de Borg in een oude aflevering van *Star Trek*. Er staan stoelen waar bezoekers in kunnen zitten, maar die zijn momenteel allemaal onbezet. Het is warm en benauwd in de kamer en het ruikt er naar desinfecteringsmiddel. Lisa ligt het dichtst bij de deur, waardoor ze een minder goed uitzicht heeft dan de mensen bij het raam, maar een betere kans om in geval van brand te ontsnappen. Het verband om haar hoofd is dik. Haar hoofd is geschoren. Haar gezicht is gezwollen en bont en blauw.

Dokter Lee legt uit wat de operatie inhield, praat over de bloeding, de zwelling, de mogelijkheid dat er permanente schade is. 'Het is belangrijk om realistische verwachtingen te hebben,' zegt ze, en ik veeg mijn ogen droog en houd mijn tranen in. Het was dom van me te denken dat de artsen me zouden vertellen dat alles goed zou komen. Ik ga zitten en pak Lisa's hand vast. In die laatste seconden voordat ze tegen de grond smakte, was ze bang voor me. Ze geloofde dat ik onze zoon iets had aangedaan. Beleeft ze dat allemaal nog in haar coma?

'Zal ze zich herinneren wat er is gebeurd?'

'Dat weten we niet.'

'Zal ze weten wie ik ben? Wie ze zelf is?'

'Dat weten we niet.'

'Kan ze ons horen?' vraag ik.

'Ja,' zegt dokter Lee.

'Kan ze ons begrijpen?'

'Dat kunnen we onmogelijk vaststellen.'

'Weet... Weet ze het van Zach?'

'We hebben het haar niet verteld.'

'Mag ik even alleen zijn met haar?'

'Natuurlijk,' zegt dokter Lee, en ze loopt de kamer uit, en ik blijf alleen achter met mijn vrouw en vijf vreemden, die allemaal niet weten dat ik er ben.

56

Er zijn geen toeschouwers meer bij het huis van de Murdochs, alleen leden van de pers, en dan nog maar een fractie van wat er vanochtend stond. Een van hen kijkt Kent aan, ziet de uitdrukking op haar gezicht en slikt de vraagt die hij had willen stellen weer in. Misschien hebben ze net zo'n rotgevoel over hoe dit is verlopen als zijzelf.

Er liggen sigarettenpeuken en lege koffiebekertjes op straat, vooral in de goot. Er liggen plastic- en glasscherven, en op de oprit nog meer glas. Evelyn Murdochs auto is weggesleept voor reparatie. De voortuin is door vele voeten omgeploegd. Lisa's bloed ligt nog op het pad. Kent was de baksteen vergeten die door het raam van de woonkamer is gesmeten. Ze zal een telefoontje plegen om de ruit te laten vervangen.

In de auto op weg hiernaartoe heeft ze ontdekt waarom er vanochtend zoveel mensen waren. Vroeg in de ochtend heeft Dallas Lockwood een e-mail naar zijn volgers gestuurd waarin hij meldde dat Cameron en Lisa Murdoch elk moment konden worden gearresteerd en dat een bron binnen de politie had laten doorschemeren dat ze op de vlucht zouden slaan. Hij smeekte zijn volgers om in zo groot mogelijke getale bij het huis op wacht te gaan staan om te voorkomen dat de Murdochs hun straf zouden ontlopen. Lockwood is ondervraagd over die bron, maar weigert diens naam te onthullen. Als het aan haar lag, zou ze hem een jaar achter de tralies stoppen, zodat hij eens goed kon nadenken over zijn carrièrekeuzes.

Ze gaat naar binnen. In de woonkamer treft ze een vrouw in een pak van wit nylon. Vicky Curtis, met lang donker haar in een knot en een knobbel op haar neus uit de tijd dat ze nog bokste. Ze heeft de capuchon van het pak afgedaan en drinkt wat water uit een flesje. 'Het was heet daarboven,' zegt ze.

'Wat heb je voor me?'

'Ik heb er drie,' zegt Curtis, en ze houdt drie afzonderlijke plastic zakjes omhoog, elk met een cameraatje erin. Elke camera is een centimeter lang en ongeveer de helft zo breed, met een kabel zo lang als een vinger waarmee hij met een kastje zo groot als een lucifersdoosje verbonden is. Dat kastje levert stroom en verzendt een signaal. Het neemt ook geluid op. Ze heeft ze al vaker gezien. 'Heel begrijpelijk dat ze bij de eerste doorzoeking over het hoofd zijn gezien,' zegt ze. 'Je moet echt weten waar je naar op zoek bent.'

'Waar heb je ze gevonden?'

'Een boven Zachs slaapkamer, een boven de woonkamer, een boven de ouderslaapkamer. De centrale eenheid bevond zich naast de inbouwspotjes en was bedekt met isolatiemateriaal, en de camera kon door een gat in de behuizing van de lampen worden geschoven en naast het lampje worden geplaatst. Het zijn allemaal ledlampjes, dus ze geven geen warmte af, waardoor de camera's er geen last van hadden. We hebben alle andere kamers doorzocht, maar deze drie zijn de enige.'

'Bereik?'

'Met zo'n dingetje misschien honderd meter. Waarschijnlijk stond het in verbinding met Pittmans telefoon en heeft hij hier vlakbij in zijn auto gezeten.'

Pittmans telefoon is bij de botsing vernietigd.

'Batterijduur?'

'De afzonderlijke cameraatjes werken op bewegingssensoren, dus ergens tussen een dag en een week of twee, het hangt ervan af hoe vaak ze aanslaan.'

'Zijn de batterijen leeg?'

'Ze zonden allemaal nog, tot ik ze uitzette. Ik weet wel dat die cameraatjes behoorlijk nieuw zijn, hooguit twee maanden oud. Toen is dit model uitgekomen. Ik zal de fabrikant bellen om te kijken wat ik er nog meer over te weten kan komen. Nog iets: ik kon geen overtuigend bewijs vinden dat Pittman in de ruimte tussen het plafond en het dak is geweest.'

'Afgezien van de camera's?'

'Ja, maar die camera's kunnen ook van onderaf geplaatst zijn. Je trekt het inbouwspotje eruit, stopt het cameraatje erin, legt het kastje in het plafond en duwt het spotje terug. Dat zou een veilige aanpak zijn, dan loop je ook niet het risico dat je dwars door het plafond heen trapt.'

'Laten we het dan eens doornemen. Pittman hield zich niet schuil in het plafond zodat hij kon kijken, maar had in plaats daarvan camera's geïnstalleerd. De batterijduur geeft aan dat hij hier ergens in de afgelopen twee weken moet zijn geweest. Maar hij kan ze net zo goed twee maanden geleden al hebben geplaatst en tussendoor terug zijn geweest om ze op te laden. Mogelijk heeft hij de eerste keer dat hij hier was een sleutel gejat, zodat hij gemakkelijk kon komen en gaan. Hij zit op zondagavond te kijken, hoort Zach zeggen dat hij gaat weglopen en besluit in actie te komen. Hij kan moeilijk het hele huis aflopen om de camera's weg te halen zonder iemand wakker te maken, en besluit dat ze voorlopig wel veilig zijn. Waarschijnlijk was hij van plan om ze te komen ophalen zodra de Murdochs in de gevangenis zaten. Heb je ze op vingerafdrukken gecontroleerd?'

'Nog niet.'

'Oké. Doe dat alsnog en laat het me weten.'

Ze gaat weer naar buiten. Ze loopt langs de zijkant van het huis en ziet daar een tuinslang. Ze zet de buitenkraan aan, gaat terug naar de voortuin en richt de slang op het pad. De helft van het bloed spoelt de tuin in, maar de rest blijft liggen. Ze gaat naar de keuken, laat een emmer vollopen met sop, pakt een borstel en gaat naar buiten om de klus af te maken. Mensen kijken naar haar maar zeggen niets. Ze spoelt alles na en legt de spullen terug op hun plek.

Ze steekt de weg over naar haar auto.

De rechterachterband is plat.

Dat is twee. Nog één te gaan.

Ze schopt ertegen, keer op keer, maar houdt op als er een camera op haar wordt gericht.

Ze wenkt een geüniformeerde agent en vraagt hem het voor haar op te lossen, waarna ze met zijn auto terugrijdt naar het bureau.

57

Ik houd Lisa's hand vast en praat over leuke dingen. Hoe we elkaar hebben leren kennen, hoe we verliefd werden, over de jaren die volgden. Ik werk een hele doos tissues weg. Overal waar ik kijk zie ik Zachs hand.

Haar ouders komen langs. Ze zien eruit alsof ze elk moment kunnen instorten, letterlijk. Ledematen hangen slap aan gewrichten, gezichten hangen zo erg dat ze zó lijken te kunnen scheuren. De ogen van Lisa's moeder zijn gezwollen van het vele huilen, en het gezicht van haar vader is gerimpeld van het vele fronsen. Haar vader begint zich meteen te verontschuldigen. Zegt dat de politie hun alles heeft verteld.

'Het was fout van me om te zeggen wat ik gisteren zei. Ik moet er steeds aan denken… moet er steeds aan denken dat het misschien anders zou zijn gelopen als ik me hulpvaardiger had opgesteld.'

'Dat klopt.'

'Sorry?'

'Het klopt wat je denkt. Het had anders kunnen lopen, maar we zullen het nooit weten.'

Ik zie aan hem dat hij niet had verwacht dat te horen, maar hij knikt langzaam en aanvaardt het.

Ze gaan bij ons in de kamer zitten, maar eigenlijk wil ik dat ze weggaan. Ze vragen keer op keer hoe zoiets toch heeft kunnen gebeuren. Ze vragen in wat voor stad we eigenlijk wonen. Ze vragen wat die Lucas Pittman toch voor iemand moet zijn geweest, wat zijn ouders voor mensen moeten zijn geweest en waarom hij geen levenslang heeft gekregen voor wat hij veertien jaar geleden met dat jongetje en zijn moeder heeft gedaan. Ik geef geen antwoord. Ik zeg nauwelijks iets tegen hen. Ik houd alleen maar Lisa's hand vast, terwijl haar moeder tegen me zegt dat we er wel doorheen komen, terwijl haar vader tegen me zegt dat we er wel doorheen komen. Rita biedt aan om Zachs uitvaart te regelen als ik dat wil, en ik antwoord dat dat enorm zou helpen.

Kent komt terug. Ze heeft een plastic zakje voor bewijsmateriaal bij zich. Willy zit erin. Ze geeft hem aan mij. Ik haal de knuffel uit het zakje en houd hem tegen mijn gezicht. Ik ruik mijn zoon.

'Ik zou de dokter nog eens naar je hand laten kijken,' zegt ze als ze het bloed op het verband ziet.

Ik doe alsof ik haar niet heb gehoord. Dokter Lee komt binnen en zegt tegen ons dat Lisa moet rusten, alsof onze aanwezigheid haar stoort. Ik stribbel niet tegen. We lopen naar de liften. Lisa's ouders stappen in een lift en houden de deur voor me open.

'Ik neem de volgende wel.'

Rita kijkt me aan alsof ik haar een klap in haar gezicht heb gegeven, en Andre kijkt naar zijn voeten. De deuren gaat dicht en ik neem de volgende lift, zoals ik al heb gezegd. Kent volgt me als een schaduw.

'Spenser Barkley houdt bij hoog en bij laag vol dat jij hebt geprobeerd zijn zoon aan te randen, maar niemand gelooft hem.'

'Heet hij zo? Die kerel van de kermis?'

'Ja. Je moet wel beseffen dat hij het wel móét volhouden, want hij wil aantonen dat hij niet toerekeningsvatbaar was toen hij je vanochtend aanviel. Er is hem mishandeling met lichamelijk letsel tot gevolg ten laste gelegd en hij wordt morgenochtend voorgeleid.'

'En dan?'

'Dan pleit hij schuldig of onschuldig. In het tweede geval zal er een datum worden vastgesteld voor de inhoudelijke behandeling.'

'Gaat hij naar de gevangenis?'

'Dat weet ik niet.'

'Het is niet eerlijk,' zeg ik.

'Je hebt gelijk, dat is het ook niet. Niets hieraan is eerlijk. Waar ga je nu naartoe? Naar huis? Of naar je moeder?'

'Mag ik naar huis?'

'Ja. Ik wil je wel een lift geven.'

'Hoe zit het met mijn auto? Mag ik die terug?'

'Die kan ik vanavond voor je laten langsbrengen.'

'Oké.'

'Mijn auto is deze kant op,' zegt ze.

'Ik ga wel lopen.'

'Laat me dan op z'n minst... op z'n minst een taxi bellen. Je bent zo vaak in het nieuws geweest dat...'

'Ja. Ik snap het. Maar ik heb niet bepaald kans gehad om mijn portemonnee mee te nemen toen jullie me vanochtend kwamen arresteren.'

'Dan betaal ik het voor je.'

Twintig meter verderop is een taxistandplaats. Kent loopt er achter me aan naartoe en maakt een praatje met de bestuurder van de dichtstbijzijnde wagen. Ik stap achterin, want ik ga ervan uit dat Kent blij zal zijn van me af te zijn.

'Cameron,' zegt ze nadat ze het portier weer heeft geopend. 'Je... Nou ja, ik...' zegt ze, en wat ze ook had willen zeggen, ze komt er niet uit, en dan zegt de taxichauffeur dat hij niet de hele dag de tijd heeft, dus zegt Kent: 'Ik kom straks je auto wel brengen.'

Ik doe het portier dicht. De taxi trekt op. De chauffeur praat over het weer. Over hoe heet het zal zijn op Eerste Kerstdag. Hij vraagt of ik plannen heb, en ik zeg ja, plannen om mijn zoon te begraven die vanochtend is vermoord. Het gesprek is ten einde.

Thuis is de boel tot rust gekomen. Er staan nog twee patrouillewagens voor mijn huis, en aan de overkant van de straat staat een auto op een krik; een politieagent verwisselt het wiel. De taxichauffeur stopt op mijn oprit, laat me eruit en blijft niet hangen om te zien wat er gebeurt. Ma's auto is weg. Er staan een stuk of tien verslaggevers voor mijn huis. Een stuk of tien camera's. Ik doe een stap naar voren en ze vallen allemaal stil.

'Mijn zoon is dood,' zeg ik tegen hen, en ik verhef mijn stem niet. De enige andere keer dat ze zo stil zijn geweest, was vlak nadat Lisa op haar hoofd was gevallen. 'Zach is vermoord terwijl ik in hechtenis zat. Hij was zeven jaar oud. Hij was mijn hele wereld. Hij was Lisa's hele wereld. Een klein, onschuldig kind dat liefhad en dat werd liefgehad. Op zondagavond is een vreemde ons huis binnengedrongen en heeft onze zoon meegenomen, en vandaag heeft die vreemde hem vermoord. Zach heeft de afgelopen paar dagen de ergst denkbare angst gevoeld, heeft dingen meegemaakt waar ik niet eens aan wil denken. Terwijl een man die we niet kenden Zach opgesloten hield in zijn huis, terwijl hij voorbereidingen trof om hem op gewelddadige wijze te vermoorden, terwijl Lisa en ik kapot waren van verdriet, bedacht het publiek liedjes, maakten ze afbeeldingen, verkleedden ze zich en paradeerden ze rond voor ons huis en stuurden ze ons doodsbedreigingen. Jullie,' zeg ik, en ik wijs van de ene camera naar de andere naar weer een andere, 'jullie hebben van het allerergste ter wereld wat ons gezin had kunnen overkomen een parodie gemaakt. Jullie genoten ervan. Ons leed, ons verdriet, het bezorgde jullie allemaal een ziekelijk gevoel van vreugde. In plaats van te helpen, in plaats van ons te helpen Zach terug te vinden, in plaats van te proberen je voor te stellen hoe het voor ons moest zijn, hebben jullie ons veroordeeld. Gaat het er zo tegenwoordig aan toe in deze wereld? Dat we lachen om de tragiek van een ander? Zach was nog maar een jongetje. Jullie hebben hem niet gekend, maar hij was meer dan alleen een krantenkop. Hij was echt, wij hielden van hem, en al die tijd hebben jullie daar geen moment bij stilgestaan. Zach is dood, en eerder vandaag is mijn vrouw hier op deze plek bijna doodgegaan,' zeg ik, en ik wijs naar het pad, waar ze is gevallen. Het bloed is opgeruimd. 'Velen van jullie hebben bloed aan je handen, maar toch zal er niets veranderen. Vanavond eten jullie gewoon je avondeten, kijken tv, geven je kinderen een nachtzoen en wassen het bloed van je handen, en morgen doen jullie precies hetzelfde met iemand anders. God verhoede dat je zelf de volgende bent die dit overkomt. Schaam je. Schaam je diep, allemaal.'

De vragen komen. Ik loop naar binnen en sluit ze buiten.

Ik loop door het huis. Weer is het anders. Een nuanceverschil. Qua licht. Qua sfeer. Op de vloerbedekking van de woonkamer liggen glasscherven van het kapot gegooide raam. Het gordijn beweegt in het briesje heen en weer en scheurt zichzelf kapot aan een glasscherf die nog in het kozijn vastzit. De baksteen ligt net voor een van de banken. Ik pak de tablet om het laatste nieuws te bekijken. Er zijn verslagen vanuit de omgeving van Lucas Pittmans huis. Een normaal uitziend huis in een normaal uitziende straat, buren die zeggen dat het altijd zo'n rustige man was, al was hij een griezel. Er is een item over de arrestatie van Spenser Barkley, en ook zijn huis wordt getoond, een ander normaal huis in een andere normale straat, en ook Barkley was volgens de buren een rustige kerel, alleen was hij geen griezel.

Rustige mensen. Allebei.

Ik gebruik een telefoonboek en Google Maps om uit te zoeken waar die normale huizen staan.

Ik trek donkere kleren aan. Ik zet een honkbalpet op en steek mijn portemonnee in mijn zak. Ik laad mijn telefoon op terwijl ik flessen whisky en gin leeggiet in de gootsteen. Ik pak een tas in, maar nog voor ik kan weggaan, wordt er op mijn deur geklopt. De politie zou niemand doorlaten die hier niet thuishoort. Ik doe open.

'Dit is geen goed moment, Andre.'

'Het is voor ons allemaal geen goed moment, Cam. Ga je me nog binnenvragen?'

Hij loopt langs me heen en ik volg hem naar de keuken. Hij maakt de koelkast open, pakt twee biertjes, maakt ze allebei open en overhandigt mij er een. Hij leunt tegen het aanrecht en ik leun tegen de tafel; geen van beiden drinken we iets.

'Ik weet wat je denkt,' zegt hij.

'Nee. Dat weet je niet.'

'In het leger ben ik mensen kwijtgeraakt,' zegt hij. 'Goede mensen. In verschillende uithoeken van de wereld. Een van hen is in mijn armen gestorven. We waren op patrouille en een maat van me – Rich Chesterfield – stapte op een landmijn. Het ene moment was hij er nog, en het volgende was hij weg, bam, gewoon verdwenen in een wolk van bloed, rook en zand. Toen sloeg alles neer… en, tja, Rich bleek helemaal niet weg te zijn, hij was er nog, hij lag op de grond te schreeuwen en allebei zijn benen waren eraf. We zeiden tegen hem dat hij moest volhouden, dat het wel goed zou komen, maar we wisten dat het gedaan was met hem, en dat wist hij ook. Het enige wat we voor hem konden doen was zijn handen vasthouden zodat hij niet alleen hoefde te sterven. Elke avond bid ik voor Rich. Tot de afgelopen paar dagen dacht ik altijd dat dat de ergste dag van mijn leven was.'

Hij werkt ergens naartoe. Ik heb geen haast, dus geef ik hem de tijd. Hij drinkt de helft van zijn bier op en zet het flesje op het aanrecht.

'Het punt is: zoiets verandert je. Ik weet niet wat voor man je zou zijn als dat niet zo was. We hadden allerlei trainingen doorlopen die waren bedoeld om ons te harden, maar die avond, nadat we waren gered, stortte ik in. Ik dacht dat ik er klaar mee was. Ik herinner me die duistere gedachten nog heel duidelijk. Verknipte gedachten. Eerst wilde ik iedereen die de hand had gehad in Rich' dood pijn doen. Ik wilde ergens heen gaan en om me heen schieten, want mijn pijn was een schild, daarvan was ik overtuigd, een schild dat me onoverwinnelijk maakte. Op dat moment twijfelde ik er geen seconde aan dat ik onder zwaar geweervuur de rest van dat mijnenveld zou kunnen oversteken zonder een schram op te lopen. Mijn woede en verdriet verblindden me. Dat valt allemaal in het niet bij hoe ik me vandaag voel, en hoe ik me vandaag voel is niet te vergelijken met hoe jij je moet voelen. Maar je moet wel beseffen dat je pijn geen schild is. Het is juist het tegenovergestelde. De pijn brengt je op gedachten die alle recht hebben om er te zijn, maar je mag er niet naar luisteren. Echt niet. Je hebt Lisa nog. Ze is een vechter, maar ze zal je meer dan ooit nodig hebben. Wat je je ook in je hoofd hebt gehaald,' zegt hij, en hij knikt naar mijn tas die in de woonkamer op de grond staat, 'nou, ik zou het maar van me afzetten als ik jou was.'

Ik zeg niets.

Hij knikt, hij pakt zijn biertje, en dan zet hij het weer neer. 'Ik moest maar eens gaan.'

We lopen naar de deur. Ik maak hem open. De pers raakt opgewonden. Andre legt zijn hand op mijn schouder, en ik onderdruk de neiging om die van me af te schudden en hem eraan te herinneren dat hij me gisteren nog in mijn borst stond te porren. 'Kan ik nog iets voor je doen?'

'Nee.'

'Ik zie aan je dat je van plan bent alles te negeren wat ik kwam zeggen. Denk om Lisa. Dat is alles wat ik vraag. En als ik iets voor je kan doen, hoef je het alleen maar te vragen.'

Ik kijk hem na als hij naar zijn auto loopt. Hij beantwoordt niet een van de vragen die hem worden toegeroepen. Hij rijdt weg op het moment dat er een busje arriveert. Een ruitenservice. Twee mannen stappen uit en lopen naar het kapotte raam toe.

Ik sluit de deur. Het is slechts een kwestie van tijd voor de verslaggevers verveeld raken of er iemand anders vermist raakt of sterft en hen afleidt. Dit verhaal is ten einde. Jongen raakt vermist. Jongen gaat dood. Vrouw gaat mogelijk dood.

En nu?

Dát zijn vragen waar ik van hou, zegt meneer Stel Dat. *En ik heb wel een paar antwoorden voor je.*

Hij hoeft mij niks meer te vertellen.

Ik pak de tas en loop via de achterdeur naar buiten.

58

Ik laat de tas over het hek in de achtertuin zakken en klim er dan achteraan. Ik loop aan de zijkant door de tuin en klop op de achterdeur van de buurman. Even later zwaait die open.

Simon Crawford is bovenop kaal, met wit haar aan de zijkanten en een kin zo scherp dat je er glas mee zou kunnen snijden. Zijn flanellen hemd en donkere broek lijken op wat mijn vader altijd droeg, en wat mijn moeder een 'oudemannenuniform' zou noemen.

'Jezus, Cameron,' zegt hij. 'Gecondoleerd.' Hij steekt zijn hand uit. Ik schud hem. 'Ik kan me niet voorstellen wat je moet doormaken. Als ik iets voor je kan...'

'Mag ik je auto lenen?'

'Natuurlijk. Hou hem maar zo lang als je hem nodig hebt.'

Ik ben boos genoeg om duizend mijl te lopen, maar de auto maakt het allemaal net even wat gemakkelijker. Ik wacht voor het huis terwijl hij terug naar binnen loopt, en even later rolt zijn garagedeur omhoog. Hij rijdt achteruit een twintig jaar oude Toyota Corolla naar buiten die er als nieuw uitziet.

'Zach was te goed voor deze wereld,' zegt hij als we van plek ruilen.

'Dat is zo.'

De benzinetank is vol en er klimmen geen spinnen uit de ventilatieroosters. Het eerste wat ik doe is naar mijn moeder rijden. Twee van haar buren zijn met verfrollers haar garagedeur aan het overschilderen. KINDERMOORDENAAR is door de eerste verflaag heen gekomen, maar verdwijnt onder de tweede laag. Ik denk dat ze hebben onderschat hoe moeilijk het zou zijn om dat woord helemaal te doen verdwijnen. Ze knikken naar me om aan te geven dat ze weten dat ik er ben, en ze kijken schaapachtig, want het is weliswaar aardig dat ze dit doen, maar ze hadden het veel eerder moeten doen, alleen waren ze het indertijd misschien wel eens met het sentiment.

Mijn moeder doet de deur open en omhelst me op de voorveranda. Ze klemt haar armen om me heen en huilt, iets wat mij niet lukt, want al mijn tranen zijn op. Ze houdt me een poosje vast, en ik houd haar vast, maar er zijn dingen in het leven die je moeder niet voor je kan oplossen.

We lopen naar binnen. We gaan aan de keukentafel zitten, en ze stelt niet voor om te bidden. Misschien is ze er klaar mee. Ze stelt dezelfde vragen als Lisa's ouders – de 'wat is er toch mis met de wereld?'-vragen – en ik heb nog altijd geen antwoorden. Een ouder zou nooit een kind moeten hoeven begraven, zegt ze, en vervolgens weet ze daar niets meer aan toe te voegen, dus voegt ze er niets aan toe en zitten we zwijgend tegenover elkaar. Ik was van plan hier langer te blijven, maar opeens kan ik het niet meer aan. Ik moet alleen zijn. Ik zeg tegen haar dat ik weg moet.

We omhelzen elkaar op de drempel, dan stap ik weer in Simon Crawfords auto en rijd ik van mooie buitenwijken naar iets minder mooie buitenwijken naar helemaal niet zulke mooie buitenwijken, en daar zoek ik het belabberdste motel dat ik kan vinden. De man achter de balie staat net tomatensaus over een bord worstenbroodjes te gieten. Hij herkent me niet van het nieuws en zegt dat een kamer negentig dollar per nacht kost, wat me goedkoop lijkt voor een goed hotel maar duur voor dit exemplaar. Ik reken het toch af. Hij geeft me een lompe metalen sleutel aan een lomp stuk plastic. Ik parkeer Crawfords auto voor mijn kamer en parkeer mezelf even later in diezelfde kamer.

Ik zet mijn telefoon uit. Ik wil niet door Kent of door wie dan ook worden gebeld. Zelfs niet door het ziekenhuis. Ik kan niet nog meer slecht nieuws verdragen. Op het nachtkastje staat een oude wekkerradio. Die zet ik op middernacht. Ik ga liggen en sluit mijn ogen. Slapen zal ik niet, maar ik hoop dat ik in elk geval een beetje uitrust. Ik haal Willy uit mijn tas en houd hem tegen mijn borst.

Ik zou liever thuis zijn. Maar thuis heb ik de pers voor de deur, en familie die langskomt, en de politie met hun updates, en geklop op de deur, en vragen op straat, en dat is een toneelstuk waar ik geen rol in wil. Ik heb behoefte aan de rust en de stilte van de hotelkamer. Ik moet weg zijn bij iedereen.

Vanwege wat er komen gaat.

Ik wacht tot het donker wordt.

59

De stuk of tien verslaggevers die hier eerder waren hebben zich verdubbeld, want ze zijn teruggekomen voor een reportage om de dag mee af te sluiten. Zwermen motten storten zich op de lampen van de camera's. Kent parkeert Camerons auto op de oprit. Ze wil naar huis en twee dagen slapen. Ze voelt zich zo emotioneel dat ze, als er vandaag nog één keer iets naars gebeurt, ontslag neemt en naar de Caraïben vliegt om zich op het strand dood te drinken.

Ze klopt niet op de deur. Ze wil niet weer de blik zien die Cameron Murdoch haar de hele middag heeft geschonken. Ze overhandigt de sleutels aan een geüniformeerde agent en draagt haar op ze morgenochtend aan Cameron te geven.

Haar auto is gerepareerd. Ze stapt in. Thuis in de koelkast staat een halve fles wijn, en in de vriezer een kant-en-klare macaroni-kaasschotel. Nu ze daaraan denkt, begint haar maag te knorren. Maar het zal moeten wachten. Ze moet nog één tussenstop maken. Voor ze wegrijdt, leggen een vrouw en haar dochter een boeket bloemen in de voortuin, met een teddybeertje erbij. Ze zetten er een kaarsje naast en steken het aan. Anderen lopen in de richting van het huis, en ze hebben vergelijkbare spulletjes bij zich.

Ze rijdt naar het huis van Pittman. Net als bij haar vorige halte staan er geen toeschouwers op straat, maar wel een stuk of tien verslaggevers die ook uit zijn op een dagafsluiting. Er staan patrouillewagens om het huis te bewaken.

Het huis ziet eruit alsof het in de jaren tachtig is gebouwd, met zijn muren van donkergroene rabatdelen en zijn matte, donkergrijze puntdak. Het geheel is schoon en goed onderhouden en wordt omringd door een keurig tuintje. Binnen is het een bende, veroorzaakt door de mensen die het huis hebben doorzocht. Er staan boekenkasten in de woonkamer, borden in de gootsteen, er hangen jassen over de rugleuningen van de eetkamerstoelen. Niets wat eruit springt. Tenminste, tot ze de kinderkamer bereikt, waar de muren blauw zijn geschilderd en zijn volgehangen met posters van tekenfilms. Veel van die films heeft ze in de loop van de jaren met haar nichtje gezien. Er staat een boekenkast vol kinderboeken met erbovenop een rij teddyberen. Er staat een tv in de hoek, zo'n oude met een beeldbuis die je tegenwoordig alleen nog in de goot tegenkomt omdat mensen te lui zijn om ze naar de gemeentewerf te brengen. Hij staat op een kastje met een dvd-speler eronder, en er staan ook een heleboel films op een rijtje. Er is een eenpersoonsbed met een dekbedovertrek met een grote afbeelding van een raket erop. Op een nachtkastje staan een lavalamp, een oude Gameboy, een wit-paarse Furby en een oranje Tamagotchi. Alles wat hier staat ziet eruit alsof het van de kringloop komt, behalve de levensechte kindersekspop die op het bed ligt.

Ze heeft dat soort poppen vaker gezien in de huizen van mensen als Pittman en het verbaast haar niets dat ze er hier ook een aantreft. Deze pop is een jongen, ongeveer een meter vijftig lang, solide, veertig kilo kunststof, staal en siliconen, met mensenhaar op het hoofd maar niet in de schaamstreek, op bestelling gemaakt. Hij heeft blauwe ogen en sproetjes, en de lippen zijn iets vaneen geweken, met mondhoeken die opkrullen in een glimlach.

Griezelig, ja.

Immoreel, ja.

Illegaal? Nee. En weer die tweestrijd. Zou Lucas Pittman ook zonder die pop anderen iets hebben aangedaan? Of heeft de pop zijn fantasie juist gevoed?

Ze loopt door een deur in de wasruimte de achtertuin in. Over de hele breedte ligt voor de schutting een verhoogd bloembed, bijna kniehoog, met een houten muurtje ervoor. Ze loopt naar een schuurtje waarvan het slot al is doorgeknipt. Ze opent de deur. Links hangen schappen vol tuinspullen, in het midden staat een grasmaaier en rechts hangt gereedschap aan een houten plaat. Er is een lege haak met opgedroogde aarde eraan. Na het auto-ongeluk was Zach Murdoch niet het enige wat in de kofferbak werd aangetroffen; er lag ook een kop van een spade waarvan de steel door het vuur was verteerd. Die spade suggereert dat Zach Murdoch, ook als hij voor het auto-ongeluk nog leefde, het niet lang meer zou hebben gemaakt.

Haar telefoon gaat. Ze neemt op, en Vicky Curtis zegt: 'Ik heb iets voor je.'

'Heb je vingerafdrukken op de camera gevonden?'

'Ze zijn schoongeveegd, maar ik heb wel iets anders ontdekt. Ik heb de fabrikant gebeld om na te vragen wanneer deze modellen precies op de markt zijn gekomen en om accuratere informatie te verkrijgen over de batterijduur. Ze zeiden dat de nieuwe firmware voor de camera's afgelopen maandag is uitgebracht. Ik heb de drie camera's die we hebben gevonden nagekeken, en op alle drie is de nieuwste firmware geïnstalleerd, en dat kan niet van afstand worden gedaan. Daarvoor moeten ze worden aangesloten op een computer.'

'Dus ze zijn maandag geüpdatet.'

'Dat moet wel. Zelfs als we het plafond maandag grondiger hadden bekeken, zouden we ze niet hebben gevonden, want ze kunnen er toen nog niet hebben gehangen.'

'Wanneer zijn ze dan in dat plafond geplaatst?'

'Pas nadat we de huiszoeking hadden afgerond. Het lijkt me niet logisch dat de Murdochs ze hebben geplaatst. Waarom zouden ze? Om zichzelf te filmen? Het enige moment dat ik kan bedenken waarop het huis verlaten was, was maandagnacht. Misschien is er een journalist naar binnen geslopen omdat hij op een primeur uit was? Ken je journalisten die zoiets zouden doen?'

Ze kan wel iemand bedenken.

'Wat betekent dat dan in verband met Pittman?' vraagt Kent.

'Hoe bedoel je?'

'Eerst dachten we dat hij zich in het plafond had verstopt, maar jij hebt geen bewijs gevonden dat hij daar is geweest. Dan vinden we de camera's, maar we weten nu dat hij ze daar niet heeft geplaatst. Is het dan stom toeval dat hij Zach uitgerekend op de avond dat hij dreigde met weglopen heeft ontvoerd?'

'Wat zou het anders kunnen zijn?'

Dat weet ze niet. Maar ze weet wel dat er nog steeds dingen zijn die niet kloppen.

Donderdag

60

Ik laat mijn telefoon achter in mijn motelkamer en ga naar buiten. Ik rijd van de ene buurt naar de andere, langs slapende huizen en door de zon geblakerde tuinen. Voor het huis van Spenser Barkley staat geen pers. Een vlag met het blad van de zilveren boomvaren – het officiële symbool van Nieuw-Zeeland – hangt slap aan een vlaggenstok naast het huis: een openlijk vertoon van Barkleys patriottisme. Ik parkeer een halve straat verderop.

Ik maak de tankdop van de auto open en steek er een twee meter lang stuk tuinslang in dat ik heb afgesneden. Het verband om mijn hand maakt het allemaal wat lastiger. Ik hevel benzine over in de lege gin- en whiskyflessen. Ik heb ook een plastic benzinetank voor de grasmaaier bij me waar vier liter in kan. Ik stop alles terug in de tas, en ik moet hem met beide armen dragen en zelfs dan ben ik nog bang dat hij zal scheuren door het gewicht.

Ik weet Barkleys huis te bereiken. Ik haal de koevoet uit mijn tas en bel aan. Dit is het lastige deel. Spenser Barkley zit in hechtenis, maar de kans is groot dat zijn vrouw, als hij er een heeft, thuis is, samen met het kind. Of misschien zijn ze uit elkaar, hangt Barkley in het weekend de pretparkpapa uit en woont hij doordeweeks alleen. Eerder vandaag waren hier verslaggevers, dus misschien zijn zijn vrouw en kind bij vrienden of familie gaan logeren. Ik hoop het. Ik wil niemand verwonden en ik denk dat dat ook niet hoeft. De koevoet zal iedereen ervan overtuigen uit de weg te gaan en me te laten doen waarvoor ik gekomen ben. Later kunnen ze dan vanuit de voortuin de politie bellen, als het huis al in de fik staat.

Er doet niemand open. Ik bel nog een keer aan, en dan nog een keer, en nog een keer. Ik kan de bel door de deur heen horen. Dan probeer ik de deur. Die is op slot.

De koevoet is veertig centimeter lang. Ik steek het uiteinde tussen de deur en de deurpost en trek eraan. Hij schiet los en er komt een stuk hout mee, waardoor er een groter gat ontstaat dat ik kan benutten voor mijn tweede poging. De koevoet gaat nog dieper, en ik geef er een ruk aan, met mijn hele lichaamsgewicht erachter. De deurpost buigt door, versplintert en breekt, en dan vliegt de deur open.

Ik stap de hal in en doe de deur achter me dicht. Het is stil in huis. 'Hallo?'

Geen reactie. Ik zet mijn zaklantaarntje aan. Ik loop de woonkamer in, zet de tas op de bank en trek de gordijnen dicht. Ik doe de lichten aan. In de keuken doe ik hetzelfde. Ik ga door tot het huis verlicht is als een kerstboom, behalve de kerstboom zelf, die in de hoek van de woonkamer staat. Ik haal Willy uit de tas. Ik zet hem op de armleuning van de bank zodat hij kan toekijken. Ik haal het deksel van de plastic benzinetank en giet benzine over de vloer, de muren, de meubels en over familiefoto's van Spenser, zijn vrouw en hun zoon.

Ik giet de flessen met twee tegelijk leeg. Ik trek een spoor van benzine over de vloer van de gang en naar de kamers. De eerste slaapkamer is die van de zoon. Hij is er niet. Er is niemand. Het had Zachs kamer kunnen zijn. Zelfde soort bed, zelfde soort posters, zelfde soort speelgoed.

De volgende kamer is een werkkamer. Misschien is Barkley wel een beginnend romanschrijver, of misschien verschanst hij zich hier om boze brieven aan de krant te schrijven en op internet zijn mening te verkondigen.

Ik loop de ouderslaapkamer in. Het bed is niet opgemaakt en is maar aan één kant beslapen; daar is het beddengoed teruggeslagen. Ik giet er een hele fles in leeg.

Ik ga verder, de volgende kamer in.

Ik doe het licht aan.

Blijkt het huis toch niet verlaten te zijn.

61

De vrouw lijkt in niets op de vrouw op de foto's waar ik benzine overheen heb gegoten. Die vrouw was lang, sterk en atletisch. Deze vrouw ziet eruit alsof ze door een kopieerapparaat is gehaald, veertig procent is verkleind en in zwartwit is afgedrukt. Haar lange blonde haar heeft plaatsgemaakt voor zacht pluis en haar grote blauwe ogen staan vermoeid, alsof ze veel narigheid hebben gezien en weten dat er nog maar heel weinig tijd over is om nog meer narigheid te zien. Een zuurstofslangetje loopt van haar neus naar een apparaat aan de muur dat eruitziet als een airco-unit. Haar armen zijn bont en blauw van de injecties. Haar gezicht ziet eruit alsof de huid is afgestroopt, alle spieren en weefsels eronder zijn weggeschraapt en de huid vervolgens weer is vastgelijmd aan het bot. Ze ligt in een ziekenhuisbed dat in het midden van de kamer staat en waarvan het hoofdeinde op dit moment omhoogstaat, zodat ze de deur kan zien of naar de tv in de hoek kan kijken, die op dit moment uit is.

'Je mag,' zegt ze, waarna ze langzaam inademt en eraan toevoegt, 'die benzine wel neerzetten. Tenzij je me uit mijn lijden komt verlossen? Dat,' zegt ze, waarna ze weer een paar keer langzaam en diep ademhaalt, 'mag als je je daardoor beter gaat voelen, maar je moet wel weten dat je, als je daar nog een dag, hooguit twee, zou blijven staan, hetzelfde resultaat zou bereiken, alleen dan vermoedelijk met een stuk minder rommel.'

Ik zeg niets.

Zij ook niet, want kennelijk moet ze even bijkomen van de inspanning die het heeft gevergd om zo lang achtereen te praten. Haar gezicht verstrakt, ze ademt luidruchtig in en vraagt dan: 'Tenzij het je juist om de rommel te doen is?'

Ik zeg nog steeds niets.

'Zou je...?' vraagt ze, en ze draait haar hoofd in de richting van het tafeltje naast haar, waar een plastic kan water staat met een plastic beker ernaast. Ik zet de flessen neer. Ik schenk een bekertje water voor haar in en houd het voor haar vast terwijl ze er met een rietje wat van drinkt. Ze sluit haar ogen alsof het het lekkerste water is dat ze ooit heeft geproefd.

'Dank je. Trek een stoel bij en praat even met me, voor je verdergaat met wat het ook is dat je zo graag wilt doen,' zegt ze, en ze slaagt erin het allemaal in één adem te zeggen.

Ik kan de benzine ruiken. Ik kan ruiken dat deze vrouw stervende is. Ik sluit de deur en open het raam. Dat helpt. Ik ga op de stoel naast het bed zitten.

'Gecondoleerd met je zoon,' zegt ze.

Ik zie Zachs zwarte hand voor me onder het laken in het mortuarium.

'Het is afschuwelijk wat die man hem heeft aangedaan,' zegt ze, en dan sluit ze even haar ogen en concentreert zich op haar ademhaling voordat ze verder kan. 'Ik vind het ook heel erg wat er met je vrouw is gebeurd. Ik vind het heel erg wat er met jou is gebeurd.'

'Je bedoelt dat je het heel erg vindt wat je mán mijn vrouw heeft aangedaan.'

'Ja. Dat klopt.'

'Hoe heet je?'

'Ellen.'

'Goed, Ellen, ik zal je naar buiten moeten dragen.'

'Ik weet dat je boos bent,' zegt ze, 'en daar heb je het volste recht toe. Wat Spenser je vrouw heeft aangedaan... Nou ja, ik heb er de juiste woorden niet voor. Ik weet dat het hem spijt. Ik weet dat je geen enkele reden hebt om me te geloven, maar hij is een goed mens. Wat er met mij gebeurt is iets waar hij geen controle over heeft, en hij is gefrustreerd, en hij is zo gespannen als een veer, en dat heeft hij op jou afgereageerd. Hij kan niet naar mij uithalen, of naar de kanker, maar hij heeft afgelopen zondag op de kermis naar jou uitgehaald. Hij lijkt in niets meer op de man met wie ik ben getrouwd. Of op de man die hij nog maar een maand geleden was. Verdriet verandert je.

Maar ik vermoed dat dat met jou net zo is, dat je vandaag niet meer dezelfde man bent als een week geleden. Maar hij zit daar nog ergens, diep vanbinnen, en ik durf te wedden dat dat zowel voor Spenser als voor jou geldt.'

Ze zakt verder onderuit op het bed na de inspanning die haar lange toespraak haar heeft gekost. Ze kucht een beetje en slaat met haar hand op haar borst, en ik help haar nog een slokje water te nemen. Ze weet zich te herpakken en gaat verder.

'De kanker die mijn lichaam verteert, verteert hem ook. Ik dacht... dat het voor hen allebei goed zou zijn... als hij met Brandon... naar de kermis zou gaan. Ik wilde dat Brandon... een leuke dag zou hebben want... er zullen een poosje... alleen maar verdrietige dagen zijn, en je joeg hem schrik aan, en ik weet... dat dat niet je bedoeling was, maar het is wel zo. Ik neem het je niet kwalijk, echt niet, want ik... zou precies hetzelfde hebben gedaan als jij. Maar je moet weten dat Spenser... op dat moment echt geloofde dat wat hij deed gerechtvaardigd was.'

'Vond hij het ook gerechtvaardigd om naar mijn huis toe te komen?'

Ze neemt even de tijd. De moeite die ze nu neemt om met mij te praten zou weleens haar dood kunnen worden. 'Natuurlijk niet. Het was niet... zijn bedoeling dat het zo zou lopen. Ik... wil het niet... goedpraten. Ik zeg gewoon... hoe het ging.'

'Hij maakte mensen wijs dat ik jullie zoon had aangerand. Door hem vecht Lisa voor haar leven. Je zei dat jij hetzelfde zou hebben gedaan als jouw zoontje op de kermis vermist was geraakt. Stel je voor dat je dat had gedaan. Stel je voor dat mensen er liedjes over schreven, en er grapjes over maakten, en voor je huis stonden met protestborden en je dood wensten.'

'Hij heeft iets verkeerds gedaan... maar hij is nog steeds een goed mens. Dat weet ik zeker.'

'Nee. Dat wil je alleen heel graag geloven, omdat je niet lang meer te leven hebt en je jezelf ervan moet overtuigen dat je zoon bij hem in goede handen is.'

Ze kijkt me aan alsof ik haar een klap in haar gezicht heb gegeven.

'Het spijt me. Dat was wreed,' zeg ik.

'Wreed maar waar,' zegt ze. 'Als Spenser hier... nu was, zou ik mezelf uit dit bed slepen en hem op zijn lazer geven. Maar wat... er met je vrouw is gebeurd was een ongeluk, meneer Murdoch, en... ik hoop dat je dat over een tijdje... inziet en dat je het hem dan kunt vergeven. Ik wil graag... dat hij met mildheid... wordt behandeld. Ik wil graag... dat hij weer de man wordt... met wie ik ben getrouwd zodat... hij onze zoon fatsoenlijk kan opvoeden.'

'Ik kan het hem niet vergeven. En als Lisa sterft, sterft hij ook. Daar zal ik persoonlijk voor zorgen.'

Daar denkt ze heel even over na, en dan zegt ze: 'Ik hoop en bid dat je er, als je woede wegtrekt, anders tegenaan kijkt.'

'Hopen en bidden werkt niet. Ik heb het geprobeerd.'

'Hiermee krijg je... je zoon niet terug.'

'Weet ik.'

'Als je ons huis platbrandt, zul je je... heus niet beter voelen.'

'Ik ben bereid de proef op de som te nemen.'

Ze knikt langzaam, en dan vraagt ze om nog wat water en geef ik het haar. Dan zegt ze: 'In dat geval: help me naar buiten. Als de politie komt... zeg ik wel dat ik het heb gedaan. Wat gaan ze eraan doen? Me in de gevangenis gooien?'

'Waarom zou je dat doen?'

'Omdat... je vrouw je... aan haar zijde nodig heeft, en niet in de gevangenis. Omdat ik je iets verschuldigd ben... voor wat mijn gezin dat van jou heeft aangedaan. Het was een ongeluk, maar je hebt gelijk, als Spenser niet... naar jullie huis was gegaan, was je vrouw nu niet gewond. Ik wil dit wel doen, maar alleen als je me één ding belooft.'

'En dat is?'

'Dat je... nadenkt over... wat ik heb gezegd. Dat je nadenkt over wat jij zou hebben gedaan... als jij een volwassen man... in dat springkasteel had zien klimmen... die je zoon vastgepakte en van streek maakte. Ik wil dat je... over die dingen nadenkt, en ik wil dat je me... belooft dat je zult proberen de weg terug te vinden naar de man die je vroeger was.'

62

Ik help Ellen uit bed, wat heel gemakkelijk gaat. Ze is een en al rechte lijnen en scherpe hoeken, maar er zit geen gewicht achter; ze is vederlicht. Ik help haar in haar badjas en ze vertelt me dat haar zoon bij haar ouders is, dat haar ouders denken dat er vannacht een verpleegkundige bij haar blijft en dat de verpleegkundige in kwestie denkt dat haar ouders hier zijn.

'Na wat er vandaag is gebeurd, wilde ik alleen zijn.'

Het klinkt alsof ze zichzelf straft. Jaren geleden kruiste haar pad dat van Spenser, ze werden verliefd, ze trouwden, zij kreeg kanker en hij werd boos, en ze neemt het zichzelf kwalijk dat zij de schakel is in de ketting die naar deze dag heeft geleid.

Neem jij het haar ook kwalijk?

Ik zet haar neer op het gazon voor het huis. Het is nog steeds stil op straat. Geen politie. Geen pers. Een busje, dat aan de overkant van de straat geparkeerd staat, bedekt met vogelpoep en stof, en eruitziet alsof hij al jaren niet meer is verplaatst. Erachter een elegante cabrio met prachtige, golvende lijnen die allang uit de mode zijn.

'Is er binnen nog iets wat je wilt hebben?'

'Nee.'

'Kies een paar dingen uit,' zeg ik.

'Hoezo?'

'Omdat mensen die hun eigen huis in brand steken er eerst de dingen uit halen die het belangrijkst voor ze zijn.'

'Het is allemaal belangrijk voor me,' zegt ze. 'Je hoeft dit niet te doen, dat weet je toch?'

'Weet ik.'

'Je kunt niet van me verwachten dat ik bepaal wat er gered moet worden en wat er mag verbranden.'

‘Over een dag of twee weet je het niet eens meer.’

‘Dat is gemeen,’ zegt ze. ‘Bovendien: nu weet ik het nog wel, en het nu is alles wat ik heb.’

Ze heeft gelijk. Het is gemeen. ‘Zeg me waar jullie trouwalbum ligt. Dat is iets wat mensen vaak redden.’

Ze vertelt het me, en dan herinner ik me wat Pittman vroeger deed voor de kost.

‘Hoelang geleden zijn jullie getrouwd?’

‘Twaalf jaar,’ zegt ze.

Twaalf jaar geleden zat Pittman in de gevangenis, en dat betekent dat de kans nul is dat hij hun trouwfotograaf was. Als dat wel zo was geweest, had ik die foto’s gewoon laten verbranden. Maar nu loop ik naar binnen om het album en een paar dekens te halen.

‘Weet je, ik… heb jaren geleden een van jullie boeken gelezen,’ zegt ze als ik haar het trouwalbum overhandig en de dekens om haar heen instop. ‘Jullie eerste.’

‘En?’

‘En ik vond er niet veel aan.’

Daar moet ik om glimlachen. Ik kan er niets aan doen. Dan loop ik weer naar binnen. Ik mag Ellen wel. Ze is een taaie. In een ander leven hadden we misschien vrienden kunnen worden. Wat er is gebeurd is niet haar schuld. Ik raap de flessen en de benzinetank op en stop ze in mijn tas.

‘Ik weet het, dit was niet wat we voor ogen hadden,’ zeg ik tegen Willy, en Willy staart me aan. ‘Wat moet ik nou doen?’

Willy geeft geen antwoord, maar meneer Stel Dat wel.

Je hebt twee mogelijkheden. Je straft iemand die het niet verdient of je draait je om en loopt weg.

Als ik naar buiten kom, geef ik Ellen haar telefoon. ‘Ik ben van gedachten veranderd.’

‘Ga je de boel niet in de hens steken?’

‘Nee.’

‘Als ik… het ongedaan kon maken wat Spenser je gezin heeft aangedaan, deed ik het meteen.’

‘Weet ik, maar dat kun je niet. Dat kan niemand.’

Ik draai me om en loop weg van haar met benzine doordrenkte huis. Als ik bij de stoep ben, roept ze me. Haar stem is zo zacht dat ik haar, als het niet zo'n volslagen stille avond was geweest, nooit zou hebben gehoord. Ik draai me om en loop terug.

'Ik wou... dat hij nooit naar de kermis was gegaan,' zegt ze. 'Ik wou... dat hij nooit... die journalist had geschreven. Het kwam door die e-mail... die stomme e-mail dat hij het heeft gedaan.'

'Welke e-mail?'

'Van die journalist met wie Spenser contact had opgenomen. Die ene die over jou vertelde op tv.'

'Dallas Lockwood?'

'Die, ja.'

'Kent jouw man Lockwood?'

'Hij volgt hem online. Het afgelopen jaar... is Spenser... nou ja... bevattelijker geworden voor bepaalde dingen. Lockwood vertelt mensen... een bepaald soort waarheden, en weet je nog... dat we vroeger altijd... moesten lachen om de dingen die mensen als Lockwood beweerden? En toen, op een dag... werden we wakker... in een wereld waarvan de halve bevolking er niet om kon lachen. Dat is precies... wat er met Spenser gebeurde. Ik dacht dat hij... erom kon lachen, alleen was dat niet zo, want mannen als Dallas Lockwood... en het soort journalistiek dat zij bedrijven... klonken hem logisch in de oren. Ik vraag me af: is hij altijd zo geweest? Of is dit wat... er gebeurt als je probeert een wereld te begrijpen die... is kapotgemaakt door degenen die hem bestieren?'

'Wist ik het maar,' zeg ik. 'Vertel me eens over die e-mail.'

'Op maandag, toen je foto... in het nieuws kwam, herkende Spenser je. Ik zei dat hij... de politie moest bellen, maar dat deed hij niet. Hij zei... dat het geen zin had, dat er voor beroemde mensen... andere regels golden dan voor de rest, en dat hij er... geen bal mee zou opschieten als hij naar de politie ging. Toen besloot hij contact op te nemen met Lockwood, en vervolgens... hing Lockwood het aan de grote klok. Lockwood... verstuurt aan de lopende band nieuwsbrieven en alerts. Je kent het wel, dingen als... dat de overheid... het water vergiftigt, of dat je... kanker krijgt van vaccins. Hij verzond een e-mail waarin stond dat jij en je… vrouw zouden proberen… te vluchten voor jullie konden worden gearresteerd, en dat iedereen moest komen. Ik vroeg hem niet te gaan. Ik wou dat hij naar me had geluisterd.'

'Ik wou ook dat hij had geluisterd.'

'Ik wil dat je het platbrandt.'

'Hè?'

'Er liggen hier… veel mooie herinneringen, maar Spenser… zal zich alleen de slechte dingen herinneren. Brand het plat, misschien… kan hij dan een frisse start maken.'

'Weet je het zeker?'

'Ik weet het zeker.'

Ik wacht tot ze van gedachten verandert. Dat gebeurt niet.

Ik steek een doosje lucifers in brand. Het ontvlamt als een lichtkogel. Ik gooi het door de voordeur naar binnen en het heeft onmiddellijk effect: vlammen racen langs het benzinespoor en klimmen via de muren omhoog.

We kijken toe hoe het huis steeds feller oplicht. Ruiten knappen door de hitte, en de vlammen slaan naar buiten en likken aan het dak. De vonken bereiken de vlag, en ook die vliegt in brand.

'Voelt het goed?' vraagt ze.

'Nee.'

'Jammer.'

Dan snap ik het. Waarom ze zei dat ik het moest platbranden. 'Je loog toen je zei dat je het huis wilde laten afbranden zodat Spenser een frisse start kon maken.'

'Natuurlijk,' zegt ze. 'Jij moet beseffen… hoe slecht dit voelt terwijl je dacht… dat het goed zou voelen. Zo zul je je voelen… als je hiermee doorgaat en Spenser… iets aandoet. Als ik jou dat… kan laten inzien… heb ik daar mijn huis wel voor over.'

Het vervult me met ontzag hoe bijzonder deze vrouw is. 'Spenser verdient jou niet.'

'Dat is niet aan jou om te beoordelen.'

Ik zegt niets.

'Belangrijker nog, je moet beseffen… dat mensen fouten kunnen maken. Als je… mijn slaapkamer niet… binnen was gelopen, had je…

het huis kunnen platbranden… met mij er nog in. Dan zou je morgenochtend… wakker zijn geworden… en te horen hebben gekregen… dat je een moordenaar was… en dan zou je spijt hebben gehad… net zoals Spenser spijt heeft.'

Praten wordt nu moeilijker voor haar, maar wat ze allemaal zegt… Ze heeft gelijk. Ze heeft honderd procent gelijk.

'Jij wint,' zeg ik. 'Ik kan het je man nooit vergeven, maar ik beloof je dat ik hem met rust zal laten.'

'Dank je.'

In de omringende huizen gaan lichten aan, er gaan deuren open en mensen komen naar buiten gewandeld. Ongetwijfeld is de brandweer gebeld. De politie zal ook wel onderweg zijn. Ik laat Ellen achter op het gazon, in de hitte van haar brandende huis, en loop terug naar de auto.

63

Dallas Lockwood zal sterven. Dat is een gegeven. Er zit immers iets helemaal scheef als een man als Lockwood nog in leven kan zijn en een jongetje als Zach niet. Lockwood heeft iedereen laten denken dat wij schuldig waren. Hij heeft een menigte op de been gebracht die zo groot was dat wij er niet tegen konden worden beschermd. Spenser Barkley mag dan degene zijn geweest die me een zet heeft gegeven, Zachs dood en Lisa's verwondingen zijn Lockwoods schuld.

Hij zal sterven. Dat is duidelijk.

De vraag is alleen: hoe?

Voor ik die vraag kan beantwoorden, zet ik de auto langs de kant van de weg. Ik beef over mijn hele lichaam, zo hevig dat ik niet in een rechte lijn kan rijden. Niet van woede om Lockwood, maar van de shock na wat ik daarnet bijna had aangericht. Ellen had gelijk: het had weinig gescheeld of ik had haar levend verbrand. Het was stom geluk dat ik benzine in kamers bleef gieten terwijl er al genoeg lag. Zoals het ook domme pech was dat Spenser mij een duw gaf en dat dat erop uitliep dat Lisa moest vechten voor haar leven. Als ik vijf minuten alleen had met Spenser, zou ik hem dan vermoorden? Hem vergeven? Iets ertussenin, vermoed ik.

Brandweerwagens scheuren me voorbij en ik zie de gloed van de brand aan de hemel. Als het beven is opgehouden, rijd ik de weg weer op.

Het is tien minuten rijden naar het huis van Lucas Pittman. Er staat één patrouillewagen voor de deur en geen pers. Hier valt geen verhaal te halen. Eerder vandaag wel, toen de politie het huis doorzocht, maar nu niet meer. Ik rijd om het huizenblok heen. Ik zoek de woning op die aan de achterkant aan de zijne grenst, want over schuttingen heen klimmen is tot nu toe een prima methode gebleken en dat zal wel zo blijven.

Ik parkeer een paar huizen verderop. Ik hevel nog wat benzine over, maar deze keer vul ik minder flessen. Barkleys huis ging zo makkelijk in vlammen op; ik ga ervan uit dat het met veel minder ook wel zal lukken. Ik loop over het erf en laat de tas over de schutting zakken, waarna ik erachteraan klim; door het verhoogde bloembed is het maar een klein stukje naar beneden. Er is genoeg maanlicht om Pittmans huis goed te kunnen bekijken. Wat ik zie klopt niet met wat zich hier heeft afgespeeld. Er zijn geen kromgetrokken rabatdelen, geen kraaien in de goot die me in de gaten houden. Het is een huis als alle andere huizen in deze straat, in deze buurt, in deze stad.

Ik laat de tas liggen en controleer de ramen en de achterdeur. Die zitten allemaal op slot. Ik kan niet naar de voordeur lopen zonder vanaf de straat te worden gezien. Ik overweeg de koevoet te gebruiken als ik voetstappen hoor naderen. Ik duik weg achter het schuurtje in de hoek van de tuin op het moment dat er een lichtstraal verschijnt. Het is een van de agenten. Hij loopt ter controle een rondje om het huis. Hij laat de lichtstraal over de gevel gaan, en als hij ermee op de schutting schijnt, zal hij de tas zien. Ik houd mijn adem in, alsof dat iets uitmaakt. De lichtstraal beweegt door de tuin op een manier die suggereert dat hij niet verwacht iets bijzonders te zien, en dat gebeurt dus ook niet. Hij loopt naar de achterdeur en haalt die van het slot. Het licht beweegt binnen langs de ramen, en dan gaat achter een kleiner raampje het licht aan. Hij zit op de wc.

Ik verstop de tas achter het schuurtje en ga door de achterdeur naar binnen. Binnen loop ik de andere kant op dan waar de wc zich bevindt. Ik kom uit in een woonkamer met uitzicht op de straat. Ik ga achter een bank op de grond liggen, bang dat de agent zal horen hoe luid mijn hart bonst, of de benzine- en brandlucht zal ruiken die uit mijn kleren opstijgt.

Alleen hoort de agent mijn hart niet, vijf minuten later, niet boven het doorspoelen van de wc, zijn voetstappen en het achter zich dichttrekken van de deur uit. Even later wordt een autoportier geopend en gesloten. Dan niets meer.

Ik kruip naar de gang en sluit de deur tussen mezelf en de woonkamer. Ik loop door de achterdeur naar buiten om mijn tas te halen. Ik zet mijn zaklantaarntje aan. Ik haal Willy uit mijn tas en neem hem mee terwijl ik de achterste helft van de woning bekijk. Vier slaapkamers, een badkamer en een wasruimte. Een van de slaapkamers is een werkkamer, met een bureau waar kabels overheen liggen die normaal gesproken aangesloten zijn op computers die er nu niet meer staan. Er hangen foto's in 12x16-formaat van verlaten gebouwen aan de muur, prachtig uitgelicht, allemaal artistiek, vier stuks. Kent zei dat een deel van Pittmans werk is gebruikt voor boekomslagen, en dat zouden zomaar deze foto's kunnen zijn geweest. Is het mogelijk dat op een van onze boeken een foto van hem is gebruikt? Dat moet ik navragen, want als dat zo is, dan ga ik onze exemplaren verbranden en de uitgever vragen de volgende edities een nieuw omslag te geven.

De kamer ertegenover staat vol opgestapelde dozen, reservemeubels en oude, keurig opgevouwen gordijnen. Ik pak de gordijnen en drapeer ze over de vloer, want ik weet dat ze goed zullen branden. De volgende kamer is de ouderslaapkamer, waar alles van zijn plek is gehaald: het bed staat tegen de muur, lades zijn uit kasten getrokken en omgekeerd, overal liggen stapels kleren.

De kamer daarna geeft me de rillingen.

Hij is ingericht als kinderkamer, met posters aan de muren en een boekenkast vol kinderboeken en -dvd's. Er staat een kist vol speelgoed op de vloer die sterk lijkt op de kist die Zach heeft, alleen ziet hij er steviger uit, en ik vraag me af: als we twintig dollar hadden uitgegeven aan een sterkere kist in plaats van tien, zouden we nu dan ook in deze situatie verkeren?

Maar het is vooral de sekspop op het bed die de griezelfactor tot het maximum omhoogkrikt. Op het eerste gezicht lijkt het een echt kind, afgezien van het gezicht, met die levenloze blauwe ogen en die open mond waar een glimlach omheen speelt. Het ding ziet er solide en zwaar uit. Het draagt een T-shirt met de tekst HIER IS HET ALTIJD HAPPY HOUR, en dat klopt ongetwijfeld, maar niet voor die pop.

Als je nagaat wat die pop heeft gezien, wat die heeft moeten ondergaan, betwijfel ik of hij ooit heeft gewenst dat hij een echt jongetje zou worden. Op het eerste gezicht ziet hij er misschien levensecht uit, en misschien was het op het eerste gezicht ook genoeg voor Lucas Pittman, maar toen op een dag niet meer.

Ik giet de flessen door het huis heen leeg, en de vloerbedekking, de meubels en de gordijnen zuigen de benzine op. Ik giet ook wat over het bed. De pop kijkt, nog steeds glimlachend, naar me op. Ik besluit dat hij genoeg heeft geleden en het niet verdient om levend te worden verbrand. Ik til hem op en sleep hem de slaapkamer uit, maar dan zeg ik boos tegen mezelf dat ik niet zo stom moet doen. Als die pop echt een wens kon doen, zou hij wensen dat hij uit zijn lijden werd verlost. Ik dump hem in de gang.

Ik laat de flessen achter. Die heb ik niet meer nodig. Wat ik voor Dallas Lockwood in petto heb heeft niets te maken met zijn huis in brand steken.

Ik steek een doosje lucifers aan en gooi het in de gang.

Ik pak mijn tas, stap in het verhoogde bloembed en klim over de schutting heen.

Blijkt dat ik niet meer hoef uit te vogelen waar Dallas Lockwood woont.

Hij staat me aan de andere kant van de schutting te filmen.

64

Kent kijkt toe terwijl water het huis in wordt gepompt en rook eruit golft. Het dak is ingestort, de linkermuur ligt nu boven op de schutting in de tuin en de voorgevel is naar binnen gevallen. Ze ziet uitgebrande apparatuur in een uitgebrande keuken en één overgebleven tafelpoot. Er zijn twee brandweerwagens met zwaailichten, brandslangen kronkelen over de natte straat, een stuk of tien brandweerlieden staan er alert omheen. De buren staan op straat te kijken en de eerste mediabusjes komen er al aan. Niemand zal eraan twijfelen – net zomin als zijzelf – dat dit het werk is van Cameron Murdoch.

En weet je wat het is, ze neemt het hem niet eens kwalijk.

Ellen Barkley heeft de buren en de ambulanceverpleegkundigen verteld dat zij de brand heeft gesticht. Hoe of waarom, dat wilde ze niet zeggen. Kent zal haar best doen om ervoor te zorgen dat haar bekentenis overeind blijft en dat Cameron Murdoch met rust wordt gelaten. Hij heeft genoeg moeten verduren.

Ze belt Thompson. Hij is weliswaar geschorst, maar ze wil het hem toch vertellen. Ze weet niet goed of ze wil dat zijn carrière dit overleeft. Hij heeft gistermiddag blijk gegeven van een gebrekkig beoordelingsvermogen. Ze heeft hem altijd als een goede politieman beschouwd, maar nu denkt ze dat hij precies het soort agent is waar het land geen behoefte aan heeft. Ze twijfelt er niet aan dat er over haar hetzelfde wordt gezegd. Nadat de telefoon een paar keer is overgegaan, neemt hij op. Hij klinkt alsof hij lag te slapen, en dat zou logisch zijn, want het is inmiddels één uur 's nachts geweest.

'Ik ga ervan uit dat je geen goed nieuws voor me hebt,' zegt hij.

'Cameron Murdoch heeft Barkleys huis platgebrand.'

'Jezus, waarom doet hij zoiets?'

'Wat denk je zelf?'

'Ja. Oké. Stomme vraag. Is er iemand gewond geraakt?'

'Nee. Murdoch heeft het gedaan, maar Ellen Barkley eist de verantwoordelijkheid op, waarschijnlijk uit schuldgevoel over de rol die haar man in dit alles heeft gespeeld. De buren troffen haar op het gazon voor het huis aan, waar ze naar de vlammen zat te kijken. Het schijnt dat ze niet lang meer te leven heeft, hooguit nog een paar dagen. Een of andere agressieve vorm van kanker.'

'En het zoontje?'

'Dat logeerde bij familie.'

Ze vraagt zich af wat dit voor het zoontje zal betekenen, dat allebei zijn ouders hem binnen een paar dagen zullen worden ontnomen, de ene omdat hij naar de gevangenis moet, mogelijk jarenlang, en de andere voorgoed. Ze weet niet of er een ander gezin is dat hem kan opvangen of dat hij in het systeem zal verdwijnen.

Deze zaak… Overal waar ze kijkt stapelt de ellende zich op, en de rimpelingen verspreiden zich nog steeds.

'Wat zegt Murdoch?' vraagt Thompson.

'Geen idee. We hebben hem niet in hechtenis.'

'Waar is hij?'

'Weet ik niet.'

'Kun je de trackingsoftware niet gebruiken?'

'We hebben het bevel gekregen die uit te schakelen. Dus nee, ik weet niet waar...'

'Je moet naar het huis van Pittman.'

'Hè?'

'Als hij Spenser Barkleys huis heeft platgebrand, is hij waarschijnlijk ook op weg naar dat van Pittman,' zegt hij. Hij praat snel. 'Je moet degenen waarschuwen die het huis in de gaten houden.'

'Zal ik doen.'

'Doe het nu meteen. We moeten hem vinden, anders gaan ónze huizen er misschien ook wel aan.'

65

Voor mijn gevoel is het het lot. Voorbestemd. Het universum kan het evenwicht niet herstellen, maar het laat me wel weten dat het met me meeleeft. Ik zie twee mogelijkheden. De eerste is dat Lockwood hier heeft zitten wachten tot ik me zou vertonen, omdat hij dat al verwachtte. De tweede is dat hij op de hoogte is van het feit dat ik graag over schuttingen heen klim en me al achtervolgt sinds ik in de auto van mijn buurman ben gestapt. Hij heeft gehoopt en verwacht dat ik iets stoms zou doen, en dat heeft hij goed gehoopt en verwacht. Hij heeft vast opnamen van deze brand. Hij zal het zo draaien dat het lijkt alsof ik bewijsmateriaal wilde vernietigen. Hij zal ook opnamen hebben van de andere brand. Hij zal het zo draaien dat het lijkt alsof ik wraak wilde nemen op een man die de moed had om stelling te nemen en te zeggen dat kinderen aanranden niet kan.

'Wil je mijn kijkers vertellen wat je hier precies aan het doen bent?'

De camera en het licht dat ervan af straalt hebben me verlamd. Minder benzine betekent dat het langer zal duren voor het huis achter me in lichterlaaie staat, maar toch is het slechts een kwestie van tijd voor mensen wakker worden van het kabaal. De buur in wiens tuin we nu staan zal een van de eersten zijn. Ik wil niet over Dallas Lockwoods lijk heen gebogen staan als die naar buiten komt om te zien wat er aan de hand is.

Ik loop langs hem heen de straat op, wetend dat hij me zal volgen, en dat doet hij ook. Hij vraagt wat er in het huis lag waarvan ik niet wilde dat de politie het zou vinden.

Terwijl ik naar de auto loop, zoek ik naar een potentieel moordwapen. Een steen uit de tuin. Een afgebroken tak. Een leeg bierflesje in de goot. Ik zou met zijn hoofd tegen de grond kunnen beuken. Tegen een brievenbus. Tegen een schutting. Ik bereik de auto. Ik leg de tas achterin. Er klinkt een 'klonk', wat me eraan herinnert dat er meer in zit dan alleen Willy. Aan de overkant van de straat staat de cabrio die ik bij Ellen Barkleys huis heb gezien. Die zal dan wel van Lockwood zijn.

Ik rits de tas open. Willy kijkt naar me op. En onder Willy ligt de koevoet. In gedachten oefen ik de beweging: een stap naar voren in Dallas' richting, een zwaai met de koevoet van opzij. Eén klap tegen het hoofd zou voldoende moeten zijn. Er zal bloed zijn, maar hopelijk niet veel lawaai. Ik draai me naar hem om. Er is geen teken van leven op straat en ik kan de brand niet horen, maar een meter of honderd verderop zie ik wel rook en een vuurgloed. Ik steek mijn hand weer in de tas en haal Willy eruit. Ik wil dat hij dit ook ziet, en bovendien kan hij me helpen. Ik pak hem over in mijn linkerhand en pak dan met mijn rechterhand de koevoet vast. Die hand houd ik in de tas.

Lockwood stelt vragen. Ik zou hem nu te grazen kunnen nemen, terwijl hij staat te praten, maar dat doe ik niet. Ik zou hem nu te grazen kunnen nemen, als hij zich omdraait om te zien waar ik over zijn schouder naar sta te kijken, maar dat doe ik niet. Of ik kan wachten tot hij klaar is met vragen stellen en terugloopt naar zijn auto, en hem dan te grazen nemen. Maar dat doe ik niet. In plaats daarvan laat ik Willy op de grond vallen. Ik vind het vreselijk om hem dat aan te doen, maar hij begrijpt het vast wel. Lockwood kijkt omlaag, en ik verstevig mijn greep op de koevoet, en hij is een makkelijk doelwit, en...

Ik doe het niet.

Ik doe het niet, want een huis platbranden is nog wel te doen, maar iemand een deuk in zijn achterhoofd slaan is een heel ander verhaal. Ik laat de koevoet los en haal mijn hand uit de tas. Ik weet niet of ik me nu meer een lafaard voel omdat ik hem wilde slaan, of juist omdat ik niets heb gedaan. Lockwood raapt Willy op.

Ik steek mijn hand uit. 'Die is van mijn zoon.'

'Je zoon zal hem niet missen.'

'Geef hier.'

'Nu wil ik hem nog liever zelf houden.'

Ik had hem met die koevoet moeten slaan.

Dat kan nog steeds.

'Ik weet het goed gemaakt,' zegt Lockwood. 'Ik geef je dat knuffelbeest terug als je me vertelt welk bewijsmateriaal je hier kwam verhullen en waarom je maandagavond stiekem in je huis bent geweest.'

'Hè?'

'Ik weet dat jij het was die me aanviel. Wat deed je daar?'

'Heb je nog niet genoeg ellende veroorzaakt?'

'Wat bedoel je daar nou weer mee?'

De gloed van het brandende huis wordt feller, maar het is nog steeds stil op straat. De politie voor het huis van Pittman zal het inmiddels wel gemerkt hebben. Ik hoop dat ze zichzelf niet in gevaar brengen door te proberen de vlammen met dekens uit te slaan. Ik hoop dat ze uit de buurt blijven en op de brandweer wachten.

'Je weet precies wat ik bedoel en je weet precies wat je hebt aangericht. Wat er met ons is gebeurd, wat er met Lisa is gebeurd, dat heb jíj gedaan.'

Hij glimlacht. 'Je kletst uit je nek, Murdoch. Dat heb je altijd al gedaan. Jaren geleden geloofde iedereen je misschien toen je beweerde dat je mijn boek niet had gestolen, maar nu zien ze wat voor iemand je werkelijk bent. Ze zien dat jij iemand bent die zijn kind overhandigt aan een pedofiel. Het is met je gedaan, en ik zal ervoor zorgen dat de hele wereld het weet.'

'Waar heb je het over?'

'Jij geeft je zoon aan Pittman, zodat die zich een beetje kan uitleven, en zodra jij wordt gearresteerd, neemt Pittman de jongen ergens mee naartoe om hem te vermoorden, ergens waar hij makkelijk kan worden gevonden, en het tijdstip van overlijden zal bewijzen dat jij in hechtenis was toen het gebeurde, en bam: je bent onschuldig. Wereldwijde publiciteit. Joh, je zou er zelfs een boek over kunnen schrijven. Alleen raakt Pittman in paniek en klapt met zijn auto op die vrachtwagen, en komt dat achterlijke joch van je om voor Pittman hem kan vermoorden.'

Je kunt hem nog steeds een klap geven met die koevoet, zegt meneer Stel Dat.

Misschien.

Je hebt hem immers nog in je hand...

Nee hoor.

Dat zou ik maar eens controleren als ik jou was. Geloof je me niet? Kijk dan eens omlaag. Je hebt hem uit de tas gehaald.

Ik kijk niet omlaag, maar meneer Stel Dat heeft gelijk. Ik kan het gewicht voelen. Ik had niet eens in de gaten dat ik hem had gepakt.

O ja? Ga je dat ook tegen de rechter zeggen?

'Zo moet je hem niet noemen.'

'Hé, ik zeg alleen maar wat iedereen denkt. Dat joch van jou, dat is ongeveer zo achter–'

'Jij bent echt tuig van de richel, Lockwood. Je wakkert de grootste angst van mensen aan en maakt ze wijs dat de wereld het op ze heeft gemunt. Jij bent bereid alles te zeggen, als het maar aandacht oplevert. Geef me die knuffel en je kunt schrijven wat je maar wilt. Dat doet er nu toch allemaal niet meer toe.'

'Oké,' zegt hij. Hij zet de camera vlakbij op een brievenbus zodat de opname kan blijven lopen. Dan houdt hij me Willy voor, en als ik hem wil aanpakken, trekt hij hem terug, draait hem ondersteboven, neemt in elke hand een beentje en maakt zich klaar om te trekken.

'Niet doen,' zeg ik. 'Alsjeblieft...'

Hij scheurt Willy doormidden; de vulling valt uit de twee even grote helften. Hij doet een stap naar voren en duwt ze tegen mijn borst. Ik weet één helft te pakken, maar de andere helft valt op de grond, want ik heb maar één hand vrij.

Ik doe een stap in zijn richting.

'Doe je best, flinkerd,' zegt hij, want dat is wat hij wil, daarom staat de camera op ons gericht. Hij heeft de koevoet niet gezien, want die heb ik achter mijn bovenbeen verborgen gehouden, dus ik doe mijn best, en dan blijkt dat het inderdaad zo gaat als ze in films en op tv en ook in het echte leven zeggen: ze zeggen dat je de controle verliest.

Dat is wat er gebeurt.

Ik verlies de controle.

66

Ik raak hem vlak boven zijn rechterslaap. Mogelijk had hij de klap kunnen afweren, maar ik denk dat hij hem juist wilde. Aangevallen worden maakt het verhaal beter. Maar tegen de tijd dat tot hem doordringt dat het niet mijn vuist is die op hem afkomt, is het te laat.

Het is voor mij ook te laat om nog te stoppen. Zelfs al had ik dat gewild.

En dat wil je niet.

En dat wil ik niet.

Je hebt dit al gewild vanaf het moment dat hij je ervan beschuldigde zijn boek te hebben gestolen.

Meneer Stel Dat heeft gelijk.

En nu heb je je zin.

Lockwoods hoofd kantelt opzij, en hij opent zijn mond om iets te zeggen, maar er komt niets uit. Een van zijn ogen knippert snel en een van zijn handen begint ongecontroleerd te trekken. Hij doet een stap in mijn richting, blijft in die houding staan, en dan gaat zijn andere voet een stap naar achteren, en hij lijkt niet te snappen hoe dat heeft kunnen gebeuren, alsof de bedrading in zijn lichaam in de war is geraakt. Dan schokt zijn rechtervoet en valt hij achterwaarts op zijn kont, in een zittende houding. Hij kijkt opzij, alsof hij de deuk in zijn schedel aan het publiek wil laten zien. Er is geen bloed. Nog niet tenminste. Dan valt hij opzij en raakt hij met zijn hoofd de stoeprand, de andere kant van zijn hoofd deze keer, een zachtere bons deze keer, en kleinere schokjes, en waarschijnlijk ook een kleinere deuk. Zijn ogen knipperen razendsnel.

Ik blijf roerloos staan kijken terwijl hij stuiptrekt; een van zijn handen slaat tegen het wegdek. Dan houdt het slaan op en houdt het stuiptrekken op.

En houdt Dallas Lockwood op.

Ik pak zijn schouder beet. Ik schud er een beetje aan. Ik had wel iets verwacht, maar dit...

Dit niet? Natuurlijk wel. Je kunt gewoon eerlijk tegen me zijn, we zijn immers vrienden.

'Gaat het wel, Lockwood?'

Ik laat de koevoet op het grasveld vallen en controleer zijn polsslag. Die is er niet. Het gaat niet goed met Lockwood.

'Hé, wakker worden.'

Hij wordt niet wakker. Dat kan hij niet. Om te beginnen zou hij dan een polsslag moeten hebben. Ten tweede zou die forse deuk in zijn schedel weer moeten worden uitgedeukt. En dat betekent dat ik de gevangenis in ga. Ik ga de gevangenis in omdat ik de man heb vermoord die erop gebrand was om mijn gezin kapot te maken. En weet je wat het is, ik verdien het niet om voor die klootzak de bak in te draaien.

Dat hoeft ook niet.

Ga verder.

Stel dat Lockwood gewoon verdwijnt? Dan denken ze misschien dat jij hem hebt vermoord, maar dat weet toch niemand zeker? Er lopen ongetwijfeld honderden mensen rond die hem dood willen hebben. Kom op, Cameron, dit is toch precies zoiets waarvan je altijd hebt gedacht dat je ermee weg zou kunnen komen?

Wederom heeft meneer Stel Dat gelijk. Nu komt puntje bij paaltje. Dit is het moment waarop ik ga ontdekken of alle grapjes die ik op het podium heb gemaakt over wegkomen met moord wel echt grapjes waren. Je van een lichaam ontdoen is moeilijk, en je van een auto ontdoen zo goed als onmogelijk. Toch zal ik het allebei moeten doen. Ik vind Lockwoods sleutel in zijn broekzak. Ik ren naar zijn auto en maak de kofferbak open. Er is niet veel ruimte, maar hij zal er wel in passen. Lockwood is iets groter dan ik, maar als ik hem wil optillen, lijkt hij twee keer zo groot. Mijn rug doet pijn van het gewicht en mijn wervels en ribben dreigen van hun plek te raken als ik hem over de weg sleep en in de kofferbak prop. Alleen past hij niet. Die verrekte auto van hem is te klein. Hij ligt er grotendeels in, maar zijn rechterbeen past er niet meer bij. Ik duw en draai hem alle kanten op, maar het lukt niet. Ik heb een zaag nodig om die hoek te kunnen maken. Wat betekent dat ik hem op de bijrijdersstoel moet zetten. Als ik hem eruit wil trekken, krijg ik er geen beweging in. Hij zit muurvast. Ik gooi mijn volle gewicht in de strijd. Hij kan geen kant op.

Sirenes in de verte. Het is nog maar een kwestie van tijd voor de brandweerwagens en politieauto's deze straat voorbij scheuren, en als het zover is, komen de mensen hun huizen uit. Ik mag hier niet meer zijn als dat gebeurt.

Ik steek de straat over en stop de twee helften van Willy in mijn leenauto. Ik maak de kofferbak open om te zien wat voor opties ik heb. Ik hoop op een deken of een stuk zeildoek, maar er liggen alleen twee bungeekoorden. De sirenes worden luider.

Ik pak mijn tas en rits die om Lockwoods been heen. Het is niet ideaal, maar het bedekt alles wat bedekt moet worden, al ziet het er belachelijk uit. Ik lus een bungeekoord door het slot in de achterklep, trek hem stevig naar beneden en lus het andere eind onder de bumper door. Ik sluit de auto van mijn buurman af. Als ik ernaar kijk, valt de auto niet op. Het is gewoon een normale sedan die op een normale plek geparkeerd staat.

Voor me stuiven twee brandweerwagens en twee patrouillewagens over de kruising. Ik buk en wacht tot een van de patrouillewagens terugkomt, maar dat gebeurt niet. Er zit me iets dwars, ik heb het gevoel dat ik iets vergeet, maar ik kan hier niet blijven. Ik stap in Lockwoods auto en start die, en dan weet ik het. De koevoet. Die heb ik in het gras laten liggen. Ik steek rennend de straat over, raap hem op en ren terug. Als ik er eerder aan had gedacht, had ik Lockwood er misschien mee uit de kofferbak kunnen wrikken.

Ik rijd een eindje zonder verlichting, en de rest van de weg met, en waar mogelijk neem ik zijstraten. Ik heb aan de koevoet gedacht, maar toch heb ik nog steeds het gevoel dat ik iets over het hoofd zie.

Ik rijd langs de rand van de stad, langs het vliegveld waar kleine boerderijen aan de grens van de stad lijken te ontspruiten, waarna de grotere boerderijen het overnemen. Als ik voor me of achter me koplampen zie, verlaat ik de weg en wacht ik tot de auto voorbij is. Ik doe precies waar Dallas Lockwood me op hoopte te betrappen. Eindelijk heeft hij zijn primeur.

Ik kan Andre en Rita niet bellen, want ik heb mijn telefoon niet bij me, dus rijd ik onaangekondigd naar hun huis. Andre en Rita zijn van die mensen die met de kippen op stok gaan en bij het krieken van de dag weer opstaan, maar ik betwijfel of ze deze week veel hebben geslapen, en het feit dat er licht brandt achter het keukenraam bewijst mijn gelijk. Het hek is op slot. Dat is het 's nachts altijd; er hangt een ketting omheen met een cijferslot eraan. Ik druk de code in, open het hek en rijd naar binnen. Ik rijd door tot pal voor het huis en zet de auto naast die van Rita. De laatste keer dat ik die heb gezien, had Lisa hem een paar straten bij ons huis vandaan geparkeerd. De voordeur van het huis gaat open en Andre komt naar buiten. Hij heeft zijn pyjama aan. Kahn komt achter hem aan. Andre houdt zijn hand omhoog om zijn ogen te beschermen tegen de koplampen. Ik zet ze uit. Ik zet de motor ook uit.

Ik stap uit de auto en hij laat zijn handen zakken. 'Cam? Wat doe jij hier? Het is nog niet eens...' zegt hij, en hij kijkt naar zijn pols, alleen heeft hij geen horloge om. 'Het kan niet veel later zijn dan twee uur.'

'Waar is Rita? Is zij ook nog wakker?'

Hij schudt zijn hoofd. Hij stapt in een paar laarzen dat bij de deur staat en loopt de veranda af, naar de auto. 'Ze heeft een paar slaappillen genomen. Van wie is die auto?'

'Je zei dat ik het alleen maar hoefde te vragen als je iets voor me kon doen.'

'Dat klopt,' zegt hij na een korte aarzeling.

'Nou, hier ben ik dan en je kunt iets voor me doen.'

'Wat is hier aan de hand, Cam? Je kunt het me maar beter gewoon vertellen.'

'Ik moet deze auto begraven.'

'Hè?'

'Ik moet hem laten verdwijnen.'

'Wat heb je gedaan?' vraagt hij, en hij doet een stap dichterbij, en hij ziet dat de kofferbak openstaat en dat er iets onder uitsteekt. 'Wat heb je daar?'

'Het is geen "wat",' zeg ik.

'Jezus christus, bedoel je wat ik denk dat je bedoelt?'

'Het laatste wat ik wilde was hiermee bij jou aankloppen, maar ik heb geen andere mogelijkheden. Of je helpt me, of ik moet naar de gevangenis.'

'Wie ligt er in de kofferbak?'

'Dallas Lockwood.'

Hij deinst een stap terug. 'Is hij dood?'

'Ja.'

'Ik heb het je nog gezegd. Ik heb je verdomme nog gezegd dat je niet...'

'Het is niet wat je denkt. Hij zocht de confrontatie met mij,' zeg ik, en dat is grotendeels waar. 'Hoor eens, wat er met hem is gebeurd was een ongeluk,' zeg ik, en dat is grotendeels onwaar. 'Maar denk je echt dat de politie dat zal geloven na alles wat hij op tv over me heeft gezegd?'

Hij zegt niets, maar ik zie aan hem dat hij erover nadenkt. Kahn loopt naar de achterkant van de auto om eens te snuffelen.

'Hij noemde Zach een achterlijk kind. Hij zei dat we beter af waren nu Zach dood was. Zijn volgende verhaal zou erover gaan dat wij Lucas Pittman zouden hebben ingehuurd om onze zoon te vermoorden. Ik draaide door. Ik heb hem geslagen. Dit was niet de bedoeling, maar als ik de politie bel, draai ik de bak in.'

'Heeft hij dat echt gezegd?'

'Ja.'

Hij knikt bedachtzaam. 'Zo te horen probeerde hij je uit je tent te lokken. Maakte hij opnamen?'

O, nee.

'Cameron?'

Dat andere wat ik over het hoofd heb gezien. De camera staat nog op de brievenbus. 'Ja.'

'En jij bent erin getrapt.'

Hoe groot is de kans dat iemand die camera vindt? 'Luister, ik heb niet veel tijd. Het was niet mijn bedoeling dat het zo zou eindigen, maar het is wel gebeurd, en ik...'

'Je lijkt niet erg van streek.'

'Ben ik ook niet.'

'Voor deze week had ik dit nooit kunnen dromen, Cam, maar je maakt me bang.'

'Ik heb Zach nooit iets aangedaan.'

'Dat weet ik, en het vervult me met niets dan schaamte dat ik ooit heb gedacht dat je dat misschien wel had gedaan. Maar dit...'

'Lockwood is de reden dat we werden gearresteerd. Als hij er niet was geweest, zou Zach misschien nog leven. En in elk geval zou Lisa niet gewond zijn geraakt, want hij is de reden dat er zoveel mensen op de been waren. Je moet een beslissing nemen. Of je belt de politie, of je helpt me.'

'Je vraagt me eigenlijk om medeplichtig te worden.'

'Je maakt mij niet wijs dat jij, als je Pittman of Lockwood te pakken had gekregen, ze niet een gigantisch pak slaag had gegeven.'

'Een pak slaag, ja. Maar ik had ze niet vermoord.'

'Alsjeblieft, Andre, ik vraag je om hulp. Ik vraag je me te helpen voorkomen dat ik het beetje gezin dat ik nog heb ook kwijtraak. Het is of dat, of de gevangenis in.'

Hij bijt op zijn duim. 'Je wilt dat ik de auto begraaf.'

'Ja.'

'Met hem erin.'

'Ja.'

Hij blijft op zijn duim bijten.

'Dat kun je toch wel?' vraag ik. 'Je kunt toch wel een gat graven dat groot genoeg is?'

'Ik kan best een gat graven dat groot genoeg is voor die auto, maar geen gat dat groot genoeg is voor hem,' zegt hij, terwijl hij in de richting van het lichaam knikt.

'Ik snap het niet,' zeg ik. 'We laten hem in de auto liggen.'

'Denk er maar eens goed over na,' zegt hij.

'We laten hem erin liggen, en...'

'En dan? Wil je echt dat ik elke morgen opsta en naar mijn land kijk in de wetenschap dat daar een dode man begraven ligt? Het spijt me, Cam, ik wil je eigenlijk niet helpen, maar ik doe het wel, alleen zijn er wel grenzen.'

'Wat wil je dan dat ik met hem doe?'

'Weet ik veel. Jij bent de misdaadauteur. Bedenk maar iets.'

67

Het tafereel lijkt sterk op wat Kent net heeft achtergelaten. Brandslangen over een natte straat, zwaailichten, buren die op straat staan toe te kijken, alleen is ze er deze keer snel genoeg bij om de vlammen te zien, om ruiten en planken te zien knappen, om de hitte te voelen. De muren van Pittmans huis staan nog overeind, het vuur likt aan de buitenkant, brandende stukken gordijn lossen op en zweven de lucht in.

Thompson staat tegen zijn auto geleund naar de brand te kijken. Hij is zichtbaar ontdaan, alsof dit nog boven op het schuldgevoel over de onterechte arrestatie komt. Wat staat hun nog te wachten? Gaat Cameron proberen het politiebureau plat te branden? Thompsons huis wordt inmiddels door enkele agenten bewaakt, en het hare ook. Agenten zijn Cameron Murdochs huis binnengegaan en hebben er niemand aangetroffen. Hij moet achter over de schutting zijn geklommen om ongezien weg te komen, en hier heeft hij hetzelfde gedaan om de politie te ontlopen. De halve eenheid is inmiddels naar hem op zoek.

'Dit is mijn schuld,' zegt Thompson als ze naar hem toe loopt.

'Nee, het is Cameron Murdochs schuld,' zegt ze. 'Het is Lucas Pittmans schuld. Het is Spenser Barkleys schuld. Jij hebt een fout gemaakt, maar het was geen opzet.'

De rechterkant van het dak zakt door, eerst langzaam, en dan stort hij de slaapkamer in, waardoor de punt van het grote dak in een hoek van vijfenveertig graden komt te staan. Het ene uiteinde rust op de grond en het andere uiteinde staat nog boven op de muur. Er vliegen brandende stukjes vanaf, tegen de schutting. Die worden gedoofd voor ze het vuur kunnen verspreiden.

'Ik ga,' zegt ze.

'Waarnaartoe?'

'Dallas Lockwoods huis.'

'Hè?'

'Ik denk dat dat misschien Camerons volgende doelwit zal zijn. We weten dat ze een voorgeschiedenis delen. Bovendien hebben we in het huis van de Murdochs verborgen camera's aangetroffen. We denken dat Lockwood zich maandagnacht toegang tot het huis heeft verschaft om ze te installeren. Ik ben een paar uur geleden bij hem langs geweest om hem erover te ondervragen, maar toen was hij niet thuis. We weten ook dat Lockwood vanochtend een e-mail heeft verstuurd aan zijn volgers om ze op te hitsen. Hij heeft ze gevraagd naar het huis te gaan. Dat was de reden dat er zoveel mensen waren.'

'Shit.'

'Was jij dat?'

'Hè?'

'Je hebt me wel gehoord. Je wilde publiek voor die arrestatie en dat heb je gekregen. Ben jij degene die Lockwood informatie heeft toegespeeld?'

'Zak d'r in, Rebecca.'

'Ik moet het vragen.'

'Nee, ik was het niet. Ik heb nooit een woord met die kerel gewisseld.'

'Oké. Sorry.'

'Zal wel.'

'Hoor eens, Murdoch is een soort zwarte lijst aan het afwerken, toch? Ik heb al agenten bij Lockwoods huis neergezet, maar ik ga er toch even kijken, en als Cameron zich laat zien, handel ik het wel af.'

'Prima. Doe jij dat maar.'

'Prima. Dan doe ik dat,' zegt ze, want als ze naar huis zou gaan, zou ze toch geen oog dichtdoen.

Ze laat Thompson nog steeds starend naar de brand achter, op het moment dat het puntdak losraakt van de muur en verder kantelt, tot het op zijn kant plat op de grond ligt en de andere helft naar de hemel wijst.

68

We verplaatsen de auto naar de schuur en dekken hem af met een stuk zeildoek. Andre zegt dat we het morgenochtend wel zullen regelen, dat we onherroepelijk de aandacht zouden trekken als we midden in de nacht met een graafmachine in de weer zouden gaan. Dat komt mij prima uit, want ik moet terug om die camera te halen.

Andre gaat met Kahn naar binnen, kleedt zich aan, pakt zijn sleutels en brengt me met de auto terug naar het huis van Pittman. Vier straten verderop zet hij me af. Ik wil hem bedanken, maar voor ik het kan zeggen, zegt hij: 'Laat maar. Tot snel.'

Ik loop erheen. Ik kom niemand tegen, en er is weinig verkeer, alleen een paar mediabusjes waarvoor ik in tuinen wegduik, zodat ze me in het voorbijgaan niet zien. Als ik bij de auto kom, is alles nog zoals ik het heb achtergelaten. De camera staat op de brievenbus. Ik gris hem mee.

Verder nog iets? Heb je je rijbewijs laten liggen? Schrijven over misdaden is niet zo moeilijk als je de hele dag hebt om erover na te denken, maar als er sirenes in jouw richting rijden valt het nog niet mee, hè?

Het punt is, er is inderdaad nog iets, want het gevoel dat ik niet alle losse eindjes heb weggewerkt trekt nog steeds niet weg. Ik loop om de auto heen, speur de grond af, op zoek naar wat dat zou kunnen zijn, maar er is niets. Alleen paranoia.

Ik rijd via dezelfde route terug. Andre staat me naast Lockwoods auto op te wachten in de schuur. Ik rijd mijn auto er achteruit naast en maak de kofferbak open.

'Voor je het vraagt,' zegt hij, 'ik ben niet van gedachten veranderd. Ik wil niet dat die kerel op mijn land wordt begraven.'

'Ik was niet van plan het te vragen.'

'En voor je iets zegt: ik wil niet weten wat je met hem gaat doen.'

'Ik was niet van plan het je te vertellen, maar ik heb wel een spade nodig.'

Ik maak het bungeekoord los, haal mijn tas weg en maak de kofferbak open. Andre deinst niet terug voor de aanblik van een lijk. Hij heeft er vaker een gezien, en die waren er veel slechter aan toe, en hij is ook niet bang om zijn handen vuil te maken. Lockwoods schouders zijn klem komen te zitten tussen de onderkant en de bovenkant van de kofferbak. We moeten met z'n tweeën duwen en trekken om hem los te krijgen. We verplaatsen hem naar de andere kofferbak, waar we eerst een picknicklaken in hebben gelegd. We overwegen hem strak in plastic of zeildoek te wikkelen, maar dat maakt hem later alleen maar lastiger hanteerbaar.

'Kom morgenochtend vroeg maar langs,' zegt Andre als Lockwood op zijn plek ligt en het zeildoek weer over de cabrio heen is getrokken. 'Hoe sneller we die auto onder de grond hebben, hoe beter.'

Vanaf de oprit kijkt hij me na als ik wegrijd. In de gloed van de remlichten lijkt het alsof hij drijfnat is van het bloed.

De achterkant van de auto is zwaar en telkens als ik een bocht neem voel ik Lockwoods lichaam verschuiven. Ik blijf op zijstraten en rijd door buitenwijken. Mooie huizen. Niet zulke mooie huizen. Grote parken en grote winkelcentra, kleine parken en kleine winkelcentra. Grote kerken en kleine kerken, lelijke kerken en eenvoudige kerken. Ik kies voor de honderd jaar oude kerk waar mijn vader is begraven, in een deel van de stad waar het nieuwste huis vijftig jaar oud is. De poort naar de begraafplaats naast de kerk is dicht, maar niet op slot. Ik stap uit, maak de poort open en rijd naar binnen, waar de kerk aan het zicht wordt onttrokken door grote populieren links van me, terwijl recht voor me uit vele rijen dode mensen lijnen trekken in het landschap. De begraafplaats heeft zich naar buiten toe uitgebreid; vlak bij de kerk zijn er voornamelijk oude graven, en naarmate ik verder doorrijd worden ze nieuwer. Ik rijd langzaam, zonder verlichting, want er is genoeg maanlicht om te kunnen zien waar ik rijd en ik weet dat het slechts een kwestie van tijd is voor ik vind wat ik zoek; vijf minuten denk ik, maar er verstrijken er tien en dan vijftien, en ik sta op het punt om het op te geven als ik het zie: een hoog opgetaste berg aarde, verborgen onder een zeildoek.

Ik stop en loop er voorzichtig naartoe, met mijn zaklantaarn op de grond gericht, want ik wil niet in het open graf vallen dat vlakbij moet zijn. Een paar meter verderop tref ik het aan, een pas gedolven rechthoek in de grond die erop wacht weer te worden gevuld. Het gat is diep. Ze zijn altijd dieper dan je denkt.

Ik leg de zaklantaarn ernaast op de grond en loop terug naar de auto. Ik maak de kofferbak open en sleur Lockwood eruit. Ik draag hem naar het graf en leg hem ernaast op de grond. Ik zou me schuldig moeten voelen, maar dat is niet zo. Misschien is een moord plegen makkelijker dan ik dacht, of misschien is het gewoon nog niet tot me doorgedrongen.

Ik pak de spade. Ik leg hem in de breedte over het graf en slinger me eraan naar beneden. Dan begin ik te graven. De grond is hard en ik moet op de spade stampen om hem erin te krijgen, maar de aarde komt los. Ik graaf aan het ene eind en schep de aarde aan het andere eind op een hoop. Als ik een halve meter diep heb gegraven, leg ik de schop weer horizontaal over het graf, trek mezelf omhoog en klauter eruit.

Ik rol Lockwood het graf in. Hij belandt met een zware bons op de bodem. Ik pak zijn camera. Die maakt nog steeds opnamen. Ik druk op stop en scrol dan door de beelden heen. Zoals ik al dacht, volgde hij me al vanaf het huis van mijn achterbuurman. Hij heeft alles gefilmd, inclusief zijn eigen moord. Ik wis de beelden en haal de geheugenkaart eruit. Ik laat me weer zakken. Er is nog zo weinig tijd verstreken dat de lijkstijfheid nog niet is opgetreden, dus ik slaag erin Lockwood dubbel te vouwen, met zijn gezicht vlak bij zijn voeten, en hem in het gat te krijgen dat ik heb gegraven. Ik schep de aarde weer terug en klop die aan. De grond is wat hoger dan eerst, maar als het goed is valt dat niet op.

Ik rijd dezelfde weg terug en gooi onderweg de koevoet, de inmiddels doormidden gebroken geheugenkaart en de camera, samen met het picknicklaken, in het meertje. Ik rijd langs de kerk en bedenk dat ik hier volgende week weer zal zijn, voor Zachs begrafenis.

Het is vier uur 's nachts als ik weer in het motel ben. Ik neem een lange douche. Het verband zit onder het vuil. Ik maak het los en gooi het in een vuilnisbak. Ik zet mijn telefoon aan en zie dat ik een hele reeks oproepen van Kent heb gemist, waarvan de eerste om één uur is binnengekomen en de laatste twintig minuten geleden. Ongetwijfeld belde ze vanwege de branden. Ze heeft geen berichten achtergelaten.

Ik bel haar niet terug.

Ik zet mijn telefoon weer uit en ga naar bed.

Ik denk aan Dallas Lockwood, aan de uitdrukking op zijn gezicht toen hij Willy doormidden scheurde, aan de uitdrukking op zijn gezicht toen hij besefte dat het iets meer was dan mijn vuist wat op hem af suisde, aan de uitdrukking op zijn gezicht toen ik hem het graf in rolde.

Er is nog iets. Ook al heb ik de koevoet en de camera meegenomen, ik weet dat ik ergens in de afgelopen uren, toen puntje bij paaltje kwam, een foutje heb gemaakt. Heel even zijn het puntje en het paaltje uit elkaar geraakt, en op dat moment heb ik iets over het hoofd gezien. Als Lisa er was, zou ze meteen weten wat. Daarom zijn we zo'n fantastisch team.

Alleen is Lisa er niet.

En Zach ook niet.

69

Cameron Murdoch treedt uit zijn lichaam. Als hij wakker wordt in het daglicht – het verbaast hem dat hij überhaupt heeft geslapen – gaat hij nog een keer onder de douche. Dit is de eerste ochtend van de rest van zijn leven waarin zijn zoon er niet meer is, maar ook de eerste ochtend van de rest van zijn leven waarin hij een moordenaar is. Hij is verdoofd. Hij voelt zich nu oud, ouder dan hij ooit is geweest, ouder dan hij ooit had gedacht dat hij zich zou voelen.

Ik zie dat Cameron Murdoch zich afdroogt en vervolgens de vuile kleren van gisteravond weer aantrekt. Op zijn knokkels is de huid kapot en zitten bloedvlekken. Het is geen traditionele uittreding, want ik bezie mezelf niet van buitenaf, maar van binnenuit. Ik ben een passagier die een poosje meelift.

Cameron checkt uit.

'Hoe was uw verblijf?' vraagt de baliemedewerker van het motel, een vrouw die even lang als breed is, aan hem.

Ik zeg niets, maar ik hoor Cameron antwoorden: 'Prima, dank u.'

'U komt me bekend voor,' zegt de vrouw. 'Bent u van de tv of zo?'

'Ik heb gewoon zo'n gezicht.'

Cameron stapt in de auto van zijn buurman.

Cameron rijdt weg.

Cameron slaat links en rechts af, en hij geeft richting aan, en tegen de tijd dat hij zijn eigen buurt bereikt kan hij zich niet eens meer herinneren dat hij ernaartoe is gereden, en hij denkt, Cameron denkt: heeft hij zelf gereden? Of heeft de hand van God hem op punt A opgepakt en op punt B weer neergezet? Hij hoort een storm aan de horizon. Hij ziet hem niet, maar hij hoort hem wel.

Cameron parkeert de auto op de oprit van meneer Crawford. Hij stapt uit, en meneer Crawford komt het huis uit, en meneer Crawford vraagt: 'Gaat het wel, Cameron? Je ziet er niet goed uit.'

'Het gaat wel, dank je,' hoort hij zichzelf zeggen, en hij kijkt naar boven, op zoek naar de storm. Die wordt luider. Hij kan de wind horen. Hij voelt hem niet, maar hij hoort hem wel.

Cameron haalt de tas uit de auto, en de twee helften van Willy.

Meneer Crawford bekijkt hem van top tot teen. Hij ziet de vuile kleren en het roet, en hij knikt langzaam, en hij zegt: 'Het wordt heet vandaag. Ik denk dat ik de auto maar eens een grondige schoonmaakbeurt ga geven. Zodat hij er weer als nieuw uitziet. Vind je dat ik dat zou moeten doen?'

'Ja,' zegt Cameron.

'Ik denk dat ik de binnenkant ook maar eens onder handen neem.'

'Dat is een goed idee,' zegt Cameron, die nu zijn stem moet verheffen. De storm is gearriveerd. Hij ziet hem niet, maar hij voelt de toenemende druk in zijn hoofd.

Cameron klimt over de schutting.

Cameron laat zich in zijn achtertuin vallen.

De storm heeft hem bereikt. Die is luid, een oorverdovend geraas, alsof hij in een windtunnel staat. Cameron laat zich op zijn knieën vallen, en we houden ons hoofd vast met onze handen, en ik sluit mijn ogen en wacht tot het voorbij is. De storm trekt over en ik ben niet langer een passagier. Maar als ik voor de rechter kom te staan voor de moord op Lockwood, zal ik beweren dat ik dat wel was.

Ik sta op. Ik hoor dat meneer Crawford de tuinslang op zijn auto richt.

Ik ga naar binnen. Het raam is vervangen en de glasscherven zijn opgeruimd. De menigte buiten is nog maar een fractie van wat er gisteren stond, maar de voortuin is bedolven onder de bloemen, teddyberen en kaartjes. Ik trek schone kleren aan, gooi mijn vuile kleren in de wasmachine en zet die aan.

Ik loop de woonkamer in en bind een elastiek om Willy heen om de twee helften bijeen te houden, waarna ik de tv aanzet zodat we het journaal kunnen kijken. Er wordt een vrouw geïnterviewd. Haar haar is rood, haar ogen zijn rood en haar gezicht is ook rood. Ze huilt, ze is boos, en zoals zoveel van ons is ze geknakt.

'... schuld,' zegt ze. 'Natuurlijk. Cameron Murdoch heeft mijn zoon vermoord. Alsof hij een pistool heeft gepakt en de trekker heeft overgehaald.'

Ik heb geen idee waar ze het over heeft.

'Alleen heeft hij dat niet gedaan,' zegt de journalist.

'Nee, maar het maakt weinig verschil. En voor je zegt dat mijn zoon daar niet samen met al die andere mensen had moeten zijn: mag ik je eraan herinneren dat het zijn goed recht was om naar hun huis te gaan en boos te zijn, net als al die andere lui?'

'De Murdochs hadden niets te maken met wat er met hun zoon is gebeurd,' zegt de journalist, en mogelijk is het Opgestroopte Mouwen, ik weet het niet, hij komt niet in beeld. De camera blijft gericht op het gezicht van de lijdende vrouw.

'Ik weet niet hoe Cameron Murdoch het heeft gedaan, maar hij heeft het gedaan. We weten allemaal dat hij het heeft gedaan. Heb je zijn boeken weleens gelezen? Zo'n man, een man die over dat soort gestoorde dingen kan schrijven, nou, daar moet toch een steekje bij los zitten, of niet soms? En het is precies zoals die man een paar dagen geleden op tv zei: als er iemand is die met zo'n misdaad kan wegkomen, is het een misdaadauteur. Ik weet heus wel wat de mensen zullen zeggen. Ik weet dat ze denken dat mijn zoon zich samen met zijn vrienden een stuk in de kraag heeft gezopen, en dat ze de clown uithingen met die nonnen- en priesterkostuums, en dat het een ongeluk was dat hij van die piramide af is gevallen, en dan hebben ze nog gelijk ook. Maar waar het op neerkomt is: als Cameron Murdoch geen moordenaar was geweest, dan had mijn zoon nog geleefd.'

70

We weten allemaal dat hij het heeft gedaan.

De woorden van de vrouw blijven nog lang nadat ik de tv heb uitgezet in de lucht hangen. Ik staar ernaar, zoals ze daar hangen, ik zie dat ze meebewegen met de luchtstroom, die woorden, die acht woorden die me altijd zullen achtervolgen. Het maakt niet uit wat ik zeg of wat de politie zegt, we weten allemaal dat ik het heb gedaan.

Stel dat er een of andere manier is om te bewijzen…

'Ja?'

Nou, stel dat…

'Ja?'

Sorry. Ik weet het ook niet.

Ik herinner me de als nonnen en priesters verklede jongemannen. Ik herinner me dat iemand tijdens de arrestatie om hulp schreeuwde. Ik heb te doen met de vrouw die haar zoon heeft verloren, echt waar, en met die jongen zelf ook, maar ik weiger ook maar enig schuldgevoel toe te laten. Ik heb niks meer over.

Ik loop met Willy naar Zachs kamer en zet hem op het bed. Binnenkort zal ik de slaapkamer opruimen, en dan zal hij opgeruimd blijven tot de dag dat ik sterf. Buiten ontstaat commotie. Ik ben al bij de deur voor de bel gaat. Het is Kent. Ze is hier wel erg vaak. Misschien moet ik mijn werkkamer maar voor haar inrichten als logeerkamer.

Ze perst zich zonder op een uitnodiging te wachten langs me heen. 'Hoe gaat het met Lisa?'

'Ik heb het ziekenhuis nog niet gebeld. Wat doe je hier?'

'Ik wilde even langskomen om te kijken hoe het met je ging, en om je bij te praten.'

Wat een onzin. Ze wilde langskomen om te controleren of ik naar rook ruik. Of misschien hebben ze Lockwood al gevonden. 'Ik wil je hier niet hebben zonder mijn advocaat erbij.'

Ze zucht, ze laat haar schouders zakken, ze ontspant zich en ze vraagt: 'Heb je koffie?'

'Hè?'

'Heb je koffie?'

'Ja.'

'Mooi. Want je ziet eruit alsof je wel een bakkie kan gebruiken, en ik kan er zeker een gebruiken. Alsjeblieft, Cameron, ik ben hier niet als politieagent.'

'Als wat dan wel? Een vriendin?'

'Als jij je nou eens gaat opfrissen, dan zet ik koffie en dan kunnen we even praten.'

Ik dacht dat ik er al fris bij liep. Maar dan besef ik dat mijn haar rechtovereind staat en dat ik me al dagen niet meer heb geschoren, en ik heb in het motel wel gedoucht, maar daar was geen zeep. Ik ga naar de badkamer, spuit wat deodorant op, was mijn gezicht en kam mijn haar, en ik kijk naar de man in de spiegel, en ik herken hem niet, maar hij ziet er beter uit dan de man die net binnenkwam. Ik doe nieuw verband om mijn hand. Ik bel het ziekenhuis.

In de keuken heeft Kent twee koppen koffie gemaakt. Ze is al aan die van haar begonnen. De mijne heeft ze heel sterk gemaakt. Kent had gelijk, ik kon het wel gebruiken. Dat is dan het enige waar ze deze hele week gelijk in heeft gehad.

'Ik heb het ziekenhuis gebeld.'

'En?'

'En er is nog geen verandering. De artsen zeggen dat het uitgesloten is dat Lisa Zachs begrafenis kan bijwonen, maar dat de kans des te groter is dat ze lange tijd in het ziekenhuis moet blijven, misschien zelfs maanden.'

'Wat vreselijk voor je,' zegt ze.

'Ja, dat is de laatste tijd een breed gedragen gevoel. Moet je horen, ik heb van alles te doen. Dus... nogmaals, wat doe je hier?'

Ze lijkt te worstelen met wat het ook is dat ze wil zeggen, en uiteindelijk zegt ze: 'Laten we een stukje gaan rijden.'

'Naar het bureau?'

'Nee. Alsjeblieft, ik weet dat je de pest aan me hebt, dat je aan ons allemaal de pest hebt, en dat neem ik je niet kwalijk. Echt niet. En ik heb het recht niet om ook maar iets van je te vragen, maar ik zou toch graag willen dat je met me meeging. Zoals ik al zei, ik ben hier niet als politieagent.'

'Oké, goed dan. Maar het moet wel snel.'

71

Geen van beiden drinken ze hun koffie op. Ze lopen naar buiten. De pers is weer op volle sterkte, maar de brave burgers van Christchurch die hier de laatste tijd waren om van de voorstelling te genieten hebben zich niet laten zien. Als er vragen worden gesteld, neemt Kent even de tijd om te zeggen dat de familie Murdoch een groot verlies te verwerken heeft gekregen en dat de politie druk bezig is meer te weten te komen over Lucas Pittman. Ze bedankt hen voor hun tijd, negeert hun vragen en belooft hun tijdens de persconferentie van twaalf uur meer informatie te geven, maar ze is vast van plan om die op iemand anders af te schuiven, zodat ze zelf naar huis kan om te slapen. Ze is bekaf. Ze was vannacht pas om vier uur thuis, nadat ze twee uur lang in een verlaten straat had zitten kijken naar een verlaten huis dat niet in brand werd gestoken. Ze zou nu thuis zijn geweest, ware het niet dat agenten eerder vandaag Cameron Murdoch zagen thuiskomen en haar hebben gebeld. Aangezien het erop leek dat Murdoch gisteravond over de schutting was geklommen toen hij wegging, was het logisch dat hij via dezelfde weg terug zou komen.

'Het verhaal vervaagt vanzelf,' zegt Kent als ze in haar auto stappen. 'Zo gaat het altijd, en dan heb je je privacy terug.'

'Denk je dat die vrouw op het journaal voor iedereen sprak toen ze zei: "We weten allemaal dat hij het heeft gedaan"?' vraagt Cameron.

'Welke vrouw?'

'De moeder van die jongen die voor ons huis is omgekomen.'

'Dat was jouw schuld niet,' zegt ze. 'En nee, ze spreekt helemaal niet voor iedereen. Er is gisteravond een wake gehouden voor jouw huis, wist je dat?'

'Nee.'

'Er waren hier honderden mensen. Ze hebben kaarsjes aangestoken en ze hebben hand in hand gestaan, en ze hebben gehuild en voor jullie gebeden.'

'Dat doen ze alleen maar om zich zelf beter te voelen na wat ze hebben gedaan.'

Een poosje rijden ze in stilte verder. Ze weet zeker dat Murdoch, gezien de richting die ze heeft gekozen, heeft uitgevogeld waar ze hem naartoe brengt.

'Waar is Thompson?' vraagt hij.

'Die is met verlof gestuurd.'

'Wordt hij ontslagen?'

'Er zal een onderzoek plaatsvinden naar wat er is gebeurd. Hij heeft een verkeerde afweging gemaakt.'

'Noemt de politie het zo wat er met Lisa is gebeurd? Een verkeerde afweging?'

'Nee,' zegt ze. 'Natuurlijk niet.'

'Hij is een slechte agent,' zegt hij. 'Hij heeft zijn woede zijn oordeel laten vertroebelen. Vanaf de allereerste dag heeft hij geloofd dat wij schuldig waren.'

'We hadden het allemaal mis,' zegt ze. 'Niet alleen Thompson.'

'Ja, maar Lisa is degene die gewond is geraakt, niet jij, niet Thompson.'

Ze stoppen bij een kruising, naast een auto waarvan de stereo zo hard staat dat Kents auto meetrilt met de bas.

'Ik loop al sinds gisteren ergens over na te denken,' zegt hij. 'Zodra jullie wisten dat Zach niet was weggelopen, moeten jullie op zoek zijn gegaan naar mensen in de omgeving die zijn veroordeeld voor zedendelicten met kinderen. Hoe komt het dat Pittman niet is ondervraagd?'

Kent had gehoopt dat hij dat niet zou vragen. Ze kijkt voor zich uit en haar handen verstrakken om het stuur. Ze slaakt een diepe zucht en zegt dan: 'Hij is wel degelijk ondervraagd.'

'Hè?'

'De recherche heeft hem thuis gesproken.'

De auto met de luide muziek trekt op. Ze blijft voor de kruising staan, ook al komt er geen verkeer aan. Ze blijft recht voor zich uit staren. Ze voelt Camerons blik branden op de zijkant van haar gezicht.

'Ze zijn erheen gegaan, ze zijn naar binnen gegaan en ze hebben rondgekeken. Pittman deed geen alarmbellen rinkelen.'

'Wie van de recherche?'

'Dat zou ik je op dit moment niet kunnen vertellen,' zegt ze, maar het waren Vega en Travers, twee goede rechercheurs, en ze wil graag geloven dat zij het zouden hebben opgemerkt als er iets niet in de haak was, maar ze moeten iets over het hoofd hebben gezien.

'Je maakt een grapje. Zeg dat je een grapje maakt.'

'Het spijt me, Cameron. We...'

'Van nu af aan noem je me maar weer meneer Murdoch.'

'Het spijt me. Maar ze hebben met Pittman gepraat, en...'

'En toen jullie daar waren, hadden jullie al besloten hoe het zat. Jullie hadden al besloten dat ik het had gedaan en stonden niet meer open voor andere mogelijkheden.'

Achter hen stopt een auto, die toetert. Ze trekt op.

'Jullie hadden Zach kunnen redden.'

Ze zegt niets.

'Wanneer was je van plan me dit te vertellen?'

'Ik vertel het je… u nu.'

'Je had het me gisteren moeten vertellen. Je… Je had dit kunnen voorkomen.'

'Ik weet hoe dit in uw oren moet klinken, maar...'

'Dat denk ik niet,' zegt hij, 'want als je dat wist, dan denk ik niet dat je nu alleen met mij in deze auto zou zitten.'

Ze doet alsof ze het dreigement niet hoort. 'Ik heb gesproken met de rechercheurs die hem hebben gesproken. Ze hebben hem ondervraagd en zijn huis doorzocht. Ze zeiden dat hij niets zei en dat zij niets zagen wat erop wees dat hij iets over Zach wist. Uiteraard hadden ze het mis, en uiteraard zal ook daar een onderzoek naar worden ingesteld.'

'Je zei dat Zachs tas onder het bed was aangetroffen. Hoe hebben ze die over het hoofd kunnen zien?'

'Een van de rechercheurs heeft gekeken. Ze zegt dat hij er niet stond.'

'Lulkoek. Ze heeft helemaal niet gekeken. Als ze dat wel had gedaan, zou ze hem wel hebben gevonden. Zach was waarschijnlijk ergens in dat huis en...'

'Hij was er niet,' zegt ze. 'Als hij er was geweest, zouden ze hem wel hebben gevonden. Ze hebben onder de bedden gekeken, en in de kasten, en in zijn auto en in de garage… Ze hebben overal gekeken.'

'En ze hebben in dat huis niets aangetroffen wat zo verontrustend was dat het om nader onderzoek vroeg?'

Ze weet wat hij echt wil vragen, alleen kan hij dat niet. Hij wil vragen naar de kamer die was ingericht als kinderkamer, en naar de pop. Maar als hij het vroeg, zou hij toegeven dat hij er was geweest.

'Er waren dingen die verontrustend waren, maar niets illegaals, en zoals ik al zei, niets wat erop wees dat Zach daar ooit was geweest.'

'Ze hebben waarschijnlijk maar half gekeken. Waarom zouden ze ook? Jullie hadden je verdachten al, toch?'

'Zo werkt het niet, Cam… meneer Murdoch. De ouders worden altijd als verdachten beschouwd, dat klopt, maar dat betekent niet dat we niet verder kijken. Dat gedoe met Lockwood, alles wat hij op tv zei, dat wisten we allemaal al. Natuurlijk wisten we dat al. Dat waren we al tegengekomen in het onderzoek waarmee we waren begonnen zodra uw zoon vermist bleek, dus natuurlijk waren we...'

'O, dus nu is het onze schuld, omdat we dat soort dingen op het podium en in interviews hebben gezegd.'

'Dat zeg ik helemaal niet.'

'Zo klinkt het anders wel.'

'U kunt het ons niet kwalijk nemen, meneer Murdoch, dat wij precies dachten wat u al jaren zegt te kunnen doen.'

Daar heeft hij geen weerwoord op, en ze vindt het intens gemeen van zichzelf dat ze het heeft gezegd.

'Neem me niet kwalijk,' zegt ze. 'Ik zou willen dat het anders was gegaan.'

'Ik weet werkelijk niet wat ik moet zeggen. Dit had allemaal voorkomen kunnen worden. Dan had Zach nog geleefd. Oké, dus daar was Zach niet, maar Pittman heeft hem toch érgens vastgehouden. Als die rechercheurs van je dat hadden bedacht, zou hij nu nog leven.'

Ze geeft geen antwoord.

'Je zei dat Pittman volgens zijn buurman geagiteerd was. Dat kwam waarschijnlijk doordat jullie hem aan het schrikken hadden gemaakt.

Weet je, ik moet steeds denken aan waar we het gisteren over hadden, dat slechte agenten gewoon hun baan houden. Vertel eens, hoe is het mogelijk dat jullie Pittman konden ondervragen zonder te beseffen dat hij onze zoon vasthield, en ons konden ondervragen zonder te beseffen dat we onschuldig waren?'

'Denkt u soms dat ik me dat niet heb afgevraagd?'

'Waarom zou iemand jou ooit nog moeten vertrouwen? Nou? Ik meen het. Waarom zou jij morgen als je wakker wordt nog politieagent mogen zijn, terwijl je hebt bewezen dat je er slecht in bent?'

'Weet u, meneer Murdoch, u hebt waarschijnlijk gelijk. En de kans is zeer aanwezig dat ik morgen als ik wakker word besluit dat ik het niet meer wil.'

Daar weet hij niets op te zeggen en daar is ze dankbaar voor. Als ze bijna bij het huis van Pittman zijn, zegt ze: 'Ellen Barkley is vanochtend overleden.'

'Wie?'

Ze slaat geen acht op die vraag. 'Ze had kanker. Een paar uur geleden is ze in het ziekenhuis gestorven. Ze heeft het nog maanden volgehouden, maar de laatste paar dagen ging het snel bergafwaarts. Weet je wat het allerlaatste is geweest wat ze heeft gedaan in haar leven?'

'Ik weet niet eens wie het is.'

'Verteerd door de kanker, aan bed gekluisterd, heeft ze zichzelf door het huis heen gesleept, overal benzine overheen gegoten en de boel in brand gestoken. Toen is ze in de voortuin gaan zitten om het te zien afbranden.'

'Waarom vertel je me dit?'

'Ze heeft niet gezegd waarom ze het heeft gedaan, alleen dat ze het heeft gedaan.'

Ze rijden Pittmans straat in, waar mediabusjes staan, en politiewagens en toeschouwers. De brand heeft het verhaal nieuw leven ingeblazen. Er wordt een versperring opzij getild zodat ze erdoor kunnen. Ze stoppen voor een huis dat niet langer een huis is. Er zijn muren, maar die zijn verkoold, en er zijn houten balken, maar die zijn kromgetrokken en verwrongen, en andere zijn tot as vergaan. Een van de zijmuren is ingestort, waardoor het huis-dat-geen-huis-meeris eruitziet als een kijkdoos, met zicht op meubels die geen meubels meer zijn, maar stukken verwrongen metaal, gesmolten polyester en geroosterd hout. Het dak heeft de slaapkamers eronder zo plat gedrukt als een pannenkoek. Er worden metalen palen en houten balken gebruikt om de overgebleven muren te schragen. Er zijn gaten waar eerst ramen waren. Er staan zwartgeblakerde stompjes in de tuin. De garage is een hoop dakpannen boven op een hoop puin. Ervoor staat een brandweerwagen, voor het geval het vuur weer oplaait.

'Is dit Barkleys huis?'

Ze staart hem aan en zegt dan: 'Nee. Dit is Lucas Pittmans huis. Was. Hij is hier opgegroeid.'

'Wacht. Ik volg je niet. Waarom...'

'Laat maar,' zegt ze. 'Alles wat u net zei... U hebt gelijk. Ik heb fouten gemaakt en daar zal ik mee moeten leren leven. Maar nu ben ik even geen politieagent, dus wilt u gewoon even naar me luisteren?'

'Prima. Ik luister.'

'Ik weet dat u dit hebt gedaan. Ik weet...'

'Ik heb dit niet...'

Ze steekt haar hand op. 'Laat me even zeggen wat ik wil zeggen, waarvoor we hier zijn gekomen. Oké? Wil je me in elk geval even laten uitpraten voor je ontkent dat je hier bent geweest en me er vervolgens aan herinnert dat ik de slechtste inspecteur ter wereld ben? Kun je dat voor me doen, Cameron?' vraagt ze, en ze voelt zich moe, voelt zich uitgeput, voelt het verdriet van deze week in haar binnenste branden. 'Kun je dat misschien heel even voor me doen?' vraagt ze, en het is stom, maar ze kan wel janken. Hij heeft alle recht om boos op haar te zijn, maar ze weet hoe het zit. Ze weet verdomme hoe het zit.

'Oké,' zegt hij, en hij laat haar uitpraten.

72

'Het eerste wat ik dacht toen ik hoorde dat Spenser Barkleys huis in brand stond was: ik hoop dat Cameron zich nu beter voelt. Twintig minuten later, toen ik Pittmans huis zag afbranden, dacht ik: ik hoop dat Cameron zich nu nóg beter voelt, want hij verdient het zonder enige twijfel om iets anders te voelen dan pijn en verdriet. Ik weet dat jij dit hebt gedaan, Cameron. Ik weet het en het kan me niet schelen, en als jij me belooft dat het hierbij blijft, dat je klaar bent, dan zal ik alles doen wat ik kan om je te helpen.'

'Ik was het niet.'

'Je was vannacht niet thuis. Waar was je?'

'Ik heb in een motel geslapen. Ik kon niet thuis zijn, niet na… met… je weet wel, en met al die mensen voor de deur.'

'Ben je over de schutting geklommen toen je je huis verliet?'

'Ik kon moeilijk via de voordeur gaan.'

'Vanwege de media.'

'Ja.'

'En je wilde niet dat ze je zouden volgen. Ben je met de auto gegaan?'

'Ik ben gaan lopen.'

'Je bent gaan lopen.'

'Dat zeg ik net.'

'Ik heb je in de loop van de avond en nacht verschillende keren geprobeerd te bellen,' zegt ze.

'Ik had mijn telefoon uit…' *Shit.*

'Cameron?'

Je bent de lul.

'Wat is er?'

Wat er is, is dat ik opeens weet wat er is gebeurd op het moment dat het puntje even bij het paaltje weg was. Dat ene wat ik even niet kon bedenken in de kleine uurtjes. Ik heb Dallas Lockwoods telefoon niet uitgezet. Die zit nog in zijn zak en zendt vanuit zijn graf signalen uit.

Stel dat iemand hem belt terwijl er rouwenden om het graf staan die net een familielid aan het begraven zijn?

Misschien heeft Lockwood hem zelf uitgezet, of misschien is de accu inmiddels leeg, of misschien had hij hem niet bij zich.

En misschien is dat allemaal niet het geval en kan de politie hem zó opsporen.

'Cameron?'

'Hè? O, ik zei dat ik mijn telefoon had uitgezet.'

'Gaat het wel?'

'Hoor eens, gaat het voortaan zo? Dat je elke keer als er iets slechts in de stad gebeurt bij mij op de stoep staat? Ik dacht dat je me niet in je hoedanigheid als agent hiernaartoe had gebracht.'

'Nee. Ik probeer je duidelijk te maken dat ik je vrijuit laat gaan. Ik weet dat je hier bent geweest, dat weten we allemaal, en ik weet dat je gisteravond niet bent gaan lopen, want vanochtend ben je gezien toen je in de auto van je achterbuurman naar huis reed. Voordat je zegt dat ik het mis heb, zal ik jou zeggen dat ik mijn best ga doen om ervoor te zorgen dat we dit door de vingers kunnen zien. Maar dit is ook een waarschuwing. Wat gebeurd is, is gebeurd, en daar kun je niets aan veranderen, en de verantwoordelijken zijn gestraft.'

Niet allemaal.

'Ik ben hier gisteravond niet geweest.'

'Je bent een beroerde leugenaar.'

'Hm-mm. En als je dat van het begin af aan had beseft, zou Zach nu nog leven.'

Daar heeft ze geen antwoord op.

We rijden de straat weer op. De versperringen worden verplaatst en de menigte wijkt uiteen.

Bij mijn huis is de straat verlaten, afgezien van twee patrouillewagens die voor de deur geparkeerd staan. De pers is naar het politiebureau om zich voor te bereiden op de persconferentie. Het was me eerder niet opgevallen, maar er staan tientallen opgebrande kaarsjes in de goot. Kent loopt met me mee naar de voordeur. Ze informeert naar

Zachs begrafenis en zegt dat ze er graag bij zou willen zijn, als ik dat goed vind.

'Ik wil je er niet bij hebben. Ik meen het, inspecteur, ik kan je niet meer zien. Sterker nog, ik wil je nooit meer hoeven zien.'

Ze knikt, zegt niets en loopt terug naar haar auto.

Ik ga naar binnen. Al het bewijsmateriaal dat de politie afgelopen maandag heeft meegenomen is terug. Computers, tablets, dossiers, mappen, kleren, schoenen, alles ligt opgestapeld op de eettafel.

Ik krijg de neiging om dit huis ook in de fik te steken.

Drie huizen binnen vierentwintig uur.

Dat zou weleens een record kunnen zijn.

73

Ik brand mijn huis niet plat. In plaats daarvan bel ik Andre en vraag of hij me kan komen ophalen. Mijn auto is weliswaar terug, maar ik wil hem niet gebruiken. Ik heb het nare gevoel dat Kent er misschien wel een zendertje in heeft laten plaatsen om bij te houden wat, of wie, ik nu weer in de fik ga steken. Het duurt een kwartier voor Andre er is, en hij parkeert voor de deur, in een straat die nog steeds verlaten is. Voorlopig. Ik loop naar de deur.

Neem een jas mee.

Het is heet buiten, maar meneer Stel Dat heeft een punt, dus gris ik een leren jack mee. Buiten drentelen een paar buren rond, en sommige zwaaien en sommige knikken, en allemaal kijken ze schaapachtig. De man die geld vroeg voor het gebruik van zijn wc duwt zijn barbecue weg uit de voortuin. Hij ziet me en haalt zijn schouders op, zo van: *zo gaan die dingen.*

Ik stap in Andre's auto. Rita is bij hem. Dat is prima, want we moeten toch eerst terug naar hun huis voor we naar de begraafplaats gaan. Ik leg mijn hand op Zachs autostoeltje. Ze vertellen me dat ze net bij Lisa langs zijn geweest.

'Houd je het nog een beetje vol?' vraagt Andre, terwijl hij me in de achteruitkijkspiegel aankijkt, en die vraag heeft een diepere betekenis dan Rita beseft.

'Ik doe mijn best,' antwoord ik, want dat is de eerlijke waarheid, en ik kan hun moeilijk vertellen dat ik mijn verdriet probeer te verwerken door het op anderen te botvieren.

Op weg naar de boerderij is Rita degene die het meest aan het woord is. Ze zegt dat Lisa's toestand stabiel is en dat het beter met haar gaat, en wat de reden is dat de artsen niet kunnen beloven dat het allemaal weer goed komt: 'Je weet hoe dat gaat tegenwoordig, iedereen probeert zich aan alle kanten in te dekken.'

We komen aan op de boerderij en gaan naar binnen. Er liggen fotoalbums verspreid over de eettafel. Kahn komt van de andere kant van het huis op me aflopen en gromt naar me. Andre zegt tegen hem dat hij naar de woonkamer moet gaan. Wat hij ook doet: hij loopt er naar binnen en springt op de bank waarvan ze al duizend keer hebben gezegd dat hij er niet op mag springen, maar deze keer zegt niemand er iets van.

'Ik wil dat Zach bij mijn vader wordt begraven,' zeg ik.

'Wat jij maar wilt,' zegt Andre.

'Het is daar prachtig,' zegt Rita.

Ik kijk Andre aan. 'Ik vroeg me af of jij met me mee zou willen gaan om er een kijkje te gaan nemen. Ik kan het niet in mijn eentje.'

'Dat kan wel,' zegt hij.

'Had het maar gezegd toen we je kwamen ophalen,' zegt Rita. 'Dan hadden we er meteen even langs kunnen rijden.'

Nee, dat had niet gekund, want wat daar zou zijn gebeurd zou haar niet hebben aangestaan, en het zou trouwens allemaal geen zin hebben gehad als zou blijken dat Lockwood zijn telefoon in zijn auto heeft laten liggen. 'Alleen Andre,' zeg ik, 'als je het niet erg vindt. Alleen deze ene keer.'

'Wat jij maar wilt,' zegt Rita, maar ze is zichtbaar gekwetst.

'Rita, ik vroeg me af of jij bij mijn moeder zou kunnen langsgaan. Ze... Ze heeft het heel moeilijk, en... tja... ik denk dat het heel goed voor haar zou zijn als jij er was. Misschien kun je haar met de auto naar het ziekenhuis brengen zodat ze bij Lisa op bezoek kan?'

'Natuurlijk.'

'Kun je voor je weggaat contact opnemen met de kerk om wat dingen te regelen, en kun je ze vragen of iemand ons daar kan opvangen?'

'Natuurlijk.'

Rita loopt naar de telefoon en Andre komt achter me aan naar buiten. Ik loop naar de schuur.

'We kunnen de auto pas begraven als Rita weg is,' zegt hij.

'We gaan hem nog niet begraven,' zeg ik, en ik ga naar binnen en trek het zeildoek weg. Ik stap in de auto en doorzoek het handschoenenkastje, en ik kijk onder de stoelen en op alle plekken waar mogelijk een telefoon zou kunnen liggen. Er ligt er geen. Natuurlijk niet. Het zal ook eens meezitten.

'Wat zoek je?'

'Niks. Kom, we gaan.'

'Jezus, Cameron, we moeten die auto onder de grond stoppen. Laten we wachten tot Rita weg is, dan regelen we het.'

'Doen we, zodra we terug zijn,' zeg ik, en ik trek het zeildoek weer over de auto heen.

We stappen in Andre's auto. Hij rijdt. We zeggen niet veel. We kunnen elkaar niet blijven vragen hoe het gaat, of elkaar blijven vertellen dat het uiteindelijk zal slijten.

We bereiken de kerk. Die is van grijze steen met donkere, afbrokkelende voegen, begroeid met mos op plekken waar de zon niet bij kan. Aan de voorkant heeft hij een torenspits met hoog in de muren glas-in-loodramen met verschillende afbeeldingen van Jezus tijdens zijn leven, lopend op het water en terwijl hij de armen voedt; en van Jezus ten tijde van zijn dood, slepend met een kruis en vervolgens hangend aan datzelfde kruis. In het midden zit een grote, dubbele, eikenhouten deur die groot genoeg is om met een bus doorheen te kunnen rijden. Aan de voet van het gebouw, waar schaduw is, groeien varens, en aan de voorkant, waar geen schaduw is, groeien vlasstruiken. Andre zet de auto op de parkeerplaats en ik pak mijn jack.

'Dat heb je niet nodig,' zegt Andre.

Ik neem het toch mee.

Er komt een man tussen de eikenhouten deuren vandaan die op ons afloopt. De eerwaarde Jacob. Hij is eind zestig. Hij heeft hartelijke ogen, zijn huid is rood van het scheren en zijn grijze haar is opzijgekamd. Er zitten scherpe vouwen in zijn broek en zijn stropdas is dieper zwart dan zijn overhemd. Hij lijkt in niets op de priesters die voor mijn huis bier stonden te drinken. Hij heeft de dienst van mijn vader geleid, en hij lijkt ons te herkennen van die gelegenheid, want hij condoleert ons onmiddellijk met ons verlies en geeft ons een hand. Of hij herkent me van het journaal. De begrafenis van mijn vader was er immers een van de vele door de jaren heen.

'Worden er vandaag nog mensen begraven?' vraag ik.

'Twee,' zegt hij. 'We hebben vanochtend al één begrafenis gehad, en begin van de middag is er nog een.'

Dan heb ik dus vijftig procent kans. 'Zou ik mogen zien waar?'

'Pardon?'

'Ik zou graag willen zien waar. Om te kijken of dat deel van de begraafplaats de juiste plek is voor Zach.'

Dat moet een ongebruikelijk verzoek zijn, maar in plaats van er vraagtekens bij te plaatsen, zegt hij: 'We hebben een paar plekken op het terrein waar we...'

'Laten we beginnen op de plek waar de eerstvolgende begrafenis plaatsvindt.'

Hij knikt en zegt dat het tien minuten lopen is, en wij zeggen dat dat geen probleem is, en hij gaat voorop. Niets ziet er hetzelfde uit als vannacht. Ik herken de kerk en de populieren, maar dat is het dan ook. Graven strekken zich voor ons uit in een zee van keurig onderhouden gras; alles ziet er hetzelfde uit. De eerwaarde Jacob weet precies waar hij naartoe moet. Hij gedraagt zich niet als een gids, want hij gaat ervan uit dat we daarvoor niet in de stemming zijn, maar hij zegt wel dat het een mooie dag is en een mooie tijd van het jaar, en dat de beheerder hier zes dagen in de week aan het werk is om ervoor te zorgen dat het terrein er mooi bij ligt.

Hij had gelijk toen hij zei dat het tien minuten lopen was. Tegen de tijd dat we er zijn, loop ik te zweten. Het wordt steeds warmer. De twee graven van vandaag liggen vijftig meter uit elkaar. Dat van vanochtend is al dichtgegooid en de mensen zijn weg; wat rest is een vlak stuk grond met een rechthoek van aarde. Daar ligt Lockwood niet. Hij ligt onder in het open graf in de schaduw van twee coniferen, die vlakbij staan. De coniferen – in dit geval rimu's – zijn een meter of twintig hoog, wat betekent dat het slechts een kwestie van tijd is voor ze worden gerooid en worden verwerkt tot een berg salontafels. Niet ver ervandaan ligt het meertje waar ik de koevoet en de geheugenkaart in heb gegooid. Aan de rand ervan groeien eikenbomen die me vannacht niet zijn opgevallen. Er is me vannacht sowieso niet veel opgevallen. Nu ik om me heen kijk, zie ik dat er op de begraafplaats zoveel verschillende soorten bomen staan dat het lijkt alsof iedereen die hier is begraven een laatste wens had, namelijk dat er een boom zou worden geplant: een rimu, een eik, een spar, een den of een kauri, of een van de tientallen andere soorten die her en der staan. Het is hier prachtig. Veel te mooi voor Lockwood, maar ik kan hem moeilijk verplaatsen.

'Zach zou het hier mooi vinden,' zeg ik.

'Het is een van de mooiste plekjes op de hele begraafplaats,' zegt de eerwaarde Jacob.

'Zou u ons even alleen willen laten?' vraag ik.

'Dat is geen enkel probleem.'

'We komen zelf wel terug,' zeg ik.

'Ik vind het niet erg om even te wachten.'

'Ik weet dat u nog een uitvaart voor te bereiden hebt, en het kan wel even duren. Ik beloof dat we nog even binnenwippen om u gedag te zeggen voor we weggaan.'

Hij snapt de hint. Hij glimlacht, hij knikt en dan draait hij zich om en loopt terug.

Als hij weg is, vraagt Andre: 'Ga je me verdomme nog vertellen wat dit allemaal te betekenen heeft?'

Ik loop naar het lege graf. Hij volgt me. Ik draai een keer langzaam om mijn as, alert op enig teken van leven. Niets. Ik trek mijn jack uit en geef het aan hem.

'Wat ga je nou weer doen?'

Ik ga op de rand van het graf zitten en laat mijn benen over de rand bungelen. Ik bedenk dat het feit dat Lockwood in het open graf ligt en niet in het pas dichtgegooide graf een fijne meevaller is onder ontzettend niet-fijne omstandigheden.

'Verdomme, Cam, wat is dit?'

Ik laat me voorzichtig zakken. Het ging gemakkelijker toen ik een spade had.

'Ben je gek geworden?'

'Hou even een oogje in het zeil.'

Ik graaf vanuit het midden handenvol aarde weg.

'Wat héb jij toch?' vraagt Andre.

'Hou gewoon even een oogje in het zeil.'

Ik schep met beide handen en leg Lockwoods middel bloot.

'Heb je hem hiernaartoe gebracht?'

'Ik moest hem toch ergens laten.'

'Ik dacht dat je hem in het bos ging begraven.'

'Dit zou een stuk gemakkelijker zijn geweest als ik hem op jouw boerderij had mogen begraven.'

'Waarom zijn we hier eigenlijk? Wat doe je?'

Ik weet Lockwoods zak te vinden. Als het meezit, zit de telefoon aan deze kant. Als het tegenzit, moet ik hem omdraaien.

Het blijkt mee te zitten. En de telefoon staat nog uit ook. Misschien is vandaag wel mijn geluksdag. Ik gooi het ding omhoog naar Andre en dek Lockwood weer af.

'Ben je hiernaartoe gekomen om de telefoon van die kerel te jatten?'

Ik klop de aarde aan en schuif er dan met mijn schoenen overheen om de voetafdrukken te verhullen. 'Jack,' zeg ik.

'Hè?'

'Laat het jack zakken zodat je me eruit kunt trekken.'

Hij wikkelt de ene mouw om zijn pols en laat de andere naar beneden zakken. Ik grijp hem vast, zet mijn voeten tegen de zijkant van het graf en weet mezelf even later over de rand te hijsen. Ik sta op en klop mijn kleren af.

'Eerlijk waar, Cameron, ik weet even niet wat ik tegen je moet zeggen.'

'Dan zeg je niks. Kom, dan gaan we die auto begraven.'

74

De eerwaarde Jacob staat ons voor de kerk op te wachten. Ik houd mijn jack over mijn handen, zodat hij niet kan zien hoe vuil ze zijn. Ik zeg tegen hem dat we het deel dat hij ons heeft laten zien erg mooi vonden, maar dat ik bij nader inzien toch liever wil dat Zach dichter bij mijn vader wordt begraven. Ik zie dat hij zich afvraagt waarom ik dan heb gevraagd of ik een ander deel mocht zien, maar hij is zo beleefd om geen vragen te stellen. Rouw doet immers rare dingen met mensen. Hij zegt dat hij zal kijken wat hij kan doen, dat hij even in het archief moet duiken om op te zoeken waar mijn vader precies ligt en wat er om hem heen vrij is, en ik zeg dat we iets moeten doen wat niet kan wachten en vraag of we hem later vandaag kunnen bellen. Natuurlijk, zegt hij, en hij condoleert ons nog maar eens. Voor de deur van de kerk blijft hij ons staan nakijken als we teruglopen naar de auto.

'Daar ben je goed in,' zegt Andre.

'Waarin?'

'In liegen.'

Op de terugweg naar de boerderij praten we niet veel. Ik open het hek, en Andre rijdt erdoorheen en wacht niet op me. Ik sluit het hek en leg de honderd meter naar het huis, waar hij zijn auto heeft geparkeerd, te voet af. Ik gooi Lockwoods telefoon op de bijrijdersstoel en dan gooi ik de mijne erbovenop. Het laatste wat ik kan gebruiken is dat dat ding uit mijn zak valt, in het graf dat we op het punt staan te gaan graven.

Ik ga naar de schuur. Andre zit al op de graafmachine. De graafmachine is hoger dan hij breed is. Hij ziet eruit als een uit de kluiten gewassen telefooncel vol hendels, met aan de voorkant een graafarm.

'Ik heb Rita gebeld,' zegt hij. 'Zij en je moeder gaan Lisa opzoeken in het ziekenhuis. Dat betekent dat we drie à vier uur de tijd hebben.' Hij werpt me de huissleutel toe. 'Laat Kahn even naar buiten, wil je?'

Hij start de graafmachine. De motor klinkt luid, en de cabine trilt, en dan rijdt hij de schuur uit. Hij heeft gelijk: als we dit midden in de nacht hadden gedaan, zouden kilometers in de omtrek de buren het hebben gehoord. Nu is het gewoon het zoveelste stuk zwaar materieel dat in dit deel van de stad over de akkers rijdt.

Hij houdt vanuit de schuur links aan, rijdt door de opening in de lage omheining van gaas en gaat in noordelijke richting verder. Ik open de deur van het huis. Kahn staat daar kwispelend te wachten, maar hij houdt op met kwispelen zodra hij ziet dat ik in mijn eentje ben. Toch loopt hij achter me aan naar buiten. Verderop rijdt Andre van het ene weiland naar het andere. De graafmachine is traag, maar ik ben nog trager, en hij loopt steeds verder op me uit. Kahn loopt met een grote boog om me heen en rent dan bij me weg. Tegen de tijd dat ik Andre heb bereikt, een paar minuten later, heeft hij de graafarm al in de grond gestoken en zit Kahn naast een groeiende berg aarde. We bevinden ons in een uithoek van de boerderij, twintig meter bij een rij sparren vandaan die ons scheidt van een kreek die in deze tijd van het jaar droog ligt en een aangrenzend weiland, dat bij een boerderij hoort die te koop staat. Er is verder niemand te bekennen. De cabine zwaait heen en weer, schept, kiept, schept, kiept. Ik kan niets anders doen dan erbij staan en toekijken. Kahn jaagt een poosje achter een vogel aan, komt dan terug, blijft een paar minuten zitten en gaat dan wat verder weg, waar niet zoveel herrie is. Hij gaat op zijn buik liggen, legt zijn kin op zijn voorpoten en sluit zijn ogen.

Het gat wordt dieper en de berg aarde wordt hoger. Aan de hemel beschrijft de zon een opgaande boog, dan langzaam een neergaande. Het duurt langer dan ik dacht, maar uiteindelijk heeft Andre een gat uitgegraven dat groot genoeg is voor een auto. Aan één kant is het dieper, als een zwembad.

Als hij klaar is, stapt hij uit de graafmachine om zijn werk te bekijken. Kahn komt erbij staan om mee te kijken. Aan de diepe kant is het gat een meter of twee diep, het is niet veel breder dan de auto en meer dan twee keer zo lang, en aan de ondiepe kant is een helling.

Dat het een cabrio is, maakt de zaak gemakkelijker. Dat betekent dat het gat niet zo diep hoeft te zijn.

'Zo zou het moeten lukken,' zegt hij.

Ik ga de auto halen. Die hotst en botst door de lange, diepe tractorsporen met hun regelmatige patroon. Mijn onderrug doet zeer omdat ik de afgelopen uren heb staan toekijken terwijl Andre zijn ding deed. Ik worstel met het stuur wanneer de auto door groeven glijdt. Als ik de hoek van het weiland heb bereikt, staat Andre tegen de graafmachine geleund te roken. Ik wist niet dat hij rookte. Kahn loopt snuffelend langs de rand van het gat.

'Kennelijk hebben we allebei zo onze geheimen,' zegt Andre.

Ik breng de auto in positie. We laten het dak zakken en laten hem de helling af rollen.

Het gat dichtgooien gaat een stuk sneller dan het uitgraven. Als hij klaar is, zet Andre de graafmachine terug, komt terug met de ploeg en verspreidt de rest van de aarde over de akker, waarna hij het hele stuk omploegt zodat het egaler wordt. Dan zet hij de sproei-installatie aan en legt uit dat het water de grond een beetje zal laten inklinken, maar dat hij er morgen nog een keer overheen zal gaan.

We gaan in de zon op de veranda zitten. Het is halverwege de middag en we zitten onder het stof en het zand. Ik ben verbrand, en Andre ook. Het verband om mijn hand is smerig en er zit veel speling in, dus haal ik het eraf. Hij trekt twee biertjes open en geeft er een aan mij. Kahn doet naast Andre's stoel op de veranda een dutje; zijn kop ligt weer op zijn voorpoten.

'Moet je horen, Cameron, als ik iets heb geleerd in mijn diensttijd, dan is het dat de dingen zelden zwart-wit zijn. Goede mensen doen slechte dingen. Slechte mensen doen goede dingen. Ik weet niet aan welke kant van het spectrum jij zit. Aan de goede kant, denk ik. Ik wil graag geloven dat je een goed iemand bent die iets slechts heeft gedaan, maar je ziet eruit als iemand die van plan is om nog veel meer slechts te doen.'

Ik denk aan Thompson, die ons via de voordeur het huis uit leidde. Ik denk aan alle betogers die er waren. Mensen die graag wilden dat er nog meer slechts zou gebeuren, zodat er geen eind zou komen aan de voorstelling. Mensen die liedjes hebben geschreven. Die protestborden omhoog hebben gehouden. Die hebben gedreigd ons te vermoorden.

Mensen die allemaal hebben bijgedragen aan wat er is gebeurd.

'En wat dan nog?'

Hij wendt zijn blik af en kijkt uit over het weiland. 'Ik was ze bijna kwijt geweest, wist je dat?' zegt hij. 'Rita en Lisa, toen Lisa niet veel ouder was dan... dan Zach. Ik was een stommeling, zoals veel mannen die niet waarderen wat ze hebben en denken dat de oplossing voor al hun problemen bij een andere vrouw te vinden zijn.' Hij blijft in de richting van het gat kijken terwijl hij praat. 'Ik ben bij ze weggegaan, en een halfjaar later heb ik ze op mijn blote knietjes gesmeekt me terug te nemen. Ik weet nog wat ik tegen je zei toen je verkering kreeg met Lisa, dat ik je toen waarschuwde dat ik je iets zou aandoen als je haar ooit zou kwetsen. Wat ik eigenlijk bedoelde was dat ik je iets zou aandoen als jij zou doen wat ik mijn gezin had aangedaan. Lisa verdiende een betere echtgenoot dan ik voor Rita was geweest. Ze verdiende ook een betere vader.'

'Dat heeft Lisa me nooit verteld.'

'Nee, dat zal wel niet.'

'Waarom vertel je me dit?'

'Omdat dit, jou helpen te verdoezelen wat je vannacht hebt gedaan, niet het ergste is wat ik ooit heb gedaan. Het ergste wat ik ooit heb gedaan is dat ik mijn gezin slecht heb behandeld, en dan reken ik jou mee. Jaren geleden heb ik hen slecht behandeld, en afgelopen week heb ik jou slecht behandeld. Ik heb nagedacht over wat je gisteren in het ziekenhuis tegen me zei, toen ik zei dat het misschien anders zou zijn gelopen als ik me hulpvaardiger had opgesteld en jij antwoordde dat ik daar gelijk in had. Het deed pijn om dat te horen, maar weet je wat het is, Cam, je had gelijk. Ik heb gezien wat je gisteren tegen de pers zei, over dat we allemaal bloed aan onze handen hebben. Voor mij geldt dat zeker, dat staat vast. Ik zat erover na te denken terwijl ik dat gat groef, en ik heb besloten dat ik, als Lockwood ooit wordt gevonden, tegen de politie ga zeggen dat ik het heb gedaan. Dan zeg ik dat ik hem heb vermoord en dat ik in mijn eentje die auto heb begraven. Maar daar houdt het mee op. Als je verder nog iets doet, draai je er zelf voor op.'

'Dat moet je niet doen.'

'Ik heb mijn besluit genomen. Maar zoals ik al zei: als je verder nog iets doet, draai je er zelf voor op.'

We nemen slokjes van ons bier en kijken naar de zon die langs de hemel schuift. Dan vertel ik hem wat Kent me heeft verteld: dat Pittman bij hem thuis door een stel rechercheurs is ondervraagd.

'Dat kan niet kloppen,' zegt hij.

'Zo is het echt gegaan.'

Hij schudt zijn hoofd. 'Nee. Je hebt haar vast verkeerd begrepen. Anders zou dat betekenen dat de politie Zach had kunnen redden.'

'Het is echt gebeurd.'

Hij omklemt zijn flesje bier zo stevig dat ik bang ben dat het zal knappen.

'Weet je, Cameron, misschien is jouw aanpak wel de juiste. Misschien zouden we nog meer gaten moeten graven,' zegt hij, en ik weet niet of hij een grapje maakt.

75

Vanwege de grote hoeveelheid chemicaliën in haar gezicht kan Kent niet aan Amber, Dallas Lockwoods vriendin, zien of ze blij of verdrietig is dat hij wordt vermist. Verdrietig, neemt ze aan; Amber heeft haar immers gebeld om te zeggen dat ze zich zorgen maakte omdat Lockwood niet is thuisgekomen.

'Is hij deze week vaker 's avonds weggeweest?' vraagt Kent.

Ze zitten in de woonkamer van Lockwoods huis. De kamer is een en al rechte lijnen, niet één ronding te bekennen, behalve bij de vriendin. Kennelijk heeft Lockwood voor haar een uitzondering gemaakt. Er hangen ingelijste krantenartikelen aan de muur, koppen van verhalen die Lockwood heeft geschreven. Ze heeft Amber gisteravond al ontmoet, toen ze hier was om Lockwood te ondervragen over de camera's. Ze had haar visitekaartje achtergelaten en tegen haar gezegd dat ze Lockwood moest vragen haar te bellen zodra hij terug was – niet dat ze verwachtte dat hij dat daadwerkelijk zou doen.

'Elke avond,' zegt Amber.

'Maandagavond?'

'Ja.'

'Hoe laat is hij maandagavond thuisgekomen?'

'Dat weet ik niet. Heel laat, dat herinner ik me nog wel. Wat heeft dit te maken met het feit dat hij gisteravond niet is thuisgekomen?'

'Heeft hij je verteld waar hij gisteravond naartoe zou gaan?'

'Hij vertelt me nooit iets, maar ik denk dat hij al een poosje die schrijver volgt, je weet wel, die ene die zijn eigen zoon heeft vermoord.'

'De Murdochs hebben hun zoon niet vermoord,' zegt Kent. 'Hij was...'

'Ja, ik weet het, hij was ontvoerd door die Pittman. Maar ze hebben hun zoon aan hem gegeven. Misschien hebben ze hem er zelfs voor betaald. Ze wilden van dat joch af. Dallas is het nog aan het uitzoeken.'

'Heeft hij daar bewijs voor?'

'Nog niet.'

'Amber, komt dit je bekend voor?' vraagt ze, en ze haalt een bewijszakje uit haar zak waar een van de minicameraatjes in zit.

Amber schudt haar hoofd. 'Nee,' zegt ze, en Kent kan niet zien of ze liegt. Een botoxgezicht is een pokergezicht.

'Heb je er nooit zo een ergens in huis zien liggen?'

'Nee.'

'Dus je weet niet of Dallas ze gebruikt?'

'Ik weet niet eens wat dat is. Een camera of zo?'

'Dat is precies wat het is.'

'Waar heb je die gevonden?'

'Dat kan ik op dit moment nog niet zegegen. Mag ik rondkijken in Dallas' werkkamer?'

'Dat zou hij niet leuk vinden.'

'Ook niet als het ons zou helpen hem te vinden? We weten niet waar Dallas is, en volgens jou komt hij altijd thuis.'

'Dat weet ik. Ik weet dat ik dat heb gezegd, maar als hij de keuze had tussen de politie in zijn spullen laten rondsnuffelen en niet gevonden worden, dan denk ik dat hij zou kiezen voor niet gevonden worden.'

Dat is geen verrassend antwoord, maar toch is Kent teleurgesteld. 'Je maakt het ons wel erg moeilijk om je te helpen.'

'Kunnen jullie zijn telefoon niet traceren of zo?'

'Die staat uit.'

'Kunnen jullie hem dan niet op afstand aanzetten? Dat heb ik in films weleens gezien.'

'Nee,' zegt ze. 'Hoe laat is hij gisteren van huis gegaan?'

''s Ochtends al. Hij wilde bij de arrestatie zijn. Ik heb hem rond lunchtijd nog gesproken. Toen zei hij dat hij nog meer interviews wilde afnemen en dat ik niet voor hem moest opblijven.'

Ze vraagt zich af of hij had uitgevogeld dat Cameron over schuttingen heen klom en gisteravond achter hem aan is gegaan. Zo ja, dan moet hij gezien hebben dat de huizen in brand werden gestoken. Heeft er een confrontatie tussen de twee mannen plaatsgevonden? Brandstichting kan ze wel door de vingers zien, maar moord op Lockwood niet, ervan uitgaand dat die inderdaad heeft plaatsgevonden.

'En maandagavond? Weet je waar hij toen naartoe is gegaan?'

'Geen idee.'

'Oké. We moeten Dallas officieel als vermist opgeven en jij moet ons toegang verschaffen tot zijn werkkamer, zijn belgegevens, zijn bankrekeningen, alles.'

'Ik weet het niet. Kunnen jullie hem niet gewoon opsporen zonder dat ik dat allemaal doe? Ik bedoel, ja, hij wordt vermist, maar hij wordt niet vermíst vermist, als je begrijpt wat ik bedoel.'

'Nee, ik begrijp het niet.'

'Nou ja, hij is nu een dag weg. Misschien moeten we het nog een dag de tijd geven. Hij duikt vast wel weer op.'

'Oké,' zegt Kent, en ze staat op.

'Wat, is dat alles?'

'Als je hem niet officieel als vermist wilt opgeven en ons geen toegang wilt geven tot extra informatie, dan kan ik niet veel meer doen.'

Amber lijkt niet blij met dat besluit, maar goed, ze lijkt ook niet verdrietig. Kent laat zichzelf uit. Ze steekt de oprit over, naar de hoek van het erf, waar de rolcontainers staan. Die heeft ze daarstraks al gespot. Ze tilt net het deksel op als haar telefoon gaat. Het is Tracey Walter, de schouwarts. De autopsie op Zach Murdoch stond voor vanochtend op de planning en ze zal nu wel bellen met de resultaten. Alles in aanmerking genomen hoopt ze dat de jongen voor het ongeluk al dood of bewusteloos was.

Ze kijkt in de container. Die is leeg. Het was ook een gok. Dan moet ze denken aan wat de vrouw die de schoenen had gevonden zei: dat haar man te lui was om het afval fatsoenlijk te scheiden. Lockwood lijkt haar ook zo iemand. Ze kijkt ook in de rode container, en daar liggen ze: drie kartonnen doosjes die overeenkomen met de camera's die in het plafond zijn aangetroffen.

Ze neemt op.

Tracey klinkt buiten adem als ze zegt: 'We hadden het mis.'

'In welk opzicht?'

Tracey vertelt het haar, en ze heeft gelijk.

Ze hadden het mis, in alle opzichten.

76

Ik fris me in de badkamer op, zodat ik er niet hoef uit te zien als een man die iets groots heeft begraven als de pers me bij thuiskomst filmt. Andre zoekt een schoon stuk verband op dat ik om mijn hand kan doen. Dan loopt hij met me mee naar zijn auto. Hij heeft zo-even gezegd dat ik hem met alle plezier mag lenen. Ik pak mijn telefoon van de bijrijdersstoel om mijn moeder te bellen en te vragen hoe het met Lisa is, maar zie dat ik het afgelopen kwartier zes oproepen van Kent heb gemist. Ze belt weer.

Ik neem niet op. In plaats daarvan zet ik mijn telefoon uit.

Ik vertel het Andre.

'Ze weet het,' zegt hij, en ik moet het hem nageven: hij klaagt niet, hij voegt er niet aan toe: 'Ik had je nooit moeten helpen.'

'Ik vermoed dat ze het lichaam in dat graf hebben gevonden. Waarschijnlijk is ze op weg hiernaartoe.'

'Wat je daarstraks zei, dat je de politie zou vertellen dat jij Lockwood hebt vermoord, dat kan ik je echt niet laten doen.'

'Jawel, dat kun je wel, en zo gaat het ook gebeuren.'

'Ik vertel niet dat je me hebt geholpen,' zeg ik. 'Ik zeg dat ik hem heb vermoord en dat ik de auto in mijn eentje hier heb begraven.'

'Misschien maakt het niet eens uit wat jij of ik zegt. Misschien komen ze er zelf achter hoe het is gegaan en worden we celgenoten.'

'Het spijt me,' zeg ik.

'Dat weet ik, Cam. Dat weet ik. En eerlijk gezegd neem ik het je niet eens kwalijk wat je hebt gedaan. Dit hele gedoe... Als ik terugdenk aan de laatste paar dagen, was jij de enige die rationeel handelde.'

Kahn zit naast Andre en vermijdt oogcontact met mij. Ik wou dat het al later op de dag was. Ik wou dat de zon al onderging. Dan is het hier namelijk schitterend. De gedachte aan nog één zonsondergang voor ik in de gevangenis terechtkom is aanlokkelijk.

'Je kunt maar beter gaan,' zegt hij.
'Hè?'
'Ik meende wat ik daarstraks zei. Ik zeg wel tegen de politie dat ik het heb gedaan, en als jij hier nog bent als ze aankomen, maakt dat onze zaak er niet sterker op.'
'Ik...'
'Ik meen het, Cam. Ik wil dat je weggaat.'
We staren elkaar een paar tellen aan, dan geef ik hem een hand, maar hij drukt me tegen zich aan.
'Ik vind het heel erg,' zegt hij. 'Alles.'
'Ik ook.'
'Weet ik.'
Vanaf de veranda kijkt Andre me na als ik wegrijd.

77

Op weg naar huis zet ik halverwege de auto aan de kant. Dallas Lockwoods telefoon ligt op de bijrijdersstoel. Ik wil graag weten of hij uit staat omdat hij hem heeft uitgeschakeld of omdat de accu leeg is. Ik houd de aan/uitknop ingedrukt. In plaats van hem in een voorbijrijdende vrachtwagen te gooien, lijkt het me nuttig om hem op verschillende plekken aan en uit te zetten om te suggereren dat Lockwood nog leeft en mij volgt.

De telefoon gaat aan. De accu staat nog op vijftien procent. Ik kom niet voorbij het vergrendelingsscherm omdat het ding om een pincode of vingerafdruk vraagt.

Je had Lockwoods duim moeten afhakken.

'Dat heb je nooit voorgesteld.'

Zou je het dan hebben gedaan?

Ik hou de telefoon schuin zodat ik meer licht op het glazen scherm kan laten vallen. De telefoon ziet er fonkelnieuw uit; kennelijk vervangt hij de telefoon die ik Dallas maandag heb afgepakt. Hij zit vol vlekken en vegen, en sommige van die vegen passen precies op het digitale numerieke toetsenbord dat oplicht. Drie vegen om precies te zijn, beginnend bij de één, omlaag naar de zeven, omhoog naar de twee en opzij naar de drie. Ik probeer het. Het werkt niet. Ik probeer het achterstevoren. Er klinkt een klik en het startscherm verschijnt.

Ik open Lockwoods appjes. Ik scrol erdoorheen, maar concentreer me dan op de berichten van ene 'Bent'. Bent heeft Lockwood informatie over de zaak toegespeeld, en ik vermoed dat Bent een politieagent is en dat de naam waaronder hij in Contactpersonen staat iets te maken heeft met zijn echte naam. Ik kan me voorstellen dat Lockwood bij zichzelf moest lachen toen hij hem intypte. Tegen de tijd dat ik alles heb gelezen, brandt mijn huid en gonzen mijn spieren. De persoon die deze berichten heeft gestuurd, heeft de hand gehad in wat er is gebeurd.

Dan dringt het opeens tot me door. Zoals 'Elsie' staat voor 'L.C.', de initialen van Lisa Cross, staat 'Bent' voor 'Ben T'. Ben Thompson. Ik kijk in de lijst met contactpersonen en zie dat Lockwood het zware werk al voor me heeft verricht: hij heeft Thompsons adres al achterhaald, tenzij Thompson uit zichzelf heeft verteld waar hij woont, wat ik betwijfel. Ik vis een stuk papier uit het handschoenenkastje zodat ik het adres en het telefoonnummer kan noteren, en dan zet ik de telefoon weer uit.

Het is niet meer voldoende om zijn huis plat te branden.

Als ik toch al voor een moord naar de gevangenis ga, kan ik er net zo goed voor twee opdraaien.

78

Thompson woont vijftig meter bij het strand vandaan in New Brighton, een buitenwijk aan de kust van Christchurch waar het zeezout de ramen mat maakt en auto's de helft van hun gewicht kwijtraken aan roest. De straat waaraan hij woont staat haaks op de weg langs de duinen die voorkomen dat het zeewater de huizen in stroomt. Ik parkeer bij de duinen en stap uit; de duinen bieden beschutting tegen de wind, maar niet tegen het geluid van de brekende golven aan de andere kant. Boven me scheren meeuwen door de lucht, krijsend terwijl ze jagen op weggegooide stukken gefrituurde vis en frietjes. Ik heb het strand altijd heerlijk gevonden. Ik heb het ook altijd heerlijk gevonden om hier met Lisa en Zach naartoe te gaan, maar nu voel ik geen enkele behoefte om het ooit nog te zien. Ik doe de achterklep open en pak de moersleutel. Het is zo'n L-vormige en hij is zo lang als mijn onderarm.

Thompsons huis is een smalle bungalow, wat betekent dat hij zich waarschijnlijk een heel eind naar achteren uitstrekt. Erkerramen, allemaal dof van het zeewater, bieden vanuit de keuken uitzicht op de straat. De goot die langs de dakrand loopt is opgelapt nadat er her en der stukken roest uit zijn gesneden en wacht nog op een verfbeurt. De gazons zijn droog en er ligt zand overheen, maar ze zien eruit en ruiken alsof ze pas gemaaid zijn. De tuin is pas gewied en de struiken zijn recent gesnoeid. Misschien heeft Thompson vandaag wel de hele dag in de tuin gewerkt. Misschien houden ze hier wel zijn wake. Meneer Stel Dat had gelijk toen hij eerder vandaag zei dat ik een jas nodig zou hebben, want ik gebruik hem nu weer, deze keer om de moersleutel te verbergen.

Ik kom bij de deur. Er hangt een kerstkrans aan. Misschien is Thompson niet thuis en misschien is hij wel thuis en heeft hij een handvol mensen over de vloer. Toch bel ik aan. Ik houd de moersleutel met één hand vast en leg de andere op mijn jack, klaar om de twee uit elkaar te schuiven.

Ik hoor voetstappen. Ze worden luider, dan wordt er een slot omgedraaid en zwaait de deur open. Ik had gelijk dat het Thompson zou zijn. Hij ziet er... van alles uit. Hij ziet er verfomfaaid uit, alsof hij met zijn kleren aan heeft geslapen. Zijn haar staat alle kanten op, zijn ogen zijn bloeddoorlopen en hij heeft zich niet geschoren. Hij lijkt ook verbaasd me te zien, en dan slaat die verbazing om in bezorgdheid. Hij weet dat ik nooit een goede reden kan hebben voor mijn komst. Hij ruikt naar zweet, naar drank en naar muffe pizza.

Ik laat het jack vallen. Hij volgt het met zijn blik. Dan volgt hij de moersleutel als die met een boog omhoogbeweegt. Hij probeert hem af te weren, probeert zich af te wenden, maar hij is te laat. De moersleutel raakt hem op de onderkant van zijn kin. Zijn hoofd klapt naar achteren. Zonder ook maar te proberen zijn val te breken kukelt hij achterover.

Ik stap naar binnen en probeer te beslissen of ik Thompson moet doodslaan voordat ik het huis platbrand met hem er nog in.

Misschien ben ik nu een psychopaat.

Op z'n allerminst ben je een seriemoordenaar. Hoe voelt dat?

Het enige wat ik voel is verdriet.

79

Inspecteur Thompson heeft Lockwood verteld over de kermis, over de meisjes die uit het springkasteel waren gestuiterd, over het feit dat Zach even zoek was en over de mishandeling. Hij heeft hem verteld over de ontbrekende schoenen, en vervolgens over de vondst van diezelfde schoenen, plus de kleren van Zach. Woensdagochtend heeft hij berichtjes gestuurd om te melden dat er een arrestatie ophanden was. In de berichten stond dat hij die arrestatie voor het oog van een groot publiek wilde laten plaatsvinden. Hij zei dat hij de hele wereld wilde laten zien dat we geboeid het huis uit werden gesleurd. Het bewijst wat ik eerder tegen Kent zei: dat de politie mij en Lisa vanaf het begin als de schuldigen heeft beschouwd. Geen wonder dat ze Pittmans huis niet grondig hebben doorzocht.

Dit is de reden dat Thompson erop stond met ons de voordeur uit te lopen. Dit is de reden dat hij weigerde naar Kent te luisteren. Hij heeft zijn zin gekregen. Wij kwamen volop in beeld. En vervolgens glipte het hem allemaal uit de handen.

Ik sluit de deur en doe hem op slot.

Thompson is buiten westen. Ik controleer de rest van het huis op familieleden en aan het bed gekluisterde kankerpatiënten, maar er is verder niemand. Ik onderzoek Thompsons kaak. Die is niet gebroken, maar zijn ondertanden zijn tegen zijn boventanden geklapt, waardoor er een stuk van een tand is afgebroken en een metalen pennetje van een eerdere hersteloperatie zichtbaar is geworden. Er zit wat bloed in zijn mond en een bult onder op zijn kin die steeds groter wordt terwijl ik hem meesleur naar zijn eetkamer en hem rechtop op een stoel zet. Op de eettafel staan tien, twaalf lege bierflesjes en drie lege wijnflessen. Verspreid ertussen liggen verfrommelde chips- en pindaverpakkingen. De kamer ruikt zoals verlopen cafés in de film eruitzien. Als ik een lucifer zou afstrijken, zouden mensen een kilometer verderop misschien nog wel brokstukken van straat moeten rapen. Ik doe de jaloezieën dicht voor de ramen die uitkijken op de straat, snijd de koorden ervanaf en gebruik die om hem vast te binden.

Ik geef hem een paar tikken in zijn gezicht, maar hij beweegt niet. Verroert geen vin. Doet eigenlijk niks, behalve met hangend hoofd op die stoel zitten, terwijl een sliert kwijl uit zijn mond bungelt en op zijn broek terechtkomt.

Ik moet weten waarom hij het vizier zo snel op mij richtte. Ik moet weten of hij er spijt van heeft.

Dan hoor ik Ellen Barkleys stem in mijn hoofd zeggen: *Je beseft toch hopelijk wel dat hij oprecht dacht dat je Zach iets had aangedaan, hè? Wat hij deed was onvergeeflijk, maar je kunt toch wel begrijpen waarom hij het deed? Wat hij jou heeft aangedaan valt volledig in het niet bij wat jij Lucas Pittman had aangedaan als je hem te pakken had kunnen krijgen. Het was een vergissing, en zoals we al hebben besproken: iedereen begaat weleens een vergissing. Inspecteur Thompson mag dan een slechte agent zijn, dat betekent nog niet dat hij een slecht mens is. Moet je al die lege flessen zien… Zie je dan niet dat hij het vreselijk vindt wat er is gebeurd?*

'En meneer Stel Dat? Hoe zie jij het?'

Laat ik je een tegenvraag stellen. Waarmee kun je leven, waar ligt de grens?

Ik loop naar de keuken en pak een koud biertje uit de koelkast. Ik trek een stoel onder de tafel vandaan en ga tegenover Thompson zitten. Ik schud het flesje en open het, zodat het bier in zijn gezicht spuit.

Zijn ogen gaan knipperend open. Hij kijkt naar me op. Zijn eerste poging om iets te zeggen mislukt, en zijn ogen rollen weg en hij valt weer een paar tellen weg voor hij echt bijkomt. Dan spuwt hij een sliert bloed uit die aan zijn kin blijft hangen en tot op zijn knieën zakt voor hij breekt.

'Jij,' zegt hij, en zijn blik wordt wazig en dan opeens weer scherp. 'Je weet het,' voegt hij eraan toe. Hij knikt, maar die beweging doet hem ineenkrimpen. Hij knippert een paar keer met zijn ogen, tot hij weer scherp ziet, en zegt dan: 'Het was niet de bedoeling dat het zo zou aflopen.'

'Ik denk dat het precies zo is afgelopen als jij wilde,' zeg ik. 'Ik weet dat jij Dallas Lockwoods bron was. Ik weet dat je zo veel mogelijk mensen voor ons huis wilde hebben, dat je wilde dat ze naar ons zouden gillen en schreeuwen.' Ik stel hem de vraag die ik ook aan Kent heb gesteld. 'Hoe is het mogelijk dat de recherche tijd doorbracht met Pittman zonder te beseffen dat hij mijn zoon had, en tijd met Lisa en mij doorbracht zonder te beseften dat wij onschuldig waren? Hoe dan? Ik snap het niet. Ik snap het werkelijk niet, maar ik wil dat jij het me uitlegt. Ik wil dat je me uitlegt waarom dat jullie niet slecht maakt in jullie werk. Ik moet weten hoe jullie dit hebben kunnen laten gebeuren.'

Hij sluit een paar tellen zijn ogen en keert dan weer terug. 'Denk je niet dat ik me dat sinds gisterenmiddag minstens duizend keer heb afgevraagd? Denk je niet dat Kent dat heeft gedaan? Maar... je hebt gelijk. Ik wilde er publiek bij hebben, maar ik... ik wist niet dat het zo erg zou worden. Ik dacht... Ik was er zo zeker van, dat moet je begrijpen. Ik was er zo zeker van dat je het had gedaan. Je moet toch weten dat we op dat moment met geen mogelijkheid op de hoogte hadden kunnen zijn van die andere jongen. Dat kon gewoon niet. Als dat wel zo was geweest, dan was het allemaal anders gelopen. Natuurlijk was het dan allemaal anders gelopen.'

Opeens krijg ik over mijn hele lijf kippenvel. Het wordt een paar graden kouder in de kamer. 'Welke andere jongen?'

'Weet je het dan nog niet?'

'Wat weet ik nog niet?'

Hij staart me aan maar zegt niets.

'Wat nou?'

'Wanneer heb je Kent voor het laatst gesproken?'

'Vanochtend,' zeg ik, en natuurlijk had ik al die gemiste oproepen.

'Dan moet je met haar gaan praten.'

'Over welke andere jongen heb je het?'

'Je weet het echt niet, hè?'

'Vertel op.'

'De schouwarts. Ze is klaar met de autopsie. Ik heb Kent een paar minuten voor jij hier kwam gesproken. Die jongen in het mortuarium... is niet jouw zoon, Cameron. Op dit moment heeft niemand ook maar enig idee waar Zach is.'

80

Ik zet het flesje bier neer, alleen kijk ik niet goed waar, en het tuimelt van de tafel en klapt op de houten vloer. Het breekt niet, maar het draait langzaam in het rond, terwijl het bier eruit gutst. Ik voel me duizelig. Verward. Overweldigd door het idee dat Zach nog leeft. Ik voel de storm van daarstraks terugkomen. Ik voel de aandrang om overeind te springen en Thompson te omhelzen, alleen kan ik me niet verroeren. Het is ongelooflijk nieuws, maar er komt ook iets van verdriet bij kijken: dat Zach nog leeft gaat ten koste van een andere jongen, die nu dood is. Even vraag ik me af of mijn wanhopige wens dat hij nog zou leven een ander kind het leven heeft gekost.

'Bel inspecteur Kent als je me niet gelooft. Zij zal het bevestigen.'

Ik denk aan alle gemiste oproepen. De fles blijft stilliggen, de hals wijst naar Thompson. Dat betekent dat ik hem kan vragen te kiezen uit waarheid, durven en doen. Ik kies voor waarheid.

'Lieg je tegen me?'

'Nee.'

'Zo ja, dan vermoord ik je.'

'Ik lieg niet. En ik weet verder ook niets, want ik ben niet meer bij het onderzoek betrokken. Je bent hier gekomen om een zoon te wreken die mogelijk nog leeft, en een vrouw die sowieso nog leeft.'

Hij heeft gelijk.

Ik moet naar huis.

Ik moet met Kent praten.

Ik sta op. Ik moet bewegen. Beweging is vooruitgang. Als ik een voet naar voren wil duwen, gaat die nergens heen. Ik ga weer zitten. Mijn benen tintelen. Ik ben volkomen verloren. Een warmte verspreidt zich door mijn lichaam. Die brengt kalmte. Alles komt goed. Ik glimlach. Ik kan het niet helpen. Zach leeft nog. Hij leeft nog, en de man die hem heeft meegenomen is dood, dus waar Zach ook is, hij is veilig.

'Dus waar...'

'Verder weet ik niets. Echt niet. Ik heb al geluk dat ik dit weet. Luister naar me, Cameron, we hebben een fout gemaakt. Ik heb een fout gemaakt. En we boeten ervoor. Ik boet ervoor. Maar als je dit doet, als je doet waarvoor je hier bent gekomen, dan kun je niet meer terug. Dit... Wat er tot nu toe is gebeurd, kan onder ons blijven. Als jij me laat gaan, zeg ik het tegen niemand. Dat meen ik. Het is niet zo'n nepaanbod als in de film, als iemand belooft zijn mond dicht te houden. Ik meen het, en ik meen het omdat ik het heb verbruid. Ik meen het omdat ik dit verdien. In zekere zin ben ik blij dat je er bent. Dit had ik verdiend. Maar nu staan we quitte. Als jij nu weggaat, blijft dat zo.'

'We staan niet quitte,' zeg ik. 'Door jou moet Lisa vechten voor haar leven.'

'Denk je soms dat ik dat niet weet? Ik geef je een "Verlaat de gevangenis zonder te betalen"-kaartje, Cameron. Je zoon en je vrouw hebben niets aan je als je mij vermoordt. Iedereen zal weten dat jij het was. Dan verdwijn je voor twintig jaar achter de tralies. We gaan Zach vinden, en met Lisa komt alles goed, en jij hebt hier niets verkeerds gedaan, niets wat ik niet verdiende. Loop gewoon weg, Cameron. Ga naar Kent toe, dan zal zij je alles vertellen. Misschien weet ze al waar Zach is.'

Ik kijk naar de moersleutel. Die ligt nog op tafel, waar ik hem heb neergelegd. Ik kijk naar Thompson. Deze man heeft mijn leven in de vernieling geholpen, maar nu ligt mijn leven opeens niet zo erg in de vernieling als ik dacht.

'En daar houdt het mee op? Je komt me niet arresteren?'

'Ik geef je mijn woord.'

Ik sta op. Ik pak de moersleutel. 'Ik maak je niet los. Het lukt je uiteindelijk zelf wel om je los te wurmen. Maar we hebben een deal.'

'Precies. Jij loopt weg en dan hoeven we elkaar nooit meer te zien.'

Dus dat doe ik.

Ik loop weg.

81

Ik rijd rustig omdat ik me rustig voel. Er staan rendieren in de voortuinen en kerstmannen op de daken, en er hangen slingers en lampjes aan de ramen. Dat alles heeft er nog nooit zo mooi uitgezien. Mensen maaien het gras, laten de hond uit, lopen hand in hand, spelen cricket met de buurt in doodlopende straten en vliegeren in het park. Ze ogen allemaal gelukkig. Kerstmis komt eraan en zoals ze in het liedje al zongen: *it's the most wonderful time of the year* – het is de mooiste tijd van het jaar. Sinds maandag al wil ik niets liever dan ontwaken uit deze nachtmerrie, en nu gebeurt dat ook. Misschien weet Kent niet waar Zach is, maar het is slechts een kwestie van tijd voor ze het ontdekt. Lisa zal bijkomen, misschien vandaag, maar anders morgen. Tegen die tijd zal Zach thuis zijn.

Ik bel Kent.

Ze neemt meteen op.

'Waar zit je?' vraagt ze.

'Is het waar?'

'Waar zit je?'

'Is het waar? Die jongen achter in de auto, was dat iemand anders?'

'Het is waar.'

'Ik ben op weg naar huis.'

'Dan zie ik je daar over een kwartier.'

Het is net na zessen, wat betekent dat we nog drie uur daglicht over hebben. Het is barbecueweer. Een strakblauwe hemel. Christchurch kent zo zijn ups en downs, maar rond deze tijd van het jaar zou ik nergens anders willen zijn. We hebben de kerstcadeautjes voor Zach al in huis, maar komend weekend ga ik eropuit om nog eens tien jaar aan kerstcadeaus voor hem te kopen.

In mijn straat hebben de media er een schepje bovenop gedaan. Er staat een versperring aan het begin van ons huizenblok. Die wordt opzijgeschoven. Mensen maken foto's en filmpjes. Ik parkeer op de oprit, en er worden luidkeels en razendsnel vragen op me afgevuurd. Er liggen nog meer bloemen en beertjes in de voortuin. Ik ga naar binnen. Mijn armen en gezicht doen pijn van de vele uren in de zon, en mijn haar zit door de war, en ook al heb ik me op de boerderij nog opgefrist, ik heb nog steeds het gevoel dat er een laagje vuil op mijn huid ligt. Ik moet me douchen. Ik wil niet dat Zach me zo ziet.

Kent is al aangekomen en heeft zichzelf binnengelaten. Ze ijsbeert door mijn woonkamer. Ze houdt op met ijsberen. 'Ga zitten.'

Ik ga op de bank zitten, op dezelfde plek als afgelopen maandag, toen Kent voor het eerst vragen kwam stellen, en zij zit ook op dezelfde plek. Kent heeft een deel van de zelfbeheersing terug die ze gisteren kwijt was.

'Luister naar me, Cameron, het gaat nu allemaal heel snel. Dit is nu een race tegen de klok. Waar Zach ook is, het is mogelijk dat hij geen voedsel of water tot zijn beschikking heeft. Het is nu heel belangrijk dat je eerlijk tegen me bent. Heb jij Pittmans huis platgebrand? Bedenk wel: als jij het niet was, dan moeten we...'

'Ik was het.'

'Waarom?'

'Wat denk je zelf? Ik wilde niet dat dat huis nog zou blijven staan. Er is daar een groot kwaad verricht, en de enige manier om ervoor te zorgen dat het daar nooit meer zou gebeuren was de boel platbranden. Dat begrijp je vast wel, inspecteur.'

'Heb je Spenser Barkleys huis ook platgebrand?'

'Ja.'

'Waarom beweerde zijn vrouw dat zij het had gedaan?'

'Ze dacht dat het een les zou zijn: dat wraak nemen helemaal niet zo goed voelt.'

'Had ze gelijk?'

'Dat weet ik nog steeds niet helemaal zeker.'

'Is er nog meer wat je me niet hebt verteld?'

Nou, Dallas Lockwood ligt in een diep gat begraven. En inspecteur Thompson zit vastgebonden in zijn eetkamer. 'Nee, niks.'

'Hoe wist je dat de jongen in het mortuarium niet je zoon was?'

'Pardon?'

'Toen je me zonet belde, vroeg je of het waar was. Hoe wist je het?'

Shit. Dat was een vergissing.

'Cameron?'

'Dallas Lockwood heeft het me verteld,' zeg ik, maar ik heb er meteen spijt van.

En terecht. Voorlopig werkt dat leugentje wel, maar je valt meteen door de mand als Thompson tegen Kent zegt dat je bij hem langs bent geweest.

'Wanneer?'

'Net voordat ik je belde. Ik was bij mijn schoonouders thuis. Hij stond voor het huis te wachten en hij vroeg ernaar. Kennelijk heeft iemand het hem verteld.'

'Je hebt hem gezien.'

'Ja.'

'Wat zei hij nog meer?'

'Hij zei alleen dat hij wist dat het omgekomen jongetje iemand anders was,' zeg ik, maar daar moet ik iets aan toevoegen. Lockwood zou er altijd een gemene draai aan geven. 'Hij vroeg me of ik blij was dat er een ander kind dood was in plaats van Zach.'

'Echt iets voor hem. Wist je het van de e-mail?'

'Die ene waarin hij zijn volgers vroeg naar ons huis te komen? Ellen Barkley heeft het me verteld, en eerlijk gezegd had ik zin om hem tegen de vlakte te slaan toen ik hem zag, maar tegelijkertijd had ik zin om hem te omhelzen omdat hij me vertelde dat Zach mogelijk nog leefde. Alleen durfde ik het niet te geloven, want ik dacht dat hij misschien tegen me loog, gewoon om me boos te maken. Daarom heb ik jou gebeld.'

Je had schrijver moeten worden.

'Zei hij waar hij naartoe ging?'

'Nee, maar hij is een poosje achter me aan gereden. Ik dacht dat hij hiernaartoe zou gaan, maar hij sloeg een paar straten eerder af. Wie was de jongen die is omgekomen?'

'Hij heette Ryan Bates.'

Ik herinner me hem van de website met vermisten. 'Is dat de jongen die vorig jaar in het zuiden van het land in een park vermist is geraakt?'

'Inderdaad,' zegt ze.
'Kun je me vertellen wat er is gebeurd?'
'Dat kan ik,' zegt ze, en dat doet ze dan ook.

82

Ze praat nu met een heel andere Cameron Murdoch, eentje die tussen de versie van gisteren en de versie die ze vijf jaar geleden heeft ontmoet in zit. Hij heeft hoop. Nu ze zo met hem zit te praten, snapt ze niet dat ze hem er ooit van heeft kunnen verdenken dat hij zijn eigen zoon iets had aangedaan.

Ze vertelt hem over Ryan Bates. Afgelopen zomer wilde Ryan niet weg uit het park waar hij aan het spelen was en waren zijn ouders zonder hem weggereden. Hij was acht jaar. Ze waren een maand eerder van Auckland naar Dunedin verhuisd omdat zijn vader daar een nieuwe baan had. Ryan vond die verandering maar niets. Hij had kuren. Hij was opstandig. Het park waar hij verdween bevond zich in een oude wijk, die aan de ene kant grensde aan een nieuwere wijk en aan de andere kant aan een bos. De jongen rende er wat rond en speelde op de speeltoestellen, en toen het tijd werd om naar huis te gaan vertikte hij het. Hij zei dat hij het nieuwe huis haatte en dat hij terug wilde naar zijn oude huis, en als dat niet kon, dan ging hij wel een nieuw huis bouwen in de speeltuin. Zijn ouders zeiden: prima. Dan doe je dat maar. En ze waren weggereden. Om de hoek parkeerden ze de auto, wachtten twee minuten en gingen toen terug.

Het was halverwege de middag, maar het was koud en er waren geen andere spelende kinderen. Geen hardlopers, geen mensen die de hond uitlieten, geen stelletjes die hand in hand liepen. Ryan was weg toen ze terugkwamen. Ze belden de politie. Eerst dacht de politie dat Ryan de andere kant op was gelopen. Hij had zijn zinnen gezet op Auckland en was daarnaar onderweg. Dat is nou net iets wat een kind van acht denkt te kunnen doen. Zeshonderd kilometer lopen naar de noordkust van het Zuidereiland, als verstekeling aan boord gaan van de veerboot naar het Noordereiland en vervolgens de resterende vijfhonderd kilometer naar huis lopen. Meestal houden ze het twintig minuten, hooguit een halfuur vol, en dan geven ze het op.

Of hij één kilometer heeft gelopen, of twee, of vijf, of dat Lucas Pittman hem misschien rechtstreeks vanuit het park heeft meegenomen naar het aangrenzende bos, zullen ze misschien nooit weten.

'Ik heb een paar dagen geleden iets over hem gelezen,' zegt Cameron, en ze kan aan hem merken dat er een inwendige worsteling plaatsvindt. Zijn zoon leeft nog – tenminste: mogelijk – maar ten koste van iemand anders. Zij voelt zich net zo. Ze wilde niets liever dan dat Zach veilig en gezond zou zijn, en nu lijkt het erop dat ze dat misschien nog kunnen bewerkstelligen, terwijl Ryan Bates' ouders waarschijnlijk helemaal zijn ingestort, niet in staat elkaar te troosten.

'Al dat verdriet, al die woede, al die pijn die ik gisteren voelde toen ik dacht dat Zach dood was, dat maken de ouders van Ryan nu door. Dat niet alleen, maar ze moeten leren omgaan met de wetenschap dat hun zoon al die tijd in de handen van Pittman is geweest. Ik weet niet... Ik weet niet wat ik moet voelen. Hoe is het mogelijk dat een monster in twee minuten tijd je leven kan binnendringen en alles kan veranderen?'

Ze denkt aan de explosie waarbij ze haar littekens heeft opgelopen. Soms heeft zo'n monster maar twee seconden nodig.

'De ouders waren verdachten in de zaak, maar zijn van alle blaam gezuiverd. Ze hebben een verkeerde beslissing genomen, een beslissing die veel ouders zouden nemen om hun kind een lesje te leren,' zegt ze, en ze herinnert zich dat haar eigen ouders haar en haar zus een keer in een overdekt winkelcentrum hebben achtergelaten toen ze zich niet wilden gedragen. Ook zij zijn maar twee minuten weggeweest. Dat is meer dan genoeg tijd om iemands leven binnen te dringen. En is wat Cameron zondagavond tegen zijn zoon zei over weglopen nou zo anders? Nee. Dat lijkt haar van niet. 'Dat is een beslissing die ze nooit te boven zullen komen.'

'Leefde hij nog ten tijde van het ongeluk?'

'Er zijn slaapmiddelen in zijn lichaam aangetroffen. Waarschijnlijk was hij bewusteloos en heeft hij er niets van meegekregen. We denken dat Pittman Ryan en Zach verdoofde zodat ze gemakkelijk hanteerbaar zouden zijn. Op grond van haren die we in Pittmans huis hebben aangetroffen weten we dat Zach er is geweest, en nu vergelijken we andere haren en DNA-sporen die we daar hebben aangetroffen met Ryans dossier, maar dat kost tijd. We weten dat Pittman de kinderen ergens anders moet hebben vastgehouden, maar wat we niet weten is hoe vaak en hoelang hij ze bij zich in huis haalde, of waarom. Pittman had geen auto die groot genoeg was om twee kinderen tegelijk in te vervoeren, ervan uitgaand dat hij ze in de kofferbak stopte, zoals hij met Ryan Bates heeft gedaan. Dat betekende dat hij een paar keer heen en weer moest rijden als hij ze tegelijkertijd bij zich in huis wilde hebben, en een paar keer heen en weer rijden betekent een paar keer risico lopen, en dan laten we het risico dat hij ze tijdens een routinecontrole bij zich zou hebben nog buiten beschouwing.

We denken dat Pittman gisterochtend Ryan Bates bij zich in huis had, toen hij ergens door in paniek raakte, en dat hij hem wilde terugbrengen naar de plek waar hij ook Zach verborgen hield,' zegt ze. Maar er is ook een andere mogelijkheid, een die ze niet met Cameron wil bespreken, want die heeft te maken met de spade achter in Pittmans auto. Die spade wijst op een begrafenis en dat betekent dat Zach wellicht hetzelfde lot wachtte. De vraag is alleen: wie wachtte dat lot het eerst?

'Het had net zo goed Zach kunnen zijn in die auto,' zegt Cameron.

'Dat had gekund, maar dat was niet zo. Maar je moet wel beseffen hoeveel schade je hebt veroorzaakt met wat je gisteravond hebt gedaan.'

'Hoezo, schade?'

'Alles wat we vandaag te weten zijn gekomen, betekent dat Pittmans huis nu met andere ogen zou worden bekeken. We weten dat hij de kinderen ergens vasthield. Door wat jij hebt gedaan, is onze belangrijkste bron om te achterhalen waar dat precies is nu vernietigd.'

Ze kan aan zijn reactie merken dat dat niet bij hem was opgekomen. Hij trekt bleek weg.

'We hebben bewijsmateriaal verzameld, en we hebben wat foto's en filmpjes gemaakt, dus ik zeg niet dat we niets hebben. Maar je hebt één hand op onze rug gebonden.'

'Ik... Als we hem niet vinden, is dat mijn schuld,' zegt hij, en zijn vingertoppen gaan naar zijn lippen. Hij ziet eruit alsof hij elk moment kan gaan overgeven.

Ze haalt een bewijszakje uit haar zak met een van Lockwoods cameraatjes erin en legt het op de salontafel. 'We hebben drie van deze dingen in het plafond van je huis aangetroffen.'

'Hè?'

'Eerst dachten we dat Pittman ze had geplaatst. We dachten dat hij ze gebruikte om jou en je gezin in de gaten te houden en dat hij op die manier je gesprek met Zach over het weglopen had opgevangen. Nu denken we dat Dallas Lockwood ze afgelopen maandag heeft geplaatst.'

'Waarom zou hij dat doen?'

'Om jullie in de gaten te houden. Ik vermoed dat hij het wilde vastleggen als jullie de moord op jullie zoon zouden opbiechten.'

'Gaan jullie hem aanklagen?'

'Jazeker. Maar omdat de camera's niet van Pittman zijn, zijn we nog eens gaan nadenken over de mogelijkheid dat Pittman zich in het plafond heeft schuilgehouden en zo jouw gesprek met Zach heeft opgevangen. Dat heeft Pittman in het verleden immers ook al eens gedaan. Alleen wijst niets erop dat hij daar ooit heeft gezeten. Niets wijst erop dat er überhaupt iemand heeft gezeten.'

'Wat wil je nu eigenlijk zeggen?'

'Op dit moment weet ik dat niet zo goed. Het is mogelijk dat Zach echt van plan was om weg te lopen, dat hij zijn tas heeft ingepakt en dat Pittman diezelfde avond het huis is binnengedrongen. Soms zijn jullie weken achtereen weg, dus het is mogelijk dat Pittman hier eerder is geweest en een kopie van een huissleutel heeft weten te maken. Het is ook mogelijk dat hij hier zondagmiddag is gekomen en een andere plek heeft gevonden om zich te verstoppen, en dat hij het gesprek toch heeft gehoord.'

'Je klinkt niet erg zeker van je zaak.'

'We komen er wel achter.'

Ze staat op. Ze loopt naar de deur, en Cameron komt achter haar aan. 'Hoor eens, Cameron. Wat je gisteravond hebt gedaan… Ik snap waarom je het deed, maar je snapt nu vast wel waarom je het niet had moeten doen. Ik wil niet dat je nog iets doet. Oké? Het zal snel bekend worden dat niet Zach is gevonden, maar Ryan Bates, en als dat gebeurt stroomt deze hele straat weer vol met pers. Is het misschien een idee als je naar je moeder gaat?'

'Ik zal erover nadenken,' zegt hij. Dan voegt hij eraan toe: 'Ik weet dat dit moeilijk voor je is geweest. Maar breng Zach bij me terug, oké? Als je dat kunt doen, en als Lisa het haalt, dan is alles vergeven en vergeten.'

83

Zach leeft nog. Ergens.

Zach leeft nog. Ergens op een plek die we niet kunnen vinden omdat ik Pittmans huis in brand heb gestoken.

Zach, die later vandaag zou thuiskomen, of anders morgen.

Dallas Lockwood wordt vermist nadat hij mijn huis heeft volgehangen met camera's. Dat kwam hij hier maandagavond doen. Nadat ik hem had achtergelaten, is hij niet vertrokken. Hij is gebleven en heeft gedaan waarvoor hij was gekomen. Geen auto, geen lijk, kan de politie dan iets bewijzen?

De nieuwe ontwikkeling is nog niet in het nieuws en daardoor is het buiten op straat rustig. Als het zover is, zal de menigte terugkomen. De bloemen en teddybeertjes zullen worden vertrapt als iedereen me er weer van gaat beschuldigen dat ik Zach iets heb aangedaan. Misschien zullen ze precies hetzelfde zeggen als Lockwood: dat wij onze zoon aan Pittman hebben gegeven.

Ik wil naar het huis van mijn moeder, maar ik kan hier pas weg als ik heb opgeruimd. Zach houdt niet van veranderingen, en dat is wat het huis op dit moment is: één grote verandering. Het is overal zichtbaar, van de gescheurde gordijnen voor het raam dat kapot was gegooid tot de verplaatste meubels, de leeggehaalde werkkamers en de ontbrekende brievenbus. Als hij het huis zo ziet, kan dat leiden tot een ZBB.

Ik begin met de kleren. Ik hang ze niet op, maar stop ze in de wasmachine, nadat ik mijn kleren van gisteravond eruit heb gehaald en in de droger heb gedaan. Ik gooi het beddengoed ook in de was. Ik richt de werkkamers weer in. Zachs tablet is teruggebracht, dus leg ik die aan de lader, zodat hij zoveel tekenfilms kan kijken als hij wil. Ik zet alles in de woonkamer weer op z'n plek. De speelgoedkist is niet teruggebracht, maar ik ga straks wel een nieuwe kopen. Geen sterkere, want ik wil niet dat Zach erop gaat staan, maar precies zo'n zelfde. Ik ga ook sloten kopen voor de ramen en alarmen die worden geactiveerd als er een raam wordt geopend. Ik houd het nieuws in de gaten en wacht op de nieuwsflits dat Zach nog leeft.

Ik ben aan de laatste doos toe. Daar zitten kleinere spullen in, met een checklist waarop staat aangegeven waar alles vandaan komt. Lisa's handtas zit erin. De reservesleutels van het huis en de auto. Onze paspoorten. Onze extra creditcard, onze buitenlandse valuta. Er zit een klein, hersluitbaar plastic zakje bij met daarin de internationale simkaarten voor onze telefoons. Die gebruiken we om te voorkomen dat we torenhoge roamingkosten moeten betalen. We hebben ook een reservetelefoon, voor het geval een van ons er een kwijtraakt – wat mij een paar jaar geleden in Londen bij een tennisbaan is overkomen. Ik kijk in de doos en zie dat de politie de reservetelefoon niet heeft teruggebracht.

Ik vraag me af waarom ze die nog vasthouden.

Dat afvragen brengt me ertoe de lijst met meegenomen voorwerpen na te gaan; alleen komt het niet door dat afvragen, het komt doordat ik het ongelijk van meneer Stel Dat wil bewijzen, want meneer Stel Dat speelt al een poosje met een idee, sinds Kent me vertelde dat ze niet weet wat er zondagavond is gebeurd. Ze heeft er een slag naar geslagen die is gestoeld op toevalligheden, en al die tijd heeft ze een mogelijkheid ontweken die alles zou verklaren.

Stel dat…

'Niet doen.'

Maar meneer Stel Dat weigert zijn mond te houden. *Stel dat die telefoon hier helemaal niet lag?*

De enige manier om hem het zwijgen op te leggen is zijn ongelijk bewijzen, want ik weet wat hij denkt. Hij denkt dat Pittman, als die zich niet in het plafond schuilhield, ook mijn gesprek met Zach niet kan hebben opgevangen. Hij denkt dat de enige andere persoon in huis die het kan hebben gehoord Lisa was. Hij denkt dat er een kern van waarheid zit in Lockwoods theorie dat we Zach aan een veroordeelde pedofiel hebben overhandigd. Maar hij heeft het mis. Natuurlijk heeft hij het mis.

En?

Ik kijk op de lijst. Er staat maar één simkaart op. En ik moet toegeven dat dat vreemd is. Ik kijk in het zakje. Ik ging ervan uit dat allebei de simkaarten erin zaten, maar het is er maar één. Dus: één ontbrekende telefoon en één ontbrekende simkaart, en dat wil niks zeggen. Ik kijk in de la in de slaapkamer waar ze vandaan komen. De telefoon ligt er niet. Ik kijk in mijn koffer voor het geval ik hem daar na onze laatste reis in heb laten zitten, en ik kijk in die van Lisa. Een paar universele stroomadapters, een paar kabeltjes, maar geen telefoon, geen simkaart.

Stel dat...

'Hou je kop.'

Kom op, je moet toch...

'Hou je kop, zei ik. Het is een vergissing, meer niet.'

Bewijs het dan.

Dat zal ik doen.

Ik bel Kent. 'Die lijst met spullen die ik heb teruggekregen, hoe accuraat is die?'

Ze aarzelt even, maar dan: 'Heel accuraat. Waarom vraag je dat?'

'Bestaat er een kans dat jullie iets hebben meegenomen wat niet op de lijst staat?'

'Geen enkele. Wat houd je voor me achter?'

Ik kan haar pas over de ontbrekende telefoon vertellen als ik weet wat die ontbrekende telefoon te betekenen heeft. Misschien zou Kent me kunnen helpen dat uit te vogelen, maar ze zou dat uitvogelen meteen in de richting van het ergst mogelijke scenario sturen, een dat de rouwende moeder op tv gelijk zou geven toen ze zei: 'We weten allemaal dat hij het heeft gedaan.'

'Niks. Ik was gewoon nieuwsgierig.'

'Wat is er mis?' vraagt ze.

'Ik kan een van mijn USB-sticks niet vinden. Er staan foto's van Zach op. Die ligt altijd in de bovenste la in mijn werkkamer, en nu ligt hij er niet meer.'

'Oké,' zegt ze. 'Ik zal het natrekken.'

'Bedankt.'

'Verder nog iets?'

'Nee, niets.'

'Zeker weten?'

'Het is goed zo,' zeg ik, maar het is helemaal niet goed. Zach wordt vermist en onze reistelefoon ligt hier niet, en dat betekent...

Ja?

En dat betekent dat Pittman hem heeft meegenomen.

Hè? Dus hij is erachter gekomen dat jullie een reservetelefoon hebben, en toen heeft hij die en één simkaart meegenomen en al dat buitenlandse geld laten liggen?

Precies.

Of?

Lisa had geen reden om hem te gebruiken. De meest voor de hand liggende verklaring is dat we hem aan de andere kant van de wereld in een hotel hebben laten liggen. Het zou niet de eerste keer zijn dat we per ongeluk iets hebben achtergelaten, en het zal ook niet de laatste keer zijn.

'Ga je naar het huis van je moeder?' vraagt Kent.

'Ik denk dat ik in plaats daarvan naar mijn schoonouders ga.'

'Ik zal je door iemand laten brengen en dan kom ik straks nog even langs om te kijken hoe het met je gaat.'

We hangen op.

Laten we voor de gein eens zeggen dat jullie hem niet hebben laten liggen. En laten we zeggen dat Pittman hem niet heeft meegenomen. Je weet waarom mensen een tweede telefoon hebben, hè?

Ja, dat weet ik. Om te verhullen dat ze een verhouding hebben.

Nee. Want daar is niets illegaals aan. Ze hebben er een als ze de ontvoering van hun eigen zoon in scène willen zetten.

Wat meneer Stel Dat nu suggereert is onmogelijk. Ten eerste is het onmogelijk dat Lisa en Pittman elkaar kenden. Wat denkt meneer Stel Dat nou? Dat ze een advertentie online heeft gezet waarin ze aangaf in contact te willen komen met een pedofiel? Ten tweede was Lisa de afgelopen dagen een wrak. Zachs verdwijning maakte haar langzaam kapot.

Laten we het nog even hebben over het feit dat die telefoon hier niet is.

Nee.

Waarom zou Lisa hem ergens anders verbergen?

Dat heeft ze niet gedaan.

Hij ligt er niet omdat Lisa wist dat het huis zou worden doorzocht. Ze wist dat hij zou worden gevonden. Ze heeft de telefoon aan Pittman meegegeven toen hij Zach kwam halen.

O ja? En ik ben daar dwars doorheen geslapen? Meneer Stel Dat heeft te veel naar Dallas Lockwood geluisterd.

Weet je nog hoe je je maandagochtend voelde? Alsof je een kater had? Misschien heeft ze je wel verdoofd. Misschien gebruikt ze die telefoon nog steeds. Misschien heeft ze hem die avond ergens anders verborgen en hem maandagavond weer opgehaald zodat ze contact kon houden met Pittman. Misschien ligt hij nu wel bij haar ouders thuis. Is dat niet de reden dat je tegen Kent zei dat je daarnaartoe wilde? Zodat je eens kunt rondneuzen? Kom op, Cameron, over hoeveel dingen ga je jezelf nog voorliegen?

Dit is waanzin. Stomme waanzin. Die belachelijke gedachten van meneer Stel Dat bezorgen me hoofdpijn. In het allerergste geval zou het kunnen dat Lisa een verhouding heeft, maar hoogstwaarschijnlijk ligt die telefoon in een doos met gevonden voorwerpen onder de balie van een hotel in Parijs.

Ja, maar de simkaart niet. Die buitenlandse simkaarten houden jullie in jullie telefoons tot jullie aan boord gaan van het vliegtuig naar huis. Ja, de reservetelefoon kan uit een koffer zijn gevallen, maar de kaart is mee teruggekomen. En als ik geen gelijk heb, bewijs dan mijn ongelijk. Ga naar het huis van je schoonouders en neus daar rond. Want… nou ja… stel dat?

84

Het is een vreemd telefoontje. Ze gelooft niet wat Cameron Murdoch zei over de ontbrekende USB-stick en ze komt in de verleiding om hem bij zijn schoonouders op te zoeken om hem erover te ondervragen. Hij weet iets, maar als het iets is wat hen kan helpen zijn zoon te vinden, zou hij het toch wel zeggen? Ze denkt van wel. Misschien heeft hij iets gevonden wat met Dallas Lockwood te maken heeft. Heeft Lockwood, toen hij de camera's achterliet, ook iets meegenomen?

Op het moment staat ze voor het uitgebrande karkas van Lucas Pittmans huis. Ze maakte geen grapje toen ze tegen Cameron zei dat hij hun beste kans om uit te vinden waar Zach wordt vastgehouden heeft vernietigd. Bouwkundig specialisten zijn nu op zoek naar een manier om het dak te verwijderen, zodat ze het huis in kunnen zonder dat de muren instorten. Dat betekent dat ze de restanten zo veel mogelijk moeten stutten, en dat kost tijd, tijd die Zach Murdoch mogelijk niet heeft. Er zijn forensisch specialisten die staan te wachten tot ze weer naar binnen kunnen, al weet ze niet goed wat ze kunnen vinden in een uitgebrand huis.

Er staan geen brandweerwagens meer in de straat. Er is een afzetting geplaatst om de media op vijftig meter afstand te houden, niet dat er qua media en toeschouwers veel leven is, al verwacht ze dat dat zal veranderen als het nieuws over Ryan Bates bekend wordt.

Iedereen gaat uit de weg als de eerste van twee honderd ton wegende hijskranen arriveert. Het zijn alles-in-een-hijskranen, met een lange arm en een cabine die zijn bevestigd aan de achterkant van iets wat eruitziet als een vrachtwagen met een platte trailer; de dikke arm, die geel is geschilderd en kan worden uitgeschoven tot een lengte van zestig meter, steekt aan de voorkant over de cabine heen uit. Ze zou denken dat eentje wel voldoende zou zijn, maar de bouwkundig specialisten hebben haar verteld dat er twee voor nodig zijn om te voorkomen dat het dak wegglijdt en gaat ronddraaien. De ene hijskraan parkeert een eindje voorbij het huis en de andere blijft ervoor staan. In hun cabine wachten de bestuurders op instructies.

Naast het huis staan vier mensen met veiligheidshelmen en fluorescerende oranje hesjes iets te bespreken. Ze zijn erin geslaagd twee zware lussen om het dak heen te leggen. Een van hen wenkt de bestuurders; ze stappen uit en lopen naar hen toe. Nu staan er zes mensen met veiligheidshelmen een besluit te vormen, wat gepaard gaat met grote gebaren en wijzende vingers. De bestuurders klimmen in de cabine achter op de vrachtwagen, en de hijsarmen worden gekanteld, gedraaid en uitgeschoven. Als ze in positie zijn, laten ze ieder een haak zakken, terwijl mensen op de grond gebaren: langzaam, langzaam, langzaam, stop. Wat de bestuurders ook doen. Een van de bouwkundigen – de kleinste van het stel – klautert op het dak en bevestigt de haken.

De kranen knarsen en langzaam gaat het dak omhoog.

85

Er is geen commotie. Geen geschreeuw. Er zijn sinds mijn thuiskomst geen mensen bij gekomen. Er komen vragen mijn kant op als Oorspronkelijke Worstelaar met me meeloopt naar zijn auto en ik geef geen antwoord. Het is acht uur geweest. We rijden door de stad, langs neonverlichte cafés en restaurants. De nachtclubs zien er donker en verlaten uit, maar nog even en tieners die doen alsof ze volwassen zijn zullen in de rij staan om naar binnen te komen, net als volwassenen die doen alsof ze tieners zijn. Vuilniswagens halen vuilniszakken op en veegmachines zuigen weggegooide sigarettenpeuken en plastic flesjes op. We passeren een sportschool die vierentwintig uur per dag geopend is; achter de ramen staan mensen op loopbanden naar hun telefoon te staren. Verder naar het westen passeren we autosloperijen, motels en overdekte winkelcentra, en dan rijden we langs het vliegveld, waar één vliegtuig landt en een ander vliegtuig opstijgt; één groep mensen met een juist beeld van de stad en een andere groep met een verkeerd beeld. Voorbij het vliegveld maken boeren gebruik van de extra daglichturen: ze trekken ploegen over akkers en laden koeien in vrachtwagens. Mijn hoofdpijn, waar ik vanaf dacht te zijn, keert terug.

We bereiken de boerderij. Worstelaar parkeert, en zijn koplampen beschijnen een purperkoet die door een auto is platgereden; de partner van de dode vogel klappert en krijst naar een grote rat die pogingen doet om het karkas van de weg een bosje in te slepen. We blijven even zitten kijken, en de rat geeft het op, maar hij komt wel weer terug.

'Ik vind het heel erg hoe het allemaal is gelopen met uw gezin,' zegt hij, en dat is het eerste wat hij heeft gezegd sinds hij bij me op de stoep stond. 'En wat u gisteravond hebt gedaan... Ik zou hetzelfde hebben gedaan. Ik hoop dat het allemaal goed komt, dat hoop ik echt,' zegt hij, en we geven elkaar een hand.

Ik stap uit en hij rijdt weg, maar of hij doorrijdt of omkeert en stiekem terugkomt om het huis van een afstandje in de gaten te houden weet ik niet. In plaats van het hek van het slot te doen klim ik eroverheen. Ik loop de oprit op. Ik heb Andre en Rita al gebeld om te zeggen dat ik vannacht bij hen kom logeren. Andre is eerder bij de deur dan ik. Hij heeft gedoucht en een pyjamabroek en een mouwloos hemd aangetrokken. Zijn huid is nog steeds rood van een dag in de zon. 'Is het waar?' vraagt hij. 'Ze zeiden net op het nieuws dat Zach niet in die auto zat.'

'Het is waar.'

'Waarom heb je het ons niet verteld?'

'Ik weet het zelf ook nog maar net en ik wilde het jullie persoonlijk komen vertellen,' zeg ik, en ik besef dat ik mijn moeder ook nog niet heb gesproken. Dat moet ik rechtzetten.

'Ze zeggen dat degene die Pittmans huis in brand heeft gestoken de beste kans heeft vernietigd die de politie had om erachter te komen waar Pittman Zach naartoe heeft gebracht.'

'Weet ik.'

'Iedereen denkt dat jij het hebt gedaan. Is dat zo?'

'Dat is zo.'

Hij knikt, en nu kan het twee kanten op. 'Ik kan het je niet kwalijk nemen. Je kon het niet weten. Dit... Weten wat je hebt gedaan, weten dat het daardoor moeilijker wordt om Zach te vinden, dat zal wel moeilijk te verdragen zijn.'

'Dat is het zeker.'

Hij legt zijn hand op mijn schouder. 'We krijgen hem wel terug.'

Ik zeg dat ik een paar minuten nodig heb om mijn moeder te bellen. Hij verdwijnt naar binnen, en ik ga op de rand van de slotgracht zitten om het telefoontje te plegen. Mijn moeder huilt van vreugde en zegt dat onze gebeden zijn verhoord, en dat is eigenlijk ook wel zo. We praten een minuut of vijf en dan ga ik naar binnen. Rita zit op de bank naar het journaal te kijken. Ik zeg ja tegen een knuffel van haar en nee tegen een kop koffie van Andre. Andre gaat zitten en ik neem plaats op de bank links van hen. Het geluid van de tv staat uit. Ik vertel hun alles over Zach wat Kent me heeft verteld, maar ik vertel hun niets over Lockwoods verborgen camera's. Als ik klaar ben met vertellen en verzwijgen, zegt Rita dat ik er uitgeput uitzie en dat alles vast goed komt, dat ze weten dat Zach nog leeft en dat het slechts een kwestie van tijd is voor hij bij ons terug is.

Vergeet niet waarom je hier bent.

Dat ben ik heus niet vergeten.

Het is iets over negen. Buiten is het nog licht, maar de zon is inmiddels verdwenen achter de bomen aan de rand van de boerderij, waardoor het graf van Lockwoods auto in schaduw is gehuld, niet dat we dat deel van hieruit kunnen zien. Mijn hoofdpijn is erger geworden. Ik vraag of ze een aspirientje hebben.

'Natuurlijk,' zegt Rita, en ze loopt weg om het te halen. Op tv vertelt de weerman ons dat het morgen weer heet zal worden. Een ideale dag om nog een keer met Zach naar de kermis te gaan, of naar het strand. Rita komt terug met een aspirientje en water.

'Weet je zeker dat je niet iets sterkers wilt?' vraagt Andre.

'Water is prima,' zeg ik, en ik neem het aspirientje in.

Om tien uur zeg ik tegen hen dat ik op krachten moet blijven en dat ik naar bed ga. Ze beamen dat dat een goed idee is en zeggen dat ze dat zelf ook gaan doen. Ik loop naar de logeerkamer, waar het beddengoed is verschoond, waarschijnlijk door Lisa voor ze hier gisterochtend wegging, voor ze naar huis kwam en werd gearresteerd. Erbovenop liggen opgevouwen handdoeken. Op de ladekast liggen de kleren die Lisa aanhad toen ze maandag op het politiebureau was. Ze zijn gewassen en opgevouwen. Ernaast staat een ingelijste foto van ons drieën, gemaakt in de winter, toen het sneeuwde. Toen hebben we sneeuwpoppen gemaakt in het weiland, en Zach heeft de hele dag lopen lachen nadat hij had besloten dat hij voor elke sneeuwpop twee wortels moest hebben: een voor boven en een voor beneden.

Ik doorzoek de laden, waar vooral oude kleren van Lisa in zitten, en ook wat kleren van Zach voor de enkele keer dat hij hier een nachtje logeert. Ik zoek overal op, tussen en onder, en als ik de telefoon niet vind ben ik opgelucht, want dat betekent dat ik gelijk had toen ik dacht dat we hem in het buitenland hadden verloren of dat Pittman hem had meegenomen.

Zou ze de telefoon echt op zo'n gemakkelijke plek verstoppen? Stel dat de politie hier kwam zoeken? En laten we niet vergeten dat het verliezen van die telefoon in het buitenland de ontbrekende simkaart niet verklaart.

Ik til het matras op. Ik doorzoek het beddengoed. Ik doorzoek de kledingkast. Ik doorzoek de aangrenzende badkamer. Geen telefoon, hier niet, daar niet, nergens niet. Dat kan ook niet, want Lisa had niets te maken met Zachs verdwijning en ze heeft ook geen verhouding.

Het betekent echter wel dat ik een afschuwelijk iemand ben, dat ik zulke dingen kon denken.

Nee. Het betekent alleen dat je een goede misdaadauteur bent. Of...

'Of?'

Of hij ligt ergens anders. Je weet niet of de telefoon niet toevallig daar ligt waar Zach is.

Nee. Ik ga dit niet meer doen. Ik ga niet meer naar meneer Stel Dat luisteren.

Ik leg de spullen terug in de lades. Ik leg de kleren die Lisa maandag aanhad er ook bij, maar haal ze er dan weer uit, omdat ik weet dat ze graag zou willen dat ik ze mee naar huis zou nemen. Daarbij verschuiven ze, ik schud de blouse uit zodat ik hem opnieuw kan opvouwen, en er zit een veeg witte verf aan de onderkant.

Zoals mijn wereld uit het lood raakte toen ik Zach verloor, raakt hij nu weer uit het lood, en als de grond onder mijn voeten wegzakt, val ik erachteraan, tollend, tollend.

Tollend.

In een wereld vol vierkante blokken en ronde gaten.

86

Het gaat centimeter voor centimeter. Als het dak wordt opgetild, wordt al snel duidelijk dat het, ondanks de aanwezigheid van twee hijskranen, zal gaan ronddraaien. Ter ondersteuning worden er geleidelijnen aan de hoeken bevestigd. De punt van het dak kraakt, maar ze tillen het langzaam verder op, alert op tekenen dat het doormidden dreigt te breken. Het duwt tegen de muren van het huis, en er wordt even halt gehouden zodat één muur kan worden geschraagd. Ze kan nu naar binnen kijken, en wat ze ziet roept de gedachte op dat dit allemaal voor niets is geweest. Wat het vuur niet heeft vernietigd, is wel verwoest door het water.

Het proces gaat verder. De centimeters worden een meter. Het puntdak piept en kraakt, en alles wordt weer even stilgelegd terwijl de bouwkundigen overleggen over wat er nu gaat gebeuren. Als het dak uit elkaar valt, kan het het hele huis doen instorten. Maar ze kunnen dit ook niet eindeloos rekken. Als Zach nog leeft, haalt hij misschien de ochtend niet.

Haar telefoon trilt als ze een appje krijgt van Vicky Curtis met het verzoek haar e-mail te controleren. Hoewel Lockwoods vriendin niet veel zin had om hem officieel als vermist op te geven, heeft Kent dat alsnog gedaan. Dat gaf haar de gelegenheid om gegevens van Lockwoods telefoon op te vragen. Misschien is ze daarmee te ver gegaan, maar iemand binnen de politie heeft dit onderzoek in gevaar gebracht en ze moeten weten wie. Hoewel Lockwood niet langer als vermist wordt beschouwd – dat heeft ze te danken aan de verklaring van Cameron Murdoch en het feit dat Lockwoods telefoon eerder vandaag even ingeschakeld is geweest – zijn zijn belgegevens van de afgelopen week onderzocht. Het is gevaarlijk terrein, proberen de bron van een journalist te achterhalen, maar ze moeten het lek dichten voor het toekomstige onderzoeken kan aantasten.

Ze leest de e-mail. Alle telefoonnummers zijn opgespoord, op één na: een telefoon met prepaid die een halfjaar geleden voor het eerst is geactiveerd, een wegwerptoestel. Er is een document als bijlage toegevoegd en ze opent het: één pagina met telefoonnummers waarmee vanaf afgelopen maandag contact is geweest. Het nummer van de wegwerptelefoon is gemarkeerd. Het is drie keer gebruikt om contact met Lockwood op te nemen, één keer op maandagmiddag, op dinsdagmiddag weer en op woensdagochtend voor de derde keer.

Ze beantwoordt de e-mail en vraagt of ze de gegevens van de wegwerptelefoon kunnen opvragen, om te zien welke nummers er nog meer mee zijn gebeld. Vicky zegt dat ze daar een dwangbevel voor nodig hebben. De kans om er een te krijgen is fiftyfifty.

Het dak is nu twee meter opgetild. Drie van de oorspronkelijke bouwkundigen zijn achteruitgelopen, maar de vierde blijft dichterbij staan kijken en gebaart weer met zijn beide handen. Ondanks de geleidelijnen duwt het dak tegen een muur, die in beweging komt, en zelfs boven het kabaal van de motoren uit hoort Kent de bouwkundige tegen de bestuurders schreeuwen dat ze moeten stoppen.

De bestuurders stoppen, de motoren gaan uit en de twee bestuurders stappen uit en voegen zich bij de bouwkundigen. Er wordt nog meer gebaard en nog meer gewezen, en dan kijkt een van de vrouwen naar binnen in het huis, en ze fronst haar wenkbrauwen en houdt haar hoofd schuin, en dan komen de anderen bij haar staan, en ook zij fronsen hun wenkbrauwen en houden hun hoofd schuin.

Allemaal tegelijk wenden ze zich tot Kent en gebaren gehaast dat ze moet komen.

Wat ze ook doet.

Op hetzelfde moment begint het dak dat boven hen hangt te kraken. Ze weet het niet zeker, maar ze denkt dat de afstand tussen de twee uiteinden van het puntdak groter is geworden.

'Moet je zien,' zegt de bouwkundige, degene die zo-even op het dak is geklommen.

'Waar kijk ik naar?' vraagt ze.

Voor ze antwoord kan geven, schreeuwt een andere bouwkundige dat ze uit de weg moeten gaan. Als ze bij het huis weglopen, wordt het gekraak van het dak luider. Ze had gelijk dat het dak dreigde te splijten. De ene helft valt boven op het huis en stoot daarbij een buitenmuur omver. De andere helft bungelt erboven. Overal op het terrein klinkt gevloek. Stof en as wolkt op.

'Wat zag je?' vraagt ze, terwijl ze zich weer omdraait naar de bouwkundige die naar iets in het huis wees.

De bouwkundige hoest en veegt vuil van haar gezicht. 'Er waren allemaal kapotte, losgeraakte vloerplanken die omhoogstaken, maar sommige dreven ook.'

'Hoezo, ze dreven?'

'Het water verzamelde zich daar. Ik weet het niet zeker, maar afgaand op wat ik kon zien, denk ik dat daar beneden weleens een kamer zou kunnen zitten.'

87

Ik blijf achter de deur van de slaapkamer staan tot ik hoor dat Andre en Rita naar bed zijn gegaan. Ik geef het nog een paar minuten en glip dan de gang in. Alle lampen zijn uit. Ik ga naar de woonkamer en door de openslaande deuren de veranda op en naar buiten; ik heb een zaklamp bij me. Kahn, die in zijn mand naast de bank ligt, komt in beweging en staart even naar me, maar gaat dan weer liggen zodat hij kan gaan slapen en in zijn dromen achter konijnen aan kan rennen.

Buiten is het donker. De schuur staat dertig meter bij het huis vandaan. Ik leg de afstand rustig af, en ik houd eerst het huis, dan een rij bomen en dan de schuur tussen mezelf en de weg in voor het geval Worstelaar daar ergens toekijkt. Ik stap naar binnen. Ik doe de zaklamp aan. Het zeildoek dat over Lockwoods auto heeft gelegen is opgevouwen en opgeruimd. Tegen een van de muren zijn hooibalen opgestapeld en aan een andere hangen en staan elektrisch gereedschap en landbouwmachines. Daar staat de graafmachine die we eerder vandaag hebben gebruikt. Er staan ook een tractor, een ploeg, een beregeningsinstallatie, mountainbikes, tuinmeubelen, keurig opgestapeld timmerhout. Ik loop naar de muur waar elektrische gereedschappen aan pinnen hangen. Eronder hangen schappen vol verfblikken. Toen we afgelopen zomer ons huis hadden geschilderd, hadden we nog een paar blikken over die we van Andre hier mochten opslaan. De verf is over de randen van de blikken gelopen toen we bezig waren, zodat ik kan zien wat voor kleuren erin zitten. De veeg op de blouse blijkt overeen te komen met de kleur van onze keuken. Het is een tienliterblik en er is nog ongeveer de helft van over. Ik maak het open en roer er met een houtje doorheen. Het stoot ergens tegenaan. Ik houd het blik schuin en gebruik het roerhout om het voorwerp omhoog te duwen.

In ons volgende boek komt een corrupte agent voor die een pistool in een plastic zak wikkelt en in een blik verf verbergt. Dat was Lisa's idee. We hebben erover gediscussieerd of je bereid zou zijn iets op zo'n onhandige plek te verstoppen als je het weer nodig kon hebben, maar besloten toen dat onhandig altijd nog beter was dan in de gevangenis belanden. Het was niet iets wat we eerder in boeken of films waren tegengekomen. Wist ze toen al dat ze het in het echt ook zou gaan toepassen?

Ik haal het zakje eruit. Door de verf kan ik niet zien wat erin zit, maar ik weet al wat het is. Ik veeg het plastic zakje af met een oude doek en maak het open. Er zit een tweede plastic zakje in. Dat haal ik eruit. Hier zit minder verf op, en wat erop zit komt voornamelijk van mijn vingers. Ik maak ze schoon en open het tweede zakje, waarbij ik goed oppas dat ik niet nog meer verf overal op smeer. Ik haal onze reservetelefoon eruit. Ik zet hem aan. Ik moet tien lange seconden wachten voor het scherm oplicht, tien seconden waarin ik me probeer voor te bereiden op wat er gaat komen.

Ik tik onze code in, bang dat Lisa hem misschien heeft gewijzigd, maar dat is niet zo.

Er zijn geen appjes.

Geen gesproken berichten.

Geen contactpersonen.

Geen e-mails.

De telefoon is helemaal leeg.

Ik kijk naar de lijst met recente gesprekken. Die is gewist.

Ik heb dus helemaal niets aan die telefoon.

Dan vindt de telefoon een netwerk. Dat duurt altijd wat langer met de internationale simkaart.

En dan piept hij.

88

Er is maar één bericht, van een nummer dat ik niet herken, en het is gisteravond verzonden, toen Lisa in het ziekenhuis lag.

Hallo.

Ik staar naar het woordje. Mijn hart bonkt in mijn borstkas en aan de randen wordt mijn zicht wazig. Ik overweeg het nummer terug te bellen, maar bedenk me dan. Degene die dit bericht heeft gestuurd, weet die niet dat Lisa gewond is geraakt? Weet die waar Zach is? En zo ja, wat zou diegene dan doen zodra die besefte dat ik hem of haar op het spoor was?

Ik kijk naar het nummer, geconcentreerd, en bedenk dan dat ik het mis had toen ik dacht dat ik het niet herkende. Ik graaf in mijn zakken naar het papiertje waar ik aantekeningen op heb gemaakt toen ik Lockwoods telefoon had aangezet. Ik vind het in mijn achterzak. Het adres en telefoonnummer van inspecteur Thompson. Ik vouw het open en houd het naast de telefoon, en hoewel de cijfers overeenkomen, controleer ik het nog vijf keer omdat ik ervan overtuigd ben dat het een vergissing moet zijn, maar dat is het niet. Inspecteur Thompson en Lisa hebben via geheime telefoons contact met elkaar gehouden. Er is geen enkele reden waarom Thompson met Lisa zou moeten appen, laat staan naar deze telefoon, met een simnummer dat hij onmogelijk had kunnen weten. En toch heeft hij dat gedaan, onder meer dat berichtje van gisteravond. Is dat bericht voor mij bedoeld?

Ik laat me op de vloer zakken en leun met mijn rug tegen de werkbank. Ik staar naar de telefoon, naar dit bewijs dat mijn leven een leugen is, dat mijn vrouw een vreemde voor me is. Mijn hele lichaam voelt verdoofd. Mijn vingers tintelen. Hoewel ik datgene wat ik zocht hier ook heb gevonden, kan ik het nog steeds niet geloven. Er moet een andere verklaring zijn. Ik zoek ernaar. Ik probeer puzzelstukjes in elkaar te leggen die gewoon niet passen. Ik denk na over de afgelopen maand, het afgelopen halfjaar, het afgelopen jaar. Niets wees erop dat Lisa een verhouding had. Niets wees erop dat ze iets van plan was.

Ze ging vaker naar de sportschool.

Dat is zo.

En ze ging vaker hardlopen.

Klopt, maar dat hoeft niets te betekenen. Hardlopen en sporten zijn als eb en vloed, er zijn weken dat je...

Je snapt het niet. Ze was niet naar de sportschool. Ze ging niet hardlopen. Ze was bij hem. Bij inspecteur Ben Thompson. Kom op, hoeveel bewijs wil je nog hebben?

Bewijs van een verhouding, misschien, maar bewijs dat ze betrokken was bij de ontvoering van Zach? Waarom zou ze zoiets doen, en als het al waar zou zijn, waar kent ze Lucas Pittman dan van?

Ik kijk naar het papiertje. Er dringt iets tot me door. Toen ik vanmiddag bij Thompson thuis was, was het eerste wat hij zei toen hij bijkwam: 'Je weet het.' Hij bedoelde niet dat ik wist dat hij degene was die met Lockwood had geappt. Hij dacht dat ik had ontdekt dat hij iets met Lisa had.

Als Lisa inderdaad weet wat er met Zach is gebeurd, betekent dat dan dat ze het ook wist van Ryan Bates?

Nee. Want dat zou betekenen…

Het zou van alles betekenen, maar op dit moment kun je het je niet permitteren om hier te blijven zitten en daarover na te denken. Je moet Zach zien te vinden.

Ik moet Kent bellen.

Als je dat doet, zal ze je vragen hoe je wist dat dat het telefoonnummer van Thompson was. Wat ga je dan tegen haar zeggen? Dat je het in Dallas Lockwoods telefoon zag staan nadat je hem had vermoord? En als ook maar iets aan dit hele verhaal niet blijkt te kloppen, wordt Lisa voor niets verdachte. Wat heb je tot nu toe aan de politie gehad? Hoe vaak moeten ze je nog bewijzen dat je geen vertrouwen in hen kunt stellen? Het enige wat ze hebben gedaan is leed veroorzaken voor je gezin.

Wat is het alternatief?

Je zou nog een keer langs kunnen gaan bij Thompson.

Meneer Stel Dat heeft gelijk. In alle opzichten. Ik kan niet naar de politie stappen. Ze hebben te veel slechte beslissingen genomen, of zoals Kent zou zeggen, verkeerde afwegingen gemaakt. En in Thompsons geval opzettelijk verkeerde afwegingen.

Ik stop de telefoon in mijn zak. Ik pak een van de mountainbikes. Ik kan geen auto lenen, want als Worstelaar hier nog ergens rondhangt, zal hij me volgen. Met tiewraps bevestig ik eenzelfde soort koevoet als ik gisteren heb gebruikt aan het frame en ik stop een draadtangetje in mijn zak zodat ik hem straks ook weer los kan maken. Allebei de banden zijn leeg, want het is zeker een jaar geleden dat we de fietsen voor het laatst hebben gebruikt, misschien zelfs twee. Er staan er nog twee, maar die van Lisa heeft ook lege banden en de derde is van Zach, en die is te klein voor me. Ik kijk om me heen in de schuur, op zoek naar de fietspomp. Afgelopen maandag voelde elke verspilde minuut nog als een minuut waarin Zach verder wegraakte, en nu betekent elke verspilde minuut uitstel van het moment dat ik hem terugkrijg. Ik besteed er vijf aan zoeken naar de pomp en vind hem uiteindelijk op het schap naast de kruiwagen, omdat hij waarschijnlijk voor het laatst is gebruikt om daarvan de band op te pompen. Dan kost het me nog een paar minuten om de banden op te pompen, en dan duw ik de mountainbike langzaam over het grind naar de rand van het eerste weiland. Van daaruit fiets ik, en vergroot de afstand tussen mezelf en het huis. Ik rijd een meter of honderd rechtuit en maak dan een bocht naar rechts, richting de weg. Ik fiets over een weiland dat een maand geleden nog vol stond met hooigras. Er zitten richels en kuilen in de grond en dat rijdt niet lekker. Er schieten konijnen over het gras en er zitten buidelratten in de bomen. Er steekt een warm briesje op, het resultaat van de noordwestenwind die is begonnen in de Zuidelijke Alpen honderdvijftig kilometer verderop en is opgewarmd toen hij over de Canterbury Plains naar Christchurch trok. Men zegt dat de noordwestenwind is als de volle maan, dat gewone mensen er gekke dingen van gaan doen, en gekke mensen nog ergere dingen. Zelf ben ik er niet van overtuigd dat mensen een dergelijk excuus nodig hebben.

Ik rijd in de richting van de afscheiding. Er komen een paar auto's en er gaan er een paar, maar er staan bomen tussen mij en de weg in, dus hoef ik niet bang te zijn dat iemand me ziet, en zelfs al werd ik gezien, wat dan nog? Ik overtreed geen wetten.

Voorlopig nog niet tenminste.

Deze koers brengt me niet alleen bij de weg, maar ook bij de grens van de boerderij. Zodra ik op de weg rijd, zal ik sneller vooruitkomen. Aan deze kant van de bomen staat een rasterhek van een meter hoog. Ik til de mountainbike eroverheen, klim er dan zelf overheen en wurm me tussen de bomen door. Op een van de nabijgelegen boerderijen loeit een koe luid, misschien omdat ze verdwaald is, misschien omdat ze honger heeft of aanvoelt dat iets gevaarlijks zojuist het donker heeft betreden.

Ik stap op mijn fiets, op een weg die nergens toe leidt.

Dit is belachelijk.

Ja, de politie heeft een paar ernstige fouten gemaakt, maar ik moet toegeven dat ze niet ver bezijden de waarheid zaten. Ze verdachten Lisa en mij en ze hadden half gelijk. En hoe konden ze ooit de hele waarheid achterhalen, als een van degenen die aan het onderzoek meewerkten juist van alles onder het vloerkleed veegde? Zach zoeken is te belangrijk om in mijn eentje te doen. Stel dat ik naar Thompsons huis ga en hij me weet te overmeesteren? Of stel dat ik ernaartoe ga en ik hem vermoord voordat hij me heeft verteld waar Zach is?

Ik moet Kent bellen.

Ik weet haar nummer niet uit mijn hoofd, dus ik kan de reservetelefoon niet gebruiken en mijn eigen telefoon ligt nog in het huis. Ik kijk weer naar het appje. Opeens weet ik hoe ik kan verklaren dat ik weet dat het Thompsons nummer is, zonder iets te hoeven zeggen over Lockwoods telefoon. Ik zet hem als contactpersoon in het toestel.

Ik rijd over de weg terug. Dat is sneller en gemakkelijker, en als Worstelaar hier ergens staat, kan ik hem vragen Kent voor me te bellen. Maar als hij er is, staat hij nog verder weg dan ik dacht, want ik zie niemand. Ik klim over het hek heen maar laat de mountainbike achter. Ik draaf over de oprit. Binnen brandt nog steeds geen licht, en dat is mooi, want dit is een gesprek dat ik niet met Andre en Rita wil hoeven voeren voor ik Kent heb gebeld, en erna ook niet trouwens. Ik loop naar de achterveranda en maak de deur van de woonkamer open. Er komt een kil, zwak licht uit de keuken. Kennelijk staat Andre of Rita iets te zoeken in de koelkast.

Ik wil hen niet spreken.

Ik wil alleen mijn telefoon hebben.

Stilletjes loop ik naar binnen. Als ik door de woonkamer loop, kan ik meer zien van de keuken. De deur van de koelkast is open, maar er staat niemand voor. Ik loop door. Mijn zichthoek verandert weer. Dan nog een beetje. Andre ligt op zijn buik in een plas chocolademelk, met één hand onder zich. Kahn staat naast hem de chocolademelk op te likken.

89

De muren zijn verstevigd. De helft van het dak die niet is gevallen ligt op straat, maar de andere helft ligt in het huis, bijna plat op de vloer, behalve op de plaatsen waar hij boven op puin is terechtgekomen. De bouwkundigen berekenen wat de beste manier is om de lussen om het dakdeel heen te leggen, een beste manier waarbij niemand hoeft te proberen eronder een pad vrij te maken tussen het puin. Kent schijnt met een zaklamp door een gat onder de zijkant van het dakdeel naar wat ooit de gang is geweest. Ze ziet waar de bouwkundige het over had: een paar meter verderop drijven een paar vloerplanken. Als ze daarnaar kijkt, wordt ze misselijk. De tweede locatie waar Pittman de kinderen vasthield, is die al die tijd hier geweest? Het nieuws dat Zach Murdoch niet in Pittmans auto zat is nu bekendgemaakt. Zodra het nieuws over deze kamer bekend wordt, zal iedereen dezelfde vraag stellen: heeft Cameron Murdoch het huis platgebrand terwijl zijn zoon er nog in zat?

Wie heeft Pittman gisteren als eerste verplaatst? Zach of Ryan?

Het gat tussen het dakdeel en de grond is niet groot genoeg om doorheen te kruipen, maar ruim voldoende om een camera tussen te krijgen. De bouwkundige die de kamer heeft gespot zit op haar hurken naast haar een bout aan een lang, dun touw vast te knopen. Ze heeft een mondkapje op dat ooit wit was, maar nu grijs is van de as en het stof. Kent gaat ervan uit dat het hare er net zo uitziet. Als het touwtje stevig vastzit, steekt de bouwkundige haar hand onder het dakdeel en gooit de bout in het water. Er klinkt een luide plop, en het touwtje loopt snel tussen haar handen door terwijl het gewicht zinkt. Als het stopt, bekijkt ze hoeveel touw ze nog over heeft en maakt ze een snelle berekening. 'Wat daaronder ook is, het is twee meter diep. Meer als de bout ergens op terecht is gekomen.'

'We moeten daar iemand naar binnen sturen,' zegt Kent.

'En dat doen we ook, zodra we eruit zijn hoe we de rest van het dak veilig kunnen verplaatsen. Het beste wat ik voorlopig te bieden heb is dat we het dakdeel een beetje omhoog kunnen krikken zodat we het water kunnen gaan wegpompen.'

De slangen zijn al onderweg en het water zal in grote tanks worden gepompt, waar het kan worden gezeefd voor het geval er bewijsmateriaal wordt meegezogen. Er komt zo ook een duiker met een professionele duikuitrusting. Als ze het dakdeel snel weg kunnen krijgen, zal hij met een lamp het water in gaan om rond te kijken.

'Als het een kamer van gemiddelde grootte betreft, van laten we zeggen twaalf vierkante meter, dan hebben we het over vierentwintigduizend liter water. De pomp kan vijftienduizend liter water per uur verwerken, dus dan...'

'Kunnen we een tweede pomp gebruiken om het proces te versnellen?'

'Dat ga ik regelen. Hij moet goed verborgen zijn geweest,' zegt de bouwkundige.

'Sorry?'

'De kamer. Ik bedoel, jullie hebben het hele huis doorzocht, toch? En geloof me, als we het hebben over een kamer van rond de twaalf vierkante meter, dan hebben we het over een enorme berg zand die moest worden weggehaald. Misschien is hij wel uitgegraven toen het huis veertig jaar geleden is gebouwd.'

'Zo'n kamer staat niet op de bouwtekeningen.'

'Nou, misschien is degene die hem heeft gemaakt maanden, of zelfs jaren, bezig geweest met uitgraven en het zand afvoeren. Of misschien hebben ze indertijd een paar aannemers contant betaald.'

'De tuin,' zegt Kent.

'Welke tuin?'

'Achter het huis. Daar ligt een verhoogd bloembed. Daar is al dat zand gebleven. Wie weet, misschien is Pittman maanden of jaren bezig geweest met het uitgraven van die kamer en heeft hij de aarde gebruikt om achter het huis dat verhoogde bloembed aan te leggen.'

Ze moet denken aan wat er in het politieverslag stond over Pittmans vader, die dertig jaar geleden werd verdacht van betrokkenheid bij de verdwijning van een tienerjongen. Was die kamer toen al door de vader uitgegraven? Was die jongen daarbeneden toen ze indertijd het huis doorzochten? Zijn er nog meer geweest? Eerst de vader, dan de zoon... Is er ook overlap geweest? De gedachte alleen al bezorgt haar de rillingen.

Toen is er gisteren iets gebeurd waardoor Pittman in paniek raakte en de twee kinderen weg moesten. De kamer had alle eerdere doorzoekingen doorstaan; was hij bang dat dat deze keer niet zou gebeuren?

Er komt van alles aan. De pomp om het water weg te zuigen. De duiker, die zijn duikuitrusting uit het zicht achter in een busje heeft liggen. En een cameraman met een aluminium koffer. In de koffer zit een beeldscherm, een kabel, de camera en een uitschuifbare stang. De cameraman steekt de kabel in de camera en zet de lamp aan, waarna hij hem aan de stang vastmaakt, waarbij hij anderhalve meter kabel vrijhoudt. Hij steekt de stang door het gat en duwt hem naar voren tot de camera in het water valt. De stang houdt hij horizontaal. Ze kijken op het scherm. Het water is troebel van de as. Het beeld is onduidelijk. Ze kan niets onderscheiden. Maar dan ziet ze de contouren van iets groots en langs.

'Wat is dat?'

'Ik krijg het niet duidelijk in beeld,' zegt hij. 'Een bed misschien? Het water is hartstikke vuil.'

Nu hij het zegt, ziet ze dat hij gelijk heeft. Het is een bed. En ernaast staat een ladekast, waardoor ze denkt dat hier in de loop der jaren niet alleen nog meer kinderen zijn vastgehouden, maar ook voor langere tijd. Ryan Bates is daar een voorbeeld van.

'En dat?' vraagt ze als de cameralamp een berg kapotte, versplinterde stukken hout beschijnt.

'Vloerplanken van de verdieping erboven, denk ik,' zegt hij.

'Nee, niet de planken. Daar,' zegt ze, en ze wijst naar de onderkant van de stapel planken, waar ze iets ziet wat ze had gehoopt niet te zien. De cameraman draait de stang een stukje, en de camera beweegt mee, en even verdwijnt datgene wat ze zag. Maar dan komt er een eind aan dat moment en wordt het weer scherp.

Het is geen duidelijk beeld, maar het is duidelijk genoeg, en het beantwoordt de vraag wie Pittman als eerste heeft verplaatst.

Ze heeft nog nooit tijdens haar werk moeten overgeven, maar nu wel. Ze draait zich om en braakt in de tuin.

90

Het zou een hartaanval kunnen zijn. De afgelopen dagen zijn behoorlijk stressvol geweest, en als Andre toch een hartaanval moest krijgen, waarom dan niet nu?

Ik voel of hij nog een hartslag heeft. Die heeft hij.

Stel dat iemand hem dit heeft aangedaan?

'Aan jou heb je ook niks,' fluister ik tegen Kahn, die in plaats van antwoord te geven een tik met zijn poot tegen het gevallen chocolademelkpak geeft zodat er nog meer uit de opening gutst.

Als iemand Andre dit heeft aangedaan, dan is die iemand Thompson. Hij is in huis en zoekt mij, maar heeft geen idee dat ik buiten was. Ik pak een mes uit de keuken, maar besluit dan dat een mes te riskant is. Ik kan niet het risico lopen net die ene persoon te doden die misschien weet waar Zach is.

Ergens in de gang beweegt iets.

Rita? Die komt kijken waar haar man blijft?

Of Thompson, op weg om mij te vermoorden?

Ik pak de deegroller en loop de woonkamer in.

Ik hoor steeds luider wordende voetstappen. Ik druk me tegen de muur en houd mijn adem in.

Thompson duikt op. Er komt voldoende licht uit de keuken om hem te herkennen. Zijn kin is gezwollen van vanmiddag en er heeft zich een fikse kneuzing gevormd. Hij heeft een pistool in de ene hand en een zwart kistje in de andere. Op het pistool zit een geluiddemper.

Ik haal met de deegroller naar hem uit.

Hij ziet de beweging en draait zich om, maar hij is te laat. De deegroller raakt hem op zijn onderarm en het pistool vliegt uit zijn hand en schuift over de vloer. Hij deinst terug in de deuropening, ik haal voor de tweede keer uit en hij ontwijkt me, zodat de deegroller tegen de deurpost aan komt en er een pijnlijke schok door mijn arm trekt. Hij doet nog een stap naar achteren, struikelt en komt zwaar op zijn knieën terecht. Hij houdt zich vast aan de deurklink om te voorkomen dat hij omvalt. Hij kijkt naar me op als ik mik met de deegroller. Ik wíl hem vermoorden, maar ik móét hem verwonden.

Voor ik kan uithalen valt Kahn vanuit de keuken aan. Hij zeilt door de lucht op me af. Ik steek mijn handen voor me uit en hij klemt zijn kaken om de deegroller, waarna dertig kilo hond me op mijn rug duwt, zodat ik naast Thompson terechtkom, die haastig uit de weg krabbelt. Kahn schudt met zijn kop en rukt de deegroller uit mijn hand. Hij laat hem los, en ik steek mijn verbonden hand in zijn bek voor hij zich in iets anders kan vastbijten. Hij probeert mijn hand af te rukken terwijl ik op de vloer om me heen tast, op zoek naar de deegroller. Hij geeft de smaak van verband op en grijpt in plaats daarvan mijn arm. Woest zwiept hij zijn kop heen en weer, alsof hij mijn elleboog uit de kom wil trekken. Ik pak hem met mijn andere hand beet en probeer hem los te trekken, maar hij is te sterk. Ik rol om en duw hem tegen de muur. Zijn tanden boren zich dieper in mijn arm.

'Laat los!'

Hij laat niet los.

'Laat los, verdomme!'

Hij laat nog steeds niet los. Ik gooi hem weer tegen de muur, en ik stomp hem, en ik probeer zijn bek open te wrikken, maar het enige wat er gebeurt is dat de gaten in mijn arm groter worden en dat zijn vastberadenheid toeneemt.

De deegroller. Waar is dat ding gebleven?

Ik strek mijn arm in een poging zijn tanden zo ver mogelijk bij mijn gezicht vandaan te houden. Mijn vingers vinden de deegroller. Ik grijp hem en sla hem er hard mee tegen zijn kop.

Hij laat los, en hij jankt, en hij rent de gang door naar de ouderslaapkamer.

Ik ga rechtop zitten. Mijn arm zit vol gaten, is drijfnat van het bloed en doet verschrikkelijk zeer. Het voelt alsof elk gewricht tussen mijn vingertoppen en mijn schouders uit de kom is.

Thompson is weer rustig, op adem en in bezit van zijn pistool.

91

Thompson richt het pistool op mij. 'Ik heb dit niet gewild. Ik heb dit allemaal niet gewild.'

'Rita en Andre? Wat heb je met hen gedaan?'

'Ik heb ze verdoofd. Ze zullen een paar uur buiten westen zijn en ze zullen zich niets herinneren, dus maak je over hen maar niet druk. En nu ga je op je buik liggen en leg je je handen op je rug.'

'En als ik dat niet doe?'

'Dan schiet ik je dood.'

Ik doe wat hij zegt. Hij bindt mijn polsen samen met een stel wegwerphandboeien. Mijn arm brandt als de hel.

'En nu opstaan,' zegt hij.

Ik draai me op mijn zij, druk me op mijn knieën overeind en sta op. We gaan naar de woonkamer, en Thompson doet de deur naar de gang achter ons dicht zodat Kahn ons niet nog een keer kan verrassen. Hij pakt het zwarte kistje dat hij heeft laten vallen. Het is half open. Er zitten injectiespuiten in.

'Die hond moet wel een gruwelijke hekel aan je hebben,' zegt hij.

'Waar is Zach?'

'Kom, we gaan.'

'Waarnaartoe?'

'Naar buiten.'

'Hoezo?'

'Moet ik het echt voor je uitspellen?'

Ik ga op de bank zitten. 'Nou, ja, eigenlijk wel. Als je van plan bent me dood te schieten, dan ben je me op z'n minst een verklaring schuldig. Waarom?'

Hij neemt een paar tellen de tijd om erover na te denken en knikt dan. 'Net als in die boeken van je?'

'Tuurlijk, waarom niet? We hebben de tijd,' zeg ik, maar ik hoop van niet, ik hoop dat Kent zich aan haar belofte houdt en langskomt om te kijken hoe het met me gaat.

Hij slaakt een zucht en laat zijn schouders hangen, en dan vraagt hij: 'Is hier iets te drinken? Ik heb een borrel nodig.'

Ik knik naar de kast tegenover de tv, die in de breedte de hele muur in beslag neemt. 'Daar.'

Hij doet de lampen van de woonkamer aan en draait aan de dimmer, zodat ze zacht branden. Hij loopt naar de kast en zoekt een fles whisky uit. Het is hetzelfde merk dat ik een paar dagen geleden heb gedronken. Mijn vader is gestorven voor hij de zijne kon openmaken, maar Andre heeft er al een paar aangebroken. Thompson pakt een glas en gaat op de bank zitten die haaks op de mijne staat. Hij zet de fles op de tafel en legt het pistool ernaast, samen met de injectiespuiten. Ik kijk om me heen naar iets wat ik kan gebruiken om de handboeien door te snijden, maar zit dan opeens naar de fles whisky te staren.

Het enige wat je hoeft te doen is die fles zo hard van de tafel schoppen dat hij breekt en boven op de scherven rollen, dan raap je er een op en zagen maar. Makkie.

'Waar is Zach?'

Hij schenkt een borrel in. Hij neemt een klein slokje en slaat dan alles in één keer achterover. Ik wil dat hij zo veel mogelijk drinkt. Ik wil dat hij zich bewusteloos drinkt. Hij zet het glas op de salontafel en slaakt een diepe zucht, maar maakt geen aanstalten om nog een keer in te schenken.

'Je hebt de telefoon gevonden,' zegt hij. Hij strijkt met zijn tong langs de tand die ik die middag heb gebroken.

'Welke telefoon?'

'Ik heb het keer op keer gecontroleerd, en een poosje geleden zag ik dat het appje dat ik had verstuurd was ontvangen. Dat betekent dat jij de telefoon hebt aangezet.'

'Ik heb geen idee...'

'"Hallo." Dat was het bericht. Ik heb het gisteravond verzonden, en als jij het zou ontdekken, moest ik hiernaartoe. Ik had gehoopt dat het zover niet zou komen. Ik wou dat je er niet naar op zoek was gegaan.

Ik zou hem zelf hebben opgehaald, maar ik wist niet waar Lisa hem had verstopt. Waar lag hij?'

'Ik heb hem niet gevonden. Misschien was het de politie.'

'Toen je naar mijn huis kwam, dacht ik dat je het allemaal had ontdekt. Ik dacht: nou, dit is het dan, en het zij zo. Maar je was daar voor iets heel anders. Maar nu zie ik aan je dat je niet verbaasd bent me hier te zien. Je hebt een paar conclusies getrokken. Lisa had gelijk over jou. Je bent slim.'

'Niet slim genoeg, kennelijk. Waar is mijn zoon?'

'Het kwam door het bewijsmateriaal dat naar je huis is teruggebracht, hè? Je zag dat de telefoon er niet bij zat en toen ben je ernaar op zoek gegaan. Dat was het enige foutje. Heb ik het goed?'

'Ik heb geen idee waar je het over hebt.'

'Als het allemaal was gelopen zoals de bedoeling was, zou het nooit een probleem zijn geworden. Dan was de telefoon teruggelegd. Ik hou van haar, moet je weten. Ik heb nog nooit zo iemand als zij ontmoet en ik zou alles voor haar doen, en nu heb ik dingen gedaan waarvan ik nooit had gedacht dat ik ze zou doen, maar hoeveel ik ook van haar hou, hoezeer ze mijn leven ook heeft verrijkt, op dit moment zou ik willen dat ik haar nooit had ontmoet, snap je? Ik zou niet hebben gemist wat ik nooit had gekend, en nu... Nu is het één grote bende. Lisa, als ik niet... Nou ja, dan zou alles anders zijn. Maar ja, ik kan haar ook niet van alles de schuld geven. We dachten dat we het perfect voor elkaar hadden. En het was ook perfect, tot het moment dat dat niet meer zo was. We zouden het allemaal nooit hebben gedaan als we echt hadden geloofd dat er iemand gewond zou raken.'

'Er raken de hele tijd mensen gewond. Waar is Zach?'

'Ja, dat is ook wel zo. Toen ik zag dat je het appje had gelezen, heb ik overwogen thuis te blijven en je op te wachten. Ik dacht dat je daarnaartoe zou gaan. Was je dat ook van plan?'

'Ik heb me bedacht.'

'Maar goed dat ik hiernaartoe ben gekomen dan, hè?'

'Ik heb de politie gebeld. Ze zijn onderweg. Vertel me waar Zach is, dan kun je weg zijn voor de politie er is.'

Hij glimlacht naar me, maar er spreekt geen humor of warmte uit.

Alleen droefheid. 'Ik geloof er niks van. Ik heb je telefoon gevonden.'

'Waar is Zach?'

'Je moet weten dat we dit allemaal niet hebben gewild. Wat er gisteren met Lisa is gebeurd, was niet de bedoeling. En dat met Ryan Bates, ik had ook geen idee dat dat zou gebeuren. Het is... Ik bedoel... Het is een bende. Eén grote bende.'

'Weet je waar Zach is?'

'Het liep gewoon uit de hand. Maar gaat het niet altijd zo?' Hij lacht, hij kijkt naar de fles whisky en denkt er even over na, en dan schenkt hij die tweede borrel voor zichzelf in, een grotere dan de vorige keer. Hij nipt ervan maar slaat de rest niet achterover, zoals daarnet. Hij zet het glas op de armleuning van de bank en laat het met zijn vingertoppen ronddraaien. 'Dat hoor ik zo vaak. Het loopt gewoon uit de hand. Dat zeggen mensen vaak tegen me als ik ze kom arresteren, en nu weet ik precies wat ze bedoelen.'

Ik leun naar voren. Kahn krabt aan de deur van de gang. 'Alsjeblieft, ik smeek het je, vertel me waar Zach is.'

Hij drinkt zijn glas leeg, bestudeert het even en zegt: 'Eerst vertel je me waar Lisa's telefoon is, en dan vertel ik jou waar Zach is. Dat beloof ik.'

'Hij zit in mijn zak. Rechts.'

Ik leun naar links zodat hij hem kan pakken. In mijn andere zak zit iets wat tegen me aan drukt, en het duurt even voor ik kan bedenken wat het is. De draadtang. Die heb ik uit de schuur meegenomen zodat ik de koevoet kon losknippen van het frame van de mountainbike. Hij drukt de loop van het pistool in mijn buik terwijl hij de telefoon pakt. Dan loopt hij terug naar zijn bank en pakt zijn glas. Ik schuif verder opzij, zodat mijn korte broek om mijn heupen draait en de zak zich dichter bij mijn handen bevindt.

Hij staart naar het glas. 'Je zoon is dood, Murdoch.'

'Je liegt.'

'Nee, ik lieg niet. En het ironische is dat jij hem hebt gedood.'

'Wat klets je nou, verdomme?'

'Hij zat onder het huis.'

'Welk huis?'

'Pittmans huis. Daar zat een kamer onder. Een geheime kamer.'

'Hoezo, een kamer?'

'Daar hield hij ze vast. Daar zat Zach. Hij zat in die kamer onder Pittmans huis en toen ben jij er gisteravond naartoe gegaan en hebt de boel in brand gestoken. Je hebt Zach in brand gestoken.'

'Gelul.'

'Je hebt je eigen zoon vermoord, Murdoch. Ik heb hem in die kamer gestopt en jij hebt hem vermoord. Misschien betekent dat dat we allebei naar de hel gaan.'

Ik sta op en storm op hem af, maar daar is hij op voorbereid. Hij haalt met het pistool naar me uit en raakt me op mijn slaap, en voor ik de vloer raak gaat het licht al uit.

92

De wereld dringt zich in oranjetinten aan me op. Eerst snap ik niet waarom. Iets met een brand. Dat zou de gloed verklaren. Maar het verklaart niet mijn barstende hoofdpijn. Of waar ik ben. Ik knijp mijn ogen dicht en doe dan een tweede poging om de wereld binnen te laten. Deze keer herken ik de woonkamer van mijn schoonouders. Ik zit rechtop op de bank. De tv staat aan. Daar komt het oranje licht vandaan. Er staat een film op… alleen is het geen film, want onder in beeld schuift een tickertape met informatie voorbij, dus het is het journaal. Het is een reportage over een huis dat in brand staat. Een van de huizen van gisteravond? Zou kunnen. Dan is de brand voorbij en verschijnt er een ander beeld, deze keer van een uitgebrand huis waarvan de muren nog maar half overeind staan en het dak is ingestort; delen van het huis zijn met steunbalken gestut. Ik herken het. Lucas Pittmans huis, dat gisteravond is afgebrand, en vanavond is het een berg puin en

Zach.

restanten van meubelen, vol in het zicht, en er staat een menigte naar te kijken, zoals er de afgelopen dagen ook een menigte naar ons huis stond te kijken. Op de achtergrond staan mensen met felgekleurde hesjes, en er lopen

Zach was in dat huis.

politieagenten rond. Ze lijken ergens naar op zoek te zijn. Ze verplaatsen puin. Er ligt een groot stuk van het dak op straat. Er staat een verslaggever tegen de camera te praten, mijn oude vriend met de opgestroopte mouwen. Ik kan hem niet horen door het suizen in mijn oren en ik denk na over de vraag

Zach was in dat huis.

hoe ik aan dat oorsuizen kom. Ik heb een klap gekregen. Van? Van

Thompson. Ik kijk naar rechts, en daar zit hij, op de bank, naar me te kijken.

'Welkom terug,' zegt hij, al moet ik vooral liplezen omdat ik hem niet hoor.

ZACH WAS IN DAT HUIS. IN HET HUIS DAT JIJ HEBT PLATGEBRAND.

De storm komt eraan. Ik kan hem horen, want ik hoor het luide geraas dat de plaats inneemt van het suizen, en ik kan hem zien, want ik zie de muren die heen en weer bewegen, en ik kan hem voelen, want ik voel de toenemende druk in mijn hoofd. Ik trek met beide handen aan de handboeien en voel ze in mijn huid snijden, maar er zit geen speling in. De kamer draait om me heen. Ik kijk weer naar Thompson. Hij wijst naar de tv. Boven de storm uit hoor ik Opgestroopte Mouwen praten over een geheime kamer die onder het huis is aangetroffen en die aan het licht kwam toen het dak door de verbrande vloerplanken in de gang heen viel. Ik voel mijn hartslag versnellen, voel mijn lichaamstemperatuur stijgen, maar ik voel de rest van mijn lichaam niet. Ik hoor mijn hartslag in mijn hoofd, als een drumbeat die steeds sneller gaat.

Als ik probeer op te staan om Thompson weer aan te vliegen, lukt dat me niet. Ik heb geen gevoel meer in mijn lichaam. De muren houden op met bewegen, de druk verdwijnt en de drumbeat sterft weg. De storm is overgetrokken. Hij is overgetrokken en alles komt goed.

Alles komt goed, want Zach was niet in die kamer.

Zach leeft nog.

Het kan gewoon niet dat ik hem heb gedood.

Opgestroopte Mouwen zegt dat een deel van het dak de toegang tot de kamer nog blokkeert, maar dat ze weten dat hij is volgelopen met water, en de schattingen hoelang het zal duren om het water weg te pompen lopen uiteen van één tot vier uur, het hangt er maar van af aan wie je het vraagt.

Maar het komt goed.

Zach was daar niet en alles komt goed.

Op de tv staat Kent voor het huis. Ze heeft een veiligheidshelm op en een feloranje hesje aan, en er bungelt een vuil mondkapje om haar nek. Ik vraag me af hoeveel oproepen ik van haar heb gemist. Zal ze nog steeds langskomen, om me te vertellen dat alles goed is met

Zach? Of heeft ze het te druk? Alles wordt verlicht door bouwlampen die ieders huid kleurloos maken. Er staan honderden mensen te kijken, en ze zijn er allemaal voor niets. Op de tickertape onder in het scherm staat LICHAAM AANGETROFFEN IN HORRORHUIS, maar die tickertape klopt niet.

'Als de brand er niet was geweest,' zegt Opgestroopte Mouwen, 'waren de kamer en Zach mogelijk nooit gevonden.'

Ik schud mijn hoofd. De tv liegt.

Thompson zet het geluid uit. 'Ze zeggen dat de politie er met een camera in is geweest. Op het moment zijn de beelden nog niet erg duidelijk, maar ze weten dat er daarbeneden een lichaam ligt. Van een kind. En zoals ik al zei, ik weet dat hij daar is, want ik heb hem er achtergelaten.'

Ze heeft geprobeerd je te waarschuwen. Ellen Barkley. Het had weinig gescheeld of je had haar huis in brand gestoken met haar erbij, en ze heeft je gewaarschuwd. Ze heeft je gewaarschuwd dat er zoiets kon gebeuren. Dat je iets zou doen waar je spijt van zou krijgen.

Ze.

Heeft.

Je.

Verdomme.

Gewaarschuwd.

En jij luisterde niet. Nadat je bijna haar huis in brand had gestoken met haar erbij, dacht je: weet je wat, ik doe het gewoon nog een keer! Jij hebt Zach vermoord.

Ik zie de verkoolde hand van Ryan Bates voor me die ik gisteren in het mortuarium heb gezien. Zo ziet Zach er nu ook uit, of tenminste, zo zou hij eruit hebben gezien als hij in het huis was geweest. En dat was hij niet. Opgestroopte Mouwen, de tickertape, Thompson en nu meneer Stel Dat... Allemaal proberen ze me te overtuigen van een afschuwelijke leugen, en ik begrijp niet waarom.

Ik draai me om naar Thompson. 'Zach is daar niet.'

'Jawel. Ik zou willen van niet, maar hij is daar wel.'

Ik schud mijn hoofd. Dat doet pijn. Mijn arm bonst en mijn rug doet zeer, maar armen en ruggen helen wel weer, en morgen zal ik Zach in de lucht kunnen gooien en weer opvangen, en dan zal hij lachen zoals hij dan altijd lacht.

Op tv: het huis, vanuit een hoek die zicht biedt op de gang, een hoek die alleen mogelijk is omdat er een muur ontbreekt. Mensen zitten op hun hurken om het overgebleven stuk dak heen en proberen iets te bedenken.

'Pittman heeft jouw zoon helemaal niet ontvoerd,' zegt Thompson.

Nu laten ze beelden zien van een glasvezelcamera. Waarschijnlijk leggen ze uit hoe zo'n ding werkt, hoe ze daarmee zelfs in de kleinste ruimtes kunnen komen.

Ik blijf aan mijn boeien trekken. Ik voel bloed langs mijn hand sijpelen. Ik moet los zien te komen. Ik moet op zoek naar Zach.

De kabeltang. Weet je nog?

Ik verschuif een beetje om de kabeltang dichter naar mijn handen toe te trekken. 'Zach leeft nog. Pittman heeft hem 's ochtends verplaatst. Of de avond tevoren. Dat zei Kent. Alles komt goed.'

'Nee. Het komt niet goed,' zegt hij. Hij schenkt nog een borrel voor zichzelf in.

'Ik wil gewoon mijn zoon terug.'

'Dat weet ik, Murdoch. Dat weet ik. Dat gaat alleen niet gebeuren.'

'Zeg dat niet steeds.'

'Wil je het verhaal nou horen of niet?'

'Niet als je tegen me blijft liegen.'

'Ik lieg niet tegen je.'

'Zie je? Nou doe je het weer.'

'Ik lieg niet tegen je. Je zei dat je het verhaal wilde horen. Als je dat niet wilt, dan kunnen we er nu meteen een eind aan maken.'

'Een eind aan maken?'

'Kom op nou. Je weet toch hoe dit afloopt. Wat wordt het?'

'Ik wil het weten.'

'Dat dacht ik al. Laat ik dan maar bij het begin beginnen.'

93

'Het eerste wat je moet weten is dat je vrouw geen hekel aan je heeft, maar dat ze ook niet meer van je houdt. Ze zei dat jullie huwelijk jaren geleden al is stukgegaan, voornamelijk vanwege Zach. Ze houdt van hem, maar ze zei ook dat hij alle vreugde uit haar leven had weggenomen.'

'Dat zou Lisa nooit zeggen.'

'Ik heb haar een halfjaar geleden ontmoet in een boekwinkel. Ze stond tussen de paperbacks te neuzen en ik ook. Lisa… Ze is iemand die de aandacht trekt, al zou ze me later, veel later bedoel ik, vertellen dat ze zich de laatste keer niet meer kon herinneren dat jij aandacht aan haar had geschonken, niet op die manier. Dat zal… Dat zal wel normaal zijn, hè? Mijn vrouw, ik bedoel… mijn ex-vrouw zei verdorie altijd precies hetzelfde.'

Mijn arm doet zeer en ik voel de gaten van de hondenbeet groter worden als ik naar de draadtang reik. Op tv staat Opgestroopte Mouwen geluidloos te praten voor Pittmans huis, en ongetwijfeld liegt hij dat Zach nog daarbinnen is; hij liegt omdat dat goed is voor de kijkcijfers. Dan zwenkt de camera opzij, naar Kent die in haar auto stapt. Komt ze hiernaartoe zodat zij me ook kan voorliegen?

'Ze stond naast me de tekst op de achterkant van een boek te lezen, en ik stond naast haar en deed alsof ik hetzelfde deed, maar in werkelijkheid stond ik alleen maar naar haar te kijken.' Hij pakt zijn glas. 'Ik vroeg haar of ze me nog iets kon aanraden, en toen vroeg ze of ik van misdaadromans hield, en ik vroeg: "Wauw, is het zo duidelijk dat ik bij de politie zit?" Ik weet niet, ik dacht dat ze dat misschien wel cool zou vinden. Ze zei nee, en toen wees ze me erop dat ik een misdaadroman in mijn handen had. Ik moest lachen, en toen moest zij lachen.'

Ik kan bij het puntje van de draadtang. Het gevoel keert terug in mijn lichaam. Kahn blijft aan de deur krabben, want hij wil naar binnen om de klus af te maken. 'Klinkt alsof jullie de grootste lol hadden,' zeg ik.

'Ik vroeg haar of ze het had gelezen, en ze zei ja, en ik vroeg of ze dacht dat ik het goed zou vinden, en toen zei ze: "Dat hoop ik wel, want ik heb het namelijk samen met mijn man geschreven." Ik was teleurgesteld dat ze getrouwd bleek, maar weet je, ik vond haar leuk en ik had nog nooit een schrijver ontmoet, dus zei ik dat ik haar best wilde helpen als ze een keer hulp nodig had qua research over politiezaken. Ze zei dat dat geweldig zou zijn en dat ze eigenlijk wel wat vragen had, en als ik tijd had... Nou ja, je weet hoe die dingen gaan, toch? Zo zit je nog met iemand een kop koffie te drinken en het volgende moment krijg je te horen dat ze ontevreden is met haar leven, en niet lang daarna lig je opeens met elkaar in bed en niet lang daarna zegt ze dat ze bij haar man weggaat.'

De handgrepen van de draadtang zitten verstrikt in de plooien van mijn korte broek. Ik verschuif een beetje en wurm ze los.

'Jullie carrière raakte in het slop. Ze zei dat het de vloek was van de midlist-auteur, dat uitgevers dan nooit veel geld zouden spenderen aan promotie. Ze zei dat je het beste boek van dat jaar kon schrijven en dat het niets zou uitmaken omdat er toch geen publiciteit zou worden gegenereerd. Wat jullie carrière nodig had was publiciteit. Iets heel groots.'

'Een ontvoerd kind,' zeg ik.

'Het duurde even voor we daarop uitkwamen, maar inderdaad, dat zei ze. Ze wist dat de ouders altijd als eersten worden verdacht. Ze wist dat we het konden laten lijken alsof er iemand in jullie huis was geweest, dat we het zo in scène konden zetten dat het op het eerste gezicht zou lijken alsof Zach was ontvoerd, maar het op het tweede gezicht een heel andere indruk zou wekken. De schoenen waren haar idee, en de speelgoedkist ook. Ik moet zeggen: dat was slim, en het duurde even voor ze de perfecte kist had gevonden. Zachs kleren, jouw schoenen... Het was mijn idee om die in de container te stoppen. Ik wist dat er een straat was waar de containers regelmatig worden omgegooid, en dat iedereen gewoon zou denken dat het weer een stel kinderen was geweest als ik ze allemaal zou omduwen. Het zou lijken alsof de ontdekking ervan gewoon een meevaller was. Daarom heb ik Dallas Lockwood erover getipt. Ik moest wel. Want we hadden trackingsoftware op jouw telefoon gezet, en Kent bedacht dat je die kleren zou komen halen als je ze inderdaad had gedumpt. Dat plan moest ik zien te dwarsbomen.'

Kahn botst tegen de deur van de gang, en we schrikken er allebei van. Ik besef wat een geluk ik heb gehad dat ik mijn telefoon gisteravond in het motel heb achtergelaten. Als ik dat niet had gedaan, zouden ze hebben geweten dat ik midden in de nacht op de begraafplaats was geweest. Dan zouden ze Lockwood hebben gevonden. Dan zou ik naar de gevangenis zijn gegaan en had ik mijn zoon van achter de tralies moeten zien opgroeien.

'Er zat bloed op zijn kleren.'

'Niet veel. Ik liet Zach vallen toen ik hem uit mijn auto wilde halen. Het was een ongelukje en hij raakte niet echt gewond, maar hij had wel een snee in zijn knie. Ik heb het bloed met zijn T-shirt afgeveegd. Ik wist dat het er erger zou uitzien dan het was.'

'Je hebt hem pijn gedaan.'

'Dat ging per ongeluk. Hij was verdoofd en hij sliep, dus hij heeft er niets van gevoeld.' Hij neemt nog een slok en staart naar het glas. 'Ik wist ook dat iedereen in verwarring zou raken over die bril. Op de avond dat hij tegen jou zei dat hij wilde weglopen, zei hij tegen Lisa hetzelfde. Dus heeft ze zijn tas ingepakt en er eten in gestopt, want dan zou jij de politie vertellen wat Zach had gezegd. Dat was een beter verhaal dan dat jullie een voetafdruk in de tuin hadden gevonden en dat jullie dachten dat jullie zoon was ontvoerd. Het zou de indruk wekken dat jullie logen.'

'Jullie hebben echt overal aan gedacht.'

'Dan was Jonas Jones er nog.'

'Was hij er ook bij betrokken?'

'Niet bewust. We waren van het begin af aan van plan hem te gebruiken zonder dat hij het wist. Lisa zei dat ze vierentwintig uur wilde wachten voor ze hem benaderde, maar uiteindelijk benaderde hij jou voor die tijd al. Ze wist hoe dat zou gaan, hoe de media het zouden opvatten, en het ging precies zoals zij had voorspeld. Het was perfect.'

Hij prutst nog wat aan zijn glas, en ik pruts nog wat aan mijn broekzak, en Kahn prutst nog wat aan de deur.

'Lisa wist dat het publiek zich tegen jullie tweeën zou keren. Ze zouden jullie haten. Hoe schuldiger jullie leken, hoe groter de volkswoede zou zijn, zei ze, maar ook: hoe geweldiger de rehabilitatie-artikelen als jullie uiteindelijk onschuldig werden bevonden. Ze wilde dat de arrestatie bij jullie thuis zou plaatsvinden. Ze wilde dat jullie allebei voor de ogen van het publiek werden afgevoerd. Ik waarschuwde haar dat het verkeerd kon aflopen, maar ze hield vol dat het de moeite waard zou zijn. Jullie boeken zouden de winkel uit vliegen. Ze zei dat de drukpersen de vraag niet zouden kunnen bijhouden. Ze wilde bij jou weggaan en voor zichzelf beginnen, en met al het geld dat jullie zouden binnenharken zou ze fulltime iemand kunnen inhuren om te helpen met Zach. Ze dacht dat dat voor hem het beste zou zijn.'

'Verwacht je nou echt dat ik hier ook maar een woord van geloof?'

'Als ze zei dat ze ging hardlopen of naar de sportschool ging, was ze bij mij,' zegt hij, waarmee hij bevestigt wat ik al dacht. 'We oefenden keer op keer alle dingen die zij moest zeggen. Hoe ze zich moest gedragen. In het begin kon ze er geen fluit van. Ik bedoel, ze was geen acteur, en als zij het niet overtuigend kon brengen, dan zou het hele plan in het water vallen. Dat was onze grootste zorg. Maar we hadden de tijd. Of we het nou deze maand, volgende maand, over een halfjaar of over een jaar deden, het plan zou niet veranderen. Als Pittman voor iets anders in de gevangenis terechtkwam, zouden we op zoek gaan naar een andere Pittman. Lisa werd er snel beter in. Veel sneller dan ik had verwacht. Weet je, heel eerlijk gezegd dacht ik niet dat ze het zou kunnen, in het begin niet. Ik moet het haar nageven: wat ze in haar kop heeft, heeft ze niet in haar kont. Daar moesten we op wachten: tot zij goed genoeg was.'

'En toen was het zover.'

'En toen was het zover. Ze was meer dan goed genoeg, maar dat moest ook. Ze moest immers rauw verdriet uitstralen. Ze zou een zenuwinzinking krijgen vanwege haar vermiste kind, en het moest er wel overtuigend uitzien.'

Ik heb de draadtang bijna te pakken. Ik moet hem aan de praat houden. 'Dan verdient ze een Oscar. Vertel me over zondagavond.'

'Zondagavond,' zegt hij, en hij schudt langzaam zijn hoofd. 'Jij stond onder de douche toen Lisa bij Zach ging kijken. Hij was nog wakker. Hij vertelde haar dat hele verhaal over het weglopen. We waren helemaal niet van plan om het die avond te doen, maar na wat er met jou was gebeurd op de kermis en toen Zach zei dat hij wilde weglopen... Het was de ideale gelegenheid. Lisa heeft iets in je drankje gedaan en jij ging diep onder zeil. Maar er was een probleem. Haar tweede telefoon, de telefoon die ze voor jou verborgen had gehouden en die ze niet lang na onze ontmoeting had gekocht, lag nog in mijn auto. We hadden elkaar die middag gezien en hij moet uit haar zak zijn gevallen. Ze wist dat ze haar gewone telefoon niet kon gebruiken, want die zou worden gecontroleerd, dus belde ze me met jullie reistelefoon. Dat was riskant, maar ik ging ervan uit dat de politie niet zou weten dat hij er niet lag als ze er niet naar op zoek waren, en we waren van plan hem terug in de la te leggen als het allemaal achter de rug was. We konden hem niet meteen terugleggen, want dan zou hij door de politie worden gecontroleerd. Dus moesten we hem ergens anders laten. Ik heb hem meegenomen en hem hier aan het eind van de oprit verstopt, zodat Lisa hem maandagavond kon pakken. Ik dacht niet dat we contact zouden hoeven houden, maar ik wilde die mogelijkheid wel hebben.'

'En Zach?'

'Ze heeft iets in zijn water gedaan en hem gedwongen ervan te drinken. Ik heb hem door de achterdeur naar buiten gedragen. Het was immers midden in de nacht. Tot twee dagen geleden heb ik hem gedrogeerd in mijn huis vastgehouden. Daarna heb ik hem naar Pittmans huis gebracht. Het plan was om Pittman te drogeren en hem de volgende ochtend te laten arresteren terwijl Zach nog in zijn huis was. Ik heb hem een injectie gegeven toen hij spullen uit zijn kast stond te halen. Het is een snelwerkend middel, je raakt er binnen een paar tellen door van de wereld. Ik wilde net weglopen, maar toen viel het me op dat hij niet alleen spullen uit de kast had gehaald, maar dat hij ook de plinten en het tapijt aan het wegtrekken was. Er was daar een verborgen luik. Ik tilde het op.'

'En daar zat Ryan Bates.'

'Dat was echt een verrassing, maar wel een zeer welkome, want niet alleen zou ons plannetje werken, maar ik zou ook nog een kind redden dat al een jaar vermist werd. Het was wel duidelijk dat Pittman de jongen drogeerde. Ik ging naar huis en kwam terug met Zach. Ik droeg hem die kamer in en zette hem naast Ryan op het bed. Het was helemaal niet de bedoeling dat er iemand zou omkomen. Het slaapmiddel zou ervoor zorgen dat Pittman maar een uur of zes bewusteloos zou blijven, dus ik moest daar blijven wachten zodat ik hem om vier uur 's nachts nog een dosis kon geven, en ik heb de jongens ook nog een dosis gegeven, en toen ben ik weggegaan. Pittman zou tot een uur of tien buiten westen blijven. Tegen die tijd zou de politie bij hem voor de deur staan. En ook al zou hij genoeg tijd hebben om de kamer weer af te sluiten, ik had Zachs tas onder een van de bedden gezet en ik wist dat die zou worden gevonden. Niemand zou ooit geloven dat hij Zach niet had ontvoerd. Na jullie arrestatie belde ik anoniem naar het politiebureau. Alleen... de arrestatie was misgelopen, dus duurde het allemaal langer, en Pittman was eerder bijgekomen. Ik had de dosis niet goed ingeschat. Hij moet Zach meteen hebben gezien en in paniek zijn geraakt. Hij kon niet allebei de jongens in zijn auto stoppen, dus heeft hij er een gepakt en is ervandoor gegaan. Hij zal hebben geweten dat er iets loos was, maar niet wat. Ik denk... Ik denk dat hij dacht dat hij nog genoeg tijd had. Kennelijk heeft hij de kamer dichtgemaakt voor hij wegging. Het ongeluk was... nou ja, een tragisch ongeluk.'

'Je had die jongen kunnen redden.'

'Dat weet ik wel. Dat weet ik heus wel. Zoals ik al zei, het was niet de bedoeling dat het zo zou aflopen.'

'Je wist nog steeds dat er een kans bestond dat een van de jongens nog in het huis zat.'

'Het plan was dat ik het huis zou doorzoeken, de kamer zou vinden en de jongens levend zou aantreffen. Dan zou ik een held zijn geweest. Maar ik kon er niet naartoe omdat ik geschorst was. Hoor eens, ik kon ook niet weten dat jij de boel in de fik zou steken. Dat kon ik niet weten. Ik weet dat je vindt dat het mijn schuld is, en dat Ryan Bates ook mijn schuld is, maar denk eens na. Als ik niet met Zach naar dat huis was gegaan, had Ryan nog steeds in die kamer gezeten. Misschien was hij dan wel nooit gevonden. Ik heb Ryan niet ontvoerd. Ik heb dat huis niet in brand gestoken.'

'Je slaapt vast prima 's nachts.'

'Dat zeg ik niet. Hoor eens, dat ik zou worden geschorst was niet gepland, maar ik was van plan alsnog een anonieme melding te doen... alleen had jij toen het huis al in brand gestoken.'

'Zach was daar niet. Pittman is eerder bijgekomen dan jij dacht en hij heeft Zach als eerste verplaatst.'

'Als Lisa niet omver was geduwd, als de arrestatie niet zo verkeerd was afgelopen, als het allemaal niet zo lang had geduurd, zou ik die jongens gisteren hebben gevonden.'

'Ryan is dood, door jou, en Zach was niet in die kamer. Tenzij er een derde jongen was waar we niets over wisten, is de kamer onder dat huis leeg.'

'Er was verder niemand.'

'Dan is het iets anders.'

'Je klinkt alsof je het echt gelooft.'

'Natuurlijk geloof ik het echt. Ik weet niet wat ze met die camera hebben gezien, maar mijn zoon was het zeker niet.'

'Oké, Cameron, oké.' Hij drinkt zijn glas leeg.

Ik heb de draadtang nu in mijn hand. Ik draai hem zodat de punten naar boven wijzen. Het is een moeilijke hoek, maar ik weet de tang om de wegwerphandboeien heen te krijgen. Het enige probleem is dat er een harde klik zal klinken als ik ze doorknip.

'Ik weet dat je in elk geval over een paar dingen liegt,' zeg ik. 'Lisa zou nooit, maar dan ook nooit toestaan dat Zach bij een pedofiel in de buurt kwam, laat staan dat hij bij een pedofiel in huis werd achtergelaten. Geen enkele moeder zou ooit zoiets doen.'

'Moeders doen zo vaak slechte dingen. Soms verdrinken ze hun kinderen. Soms kijken ze weg als hun nieuwe vriendje hun kind aanrandt. Soms...'

'Zo is Lisa niet.'

'Je hebt gelijk, zo is ze niet. Het was de bedoeling dat Zach maar een paar uur bij Pittman zou zijn, en het was helemaal niet de bedoeling dat Pittman bij kennis zou komen. Het is nooit de bedoeling geweest dat Zach iets zou overkomen. Jullie hadden nu allebei thuis moeten zijn met Zach en excuses in ontvangst moeten nemen van het publiek en aanbiedingen moeten krijgen van uitgevers.'

'Ik geloof nooit dat Lisa met dat alles zou instemmen.'

'Ze heeft er niet alleen mee ingestemd, het was haar idee. Van begin tot eind. Ik verzeker je, Murdoch, het is precies zo gegaan als ik je heb verteld.'

'Wat je ook van plan was te doen,' zeg ik, 'je hoeft er niet mee door te gaan. We kunnen op zoek gaan naar Zach. Je kunt jezelf aangeven. Zoals je al zei: wat er met Ryan is gebeurd is niet jouw schuld.'

Hij pakt het pistool. Kahns geblaf wordt luider. Misschien voelt hij aan wat er staat te gebeuren en wil hij het niet missen.

'Ik wil je niet doodschieten, Cameron, geloof me, maar ik kan niet naar de gevangenis. Heb je enig idee wat ze daar met me zouden doen?'

'Je kunt jezelf altijd nog voor de kop schieten.'

'Dat heb ik overwogen. Dat heb ik serieus overwogen. Daar denk ik al over na sinds jij Pittmans huis in brand hebt gestoken. Maar ik heb Zach niet vermoord, en ik heb Ryan niet vermoord, en nu je weet wat je hebt aangericht, geloof ik dat ik je nog een gunst bewijs ook.'

'Dit gaat nooit lukken. De politie komt er heus wel achter dat hier iemand is geweest. Ze zullen...'

'Maak je daar allemaal maar geen zorgen over. En nu opstaan. We gaan een wandelingetje maken.'

Ik sta op. 'We kunnen...'

'Nu weet je alles. Het spijt me, het was niet de bedoeling dat het zo zou lopen. Het spijt me echt. Dat Lisa zo omver werd geduwd, misschien was dat wel karma, of niet soms?'

'En ik? Dat je mij gaat doodschieten? Wat is dat dan?'

'Botte pech.'

94

Kent overtreedt bepaald geen snelheidslimieten als ze naar de boerderij rijdt om Cameron Murdoch het nieuws mede te delen. Ze wil niet degene zijn die hem moet vertellen wat ze hebben aangetroffen, en het feit dat hij niet heeft geprobeerd haar te bellen wekt de indruk dat hij het nog niet weet. Als hij het al wel weet, zal ze een huis binnen lopen waar zulk overweldigend verdriet heerst dat ze het in de lucht zal kunnen proeven.

Ze zullen zich aan het sprankje hoop vastklampen. Natuurlijk. En wie kan hun dat kwalijk nemen? Ze had het immers ook mis wat het lijk in de auto betrof, dus de kans bestaat dat ze het ook mis heeft wat het lijk in het huis betreft. Misschien is het wel een andere jongen die in de loop van de jaren is verdwenen. Tot het lichaam is geïdentificeerd, kunnen ze nergens zeker van zijn. Dat zal snel veranderen, want de eerste pomp was al aangesloten toen ze wegging en de tweede was onderweg. Als alles goed gaat, kan de kamer inmiddels voor een kwart tot een derde leeg zijn, en ze weet dat de bouwkundigen significante vorderingen maakten met het verwijderen van de rest van het dak.

Ze is bij de boerderij. Ze zet de auto voor het toegangshek. Dat is op slot. Er staat een mountainbike tegenaan. Ze zet de motor af, stopt haar sleutels in haar zak en klimt over het hek heen. Op het moment dat ze aan de andere kant neerkomt, gaat haar telefoon.

'We hebben een dwangbevel weten te bemachtigen voor de wegwerptelefoon die een halfjaar geleden is geactiveerd,' zegt Vicky, 'en er is iets interessants mee. Afgezien van Lockwoods nummer zijn er met die telefoon in al die tijd slechts met twee andere nummers gesprekken gevoerd. Het eerste nummer is ook van een prepaid, het is dezelfde dag geactiveerd en daar is tientallen keren mee gebeld. Maar op zondagavond is er op die telefoon één gesprek vanaf een ander nummer binnengekomen, en naar datzelfde nummer is gisteravond één appje gestuurd.'

Ze komt dichter bij het huis. Aan de rechterkant schijnt er licht naar buiten: vanuit de keuken en wat zich daarachter bevindt. Het grind knerpt onder haar voeten. Ze hoort een hond blaffen.

'Dat tweede nummer hoort bij een internationale simkaart, zo eentje die je koopt zodat je in het buitenland geen hoge roamingkosten hoeft te betalen.' Kent blijft staan. Vicky gaat verder. 'Ik zat te denken: de Murdochs reizen veel, toch?'

'Inderdaad,' zegt ze, en ze verlaat het knerpende grind en stapt het gras op. Ze weet niet goed waarom. Uit instinct misschien. Alsof ze aanvoelt dat er iets niet in de haak is, omdat er vanaf dag één al niets in de haak is.

Vicky gaat verder. 'Ik heb de lijst met bewijsstukken uit het huis van de Murdochs doorgenomen. Er zijn verder geen mobiele telefoons meegenomen, maar er staat wel een internationale simkaart op de lijst. Die is van hetzelfde merk als de kaart van die gesprekken, maar er hoort een ander nummer bij. Als twee mensen samen reizen, dan zou je denken dat ze allebei een eigen simkaart hebben, toch? Dat zou logisch zijn, en het zou ook logisch zijn dat ze tegelijk zijn aangeschaft en dan zou het ook logisch zijn dat ze van hetzelfde merk zijn.'

Ze denkt aan het telefoontje van Cameron Murdoch, eerder die dag. Over de lijst met bewijsstukken. Was het hem opgevallen dat er een simkaart ontbrak? Als ze zelf op reis gaat, verstopt ze altijd een extra creditcard in haar koffer voor het geval ze haar handtas verliest. Is het mogelijk dat de Murdochs dat ook doen, maar dan met een telefoon, en dat die telefoon weg is? De voordeur van het huis is in duisternis gehuld, afgezien van het lichtkringetje om de deurbel. Ze denkt dat ze, als ze wisten dat zij hier was, de buitenverlichting wel zouden hebben aangedaan of de deur zouden hebben geopend.

'Inspecteur?'

'Dank je, Vicky.'

Ze hangen op. Ze weet niet wat ze ervan moet denken. Cameron... Ze kan zich niet voorstellen dat hij erbij betrokken was. Pittman hield absoluut zijn zoon gevangen. Hij zou Zach echt nooit aan een pedofiel overhandigen.

Maar hoe zit het met Lisa?

De hond blaft nog steeds. In plaats van naar de voordeur loopt ze naar rechts. Van hieruit kan ze het keukenraam zien, maar ze ziet niets waar ze iets aan heeft. Ze loopt de hoek om, langs de zijkant van het huis, maar ze stapt niet de veranda op en kijkt door de hoge ramen, die van de vloer tot aan het plafond reiken, naar binnen. Verderop staat een stel openslaande deuren open, en die geven toegang tot een woonkamer. Ze loopt verder, langzaam nu, en dan ziet ze de laatste die ze hier had verwacht: Ben Thompson.

Ze slaakt een zucht van verlichting.

Ze staat er niet alleen voor.

Thompson was behoorlijk van de kaart door de gebeurtenissen van gisteren, en ze vraagt zich af of hij misschien is gekomen om zijn verontschuldigingen aan te bieden voor zijn aandeel. Ze kan zich niet voorstellen dat Cameron dat erg goed zal opnemen. Waarschijnlijk was het geen goed idee van hem om hiernaartoe te komen, maar ze kan niet beweren dat ze niet opgelucht is hem te zien.

Ze gaat naar binnen.

95

Terwijl Kahn zich blaffend tegen de deur werpt, bereid ik twee handelingen voor. De eerste is dat ik naar de tv zal knikken en zal zeggen: als alles wat je zegt waar is, hoe verklaar je dat dan? Dan zal Thompson zich die kant op draaien, en op dat moment zal ik de handboeien doorknippen en me met de draadtang op hem storten.

Waar wacht je nog op?

'Als alles wat je zegt waar is, hoe verklaar...'

Kent loopt de kamer in. We hebben haar auto niet horen aankomen, want de poort is op slot, dus moest ze lopen.

'Wat is...' zegt ze, en verder komt ze niet voor ze ziet dat Thompson een pistool heeft en het een fractie later op haar richt. Hij schiet, instinctief of uit kwaadaardigheid, dat is onmogelijk vast te stellen, net zoals ik niet kan vaststellen of ze geraakt is als ze zich op de grond laat vallen.

Ik knip de handboeien door en val hem aan. Hij draait zich met een ruk naar me om, maar ik ben er al. Ik grijp zijn handen vast en wring zijn pols om tot de loop naar de onderkant van zijn kin wijst. Zijn ogen worden groot, en op dat moment twijfel ik er niet aan dat hij spijt heeft van elk moment sinds hij die boekwinkel is binnen gelopen waar hij Lisa heeft ontmoet.

Ik verstrak mijn greep op zijn hand, waardoor er druk komt te staan op de vinger die om de trekker ligt, en even later spat al die spijt, samen met de vlezige, zachte stukjes van hoofdinspecteur Thompson waarin die spijt is opgeslagen, tegen het plafond.

Het Rode Waas – niet dat van mij, dat van Thompson – daalt langzaam neer op de meubels. Ik doe een stap naar achteren. Tegelijkertijd zakt hij dieper weg op de bank en valt zijn hoofd naar achteren. Zijn handen zakken langs zijn lichaam en het pistool stuitert van de bank op de vloer. Hij rolt opzij en komt met zijn gezicht in de kussens tot stilstand, klem tegen de afstandsbediening, en met zijn neus zet hij het geluid van de tv weer aan. Het gat aan de bovenkant van zijn hoofd is groter dan dat aan de onderkant.

Ik gris het kistje van de salontafel en steek het in mijn zak. Kent duwt zich op haar knieën overeind en tuurt over de bank heen.

'Achteruit,' zegt ze.

Ik loop een paar passen naar achteren. Ik houd mijn handen omhoog zodat ze kan zien dat ze leeg zijn. Ik voel bloed en weefsel van Thompson op mijn gezicht en in mijn haar. 'Ik...'

'Kop dicht,' zegt ze. Ze staat op. Haar gezicht is lijkbleek, haar ogen zijn zo groot als schoteltjes en ze ziet eruit alsof er duizend volt door haar heen is gejaagd. Ze kijkt om zich heen en neemt het allemaal in zich op, maar ze weet duidelijk niet precies wat 'het' inhoudt.

'Thompson was...'

'Kop dicht, zei ik.'

'Ben je geraakt? Ben je gewond?'

'Ik...' zegt ze, en dan beklopt ze zichzelf, bestudeert haar handen en beklopt zichzelf nog een keer. 'Nee. Nee, ik geloof van niet. Je... Je hebt hem vermoord.'

'Ik had geen keus. Hij probeerde jou neer te schieten en hij heeft Zach ontvoerd.'

Ze zegt niets. Ze loopt om de bank heen om haar partner beter te kunnen bekijken. Ik loop nog een paar passen naar achteren. 'Verroer je niet,' zegt ze.

Ik verroer me niet.

'Hij wilde me neerschieten,' zegt ze.

'Inderdaad.'

'Je hebt hem vermoord.'

'Ik moest wel. Weet je waar Zach is?'

'Hè?'

'Zach. Waar is hij?'

Ze kijkt van Thompson naar mij, en dan naar het journaal op tv, waar staat dat in een geheime kelder in Pittmans huis een lijk is aangetroffen.

'Ze hebben het mis,' zeg ik. 'Zach is daar niet.'

'Waar is hij dan?'

'Dat vraag ik net aan jou.'

'Hebben jullie een reservetelefoon voor als jullie op reis gaan?'

'Ja.'

'En internationale simkaarten?'

'Ja.'

'Heb je me daarom gebeld? Omdat je die niet kon vinden?'

'Ja,' zeg ik. 'Lisa had hem in gebruik. Ik wist het niet.'

'Wat wist je niet?'

'Gewoon, alles. Ik zweer het. Zij en Thompson zaten erachter. Met die telefoon hielden ze contact. Ze hadden het allemaal gepland. Thompson wist het niet van die andere jongen. Dat wisten ze geen van beiden, maar hij heeft hem gevonden toen hij Zach daar achterliet.'

Ze snapt er zo te zien nog steeds weinig van. 'Ik kan je niet volgen.'

'Weet ik, maar het is echt waar. Ze hadden iets met elkaar. Lisa wilde publiciteit, dus heeft Thompson Zach ontvoerd en hem in Pittmans huis achtergelaten.'

'Je moet bij het begin beginnen.'

Ik begin bij het begin en vertel haar het verhaal zoals ik het van Thompson heb gehoord.

Ze schudt langzaam haar hoofd, alsof ze naar een tenniswedstrijd staat te kijken. Op een bepaald moment bestudeert ze de bank waar ik net zat, alsof dat allemaal makkelijker te begrijpen zou zijn als ze even kon gaan zitten. Maar de meubels maken deel uit van een plaats delict, dus blijft ze staan waar ze staat, bijtend op haar onderlip, terwijl ze me aankijkt met een blik alsof ik mijn jarenlange ervaring met het vertellen van verhalen gebruik om haar mijn meest bizarre verhaal tot nu toe te vertellen. Als ik klaar ben met mijn relaas, staart ze me zonder enige emotie aan, en ik heb geen idee hoeveel ze ervan gelooft – als ze er al iets van gelooft. Het enige wat ze niet kan ontkennen is dat Thompson haar wilde neerschieten.

Uiteindelijk zegt ze: 'Dus volgens jou heeft Lisa dit gedaan. Samen met inspecteur Thompson.'

Ik ben een tikje gefrustreerd dat ze niet overtuigd klinkt door wat ik heb gezegd. Maar dat geeft niet, dat hoeft ook niet voor wat er nu komt. 'We moeten Andre helpen.'

'Hè?'

'Daar,' zeg ik, en ik wijs naar Andre, en nu ziet ze hem pas. 'We moeten hem helpen.'

'Leeft hij nog?'

'Weet ik niet,' zeg ik, al weet ik het wel, want hij had nog een hartslag toen ik bij hem ging kijken. Ik draai me om en loop naar mijn schoonvader toe, zonder dat ze tegen me zegt dat ik moet blijven staan. Ik ga op mijn hurken naast hem zitten, en zoals ik al had verwacht, komt Kent achter me aan en volgt mijn voorbeeld. 'Hij heeft geen hartslag,' zeg ik, al heeft hij die wel.

'Ik moet... iedereen bellen,' zegt ze, en ze haalt haar telefoon uit haar zak, en tegelijkertijd legt ze twee vingers in Andre's hals. 'Hij...' zegt ze, maar verder komt ze niet, want ik steek de naald van Thompsons laatste injectiespuit in haar hals.

96

Kent springt op voor ik de plunjer helemaal kan indrukken. Ze deinst terug, met zo'n plotselinge beweging dat de naald in haar hals afbreekt. Dan raakt ze de bank waar ik zonet nog zat en zakt met haar rug ertegenaan op de grond. Ze trekt de afgebroken naald eruit. Ik kijk naar het deel dat ik nog in mijn hand heb. Ik heb haar een beetje vloeistof weten in te spuiten, maar niet veel.

Haar armen vallen omlaag en ze staart me aan, maar ze kan zich niet bewegen. Ik leg haar op haar zij, in een comfortabelere houding, en leg een kussen onder haar hoofd. Ze zegt: 'Whhm', maar verder niets. Er rolt een druppeltje bloed over haar hals. Haar ogen vallen dicht.

Ik loop naar de keuken en was de gaten in mijn arm uit. In het raam zie ik mijn spiegelbeeld. Op mijn gezicht zitten piepkleine bloeddruppeltjes, en ik heb kleine stukjes Thompson in mijn haar en op mijn schouders. Ik trek mijn shirt uit, spoel mijn haar uit onder de kraan en wikkel een theedoek om mijn arm. Met het verband om mijn hand en die theedoek is mijn hele rechterarm van mijn elleboog tot en met mijn vingers bedekt. Ik sleep Andre uit de chocolademelkplas de woonkamer in en leg hem in de stabiele zijligging. Ik kan niet bij Rita gaan kijken zonder de deur open te doen en me door Kahn te laten afmaken. Hoezeer ik me ook erger aan die rothond, ik ben niet bereid hem neer te schieten.

Er is weer een nieuwsuitzending. Er zijn beelden van een vrachtwagen met een platte trailer, en daarop staan zes waterreservoirs, die allemaal vier- à vijfhonderd liter kunnen bevatten. Op dit moment lopen er vanuit twee van de reservoirs grote, flexibele slangen naar het huis.

Ik vind Kents telefoon in haar zak, zet hem uit en stop hem in een tas, samen met haar sleutels. Ik pak Andre's telefoon, die op het aanrecht ligt, trek de stekker uit de vaste telefoon en gooi die allebei ook in de tas. Ik voeg onze reservetelefoon eraan toe, en dan fouilleer ik Thompson en tref een telefoon aan in zijn zak. Hij staat al uit. Ook die gaat in de tas. Ik vind zijn sleutels en steek ze in mijn zak. Er staat een telefoon in de slaapkamer en Rita heeft ook een mobieltje, en als Kent het erop wil wagen met Kahn om te proberen ze te pakken te krijgen, dan wens ik haar veel succes. Ik stop Rita's sleutels erbij, en ook die van Andre.

Ik pak het pistool, pak een mes uit de keuken, loop naar buiten en stap in de auto. Ik maak de poort aan het eind van de oprit open en moet dan in Kents auto stappen om die te verplaatsen, zodat ik erlangs kan. Ik rijd door de poort en sla rechts af, de andere kant op dan waar ik vandaan ben gekomen, voor het geval Worstelaar daar nog ergens is. Ik ga ervan uit dat Thompson om diezelfde reden van dezelfde kant is gekomen, en dat klopt, want een halve kilometer verderop zie ik zijn auto staan. Ik rijd erlangs, ga linksaf en een paar minuten later nog een keer linksaf en zoek dan de hoofdweg op.

97

Kent hoort stemmen. In de verte. Kilometers verderop. Dan geen kilometers verderop meer. Veel dichterbij. In dezelfde kamer nu. Afkomstig van de tv.

Haar armen zijn zwaar. Als ze ze probeert te bewegen, lukt dat niet. Als ze wil opstaan, valt ze weer op haar zij. Haar lippen zijn verdoofd en haar tong voelt dik aan. Ze kan zich alles herinneren, maar ze heeft geen idee hoelang geleden dat 'alles' heeft plaatsgevonden.

Langzaam keert het gevoel terug. Ze draait zich op haar buik, zet haar handen stevig op de vloer en duwt zich omhoog. Ze trekt haar knieën onder zich en blijft zo even zitten, want ze heeft de kracht niet meer om verder te duwen. Andre Cross is de woonkamer in gesleept en ligt naast haar. Zijn T-shirt is uitgetrokken. Ze wil haar arm naar hem uitsteken om te voelen of hij nog een hartslag heeft. Haar arm wil niet in beweging komen. Ze probeert het nog een keer, en deze keer wil hij wel. Andre's hartslag is krachtig, en ze schudt hem een beetje heen en weer en geeft hem een tikje in zijn gezicht, maar hij is helemaal van de wereld.

De tv staat nog aan en ze laten een foto van haar zien die eerder die dag is gemaakt, waarop ze het mondkapje nog opheeft en het lijkt alsof ze midden in een pandemie zit. Ze kijkt naar Thompson, dood op de bank met gaten in zijn hoofd, overal bloed. Ze weet niet wat ze moet geloven, of er ook maar iets waar is van wat Cameron Murdoch haar heeft verteld, maar één ding weet ze wel zeker: Thompson heeft op haar geschoten. Ze weet ook dat haar wantrouwen jegens Lisa Murdoch al groeiende was voor ze hier voet over de drempel zette. Op de vloer voor de bank ligt een doorgeknipte set wegwerphandboeien en een eindje verderop een draadtang.

Ze wil haar telefoon pakken, maar die is weg. Hetzelfde geldt voor haar sleutels. Ze staat wankel op. De hond is gestopt met blaffen. Op de televisie ziet ze dat er commotie is bij het huis. Er gebeurt iets, en de verslaggever weet niet wat, en zo te horen wordt hij er gek van dat hij het niet weet.

'Dan ben je de enige niet, vriend,' zegt ze.

Ze kijkt of Thompson zijn telefoon bij zich heeft. Die is weg. Ze kan ook geen vaste telefoon vinden. Als Murdoch haar auto niet heeft gestolen, komt het wel goed. Ze bewaart een reservesleutel onder de bumper, een gewoonte die ze zichzelf heeft aangeleerd nadat een vroegere partner van haar de sleutels in het contact had laten zitten, waardoor ze niet op een oproep konden reageren. Ze loopt naar buiten, waarbij ze zich moet vasthouden aan de meubels, de muren en de deur, en als ze van de veranda af stapt, wankelt ze opzij, probeert haar evenwicht te hervinden, slingert en valt. Ze staat op en loopt verder. Zo weet ze de oprit te bereiken, maar ze blijft op het gras in plaats van over het grind te lopen. Met de seconde voelt ze zich beter, en ze is al bijna bij de poort als opeens haar enkel dubbelklapt en ze opnieuw valt. Ze omklemt hem even en probeert dan overeind te krabbelen, maar hij kan haar gewicht niet dragen. Ze sleept zich de rest van de weg voort en hijst zichzelf over het hek heen. Haar auto is een paar meter naar achteren verplaatst. Hij helt over. Eerst denkt ze dat hij in een gat in de weg staat, maar dan ziet ze dat er een keukenmes uit het achterwiel steekt. Ze trekt het eruit.

'Dat is drie,' zegt ze, en dan pakt ze de reservesleutel.

Ze stapt in de auto. Murdoch heeft met het mes ook de politieradio doorboord.

De achterband hobbelt en kletst over het wegdek als ze de auto keert. Hij hoeft het niet lang vol te houden, ze moet alleen maar op de hoofdweg zien te komen, waar er meer verkeer zal zijn. Hooguit een paar minuten. De achterkant van de auto slipt en glijdt heen en weer, en ze rijdt langzaam om er minder last van te hebben. Haar enkel doet vreselijk pijn, maar verder voelt ze zich weer bijna normaal.

Nog voor ze de hoofdweg heeft bereikt, komt er een auto op haar af.

Ze zet haar auto dwars over de beide weghelften, maakt het portier open en gebaart dat de andere auto moet stoppen.

98

Op dit tijdstip is het parkeerterrein achter het ziekenhuis verlaten. Ik zet de auto op de dichtstbijzijnde plek en laat de sleutel in het contact zitten. Ik steek het pistool achter mijn broekband en ga op zoek naar de ingang van de Spoedeisende Hulp, wetend dat ik via een andere ingang nooit binnen zou komen zonder te worden tegengehouden. Ik heb Andre's T-shirt aan, dat nat is van de chocolademelk, maar altijd nog een betere optie dan mijn eigen shirt, dat nat is van de stukjes inspecteur Thompson. Door de theedoek om mijn arm en het bloed op mijn gezicht val ik niet uit de toon. Omdat de wond er lelijk uitziet, en omdat het een rustige avond is, brengt een verpleegkundige me snel naar een behandelkamer zodra ik een formulier heb ingevuld. Als ze al weet wie ik ben, zegt ze er niets over. Ze laat me op een bed plaatsnemen, trekt het gordijn om me heen dicht en zegt dat ik even moet wachten. Ik wacht niet; zodra ze weg is, glip ik langs het gordijn naar buiten. Een dokter vraagt me waar ik naartoe ga, dus vraag ik waar de wc is, en hij wijst naar de gang waardoor ik net naar binnen ben gebracht en zegt dat ik daar rechtsaf moet. Ik loop de gang in en ga linksaf.

Ik ga door een deur en loop verder alsof ik precies weet waar ik naartoe moet, en dat is ook zo. Via de trap ga ik naar de vierde verdieping. Als de gang vrij is, loop ik naar Lisa's kamer. Daar zijn de lampen uit, maar die in de gang branden nog, dus ik kan nog altijd prima zien. Ik ga op dezelfde stoel zitten als gisteren en pak Lisa's hand. Wat is er veel veranderd sinds ik hier voor het laatst ben geweest. Ik denk aan wat Andre heeft gezegd over dat hij zijn gezin uiteen had laten vallen voordat hij het weer bijeenbracht. Als ik het had geweten, als ik iets had vermoed, had ik het met Lisa kunnen bijleggen. Daar ben ik van overtuigd.

'Alles komt nu goed,' zeg ik tegen haar. 'Met Zach komt alles goed. Denk maar aan alle dingen die we samen gaan doen als je weer bij kennis bent. Ik wil dat je je voorstelt dat we gaan kamperen, dat we onder de sterren gaan slapen. We gaan vissen, wandelen en mountainbiken. We gaan een paar dagen naar het strand, lekker zwemmen en zandkastelen bouwen. Volgend jaar gaan we met Zach naar Disneyland. Het wordt een geweldig jaar, onze boeken zullen goed verkopen en we gaan op tournee.'

Ik laat haar hand los en haal het kussen onder haar hoofd vandaan.

'Zie je het voor je? Zie je de sterren, de stranden en de ritjes in de achtbaan? En Zach, die alleen maar loopt te grijnzen en te lachen. Hij zal uitgroeien tot een geweldige man. Je zult... Je zou zo trots op hem zijn geweest. Ik hou van je, Elsie. Ik heb altijd van je gehouden, en dat zal ik altijd blijven doen, en Zach... die houdt ook van je. Ik weet dat het nooit je bedoeling is geweest dat het zo zou lopen, maar nu komt alles goed.'

Ik trek de stekker uit de machine die haar vitale functies in de gaten houdt.

Dan druk ik het kussen op haar gezicht.

99

Kent zit op de achterbank van een patrouillewagen die met gillende sirenes richting het ziekenhuis scheurt. Ze weet niet zeker of Cameron daarnaartoe is – en zo ja, of hij dan van plan is zijn vrouw iets aan te doen – maar ze weet wel dat hij inspecteur Thompson heeft gedood en dat hij Thompson en Lisa de schuld geeft van de dood van zijn zoon.

Toen ze de auto tot stilstand dwong, kon ze een telefoon lenen. Ze heeft het bureau gebeld en hen daar op de hoogte gebracht van de stand van zaken. De dichtstbijzijnde patrouillewagen werd naar haar toe gestuurd om haar op te halen. Andere zijn op weg naar het ziekenhuis, en een plaats delict-team en een ambulance zijn op weg naar de boerderij; de dierenbescherming gaat er ook naartoe.

Ze zijn twee minuten van het ziekenhuis verwijderd als de politieradio kraakt. Er is sprake van een gijzelingssituatie: Cameron Murdoch heeft zich met een pistool in de kamer van zijn vrouw verschanst. In de gang staan agenten die proberen hem rustig te houden en er is een gewapende eenheid onderweg. De apparatuur die Lisa Murdochs vitale functies in de gaten zou moeten houden is uitgeschakeld en niemand weet of ze nog leeft.

Ze pakt de handset en identificeert zich. 'Zeg tegen hem dat ik onderweg ben. Zeg dat hij op me moet wachten.'

De patrouillewagen maakt een ruk naar voren als de agent het gaspedaal dieper indrukt.

Even later stoppen ze voor de hoofdingang. De gewapende eenheid is nog twee minuten van de locatie verwijderd. De pijn in haar enkel is minder geworden, maar als ze uit de auto stapt, laait die weer op. Ze kan er niet op lopen.

'Wil iemand een stel krukken voor me halen?' vraagt ze.

‘Is dat een idee?’ vraagt een van de agenten, en hij knikt naar een achtergelaten rolstoel bij de deur.

Het staat haar niet erg aan, maar het is het enige wat meteen beschikbaar is. Ze zetten haar erin en rijden haar naar binnen. Het ziekenhuis is een doolhof van gangen met allerlei in- en uitgangen, maar ze weet waar ze naartoe moet. De telefoon van een van de agenten gaat. Hij neemt op en geeft het toestel dan aan Kent.

‘Met Vicky,’ zegt de vrouw aan de andere kant van de lijn. ‘Ik ben bij Pittmans huis.’

Inmiddels zijn ze bij de liften, en de agent die haar zijn telefoon heeft gegeven drukt keer op keer op hetzelfde knopje.

‘Kunnen jullie de kelder al in?’

‘Nee, maar we hebben er genoeg water uit gekregen om eens goed te kunnen kijken.’

‘En?’

‘En het is krankzinnig,’ zegt ze. ‘Zo krankzinnig dat je het niet zult geloven.’

100

Kent rijdt naar de deuropening. Ze zit in een rolstoel en ik weet niet waarom. Misschien heeft het iets te maken met het middel dat ik haar heb toegediend. De agenten die bij de deuropening rondhangen hebben geprobeerd me over te halen het pistool af te geven, maar zonder succes. Ik heb het nog nodig.

'Weet je zeker dat je het risico wilt nemen om je zo bloot te stellen?' vraag ik aan haar.

'Ga je me neerschieten?'

'Nee.'

'Dat dacht ik al. Als je dat had willen doen, had je het op de boerderij al gedaan. Leeft Lisa nog?'

Ik kijk naar Lisa. Het kussen ligt niet meer op haar gezicht. Ik kon het er nog geen vijf tellen op gedrukt houden, toen had ik het alweer weggehaald. Ik kon het niet doorzetten. Weer moet ik onder ogen zien wat voor iemand ik ben. Iemand die zijn gezin niet kan beschermen en die niet in staat is degenen die zijn gezin kwaad doen te straffen. Toen ik het kussen net had weggelegd, kwam er een verpleegkundige binnen. Die zag het pistool en rende weer naar buiten. Ik had nauwelijks tijd gehad om na te denken over de vraag of ik moest vertrekken of blijven toen de politie al arriveerde.

'Ja. Ik wil dat ze herstelt, zodat ze kan leven met wat ze heeft gedaan, of ervoor kan kiezen dat niet te doen. De keus is aan haar. Net zoals ik de keus heb om niet te leven met wat ik heb gedaan.' Ik houd het pistool tegen mijn lichaam, met de loop stevig onder mijn kin. 'Toen ze zeiden dat je onderweg was, heb ik gewacht. Ik wilde je vertellen dat ik het je niet kwalijk neem. Waarom zou ik? De hele tijd ben je...'

'Zach was niet in het huis,' zegt ze.

'Hè?'

'Je had gelijk. Hij was daar niet.'

'Ik stel het op prijs wat je probeert te doen, maar je kunt me niet ompraten. Wat heb ik nou nog om voor te leven?'

'Ik lieg niet tegen je. De...'

'Ik wil je geloven. Echt waar, maar...'

'Heb jij een pop uit de slaapkamer van Pittmans huis gehaald?'

'Hè?'

'Een pop, net zo groot en zwaar als een kind. Een sekspop. Heb je die uit de slaapkamer gehaald?'

Een sprankje hoop. Ik verminder de druk op het pistool.

'Ja.'

'En heb je die in de gang achtergelaten?'

'Ja. Hoezo?'

'Toen het dak instortte, is een groot deel van de vloer van de gang de kelder in gedrukt, en de pop is in het gat gevallen. Dat is wat er daarbeneden op de camera te zien was. We wisten niet dat de pop niet meer in de slaapkamer was omdat die slaapkamer was ingestort en bedolven was onder het puin. Maar het is de pop. We hebben hem eruit gehaald. Er is daar verder niemand. We hebben...'

'Dus Zach was daar niet?'

'Dat zeg ik net. De kelder is helemaal doorzocht. Zach is daar niet.'

'Echt niet?'

'Echt niet. Cameron, alsjeblieft. Ik wil dat je dat pistool weglegt. Ik wil dat je daar weggaat zodat de artsen Lisa kunnen onderzoeken.'

'Geloof je wat ik je zonet heb verteld? Over Thompson en Lisa?'

'Ik weet het niet. Ik denk het wel. Maar we kunnen het allemaal nog een keer doornemen als je het pistool hebt weggelegd.'

'Waar is Zach?'

'De kelder is niet zo erg aangetast door het vuur, maar er is wel veel waterschade. Maar er zijn daar een heleboel spullen die we kunnen bekijken. Dit is de beste aanwijzing die we al die tijd hebben gehad,' zegt ze. 'Je zou zelfs kunnen zeggen: als jij dat huis niet had platgebrand, zouden we nooit hebben geweten dat die kamer er was.'

'Jawel. Thompson zei dat hij hem zou "ontdekken". Hij zei dat hij dan een held zou zijn geweest. Alleen werd hij toen geschorst, dus wilde hij een anonieme tip achterlaten, maar toen had ik het huis al in brand gestoken.'

'Leg het pistool weg, Cameron.'

'Zweer dat je niet tegen me liegt. Zweer dat Zach niet in dat huis was.'

'Ik zweer het,' zegt ze.

Ik leg het pistool weg, en dan sta ik op en loop er een eindje bij vandaan.

Twee tellen later word ik met mijn gezicht tegen de vloer gedrukt, voel ik een knie in mijn rug en slaan de agenten die bij de deur op wacht stonden me in de boeien.

101

In plaats van me meteen het ziekenhuis uit te sleuren, laat Kent me in de gang staan terwijl de artsen Lisa onderzoeken. De twee agenten die me tegen de grond hebben gedrukt en twee van hun collega's houden een oogje op me. Verderop staat Kent te telefoneren. Ze ziet er uitgeput uit. Er zitten roet- en asvegen op haar kleren en op haar gezicht. In haar hals zit een dun streepje opgedroogd bloed. Ze heeft de rolstoel verruild voor twee krukken, maar ze is er duidelijk niet mee op haar gemak.

In de ziekenhuiskamer zijn de artsen drukdoende met Lisa. Ik kan niet zien wat er gebeurt, maar er gaat geen alarm af en er wordt geen reanimatiewagen de kamer in gereden. De monitor staat weer aan en lijkt niet in paniek.

Kent hangt op en hinkt op me af.

'We hebben iets gevonden,' zegt ze.

'Zach?'

'Nee. Maar we hebben iets gevonden in de kelder. Iets wat misschien naar een locatie zal leiden. Je hebt twee keuzemogelijkheden. Eén: ik laat je naar het bureau brengen waar je in een klein kamertje kan gaan zitten wachten op je advocaat, of twee: je belooft dat je geen gekkigheid meer uithaalt en dan mag je met me mee. Wat wordt het?'

'Ik zal me gedragen. Beloofd.'

'Draai je om,' zegt ze.

Ik draai me om, en ze snijdt de boeien door en steekt ze in haar zak.

Ik draai terug.

'Ik weet niet hoe dit zal gaan,' zegt ze, 'maar als je ook maar één teen over de grens steekt, sla ik je weer in de boeien en ga je naar het bureau. Oké?'

'Oké.'

Met z'n zessen lopen we de gang door naar de lift, met z'n zessen stappen we in, en dan lopen we met z'n zessen weer naar buiten, waar we ons over twee auto's verdelen. Ik zit achter in de voorste auto, Kent zit op de passagiersstoel en een van de agenten die me tegen de grond hebben gewerkt zit achter het stuur.

'Waar gaan we naartoe?'

'Heb je goed om je heen gekeken toen je in Pittmans huis was?'

'Niet echt.'

'Ben je in zijn werkkamer geweest?'

'Ja.'

'Wat heb je daar gezien? Weet je dat nog?'

'Weet ik veel. Kantoorspullen. Een bureau. Zijn computers stonden er geloof ik niet. Misschien een ladeblok. Hoezo? Wat was daar dan te zien?'

'Er hingen ingelijste foto's aan de muren.'

'Dat weet ik nog. Foto's van verlaten gebouwen,' zeg ik, en ik herinner me nog dat me opviel hoezeer ze op sommige van onze boekomslagen leken en dat ik me zorgen maakte dat onze uitgevers in de loop der jaren misschien foto's van Pittman hadden gebruikt.

'Dat dachten wij ook. Vier foto's, vier verschillende gebouwen en niets waaraan ze te herkennen waren. Maar we denken dat het allemaal foto's zijn van een en hetzelfde gebouw, alleen vanuit verschillende hoeken en van verschillende kanten: een leegstaande slachterij buiten de stad. Niemand legde het verband, omdat er geen verband te leggen viel. Maar in de kelder hangt een ingelijste foto die vier keer zo groot is als de foto's in de werkkamer, en daarop is de naam NORTH CITY SLACHTHUIS te zien. Doet dat een belletje rinkelen?'

Jazeker. Op het journaal gezien. 'Dat is het gebouw dat "het lachhuis" wordt genoemd, toch? Omdat iemand de s en de t heeft overgeschilderd? Is daar een paar jaar geleden niet een kind omgekomen?'

'Precies. En een hele tijd geleden nog een. Dat had allemaal niks met Pittman te maken, dus vanwaar dan die foto's? Nogal raar om die zo in het zicht te hangen, toch? En waarom hing de enige foto waarop het gebouw herkenbaar was in de kelder, waar niemand hem kon zien? En dan is er nog iets. In de kelder lag een plakboek. Daarin zitten artikelen over Ryan Bates, maar ook over Dwayne en Xavier Kerr, een vader en een zoon die twee jaar geleden vermist zijn geraakt toen ze aan de westkust aan het kamperen waren.'

Ik weet nog dat ik iets over hen heb gelezen toen ik ook iets las over Ryan Bates, op de website over vermiste personen. 'Denk je dat Zach in het slachthuis is? Denk je dat hij ze daar allemaal naartoe brengt?'

'Ik weet het niet. Echt niet. Maar het staat ten noorden van de stad, de richting die Pittman op reed toen hij verongelukte. Het is absoluut de moeite waard om er even te gaan kijken.'

'Je denkt dat die foto's aandenkens zijn, of niet? Ik bedoel, hij kan moeilijk foto's van zijn geheime graven in zijn werkkamer ophangen. En jij denkt dat dit het beste alternatief is, toch?'

'Ja,' zegt ze. 'Dat is precies wat ik denk.'

102

De sirene is aangezet. We scheuren over de snelweg naar het noorden. Aan de andere kant van het raam licht de nacht blauw en rood op, en voor ons branden de koplampen cirkels in het duister.

Kent vertelt me dat er agenten en een ambulance op de boerderij zijn en dat met Andre en Rita alles goed is. Ze vertelt me dat er ook agenten en een ambulance bij het slachthuis zijn en dat het gebouw wordt doorzocht. Ze zegt dat er vele hectaren bos omheen ligt en dat ook dat wordt doorzocht.

'Er zijn speurhonden onderweg,' zegt ze. 'Als Zach daar ergens is, zullen we hem vinden. Wil je me uitleggen waarom je de pop van de slaapkamer naar de gang hebt verplaatst?'

'Ik weet dat het maf klinkt, maar... maar ik vond dat dat ding genoeg had geleden. Hij zag er heel echt uit, en op dat moment had ik er medelijden mee. Ik wilde hem helpen. Ik had hem al de slaapkamer uit gesleept voor ik besefte dat ik stom bezig was.'

Het kost twintig minuten om bij het slachthuis te komen. De parkeerplaats is verlicht als een ruimteschip. Het is overduidelijk dat de politie zwaar inzet op de theorie dat Zach hier ergens is, en dat geeft me hoop, tot ik eraan denk dat ze eerder zwaar hadden ingezet op de theorie dat ik erachter zat.

Er staan een stuk of vijf patrouillewagens en een stuk of vijf terreinwagens. Er staan wel tien lampen. Er staat een campingtafel vol laptops, en het blad ligt vol met kaarten en bouwtekeningen die worden bestudeerd. Het licht van zaklantaarns beweegt achter de gebroken ramen van het slachthuis heen en weer. Een van de grote dubbele deuren in het midden van het gebouw is ingebeukt en ik kan naar binnen kijken, naar zestig jaar aan achtergelaten en verroeste spullen die samen het decor vormen van een horrorfilm.

'Is er water in de buurt?'

'Wil je iets drinken?'

'Nee. Ik bedoel een rivier of een meer of zo.'

'Hoezo?'

'Ik moest denken aan wat Jonas Jones zei, dat Zach zich in de buurt van water bevond.'

'Alles in deze stad is in de buurt van water,' zegt ze. 'Er zijn hier inderdaad rivieren, en we zullen het nagaan, dat beloof ik.'

'Waar wil je me hebben?' vraag ik. 'Zal ik in het gebouw of in het bos gaan zoeken?'

'Ik wil je hebben waar je nu bent,' zegt ze.

'Alsjeblieft,' zeg ik. 'Dwing me niet om alleen maar af te wachten, zoals afgelopen maandag.'

Ze denkt er een paar tellen over na, maar schudt dan haar hoofd. 'Ik wil wel. Hoe meer ogen hoe beter, maar ik kan je niet vertrouwen.'

'Je kunt me wel vertrouwen.'

'Ik kan je daar niet laten rondrennen. Het spijt me. Je mag in de auto wachten of je mag daar gaan zitten,' zegt ze, wijzend naar de rand van het gebouw. 'Misschien had ik je niet moeten meenemen.'

'Alsjeblieft. Ik kan...' zeg ik, en dan zie ik de blik waarmee ze me aankijkt en bedenk ik me. 'Ik wacht wel bij het gebouw.'

Ik leun tegen de muur en laat me dan op de grond zakken. Het beton is koud. Ik trek mijn knieën op en leg mijn armen erop. Er klinkt een luid gezoem als er een drone opstijgt. Dan nog een, en nog een.

'Warmtebeeldcamera's,' zegt Kent, en ze hinkt naar de tafel waar het allemaal gebeurt.

Mensen lopen het slachthuis in en uit. Er arriveren nog meer auto's en er worden nog meer lampen neergezet. Na tien minuten komt er een busje met politiehonden. Duitse herders. Ze verdwijnen tussen de bomen. Dan, een paar minuten later, komt er nog een busje aangereden, en daarin zit dezelfde bloedhond als maandag. Toen kon hij Zach niet vinden, maar dat kwam doordat Zach niet ergens in de buurt was, waar hij kon wórden gevonden. Deze keer zal het anders zijn. Ik kan het voelen.

Is dat zo?

Ja.

Er wordt een plastic zak tevoorschijn gehaald. Zachs Superman-T-shirt zit erin. De hond ruikt er kort aan, trekt dan zijn trainer mee naar de rand van het bos en begint rond te snuffelen, waarna hij net als de andere honden tussen de bomen verdwijnt. Twee minuten later begint op de tafel een radio te kraken, en een grote man met grijs haar en een walrussnor neemt op. Hij wenkt Kent. Ik sta op, maar voor ik een stap kan zetten beveelt Kent me weer te gaan zitten.

'Ze hebben iets gevonden, hè?'

'Blijf gewoon hier wachten.'

Ik ga weer zitten. De kou keert terug. Kent voert een gesprek en komt dan terug.

'Agenten denken dat ze mogelijk tekenen van graven hebben gevonden.'

'Dénken?'

'Plekken waar de bodem is ingeklonken en waar meerdere paddenstoelsoorten groeien die op de aanwezigheid van een lijk kunnen wijzen.'

'Zach?'

'Ze zijn niet vers en Zachs spoor loopt door.'

'Alleen dat van hem?'

'Dat weet ik niet.'

'Waarschijnlijk heeft Pittman hem gedrogeerd, net zoals hij bij die andere jongen had gedaan. Toen heeft hij hem hier achtergelaten, omdat hij ervan uitging dat hij terug zou zijn voordat Zach wakker werd. Toen dat niet gebeurde, kwam Zach bij en is hij op zoek gegaan naar hulp.'

'Wat betekent dat hij een voorsprong op ons heeft van zesendertig uur. We gaan hier niet weg voor we hem hebben gevonden.'

'Zweer je dat?'

Het is overduidelijk dat ze geen ja wil zeggen, maar dan knikt ze. 'Ik zweer het.'

'Mag ik helpen zoeken?'

'Nee.'

Er komen mensen het gebouw uit die tussen de bomen verdwijnen als de zoektocht zich op het bos concentreert. Ongetwijfeld wordt er druk gerekend. Hoe ver kan een jongetje van zeven in zesendertig uur lopen? Volwassenen lopen zo'n vijf kilometer per uur. Zachs snelheid zal ongetwijfeld lager liggen, en natuurlijk zal hij niet al die tijd hebben gelopen. Hij zal ook veel hebben geslapen. En hij moet honger en dorst gehad hebben, en het is geen vlak terrein, dus dat moet hem hebben opgehouden. Bovendien valt het niet mee om niet in een kringetje rond te lopen als je in het bos verdwaald raakt. En zoals de meeste kinderen van die leeftijd kan Zach nog geen twee kilometer lopen voor hij moet rusten. Hoe ver kan hij dan in anderhalve dag zijn gekomen? Vijf kilometer? Vast wel meer. Vijftig? Onmogelijk. Maar tien misschien wel, of vijftien. De honden zouden weleens de hele nacht bezig kunnen zijn om hem te vinden.

Een halfuur later in die hele nacht sta ik op en loop naar de tafel. Ik ril van de kou en mijn arm bonst. Er zijn nu nog maar een paar mensen op het parkeerterrein, want de meeste zijn het bos in gegaan. Er arriveert een forensisch busje. Mensen pakken er spullen uit en lopen dan achter iemand aan het bos in, hoogstwaarschijnlijk om na te gaan of de eerder aangetroffen graven inderdaad graven zijn.

'Wil je koffie?' vraagt Kent.

'Graag.'

Er staan een paar thermoskannen die hier eerder al afgeleverd zijn. Kent schenkt een beker voor me in. Ik verwacht dat het smerig zal smaken, en dat doet het ook. Maar goed, alles smaakt tegenwoordig smerig. Ik krijg het er in elk geval een beetje warmer van.

'Ze hadden hem allang gevonden moeten hebben,' zeg ik. 'Er is iets mis.'

'Laat ze hun werk doen.'

Ik drink koffie en ijsbeer over het parkeerterrein. Ik herken een van de invalshoeken van het gebouw van de foto's in Pittmans werkkamer. Ik kan me de exacte details niet herinneren van wat zich hier een paar jaar geleden heeft afgespeeld, maar als ik naar het gebouw kijk, kan ik me geen ergere plek indenken om van het leven te worden beroofd, en geen erger iemand dan Pittman om je ervan te beroven. Ik drink mijn beker leeg en laat hem nog eens volgieten. Kent staat met haar rug naar me toe te telefoneren. Zelfs al slaagde ik erin om ongezien het bos in te glippen, waar zou ik dan naartoe moeten? Alle lichtjes die ik daarstraks nog tussen de bomen door zag schemeren zijn verdwenen, want hun eigenaren zijn dieper het bos in gelopen. Ik denk terug aan gisteravond. Het was niet koud, maar dat is het hier wel. Zachs kleren zijn in een container aangetroffen. Betekent dat dat hij naakt is? Ik besef dat ik de drones niet meer hoor, maar ik zou niet kunnen zeggen sinds wanneer. Ik drink mijn beker leeg en ga terug om hem nog een keer te laten vullen. Kent leunt nog altijd op haar krukken. Daar zal ze zo langzamerhand wel flink last van hebben.

Anderhalf uur na het begin van de zoekactie gebeurt er opeens van alles. Er begint een radio te kraken en de man met de walrussnor antwoordt. Iedereen die nog op het parkeerterrein is zwijgt en kijkt naar hem. Ik kan niet horen wat hij zegt, maar hij draait zich naar me om en kijkt me aan terwijl hij praat. Ik loop op hem af. Nog voor ik bij hem ben, knikt hij naar me, even later glimlacht hij, en nog even later steekt hij zijn duim naar me op.

103

Ze moeten me tegenhouden. Zach is ongedeerd. Hij is uitgeput, uitgedroogd en naakt, maar hij is verder ongedeerd. Hij zit diep in het bos en ze komen hem brengen, maar ik kan niet wachten. Ik moet zeker weten dat het waar is, want de laatste paar dagen is alles een leugen gebleken, dus stel dat dit er weer een is? Stel dat ze zo terugkomen met een andere vermiste jongen?

Ik ren naar de rand van het bos, waar iedereen erin is gelopen, en de lampen verlichten de eerste paar meters, maar verderop niets. Ik weet niet welke kant ik op moet en ik moet zelf een lamp hebben. Ik ga terug om er een te halen.

'Ze zijn er over een paar minuten,' zegt Walrus.

'Ik moet erheen.'

Hij legt zijn hand op mijn schouder. 'Ze zijn onderweg.'

'Je begrijpt het niet. Ik moet zeker weten dat het Zach is. Ik moet zeker weten dat alles goed met hem gaat.'

'Het is absoluut uw zoon, meneer Murdoch,' zegt hij, 'en alles komt goed met hem.'

'Maar toch moet ik het zeker weten.'

'En dat zal ook gebeuren, over een paar minuten. Het laatste wat Zach kan gebruiken is dat u in het bos verdwaalt.'

Ik ijsbeer over het parkeerterrein. Ik heb mijn beker koffie niet meer in mijn hand en kan me niet herinneren dat ik hem heb neergezet. Ik denk aan Dallas Lockwood. Ik voel me nog steeds niet bijster schuldig over wat er is gebeurd, helemaal niet eigenlijk, maar nu Zach is gevonden zal dat misschien veranderen. Twaalf uur geleden leefde ik in een wereld die om me heen instortte en waarin ik mezelf niet verder zag leven als ik Lisa ook nog zou kwijtraken. Nu zal ik een manier moeten bedenken om me te verzoenen met wat ik heb gedaan. Dat moet, voor Zach. Morgen zal ik tegen Kent zeggen dat Thompson me heeft verteld dat Lockwood alles had ontdekt. Dat Lockwood Thompson heeft benaderd en dat Thompson hem heeft vermoord. Het zal mijn schuldgevoel niet verminderen, maar het zal er wel voor zorgen dat ik niet in de gevangenis terechtkom.

In de verte hoor ik de drones, dan wordt het gezoem luider, en vervolgens landen ze een voor een op het parkeerterrein. Er zijn al een paar minuten verstreken en Zach is er nog steeds niet. Dan klinkt er geritsel en komen er mensen tussen de bomen vandaan. Maar de verkeerde mensen. Dit zijn leden van de reddingsploeg die Zach niet hebben gevonden. Daarna komen de Duitse herders tevoorschijn en een paar minuten later de bloedhond. Doen ze dit expres? Dat ze me tot het allerlaatste moment laten wachten?

Nog meer geritsel, nog meer mensen die zich een weg uit het bos banen, geen Zach. Elke keer geen Zach.

Dan... Zach.

Hij wordt gedragen. Er is een deken om hem heen geslagen. Die bedekt zijn hele lichaam en ligt als een capuchon om zijn hoofd, dus het enige wat ik zie is zijn gezicht, dat tegen de schouder rust van een potig uitziende kerel die eerder geschikt lijkt om met een bijl te zwaaien en blokhutten te bouwen dan om vermiste kinderen te zoeken. Zach draait zich om om te zien wat er gebeurt. Zijn gezicht is nat van de tranen, maar als hij mij ziet, glimlacht hij.

'Papa!'

Ik ren naar hem toe. We steken onze armen naar elkaar uit, en de potige man geeft Zach aan mij. Ik druk hem stevig tegen me aan en hij begraaft zijn gezicht in mijn hals. Als hij iets zegt, versta ik hem niet. Pas als ik hem loslaat.

'Ben je boos op me?' vraagt hij, terwijl hij naar achteren leunt zodat hij me kan aankijken. Zijn stem is nu niet meer dan een fluistering.

'Nee, helemaal niet,' zeg ik. 'Ik heb je gemist, maatje. Ontzettend.'

Hij kijkt om zich heen. 'Is mama boos op me?'

'Nee. Niemand is boos op je.'

'Waarom is ze er dan niet?'

'Ze... Ze ligt in het ziekenhuis,' zeg ik. 'Ze maakte zich zo'n zorgen om je en ze miste je zo erg dat ze er ziek van is geworden.'

Mijn benen zijn gevoelloos als ik met hem naar de ambulance loop. Als ik daar aankom, willen de verpleegkundigen hem van me overnemen, maar ik kan hem nog niet loslaten.

'Heel eventjes nog,' zeg ik, maar dat klopt niet. Een uur nog. Of een dag. Maar ik houd mezelf voor de gek, want eigenlijk wil ik hem gewoon nooit meer loslaten.

'Ik wilde mama helemaal niet ziek maken,' zegt hij. 'En ik wilde ook niet verdwalen.'

'Het geeft niet, Zach. Alles komt goed.'

'Dus je bent niet boos?'

'Nee.'

'Mag ik dan een ijsje?'

'Zoveel als je maar wilt.'

Ik wil niet, maar ik moet hem laten gaan. Hij heeft wat vriendelijke aanmoediging nodig om me los te laten, want hij heeft zijn handen om mijn nek ineengevlochten. Hij wordt achter in de ambulance getild en de verpleegkundigen halen de deken weg en leggen hem neer. Wat is hij bleek en mager. Zijn voeten zitten onder de dennennaalden, het vuil, de krassen en de dunne streepjes bloed. Er zitten krassen op zijn handen en knieën en zijn gewoonlijk zo gladde haar zit vol twijgjes. Ik word misselijk als ik hem zo zie en moet me aan de ambulance vasthouden om overeind te blijven. De verpleegkundigen onderzoeken hem en stellen hem vragen. Er is geen sprake van paniek, niets wat erop wijst dat er iets loos is.

Ik word me ervan bewust dat Kent inmiddels naast me staat. 'Het komt helemaal goed met hem,' zegt ze, en even later wordt dat bevestigd door de verpleegkundige die Zach heeft onderzocht.

De deken gaat weer over hem heen. Ik weet niet waarom, maar ik wend me tot Kent en sla mijn armen om haar heen, en ik zeg: 'Dank je wel', en we beginnen allebei te huilen. We houden elkaar even stevig vast en dan laten we los. Ik stap achter in de ambulance en houd Zachs hand vast terwijl we wegrijden.

Zaterdag

Lichamen opgegraven in massagraf Christchurch waar Zach Murdoch levend is teruggevonden

Christchurch, Nieuw-Zeeland – Afgelopen vrijdag heeft de politie bevestigd dat er in de buurt van een leegstaande slachterij inmiddels vijf lichamen zijn opgegraven nadat Zach Murdoch, de vermiste jongen uit Christchurch, de avond tevoren in het omringende bos levend was teruggevonden, na een onderzoek dat tot grote frustratie leidde bij de plaatselijke politie en wereldwijd de aandacht heeft getrokken.

De verdwijning van de zevenjarige jongen uit zijn ouderlijk huis in Christchurch, afgelopen zondag, groeide uit tot 'een van de meest verbijsterende incidenten uit de geschiedenis van de stad' en leidde uiteindelijk tot de gruwelijke ontdekking van de menselijke resten, waarvan sommige er wellicht al dertig jaar liggen, zo verklaart de politie. 'Er zal nu onderzoek worden verricht naar de identiteit van de overledenen en om te achterhalen hoe ze zijn gestorven.'

Lucas Pittman, de man die verantwoordelijk wordt gehouden voor de verdwijning van Zach Murdoch, kwam afgelopen woensdagmiddag om bij een auto-ongeluk, terwijl hij op de vlucht was voor de politie. Er wordt aangenomen dat Pittman bij de graven betrokken is, net als zijn vader Harold Pittman, die vijfentwintig jaar geleden een natuurlijke dood stierf. Lucas Pittmans exacte rol in Zachs ontvoering blijft onduidelijk. Door zijn dood, samen met een ander ontvoerd kind, dat in de kofferbak van zijn auto lag, is er een stortvloed aan onbeantwoorde vragen achtergebleven.

Aanvankelijk ging de politie over tot de arrestatie van Zachs ouders, Lisa en Cameron Murdoch, het beroemde schrijverskoppel, aangezien het aanvankelijke bewijs in het geruchtmakende onderzoek erop leek te wijzen dat één van de ouders bij de misdaad betrokken was, mogelijk zelfs allebei. Camerons onschuld is inmiddels aangetoond, maar de politie bereidt een aanklacht tegen Lisa voor wegens ontvoering. De auteur, die samen met haar echtgenoot elf bestsellers heeft uitgebracht, ligt momenteel in het ziekenhuis, waar ze wordt behandeld voor de bijna fatale hoofdwond die ze opliep tijdens een arrestatiepoging, afgelopen woensdag.

De zoon van de Murdochs, Zach, werd donderdagavond alleen en op het oog 'gedesoriënteerd en in shocktoestand' aangetroffen in het bos bij het leegstaande North City Slachthuis, zo meldt de politie van Christchurch aan de media. De jongen is kort opgenomen geweest vanwege uitdrogingsverschijnselen, maar daarna herenigd met zijn vader.

'Dit gezin is simpelweg door een hel gegaan,' zei inspecteur Rebecca Kent van de recherche, die de leiding had over het onderzoek naar de verdwijning van Zach, op een persconferentie na de vondst van de jongen. Kort nadat de Murdochs afgelopen maandag hun zoon als vermist hadden opgegeven, verzamelde zich voor het huis van het echtpaar een grote groep mediabusjes – alsmede honderden toeschouwers – om een geboeid publiek live op de hoogte te houden van alle ontwikkelingen. 'Ik zou de media en het publiek graag willen verzoeken om de privacy van het gezin te respecteren en hun de tijd te gunnen om alles wat er is gebeurd te verwerken.'

De zaak van de vermiste Zach Murdoch heeft een nieuwe, bizarre wending gekregen nu plaatselijk journalist Dallas Lockwood, de man die naar verluidt de massabijeenkomsten bij het huis van de Murdochs heeft georkestreerd, klaarblijkelijk 'van de radar is verdwenen', zoals de politie verklaarde, zonder er nader op in te gaan. Een rechercheur die bekend is met de details van het onderzoek en die anoniem wenst te blijven wist de lokale media te melden dat er met betrekking tot Lockwoods verdwijning wordt gevreesd voor 'een misdrijf', en dat er een verband lijkt te zijn tussen zijn verdwijning en de eveneens uit Christchurch afkomstige hoofdinspecteur Ben Thompson, die donderdagavond om het leven kwam bij wat de politie een woordenwisseling noemt en waarbij Cameron Murdoch betrokken was. Thompson was een van de inspecteurs die de leiding hadden in het onderzoek naar Zachs verdwijning.

Tot op heden is onduidelijk wat ertoe heeft geleid dat de politie in en om het slachthuis een zoekactie heeft opgezet naar de vermiste jongen en daar de massagraven aantrof, een ontdekking die een schokgolf heeft veroorzaakt in de vredige eilandnatie met iets meer dan vijf miljoen inwoners.

De voorverkoopcijfers van het nieuwe boek van Cameron en Lisa Murdoch, dat volgend jaar juni zal verschijnen, zijn de één miljoen exemplaren al gepasseerd, en uitgeverijen wereldwijd melden dat ze moeite hebben om aan de vraag naar hun eerdere titels te voldoen.

Dankwoord

Dit is mijn tweede boek over een auteur, en net als in het vorige boek heb ik, met uitzondering van de moorden, veel gemeen met mijn hoofdpersonages, de misdaadauteurs. Camerons verhaal over het roken van wiet is er een van mij – ik was in Canada op de dag dat het werd gelegaliseerd, en aangezien ik nooit eerder had geblowd, besloot ik het maar eens te proberen – wat ertoe leidde dat ik voetje voor voetje terug naar mijn hotel moest lopen, maar nu wel in staat was te 'schrijven over dingen waar ik veel van wist'. Een ander element uit dit verhaal dat mij echt is overkomen is dat een man vanuit het raampje van zijn auto 'homo' naar me schreeuwde toen hij me in de stad passeerde. Die dingen komen in de boeken terecht, maar natuurlijk zijn er ook dingen waar ik soms research voor moet doen, en dat brengt me bij de sekspoppen. Ik moest googelen om meer te weten te komen over het gewicht, de gebruikte materialen en een indruk van het productieproces, en dat leidde ertoe dat mijn social media-feeds volliepen met advertenties voor dingen die ik niet eens zou kunnen beschrijven, plus dingen die ik best zou kúnnen beschrijven, maar domweg niet wíl beschrijven.

Zoals altijd zijn er mensen die ik wil bedanken voor hun hulp bij de totstandkoming van dit boek. De eerste is de inspecteur van de recherche met wie ik heb geluncht en die me heeft geholpen een tijdlijn op te stellen van gebeurtenissen die zich de eerste paar dagen na de vermissing van een kind zouden voordoen. Daar heb ik veel van geleerd. Dus bedankt, meneer de inspecteur, voor al het advies, want zonder zou ik in het duister hebben getast. Het lijkt nu misschien alsof ik niet heb geluisterd, maar dat heb ik wel gedaan, alleen moet je er soms voor zorgen dat de waarheid je verhaal niet hindert…

Ik ben grote dank verschuldigd aan Karen Sullivan van Orenda Books – als je Karen kent, dan weet je dat ik niet overdrijf als ik zeg dat zij een van de aardigste mensen in de uitgeverswereld is – en ze heeft op geen enkele wijze gedreigd mijn duimen af te hakken als ik dat niet zou zeggen. Ook dank aan haar team: West Camel voor zijn redactiewerk en Cole Sullivan, Sophie Goodfellow en Mark Swan voor al het andere.

Dank aan Bill Massey, mijn belangrijkste redacteur voor dit boek, omdat hij me in allerlei richtingen duwde en porde. Dank aan Melanie Roberts voor het luisteren naar mijn verhaallijnen terwijl die langzaam worden gebrouwen door meneer Stel Dat. Ceren Kumova, die verscheidene versies heeft gelezen en die de discussie met me aanging over mijn redenaties. Dank aan Lisa Schwärzer omdat ze bereid was als klankbord te dienen voor mijn ideeën. En dank aan een stel vrienden die vroege versies hebben gelezen: Gül Erkal, Fran Schulze, Sahar Ben Hazem, Stephanie Hassall, David Batterbury, mijn lieve nicht Katrina Cox en natuurlijk Jabyn Butler, zonder twijfel de aardigste Jabyn die ik ooit heb ontmoet, en als je ooit iemand zoekt die een goeie *sizzler* kan meenemen naar een barbecue, dan moet je hem hebben. Verder dank aan Sonja BenBehi voor haar medische advies, dat niet in het boek is terechtgekomen omdat ik het einde heb aangepast, en aan Steve Brownie voor zijn niet-medische advies over bouwtechnische zaken die er wél in terecht zijn gekomen. En ook dank aan Kevin Chapman en het team van Upstart Press in Nieuw-Zeeland, waar mijn boeken onderdak hebben gevonden.

En net als in het verleden wil ik tot slot graag jou bedanken, de lezer. Jullie zijn geweldig en hebben mij de kans geboden te blijven doen wat ik het liefst doe: slechte dingen laten gebeuren…

Paul Cleave
Christchurch
juni 2021